JEANINE KROCK
Das Feenorakel

Das Feenorakel

Jeanine Krock

Roman

LYX
EGMONT

Deutschsprachige Taschenbuchausgabe September 2012 bei LYX
verlegt durch EGMONT Verlagsgesellschaften mbH,
Gertrudenstr. 30–36, 50667 Köln

Lizenzausgabe mit freundlicher Genehmigung des Ubooks Verlags.
Die Originalausgabe erschien 2011 bei UBooks Verlag.

1. Auflage
Redaktion: Joern Rauser
Satz: Greiner & Reichel
Druck: GGP Media GmbH, Pößneck
ISBN 978-3-8025-8672-9

www.egmont-lyx.de

1

Alvas Blick glitt über das Bücherregal und die kahlen Wände. Früher hatten hier zahllose Poster gehangen, doch damit war es nun vorbei. Sie hatte alles rot gestrichen. Ganz allein.

Zudem hatte der Job in den letzten Sommerferien genug Geld eingebracht, um sich einen dunkelgrauen Veloursteppich leisten zu können, und die passende Lackfarbe dazu, die die Möbel, die Heizung und sogar die Zimmertür seither schwarz glänzen ließ. Das Vorhaben, alle ihre Bücher in granatapfelfarbenes Papier einzuschlagen, hatte sie allerdings aufgegeben, nachdem sie dreieinhalb Regalreihen ordentlich verpackt hatte. Rot, so stellte sie schließlich fest, war nicht die Farbe ihres Herzens. Im Grunde hatte sie eher eine Schwäche für alles Grüne, aber nun wieder alles zu ändern, dazu konnte sie sich nicht aufraffen.

Natürlich war ihr Zimmer viel zu dunkel. Selbst bei Sonnenschein hatte jeder, der hereinkam, den starken Impuls, das Zwielicht mindestens mithilfe der Deckenbeleuchtung zu erhellen. Auch Alva. Und das, obwohl sie sich oft nach Dunkelheit sehnte.

Weiße Träume hatte sie den Spuk genannt, der aus dem Nichts kam, ihrer Erinnerung nach dem Aufwachen sofort entglitt und doch eine nebulöse Furcht sowie die Sehnsucht nach kühler Dunkelheit hinterließ. Diese Träume waren nicht düster, es verfolgten sie auch keine finsteren Gestalten, die ihr, eine Kapuze tief ins Gesicht gezogen, nach Leib und Seele trachteten. Vielmehr leuchteten sie. Grelles Licht bohrte sich wie fehlgeleitete Laserstrahlen in ihre angstvoll geweiteten Pupillen, bis sie zitternd erwachte, die Finger zu Klauen gebogen, bereit, sich die Augen auszukratzen. Und hinter dem Licht wartete jemand. Unsichtbar und doch nicht zu übersehen. Jemand, der mit grausamer Hand den Scheinwerfer führte, ihr überallhin folgte und sie nicht aus dem Lichtkegel entließ. *Was willst du?*, hätte Alva jedes Mal schreien mögen. Doch ihre Stimme, das wusste sie instinktiv, würde eine Katastrophe auslösen.

Natürlich hatte das selbst geschaffene Zwielicht keinen Einfluss auf diese unheimlichen Gespinste aus Angst und Machtgehabe. Und – merkwürdig genug – die Erinnerung an das Grauen verschwand mit dem Erwachen. Löste sich auf, bis sie nicht einmal mehr zu sagen wusste, woher die dunklen Ringe unter ihren Augen kamen.

Organisch fehlte ihr nichts. Ihre Adoptiveltern waren aber besorgt und hatten schließlich darauf gedrängt, dass sie sich untersuchen ließ. Sogar zu einem Termin bei einer Psychologin hatten sie Alva überredet, wo sie die vermutlich peinlichste Stunde ihres Lebens verbringen musste.

Obwohl sie ihnen nicht verdenken konnte, dass sie alles versuchten, um ihr zu helfen, zog sie sich dann doch verletzt in das *chinesische Lackkästchen* zurück, wie ihre Freundinnen ihr Zimmer nannten.

Anerkennung schwang bei diesen Worten mit – und auch ein bisschen Neid, dass Alva stets genau das zu bekommen schien, was sie wollte.

Als wären alle Leute irgendwie verzaubert, wenn du nur den Mund aufmachst!, beklagten sie sich – und nicht immer war dies nur eine freundschaftlich gemeinte Kritik. Was aber niemanden davon abhielt, sich ihrer Talente zu bedienen, sobald es Vorteile versprach. Als Klassensprecherin beispielsweise sollte sie sich für ihre Mitschüler einsetzen, oder wenn es darum ging, für einen gemeinsamen Partybesuch ein paar Stunden mehr herauszuschlagen, als die Eltern ihrer Freundinnen ursprünglich vorgesehen hatten. Alva ließ sich meistens dazu überreden, obwohl es ihr kaum jemand dankte. Im Gegenteil, die unsichtbare Kluft zwischen ihr und den anderen wurde dadurch womöglich noch tiefer, und nicht bloß einmal war hinter ihrem Rücken das Wort *Freak* gefallen.

Sie massierte sich mit den Fingerspitzen den Nasenrücken und blies eine rabenschwarze Haarsträhne aus dem Gesicht … die war ganz weich und roch noch nach der neuen Haarfarbe mit dem bezeichnenden Namen *Midnight*. Natürlich stimmte es nicht, wenn andere behaupteten, dass sie jeden um den kleinen Finger wickeln konnte. Ihr Leben war eine einzige Plackerei, und ständig musste sie sich mit unsinnigen Regeln herumquälen, die nur dazu gemacht schienen, ihr die Laune zu verderben. Letztlich war die Neugestaltung ihres Zimmers ein Versuch gewesen, glücklicher zu werden. Die Farbwahl trug indes nicht dazu bei, Alvas Laune aufzuhellen. Und doch war es wohl Blödsinn, die Leere, die sich in ihrem Inneren ausbreitete, einem gestalterischen Fehlgriff anzulasten.

Sie hatte versucht, mit ihrem Vater zu sprechen. Doch der wollte nichts davon hören, hatte es eine pubertäre Laune genannt, die vorübergehen werde. Aber eines war klar: Sie musste raus aus dieser Enge einer gut funktionierenden Familienfirma: Frühstück, Mittagessen, Abendbrot. Am Wochenende der Kaffeenachmittag bei Oma. Ihre zwei jüngeren Geschwister mochten diese Routine normal finden, Alva aber sehnte sich nach einem anderen Leben. Wie das aussehen sollte, wusste sie zwar noch nicht, und wie sie ihre Freiheit finanzieren konnte, war ihr auch nicht klar. Aber in einem Punkt war sie sich ganz sicher: Sie wollte *raus hier!*

Dafür hatte sie in den letzten Monaten mit Klauen und Zähnen gekämpft und war doch überrascht gewesen, als ihre Eltern schließlich zugestimmt hatten: »Die Schule ist vorbei«, hatte ihr Dad gesagt und ihr Abschlusszeugnis mit einem traurigen Kopfschütteln beiseitegelegt. »Nun musst du dein Leben selbst in die Hand nehmen.«

Alva hatte ihn mit offenem Mund angestarrt. Warf er sie jetzt vielleicht einfach hinaus?

Doch dann hatte er sie ganz fest umarmt und ihr mit den Worten: »Ich bin immer für dich da!« einen Umschlag in die Hand gedrückt. Und sie hatte geglaubt, Tränen in seinen Augen glitzern zu sehen, bevor er sich abrupt umgedreht hatte, um ihr Zimmer zu verlassen. In der Tür, die Hand schon auf der Klinke, war er noch einmal stehen geblieben. »Am Sonntag werden wir bei deiner Großmutter sein, das wäre doch eine gute Gelegenheit ...«

So schnell schon? Beinahe wäre sie mit ihrer Verwunderung laut herausgeplatzt. Bis Sonntag waren es nur noch drei Tage. Andererseits, warum denn nicht? Schon lange hatte sie jede Ausrede bemüht, um nicht mitfahren zu müssen. Stattdessen war sie zurückgeblieben, um das leere Haus zu hüten, und dabei hatte sie jedes Mal ein Stück von dieser Freiheit gespürt, nach der sie sich sehnte.

Nun läuteten die Glocken zum Abendgottesdienst, und sie wusste, dass ihre Familie bald vom Ausflug zurückkehren würde.

Die schwere Tasche landete geräuschvoll auf dem Boden, und Alva ging mit schnellen Schritten zum Schreibtisch, auf dem der Abschiedsgruß lag, an dessen wenigen Sätzen sie lange gefeilt hatte. Sie zerknüllte das Papier und steckte es in die Tasche.

Warum noch große Worte machen? Sie hatte ja ihren Willen bekommen, und wozu gab es Handys? Sollten sie doch anrufen, falls es sie noch interessierte, wie es ihr ging.

Auf dem Weg hinaus streifte ihr Blick den kleinen Plüschhasen, der sie ihr Leben lang begleitet hatte. Einem Impuls folgend nahm sie ihn und stopfte ihn in ihre Reisetasche. Der Reißverschluss ließ sich nun nicht mehr schließen, und der Hase blickte mit ausdruckslosem Gesicht zurück, während seine Ohren bei jedem ihrer Schritte mitschwangen, als sie das Haus verließ, ohne sich noch einmal umzusehen.

Tom warf seine Zigarette auf den Boden, trat sie aus und lächelte. Alva hob das Kinn unwillkürlich ein bisschen höher. Sie wusste, dass ihm gefiel, was er sah. Er hatte es ihr oft genug gesagt. Sie fand sich eigentlich ganz in Ordnung, ein bisschen klein vielleicht. Bei den Angaben für ihren Ausweis hatte sie geschummelt. Die drei Zentimeter zu den Einssechsundsechzig, die sie angegeben hatte, weil ihr die Zahl besonders gut gefiel, fehlten immer noch. Wie es aussah, würde sie auch nicht mehr wachsen. Doch das war ihr gleich und ganz bestimmt kein Grund, um auf schwindelerregend hohen Absätzen herumzulaufen, wie es andere Mädchen taten. Alva fand ihre Beine lang genug, und der Rest stimmte auch. Zumindest dachte sie das an guten Tagen. An anderen wünschte sie sich weniger schräg gestellte Augen und vielleicht eine nicht ganz so *niedliche* Nase. Beides trug dazu bei, dass sie ihrem Namen alle Ehre machte. *Alva*, so hatte ihr Vater ihr erklärt, sei schwedisch und heiße Elfe oder auch Fee. Es war das Einzige, was ihre unbekannte leibliche Mutter ihr mit auf den Weg gegeben hatte.

Früher hatte sie sich Fremden gern mit den Worten vorgestellt: »Hi, ich bin Alva, ein adoptiertes Waisenkind.« Es gefiel ihr, wenn die Leute dann zusammenzuckten und verlegen schauten. Wahrscheinlich stellten sie sich ein armes, kleines Mädchen vor, das unter seinem Schicksal schwer zu leiden hatte.

Aber so war es nicht. Woher sollte Alva wissen, welchen Charakter ihre leibliche Mutter gehabt hatte, und von einem Vater war überhaupt nicht die Rede gewesen. Warum sie in ihrer neuen Familie gelandet war, wusste sie ebenfalls nicht, nur dass dies bereits in den ersten Wochen nach ihrer Geburt geschehen sein musste.

Brigitta, ihre Adoptivmutter, war jedenfalls wahnsinnig nett, und in Tom hatte sie sich später sogar ein bisschen verliebt. Er war Brigittas Sohn aus erster Ehe und einige Jahre älter als Alva. Anfangs hatte er bei seinem Vater in Dubai gewohnt, der dort im diplomatischen Dienst tätig war. Später lebte er im Internat und kam nur selten zu Besuch. Inzwischen studierte er an einer renommierten Universität und besaß eine Wohnung in der Stadt, die ihm zweifellos sein Vater bezahlte. Er behauptete, das Landleben zu verabscheuen. Doch das nahm ihm niemand ab, denn wenn er mal zu Besuch kam, lag er mit Vorliebe den ganzen Tag in der Hängematte – die eigentlich Alvas Lieblingsplatz war – und summte irgendwelche Melodien vor sich hin. Wahrscheinlich wollte er sich nur vorm Rasenmähen oder irgendeiner anderen Arbeit drücken, zu der ihn Brigitta verdonnerte, sobald er nur seine Nase durch die Haustür steckte.

Brigitta war Landschaftsgärtnerin und kniete, wenn sie nicht gerade Parkanlagen oder Gärten für ihre gut betuchte Klientel entwarf, am liebsten den ganzen Tag in irgendeinem Beet. Das hätte Alva auch gern getan, aber leider hatte man ihr schon früh eine außerordentliche musikalische Begabung attestiert. Eine Klavierlehrerin wurde engagiert, die sogar bei ihnen einzog, und fortan war wenig Zeit für Blumen und geheime Gärten. Ihre Freundinnen sagten oft: »Toll, solch ein Talent würde ich auch gern haben!«

Alva sagte dann nichts und dachte bloß: *Denkt lieber noch einmal darüber nach!*

Irgendwann klappte sie schließlich den Klavierdeckel zu und spielte nie wieder einen Ton, so sehr ihr Vater auch bat und drohte. Mit zwölf hielt sie es ohne Musik dann aber doch nicht mehr aus und versuchte sich an verschiedenen Instrumenten, bis sie das Cello entdeckte. Fortan zogen dunkle, klagende Töne durchs Haus, und Brigitta floh immer häufiger in den Garten, während Alvas Vater, der stets bemüht war, die positiven Seiten des Lebens zu sehen, lediglich lachte. »Zum Glück singt sie nicht dazu!«

Dem drohenden Gesangsunterricht hatte sie sich durch ein ausgesprochen schräges Jaulen ganz geschickt entzogen, nachdem infolge eines gedankenlos geträllerten Liedes der Verdacht aufgekommen war, sie könnte eine gute Stimme haben. Alva freute sich diebisch über den Erfolg dieses schmutzigen kleinen Tricks und achtete peinlich genau darauf, nie wieder zu singen.

Alles andere in ihrem Leben funktionierte allerdings nicht so erfreulich. Mit ihrem Schulabschluss hätte sie ohnehin nicht studieren können, auch wenn er etwas besser gewesen wäre. Und der örtliche Großgärtner wollte sie nicht ausbilden. Was vielleicht daran lag, dass er ein äußerst engstirniger Mann war, der es ihr übel nahm, als sie ihm zum Ende eines höchst unerfreulichen Praktikums erklärte, man müsse nicht einmal besonders talentiert sein, um zu hören, was seine Pflanzen von ihm hielten.

Tom war ganz anders. Er spielte wunderbar Gitarre und ließ sich ständig neue Melodien einfallen. Zum Erstaunen der gesamten Familie hatte er zudem einen recht ordentlichen Schulabschluss gemacht.

Alva hatte das sofort mit »Wahrscheinlich, weil man im Internat keine Gelegenheit zum Schwänzen hat!« kommentiert und ihm die Zunge herausgestreckt. Doch Tom hatte sie einen vorlauten Kobold genannt und an dem Zopf gezogen, den sie damals noch trug. Danach war er zu einer Rucksacktour rund um die Welt aufgebrochen, die statt der geplanten sechs Monate zwei Jahre gedauert hatte. Inzwischen hatte er zwar sein Studium beendet, aber offenbar keine Eile damit, einen Job zu finden.

Nun stand er also da und grinste, als hätte er im Lotto gewonnen. Misstrauisch sah sie ihn an. »Was ist?«

»Eine Überraschung. Du musst dich aber noch gedulden.« Er nahm ihr die Tasche ab und warf sie auf den Rücksitz seines Cabrios. Das Cello legte er oben drauf. Weil sie keine Ruhe gab und nicht einsteigen wollte, bevor ihr geliebtes Instrument sicher verstaut war, befestigte er es schließlich sogar mit einem breiten Gummiband, das er irgendwo in dem Durcheinander, das im Auto herrschte, gefunden hatte. Danach brausten sie davon, und Alva hatte große Mühe, ihre Kappe festzuhalten. Starr sah sie nach vorn auf die Straße, fest entschlossen, sich nicht noch einmal umzudrehen.

Als sie sich dann schließlich doch umblickte, war ihr Zuhause bereits außer Sicht. *Vielleicht gar nicht schlecht*, dachte sie und wischte sich eine Träne aus dem Augenwinkel, die ihr der Fahrtwind dort hineingetrieben hatte.

Tom schien glücklicherweise nicht dazu aufgelegt zu sein, sie mit Fragen zu löchern. Im Grunde war ja auch alles gesagt. Nach dem merkwürdigen Rauswurf hatte Alva sich nicht anders zu helfen gewusst, als ihn um Hilfe zu bitten. Sie kannte seine Wohnung und hatte deshalb ein schlechtes Gewissen, denn viel Platz würden sie darin zu zweit nicht haben. Doch der Umschlag, den ihr Vater in die Hand gedrückt hatte, enthielt einen großzügigen Scheck. Damit würde sie nicht nur die nächsten Monate über die Runden kommen, sondern sich auch ein kleines Zimmer leisten können. Selbst wenn die Mieten in einer

Studentenstadt wahrscheinlich nicht günstig waren. Alva hatte sich vorgenommen, schnell eine eigene Unterkunft zu finden und auch einen Job. Auf diese Weise würde sie das Geld ihres Vaters für Notfälle zurücklegen können.

Gegen Abend erreichten sie die Stadt. »Wo fährst du denn hin?« Auf dieser Straße ging es ganz sicher nicht zu seiner Wohnung.

»Wart's nur ab! Ich hab dir ja eine Überraschung versprochen.« Ihm war anzusehen, dass er nicht mehr verraten würde.

Alva verschränkte die Arme vor der Brust und sank tiefer in ihren Sitz. Sie wusste nicht, was jetzt kommen würde, aber bei Tom musste man immer mit allem rechnen. Prüfend sah sie ihn von der Seite an und fand, dass er sich verändert hatte. Linien gab es da in dem ebenmäßigen Gesicht, die sie vorher noch nie gesehen hatte und für die er eigentlich auch viel zu jung war. Tom wirkte erschöpft und gleichzeitig so aufgekratzt wie ein junger Hund. *Ob er krank ist?*, fragte sie sich besorgt.

»Wir sind gleich da!« Seine Stimme klang wie immer.

Sie hatten die Innenstadt erreicht. Ein aufgeregtes Kribbeln breitete sich in ihrem Bauch aus, und sie vergaß die Sorge um ihn, während er sich mit seinem Auto zwischen Touristengruppen hindurchschlängelte, die an diesem schönen Spätsommertag in den schmalen Straßen flanierten und so sehr damit beschäftigt waren, die kleinen Geschäfte oder die alten Häuserfassaden zu betrachten, dass sie erschrocken zur Seite sprangen, wenn er mit einem teuflischen Grinsen laut hupte. Alva wollte gerade etwas sagen, da bog er in eine schmale Einfahrt ein und parkte gleich darauf unter einem großen Baum.

»Und?« Er sah sie erwartungsvoll an.

»Was, *und*?«

Tom zeigte nach oben, wo sich in der ersten Etage ein kleiner Balkon befand. »Das ist dein neues Zuhause. Gefällt es dir?«

»Viel habe ich bisher noch nicht gesehen.«

»Dagegen lässt sich was unternehmen. Komm schon!«

»Du bist ja verrückt. Hier, mitten in der Stadt, das ist doch unbezahlbar!« Trotzdem stieg sie aus und folgte ihm zu einer unauffälligen Eingangstür, die er wie selbstverständlich aufschloss.

»Mein Cello …«

»… holen wir gleich!«

Alva sah sich kurz unsicher um, folgte ihm dann aber eine steile Treppe hinauf in den ersten Stock. Als sie an Tom vorbei in den hell erleuchteten Flur blickte, von dem mindestens sechs Türen abgingen, wurde ihr klar, dass er ihr ein WG-Zimmer besorgt hatte. Nicht in seinem kleinen Apartment wohnen zu müssen erleichterte sie einerseits, andererseits war sie aber auch ein bisschen enttäuscht. Warum wollte er sie plötzlich auf Abstand halten?

Tom schien nicht gemerkt zu haben, welch widersprüchliche Gefühle sie hinter einer möglichst neutralen Miene zu verbergen versuchte. Er zog sie an sich und küsste sie. Jedoch nicht, wie man eine Schwester küsst, sondern vielmehr wie eine Geliebte, die Alva in einem Anfall von Schwäche im letzten Winter tatsächlich auch beinahe geworden wäre.

Im Grunde, sagte sie sich seither, war doch gar nichts dabei gewesen. Sie hatten geknutscht, na und? Es hatte von Anfang an zwischen ihnen geknistert, und irgendwann war bei einem ihrer wenigen Wochenendbesuche in der Stadt eben ein bisschen mehr passiert. Sie hatte sich allein gefühlt und ohne erkennbaren Grund zu weinen begonnen.

Tom hatte nichts gefragt, sondern Alva einfach nur gestreichelt und zärtlich geküsst. Und als ihre Tränen dann getrocknet waren, hatte er nicht gleich aufgehört.

Seine warmen Hände auf ihrer Haut versprachen eine Sicherheit, in die sie dankbar eingetaucht war, bis mehr daraus wurde.

Und als sie begriffen hatte, worauf es hinauslaufen würde, war sie selbst schon zu sehr involviert gewesen, um ihn noch aufzuhalten.

Er war sanft gewesen, sie hatte für einen kurzen Augenblick alles vergessen, doch ein Anruf hatte ihr schließlich geholfen, wieder zu sich zu kommen. Sie waren zwar nicht blutsverwandt, aber Alva hatte erkannt, dass sie doch immer mehr den großen Bruder in ihm gesehen hatte als den attraktiven Mann, zu dem er in den letzten Jahren gereift war.

Bevor sie sich jedoch aus seiner Umarmung befreien und die Sache ein für alle Mal klären konnte, hörte sie ein Räuspern.

Tom ließ sie widerstrebend los und drehte sich um. »Hi, Stefan, du bist noch da?« Er wies auf Alva und stellte sie vor. »Sie wohnt ab heute im *Capulet-Zimmer*.«

Stefan, der mit verschränkten Armen neben dem Durchgang zur Küche lehnte, musterte sie schweigend. Er sah im landläufigen Sinne gut aus, schien sich aber wenig daraus zu machen. Hätte sie ihn beschreiben sollen, dann wäre ihr nicht mehr eingefallen als eine schlanke Gestalt und ein ebenmäßiges Gesicht. Auch das kurz geschnittene blonde Haar war nicht weiter bemerkenswert. Wäre dieser misstrauische Blick nicht gewesen, hätte sie ihn wahrscheinlich als nett, aber langweilig bezeichnet.

Als wenn er auf etwas gewartet hätte, das nicht eingetreten war, stieß sich Stefan schließlich von der Wand ab und hielt ihr die Hand hin.

Alva erwiderte die Begrüßung und ließ es sich überrascht gefallen, dass er sie ganz dicht an sich zog und etwas in ihr Ohr flüsterte, das klang wie: »Wenn Romeo das Interesse verliert, kannst du dich jederzeit an mich wenden.«

Schnell entzog sie sich seiner Umarmung und machte einen Schritt zurück. Diese plötzliche Intimität mit einem Fremden war ihr unangenehm. Dass sie in Toms Armen landete, war weniger schlimm, auch wenn die besitzergreifende Geste, mit der er seine Hände auf ihre Schultern legte, ihr dann ebenfalls nicht besonders behagte.

Tom hatte nie ein Geheimnis daraus gemacht, dass es viele Frauen in seinem Leben gab, und Alva wäre niemals auf die Idee gekommen, ihn als Romeo zu bezeichnen. Wenn überhaupt, dann hielt sie es für weitaus wahrscheinlicher, dass er Casanova zu seinen Vorbildern zählte.

Nach dem Kuss musste es für Stefan natürlich so aussehen, als sei Alva seine neueste Eroberung, und vielleicht spekulierte er schon jetzt darauf, ihr nächster Liebhaber zu werden, sobald Tom sich neuen Abenteuern zuwandte. Sie kam sich plötzlich sehr jung und hilflos zwischen den beiden Männern vor, vielleicht weil sie sich überhaupt keinen Liebhaber wünschte, sondern nur etwas Nähe. Einen Freund.

Dankenswerterweise half ausgerechnet Tom ihr aus der Verlegenheit, in die er sie gebracht hatte, indem er sie an Stefan vorbei in ein Zimmer schob.

Sofort vergaß Alva alles andere. Hatte sie eben noch überlegt, wie sie schnellstens etwas Eigenes finden konnte, so hoffte sie nun, möglichst lange hierbleiben zu dürfen. Sie musste darüber lachen, wie stark sich das Zimmer von dem *Lackkästchen* in ihrem Elternhaus unterschied. Aber sie fand es wunderschön. Der größte Teil des lichtdurchfluteten Raums wurde von einem riesigen Himmelbett mit duftigen Vorhängen beansprucht. Ein Tisch aus dunklem Holz, zwei unterschiedliche Stühle und ein leeres Bücherregal neben dem Kamin, der noch zu funktionieren schien, daraus bestand die gesamte Einrichtung. Vor den Fenstern hingen leichte Gardinen, in denen der Wind spielte, als Tom die Balkontür öffnete. Draußen war gerade genug Platz für zwei Personen, aber Alva überlegte bereits, welche Pflanzen in den noch leeren Blumenkästen gedeihen würden. Sie ging an

Tom vorbei und sah in den kleinen Innenhof hinab, in dem das Cabrio mit ihren Habseligkeiten stand. Ein Baum streckte seine Zweige weit aus, und sie zupfte gleich ein Blatt ab. »Ich wette, man könnte über diesen Ast ohne Weiteres auf den Balkon klettern.«

»Das Zimmer gefällt dir!« Tom klang erleichtert.

»Es ist wunderbar, nur noch ein bisschen Farbe …«

»Auf keinen Fall!«

Alva lachte und ging wieder hinein, die Tür ließ sie offen. »Keine Sorge. Es ist perfekt, so wie es ist. Wohin geht es da?«

Stefan kam mit einer Flasche Wein und drei Gläsern herein und wies mit dem Kinn auf eine unauffällige Tapetentür. »Du meinst das Verlies?«

»Unfug, das ist doch ein ganz normaler begehbarer Kleiderschrank. Aber es wundert mich nicht, dass du mit dem Konzept nicht vertraut bist«, sagte Tom und wandte sich an Alva. »Außer dieser Jeans und ein paar geborgten T-Shirts besitzt er nämlich nichts, wofür man einen Schrank bräuchte, nachdem ihn seine letzte Freundin vor die Tür gesetzt hat.«

Ein Schatten huschte über Stefans Gesicht, und er wandte sich ab, um den Wein einzuschenken. »Du musst schon zugeben, dass das Kabuff merkwürdig ist. Und warum jemand ein Bett im Schrank haben sollte, entzieht sich auch meinem Verständnis.«

»Wie vieles!« Doch Tom grinste bei diesen Worten, und Alva dachte, dass die beiden Freunde sein mussten. Wahrscheinlich tat sie gut daran, nicht allzu viel auf ihr Geplänkel zu geben.

Die Kammer zog sie magisch an. Die Realität war aber, wie so häufig, ernüchternd. Nachdem sie den Lichtschalter ertastet hatte, enthüllte ein fahles Licht das Geheimnis. Keine Gitter vor dem Fenster, genau genommen überhaupt kein Fenster, aber ein Regal, zwei Kleiderstangen und dahinter tatsächlich ein Eisenbett, das zu breit wirkte, als dass man es hätte durch die Tür schieben können.

Tom bestätigte ihren Eindruck. »Wir hätten es zersägen müssen, um es herauszubekommen.«

»Hat denn der Vermieter nichts dazu gesagt?« Alva drehte sich zu ihm um.

»Weiß sie es nicht?« Stefan reichte erst ihr ein Glas und dann Tom, der sich inzwischen auf das Bett geworfen hatte. »Der Vermieter liegt auf deinem Bett, meine Schöne. Er hat das ganze Haus gekauft. Der Himmel mag wissen, woher das Geld dafür kommt. Mit ehrlicher Arbeit hat er es jedenfalls nicht verdient.«

Tom ignorierte den Kommentar. »Auf das neueste Mitglied unserer Künstler-Wohngemeinschaft!« Die Gläser klirrten, aber nachdem Alva einen Schluck getrunken hatte, stellte sie ihres ab. »Noch habe ich nichts entschieden. Das hängt auch ein bisschen vom Preis ab.«

»Höre ich da die Stimme der Vernunft?« Eine junge Frau sah aus dem hell erleuchteten Flur herein. Wäre sie eine Märchengestalt gewesen, man hätte sie vielleicht mit solchen Worten beschrieben: Haare wie Feuer, ein Teint wie Milchschokolade und ein Mund wie die Sünde selbst.

Gutmütig ließ sie sich Alvas Begutachtung gefallen, und das verschmitzte Lächeln nahm den folgenden Worten ihre Schärfe. »Interessant. Jetzt weiß ich, für wen Tom dieses Zimmer reserviert hat. Du gehörst doch hoffentlich nicht zu seinem Harem?«

»Nein, ich …« Alva wusste nicht, wie sie ihr Verhältnis zu Tom erklären sollte. Hätte sie sich doch vorhin nur nicht von ihm küssen lassen.

»Sie hat sich noch nicht entschieden«, soufflierte Stefan mit einem Augenzwinkern.

»Das ist gut! Eine Frau sollte sich immer ein Hintertürchen offen halten, findest du nicht auch? Ich bin übrigens Christabella, aber auf Bella höre ich nicht.« Sie drohte mit dem Zeigefinger in Stefans Richtung. »Nenn mich Chris.« Sie warf ihnen eine Kusshand zu, drehte auf dem Absatz um und sagte über die Schulter gewandt: »Ihr hättet mir ruhig auch ein Glas reservieren können.«

Tom gab sich gelangweilt, doch der harte Zug um Stefans Mund wurde weicher, als er Chris nachsah. Sie bot aber auch einen verführerischen Anblick. Der Saum des kurzen Sommerkleids umschmeichelte bei jedem Schritt ihre schlanken Beine, das grellbunte Muster sorgte für den größtmöglichen Kontrast, und die passenden Tücher, die sie in ihre Feuerpracht gebunden hatte, ließen nur erahnen, wie lang ihr Haar in Wirklichkeit war.

Niemand sprach ein Wort. Bevor es jedoch peinlich werden konnte, war Chris zurückgekehrt. In der Hand hielt sie ein Glas, das Stefan eilig füllte.

»Ihr Jungs könntet eigentlich das Gepäck aus dem Auto holen, sonst macht es nachher noch ein anderer.« Sie nahm einen Schluck, und als sich niemand bewegte, legte sie ihren Arm um Alvas Schulter. »Du bleibst doch, oder?«

Alva sah zu Tom hinüber. In seiner Miene war nichts zu lesen. »Das wäre wunderbar, aber …«

»Wegen der Miete mach dir vorerst keine Sorgen. Sobald du einen Job gefunden hast, können wir darüber reden.«

Sie stellte sich auf die Zehenspitzen und küsste Toms Wange. »Danke!« Aus dem Augenwinkel sah sie Stefan blinzeln. Er wirkte überrascht. Hatte er geglaubt, sie würde Tom aus Dankbarkeit in ihr Bett ziehen?

Chris schickte die beiden in den Hof hinunter, damit sie Alvas Sachen holen konnten, und Stefan verabschiedete sich schon einmal, weil *wenigstens einer sein Geld ja ehrlich verdienen müsse*.

»Hör nicht auf ihn. Komm, ich zeig dir die Küche. Hast du

das Bad gesehen? Scheußlich, die Fliesen, oder?« Chris erklärte ihr die Kühlschrankaufteilung und wie man der Dusche warmes Wasser entlockte. »Du musst diesen Hebel umlegen und das Wasser eine Weile laufen lassen. Aber sei vorsichtig, wenn jemand die Klospülung nebenan bedient, dann wird es nämlich kochend heiß.«

Alva versprach aufzupassen und folgte Chris in den Flur.

»Tom wohnt auch zum Hof hinaus, zwischen euch liegt allerdings das Gästezimmer.« Sie öffnete die Tür und ließ Alva einen Blick hineinwerfen. Der Raum war nicht größer als eine Kammer, unterschiedlich dicke Matratzen bedeckten den Boden fast vollständig. »Für den Notfall. Vermieten kann man es wohl kaum. Stefans und mein Reich liegen nach vorn. Das kann abends manchmal ziemlich laut werden.«

Chris stieß die nächste Tür auf, und Alva folgte ihr neugierig. Über dem antik wirkenden Eisenbett lag eine geblümte Decke, eine Kommode stand an der Wand, und daneben hing eine Stange an Ketten von der Decke, auf der Kleider in allen Farben aufgereiht waren. Darunter standen mindestens ebenso viele Schuhe. *Ein typisches Mädchenzimmer*, dachte Alva, bis sie sich umdrehte. Ein Bass lehnte an der Wand, ein weiterer lag im aufgeklappten Instrumentenkoffer. Neben dem ziemlich professionell wirkenden Keyboard sah sie einen Laptop und diverses Computerzubehör. »Toll!«, war alles, was ihr dazu einfiel.

»Können wir?« Tom steckte seinen Kopf hinein und tippte vielsagend auf seine Uhr.

»Oh! Schon so spät?« Chris griff nach dem Instrumentenkoffer. »Du findest dich zurecht, ja? Leider ist der Kühlschrank leer, weil gewisse Herren«, sie sah Tom an, »sich nie an Abmachungen halten. Aber hundert Meter rechts die Straße runter ist ein kleiner Lebensmittelladen, und im Café gegenüber gibt es die besten Falafel von ganz England.«

»Mindestens!«, bestätigte Tom.

Alva lächelte, während sie den beiden zur Wohnungstür folgte. »Kein Problem. Danke!«

Tom nahm einen Schlüssel vom Haken und warf ihn ihr zu. »Nicht verlieren!«, rief er und rannte die Treppe hinunter. Als Alva ihren Balkon erreicht hatte, sah sie gerade noch den Widerschein seiner Rücklichter, dann war sie allein. Ein wenig verloren, aber auch erleichtert kehrte sie in ihr Zimmer zurück. *Und was jetzt?* Zum Auspacken der Tasche hatte sie keine Lust, aber ihr Magen meldete ihr, dass sie seit dem Frühstück nichts mehr gegessen hatte. Also entschloss sie sich, Chris' Rat zu folgen und das Angebot des nächstgelegenen Cafés zu erkunden. Zum Einkaufen würde sie morgen noch genügend Zeit haben.

Am nächsten Tag weckten sie warme Sonnenstrahlen. Alva hatte schon lange nicht mehr so tief und ruhig geschlafen. Sie richtete sich zufrieden auf und beobachtete unter halb geschlossenen Lidern die tanzenden Lichtflecke auf ihrer Bettdecke. Verzaubert von dem Zusammenspiel zwischen Morgensonne und den tiefdunklen Blättern des Baumes vor ihrem Fenster blieb sie im Bett, bis nicht weit entfernt eine Turmuhr elfmal schlug.

Träge hob sie den Kopf und lauschte. Von draußen drangen die üblichen Geräusche einer geschäftigen Fußgängerzone herein, aber in der Wohnung selbst war es ganz still. Alva schlurfte in die Küche, wo sie gestern ein Glas mit löslichem Kaffee gesehen hatte. Sie setzte heißes Wasser auf und ging ins Bad. Nach einer kurzen Katzenwäsche hörte sie bereits den Kessel pfeifen und lief schnell zurück, um ihn vom Herd zu nehmen. Nachdem sie sich einen Milchkaffee zubereitet und eine Banane vom Tisch genommen hatte, ging sie vorsichtig, um nicht zu kleckern, in ihr Zimmer zurück. Sie setzte sich an den Tisch, die Balkontür geöffnet, und genoss in aller Ruhe ihr Frühstück. Sie hätte schon gern gewusst, wann ihre Mitbewohner in der Nacht zurückgekommen waren und ob sie jetzt noch schliefen. Aber der Kessel hatte unglaublich laut gepfiffen, davon wäre gewiss wenigstens einer von ihnen wach geworden. Wahrscheinlicher war, dass sie an diesem Montagmorgen längst im Büro – oder wo sie sonst arbeiten mochten – saßen.

Alva hatte auch nicht vor, den ganzen Tag zu vertrödeln, trotzdem war es schon fast eins, als sie endlich in der Fußgängerzone vor dem Haus stand. Sie erinnerte sich an Christabellas Hinweis auf den Supermarkt. Doch bevor sie einkaufen ging, wollte sie ihre Umgebung erkunden. Also wandte sie sich in die andere Richtung und schlenderte die Straße entlang.

Es gab außergewöhnlich viele Pubs, was vermutlich damit zu tun hatte, dass die Stadt das ganze Jahr über von Touristen besucht wurde. Die Kneipen wirkten gepflegt und einladend. Viele hatten ihre Fenster weit geöffnet. Die Gäste standen im Sonnenschein vor der Tür oder saßen auf grob gezimmerten Holzbänken und genossen den herrlichen Sommertag.

An einem der traditionelleren Pubs entdeckte sie ein Schild, auf dem mit runder Schrift geschrieben stand: *Aushilfe gesucht!* Einem Impuls folgend ging Alva hinein und erkundigte sich nach der Stelle. Der Chef war höchstens fünfundzwanzig, wirkte sympathisch und begrüßte sie erfreut, als sie ihr Interesse an der Stelle bekundete. Nachdem er sie jedoch genauer betrachtet hatte, schüttelte er den Kopf. »Ich glaube, du bist zu jung für diese Arbeit. Hast du so was überhaupt schon mal gemacht?«

Alva musste zugeben, dass sie keinerlei Erfahrung in der Gastronomie hatte.

Bedauernd sagte er, er könne nur erfahrene Kellnerinnen beschäftigen, seine Gäste erwarteten einen guten Service und die Konkurrenz sei groß. Aber er hatte einen Tipp für sie. »Die

Straße weiter runter, gleich hinter dem Durchgang zur Kirche, da ist ein Jobcenter. Dort kann man dir bestimmt helfen.«

Höflich bedankte sich Alva und folgte seinem Rat.

Ihre Beraterin war sehr nett. Es dauerte eine Weile, bis alle Fragebögen ausgefüllt waren, aber am Ende fehlte nur noch ihr Zeugnis. Als Alva zugab, dass es nicht besonders gut war, lachte die Frau und sagte, sie sei einiges gewohnt und wolle es sich erst einmal ansehen. Dann könne man immer noch entscheiden, welchem zukünftigen Arbeitgeber man es zeigen wollte und wem lieber nicht.

Obwohl alles recht gut gelaufen war, fühlte sich Alva elend, als sich die Glastür des Jobcenters wieder lautlos hinter ihr schloss. Sie hatte keine der Fragen nach etwaiger Berufserfahrung positiv beantworten können. Und ihre musikalischen Talente schienen die Arbeitsvermittlerin nicht besonders beeindruckt zu haben.

Trotzdem hatte sie Alvas Hand zum Schluss mütterlich getätschelt. »Ich werte das jetzt mal aus, und dann finden wir schon was für dich. Mach dir keine Sorgen!«

Um sich zu trösten, bummelte Alva noch weiter durch die Straßen, bis sie in einer Gasse einen Laden entdeckte, in dem es nicht nur die ungewöhnlichsten Klamotten gab, die sie je gesehen hatte, sondern in einem abgetrennten Bereich auch einen Friseur. Das war es! Die Farbe hatte sie ja schon geändert, warum also nicht auch den Schnitt?

Eine gute Stunde später war es vollbracht. Entzückt betrachtete sie ihr Spiegelbild: Ihre schrägen Augen wirkten noch ein bisschen größer, die Frisur betonte ihre hohen Wangenknochen und ließ das Gesicht zart und ein bisschen exotisch erscheinen. Zwei Mädchen sahen herüber und begannen zu tuscheln. Alva sah die Friseurin fragend an. Die zeigte auf ein Plakat. »Sie halten dich für das Model dort.«

Und tatsächlich erkannte auch sie eine gewisse Ähnlichkeit mit der jungen Frau, die überlebensgroß auf sie herablächelte. Ein merkwürdiges Gefühl beschlich sie, so etwas wie eine Ahnung, die ihr vorgaukelte, das Mädchen auf dem Plakat wäre tatsächlich sie selbst. Alva schüttelte den Kopf, um diesen absurden Gedanken loszuwerden. Warum sollte jemand Plakate von ihr aufhängen?

Von dem Kompliment aber doch geschmeichelt, gab sie der Frau ein großzügiges Trinkgeld, das sie sich eigentlich gar nicht leisten konnte. Ebenso wenig wie den teuren Friseurbesuch selbst. Sie würde sich unbedingt einen Haushaltsplan machen müssen. Doch heute war ihr der Zustand ihres Kontos gleich, und deshalb schleppte sie bald darauf schwer an den Tüten, die sie im Supermarkt mit ausgewählten Leckereien gefüllt hatte.

Jetzt war später Nachmittag, doch in der Wohnung herrschte immer noch Stille. Sie trug die beiden Pflanzen, die sie vor dem sicheren Tod im Supermarkt gerettet hatte, auf den Balkon und machte sich sofort an die Arbeit. Sobald ihre Hände in die schwarze Erde eintauchten, die ein unbekannter Vormieter in die Blumenkästen gefüllt hatte, entspannte sie sich. »Ihr werdet es gut bei mir haben!«, versprach sie den traurigen Gewächsen, bevor ihr die unausgepackten Einkäufe wieder einfielen.

Schnell beendete sie ihre Arbeit, lief in die Küche, füllte den Kühlschrank und beschloss, in dem größten Topf, den sie finden konnte, Spaghetti zu kochen, dazu ausreichend Tomatensoße, damit auch ihre Mitbewohner etwas zu essen hätten, wenn sie später nach Hause kämen. Und weil es etwas zu feiern gab – wenn auch keinen neuen Job, so doch ihre neu gewonnene Freiheit –, gönnte sie sich ein Glas Wein.

Ein bisschen benommen von dem ungewohnten Alkohol und furchtbar satt wollte sie gerade das Geschirr spülen, da läutete es an der Tür. Alva öffnete, und ein Mann stand neben zwei großen Umzugskartons. »Sind Sie Alva …?« Er versuchte den Nachnamen zu lesen.

Die Kisten waren tatsächlich an Alva adressiert, und sie unterbrach ihn aufgeregt. »Ja, das bin ich.« Eilig unterschrieb sie.

»Sie sollten aber wirklich ihren Namen unten an die Tür kleben. Nicht jeder wäre mit dem schweren Zeug bis in den ersten Stock gestiegen.«

»Ja, ich werde mich darum kümmern. Ich bin erst gestern eingezogen.«

»Naja! Ich meine ja nur …«

Glücklicherweise war es Alva gelungen, die beiden Kartons hereinzuziehen, und mit einer gemurmelten Entschuldigung schloss sie rasch die Tür, bevor der Paketbote sich in weiteren Erklärungen ergehen konnte. Sie kümmerte sich nicht weiter um das laute Geräusch, das beim Zerren ihrer Beute über den Holzfußboden des Flurs entstand, und machte erst eine Pause, als sie sich etwas außer Atem an die Innenseite ihrer Zimmertür lehnte.

Den Absender hatte sie sofort erkannt, deshalb war sie auch nicht überrascht, im ersten Paket Bettwäsche, Handtücher und Küchenutensilien zu finden, die ihre Mum für wichtig genug hielt, um sie mit einem Sonderkurier zu schicken. Im zweiten Karton fanden sich zwei Kerzenleuchter, die sie immer schon bewundert hatte, eine Packung passender Kerzen und viele andere hübsche Dinge, mit denen sie ihr neues Zimmer wunderbar dekorieren konnte. Entweder konnte ihre Mum hellsehen, oder ihr Umzug ausgerechnet in Toms neue WG war gar nicht so zufällig gewesen, wie sie ursprünglich geglaubt hatte. Alva lächelte, während sie über ein helles Leinenkissen strich. *Typisch!*, dachte sie und war froh, sich in ihren Eltern nicht getäuscht zu haben. Niemand wollte sie loswerden, sie hatten offensichtlich nur nach einer guten Lösung für Alvas Probleme gesucht. *Umso wichtiger, dass ich hier auch allein zurechtkomme und damit ihr Vertrauen rechtfertige.*

Ein Klappern in der Küche riss sie aus ihren Gedanken. Als sie nachsah, fand sie Chris, die gerade dabei war, Alvas Geschirr zu spülen. »Ich hoffe, das wird nicht zur Gewohnheit. Wir haben verabredet, jeder räumt seine Sachen selbst weg.« Um ihre Worte zu unterstreichen, drohte sie mit einem schaumgekrönten Zeigefinger. Alva entschuldigte sich und wollte gerade erklären, wie es zu der Unterbrechung gekommen war, als Chris ihr lächelnd ins Wort fiel. »Gib es zu, du hast den scherzhaften Kurierfahrer erdrosselt und seine Leiche irgendwo in der Wohnung versteckt.«

»Wer versteckt hier Leichen?« Stefan sah durch die Tür.

Hinter ihm tauchte Tom auf. »Ah, die Hausfrauen bereiten uns ein Abendessen vor.«

Chris warf das nasse Handtuch nach ihm, doch er duckte sich blitzschnell und verschwand wieder in seinem Zimmer. Darum traf sie Stefan, der daraufhin in die Küche stürmte und beide Mädchen mit dem Seifenwasser aus der Spüle bespritzte. Sie lieferten sich eine Wasserschlacht, bis Tom, von dem Gelächter zurückgelockt, zurückkam und der Sache ein Ende machte, weil er sich erneut nach der *Leiche* erkundigte.

»Wieso denn Leiche?« Alva sah ihn ratlos an, bis ihr plötzlich einfiel, was ihn auf diese Idee gebracht haben könnte. Lachend erzählte sie von der Kuriersendung. »Die Kartons waren sperrig, zugegeben. Aber seit wann packt man denn Leichen in Umzugskisten?«

Stefan tat enttäuscht, Tom grinste. »Hast du eine Ahnung!«

Um vom Thema abzulenken, ging sie nicht darauf ein, sondern sagte: »Ich muss euch übrigens ein großes Kompliment machen. Ich habe weder mitbekommen, wann ihr letzte Nacht nach Hause gekommen seid, noch habe ich irgendjemanden von euch heute Morgen aus dem Haus gehen hören.«

»Dafür warst *du* nicht zu überhören!« Stefan gefiel sich offenbar in der Rolle des Provokateurs.

»Aber …«, setzte sie an, sich zu entschuldigen, doch Tom sagte ein bisschen verlegen: »Es ist meine Schuld. Ich hatte vergessen dir zu sagen, dass Stefan und Chris im Schichtdienst arbeiten und in dieser Woche tagsüber schlafen.«

Alva wandte sich an die beiden. »Tut mir leid. Hätt ich das gewusst, wär ich natürlich leiser gewesen.«

Tom war inzwischen näher gekommen und wollte sie umarmen, doch sie drehte sich schnell um und hoffte, dass ihr kleines Manöver wie zufällig ausgesehen hatte. Vergebens, wie sich herausstellte, denn Chris runzelte die Stirn. Alva nahm sich fest vor, bald mit ihm zu sprechen.

2

Die Klinge verfehlte ihn nur knapp. Ihr scharfes Fauchen schien überlaut, als sie die Luft neben seiner Schulter zerschnitt. Er rollte sich zur Seite und sprang sofort wieder auf, um den nächsten Angriff zu parieren. Keine Sekunde später trafen die Schwerter erneut aufeinander, und ein Teil seines Gehirns registrierte die Schönheit des Funkenschauers, während der andere nach einem Ausweg suchte.

Seinem Gegner war es mühelos gelungen, ihn in eine äußerst unangenehme Situation zu manövrieren. Eben noch hatten sie sich nahezu ebenbürtig gegenübergestanden, jetzt aber befand er sich am Rand einer Klippe: hinter ihm der Abgrund, vor ihm ein erfahrener Krieger, dessen undurchdringliche Miene nichts von seinen Gefühlen verriet, bevor er zu einem letzten Vorstoß ansetzte.

Julen sprang, obwohl er wusste, dass selbst er einen Sprung in diese Tiefe nicht vollkommen unbeschadet überstehen würde. Aber natürlich gelang es ihm, einen Ausweg zu finden: Wenige Meter vor dem Boden der Schlucht öffnete er ein Portal und landete auf einer weichen Wiese in der Zwischenwelt. Damit entging er geschickt dem schmerzhaften Aufprall.

»Glückwunsch!« Sein Lehrer und Sparringspartner tauchte neben ihm auf und lächelte, als er sein Schwert mit einer lässigen Bewegung verschwinden ließ. »Ich muss noch was mit dir besprechen!«

Die letzten Worte klangen bereits körperlos, und Julen beeilte sich, ihm zurück in die Realität zu folgen.

Wenig später sah er sich in Kierans Haus um. »Hier hat sich aber einiges verändert.«

Der Krieger zuckte mit den Schultern. »Feen haben eben eine glückliche Hand mit Pflanzen. Zu glücklich, wenn du mich fragst!« Die Wärme in seiner Stimme war allerdings nicht zu überhören. Kierans Ruf als gnadenloser Vengador, Gesandter des Magischen Rats und dessen Vollstrecker, ließ die Vampirgemeinde erzittern. Doch seitdem er in einer Feentochter seine Seelengefährtin und die Liebe seines Lebens gefunden hatte, zeigte er zu Hause ein anderes Gesicht.

Julen fand, es stand Kieran gut, und ein wenig beneidete er ihn um den Frieden, den er wohl auch gefunden hatte. Kieran hätte das sicherlich abgestritten, denn seine Partnerin hielt ihn ganz schön auf Trab, dachte Julen schmunzelnd. Für diese Form der Partnerschaft fühlte er sich selbst noch zu jung.

»Ich habe einen neuen Auftrag für dich.« Jedes Anzeichen von Gefühl war verschwunden. Wenn es ums Geschäft ging, verstand Kieran keinen Spaß. Auch jetzt trug er eine undurchdringliche Miene, und es klang, als liege Stahl unter der dunklen, eindringlichen Stimme.

Erfreut stellte Julen sein Glas beiseite. »Es hat also geklappt, bist du jetzt mein Verbindungsmann zum Rat? Du ahnst ja nicht, wie froh ich bin, diesen *Zombie* nicht mehr sehen zu müssen!«

»Du solltest den Ältesten gegenüber mehr Respekt zeigen. Doch wenn es dich so freut, deinen Mentor losgeworden zu sein, dann hast du jetzt die Gelegenheit, Dankbarkeit zu zeigen«, entgegnete Kieran trocken. »Deine Fähigkeiten als Bodyguard sind gefragt.«

»Oh nein! Das ist nicht dein Ernst, oder?« Julen fuhr sich durch das blonde, halblange Haar, bis es so aussah, als sei er gerade aus dem Bett gestiegen. »Komm schon, Kieran. Zum Kindermädchen eigne ich mich nicht. Das weißt du ganz genau!«

»Wenn du auf deine Affären anspielst, muss ich dir recht geben.«

»Lass Sara aus dem Spiel! Ja, sie ist mir ein paar Mal ausgebüxt, aber verrückt ist sie nicht. Das Mädchen ist einfach nur verwirrt und bei den Feen besser aufgehoben als hier zwischen all den sterblichen Kerlen, die doch nur das eine von ihr wollen.«

»Ganz zu schweigen von den unsterblichen!«, murmelte Kieran.

Julen hatte in letzter Zeit kein glückliches Händchen mit Frauen gehabt – und genau aus diesem Grund war er wahrscheinlich auch für solch einen lächerlichen Job ausgewählt worden. Nachdem er in kurzer Zeit zweimal enttäuscht worden war, hatte er sich geschworen, sich so bald nicht mehr auf eine Affäre einzulassen. Es gab genügend *professionelle* Blutjunkies und attraktive Vampirinnen, mit denen man sich vergnügen konnte, ohne gleich einen Krieg heraufzubeschwören, wenn zwischendurch etwas nicht ganz zufriedenstellend lief.

»Eines solltest du noch wissen: Im Feenreich gibt es Schwierigkeiten …«

»Und was geht *uns* das an?«, gab Julen ein wenig schärfer als beabsichtigt zurück.

Kieran hob die linke Augenbraue. Es war klar, was er von der Frage hielt. Sie alle wussten, dass die Geschicke der Feen und der geborenen Vampire eng miteinander verknüpft waren und sie eine lange gemeinsame Geschichte verband. Zwischen dem Volk der Kinder des Lichts und den Dunkelelfen, zu denen auch sie beide gehörten, hatte es in der Vergangenheit immer wieder kriegerische Auseinandersetzungen gegeben. Es schien, als könnten sie einerseits nicht miteinander, andererseits aber auch nicht ohne einander sein.

Julen hätte sich gleich denken können, dass er keine Antwort erwarten durfte, also kam er wieder auf das ursprüngliche Thema zurück. »Aber warum muss ausgerechnet ich die Kleine bewachen?«

»Weil ich es dir sage!« Kieran entging nicht, dass Julen unter seinen Worten wie unter einem Peitschenhieb zusammenzuckte. Und so fügte er versöhnlicher hinzu: »Ich kann den Job wohl kaum übernehmen.«

Langsam atmete Julen aus. Gern hätte er mehr als die eine Armlänge Abstand zwischen sich und seinen Mentor gebracht. Doch dies wäre ein Eingeständnis von Schwäche gewesen. Und ein Vengador zeigte keine Schwäche.

Natürlich hatte Kieran recht, er war in der magischen Welt viel zu bekannt, um jemanden unauffällig zu überwachen, sei es nun eine Sterbliche oder eine ahnungslose Fee. Julen dagegen kultivierte seinen Ruf, ein nichtsnutziger Frauenheld zu sein, nicht ohne Erfolg. *Nur eben in letzter Zeit läuft's nicht besonders gut*, dachte er. Doch bisher hatte seine Reputation keinen Schaden genommen und stellte eine erstklassige Tarnung dar, zumal kaum jemand wusste, dass er erst kürzlich offiziell zum Vengador ernannt worden war. Niemand kam auf die Idee, er könnte etwas anderes suchen als sein Vergnügen.

»Du schuldest jemandem einen Gefallen. An deiner Stelle wäre ich dem Schicksal dankbar, dass sich so schnell eine Gelegenheit bietet, dich zu revanchieren.«

Die magische Welt wurde mithilfe strenger Regeln und einem engen Netz aus Gefälligkeiten, Verpflichtungen und Schulden zusammengehalten. Deshalb hörte Julen aufmerksam zu, als ihm Kieran weitere Details erläuterte. »Unsere Dienste wurden nicht offiziell angefragt, du arbeitest hier also ohne Back-up.«

Obwohl ihn diese Information beunruhigen sollte, freute sich Julen. Er liebte das Abenteuer, und wenn er sich auch nicht besonders für die Politik der magischen Welt interessierte, erkannte er doch das Besondere an diesem Vorgehen. »Was soll ich tun?«

»Hab einfach nur ein Auge auf Alva.« Der Vengador sah ihn ausdruckslos an.

Julen wurde sofort misstrauisch. »Was noch?«

»Lass die Finger von ihr!«

Das war es zwar nicht, was er gemeint hatte, aber er kannte seinen Mentor gut genug, um zu wissen, dass vorerst alles gesagt war. Er salutierte mit einer ironischen Geste und trat in die Zwischenwelt ein. *Darauf kannst du Gift nehmen!*

Immerhin gab es eine Adresse, unter der das Mädchen zu finden war. Das ersparte ihm aufwändige Recherchen, und er betrat wenig später das erfreulicherweise menschenleere Haus am Rande eines kleinen Dorfes.

Schnell stellte sich jedoch heraus, dass seine neue Schutzbefohlene hier nicht mehr wohnte.

Mitten in ihrem Zimmer stehend sah er sich nach Hinweisen auf ihren Verbleib um, als plötzlich jemand die Treppe heraufkam. Schnell trat er in die Zwischenwelt ein und beobachtete aus dieser unerklärlichen Dimension, die erfahrenen Vampiren das Reisen zwischen den Welten ermöglichte, wie eine Frau den Raum betrat.

Sie roch nach frischer Luft und Garten, und er öffnete seine Sinne weiter, um zu sehen, was sich hinter der attraktiven Fassade verbarg. Unwillkürlich befeuchtete er seine Lippen. Für eine appetitliche Sterbliche wie diese konnte man schon einmal seine guten Vorsätze vergessen. Jetzt war allerdings nicht der richtige Zeitpunkt für erotische Abenteuer.

Also beobachtete er sie weiter. Ahnungslos sah sie sich um, suchend. Schließlich zuckte sie mit den Schultern und murmelte etwas, das klang wie: *Warum hat sie sich nur diese schreckliche Gruft geschaffen?*

Die Frage stellte sich Julen ebenfalls. Dunkelheit bereitete ihm wahrlich keine Probleme, aber hier würde selbst er nicht wohnen wollen. Die Atmosphäre hatte etwas ungeheuer Deprimierendes. Rot und Schwarz waren durchaus angenehme Farben, in dieser Intensität wären sie für seinen Geschmack jedoch selbst in der Hölle eine Spur zu übertrieben gewesen.

Lautlos folgte er der Frau wenig später die Treppe hinab in einen weitaus freundlicher eingerichteten Living Room und fuhr mit seinen Beobachtungen fort: Nach kurzem Zögern nahm sie zwei Kerzenleuchter vom Tisch, schlug sie in Seidenpapier ein und legte sie in einen großen Karton. Julen wusste nicht, was er sich davon versprach, ihr beim Packen von Umzugskisten zuzuschauen. Dennoch blieb er in der Nähe. Schließlich hatte sie ihre Arbeit beendet und griff zum Telefon. Automatisch prägte er sich die Adresse ein, die sie einem Kurierdienst als Zielort der Lieferung angab.

Kaum hatte sie aufgelegt, da hörte er jemanden an der Haustür. Die Art, wie sich die beiden Menschen begrüßten, zeigte ihm, dass sie einander sehr zugetan waren.

Der Mann sah auf die Kartons. »Bist du sicher, dass wir sie ihr nicht selbst bringen sollten?«

»Natürlich. Nachdem du sie einfach vor die Tür gesetzt hast, kannst du wohl kaum schon am nächsten Tag bei ihr auftauchen.«

»Ich habe sie doch nicht hinausgeworfen!«

Beruhigend legte ihm die Frau eine Hand auf den Arm. »Natürlich nicht, Schatz. Das weiß ich ja. Wir müssen Tom einfach vertrauen, dass er sich um unsere Kleine kümmert.«

Ein Blick in die Gedanken des Mannes enthüllte ihm dessen Zweifel an der Zuverlässigkeit dieses Mannes namens Tom, und er nahm sich vor, ihn genau zu durchleuchten, um eine mögliche Gefahr für das Mädchen auszuschließen.

Die Sterbliche ahnte jedoch nichts von den Vorbehalten ihres Mannes und küsste ihn.

Julen erkannte, dass er hier vorerst nichts Neues erfahren würde. Also kehrte er in das Zimmer des Mädchens zurück, um nach Hinweisen auf ihre Persönlichkeit zu suchen. Sie mochte sich ein wenig extrem eingerichtet haben, doch Bücher, Notizen und die Zeugniskopie, die er in einer Schublade ihres Schreibtisches gefunden hatte, bewiesen, dass sie letztlich eine ganz normale Schulabgängerin war.

Es dauerte lange, bis er ein Foto fand. *Sommerferien am Meer* war in ungelenker Schrift auf die Rückseite gekritzelt worden, mit einer Jahreszahl. Ein Mädchen im geblümten Kleid stand mit verschränkten Armen am Strand und blinzelte in die Kamera. Ihre langen Haare flogen im Wind, und wenn sie damals auch noch ein Kind gewesen war, so konnte nicht nur ein erfahrener Frauenliebhaber wie Julen sofort erkennen, dass sie in nicht allzu ferner Zukunft eine Schönheit werden würde.

Weitere Aufnahmen fand er später in den Räumen der Eltern, keine davon war aber jüngeren Datums. Offenbar hatte sie von einem gewissen Alter an beschlossen, keine Bilder mehr von sich machen zu lassen oder zumindest keinerlei Abzüge davon aufzuheben.

Die vorhandenen Informationen reichten ihm jedoch vorerst. Er wusste nun ungefähr, wie sie aussah, kannte einige ihrer Vorlieben – und vor allem ihren Duft.

Julen atmete ihn noch einmal tief ein. Irgendetwas regte sich in seinem Unterbewusstsein und verlangte nach Aufmerksamkeit. So sehr er sich aber auch bemühte, er kam nicht darauf, was es war. Der Geruch von Erde, den Apfelbäumen, die vor ihrem Fenster wuchsen, und zarten Gräsern wollte so gar nicht zu ihrer eigentümlichen Behausung passen. *Vermutlich liegt es daran.*

Unsichtbar und nahezu lautlos landete Julen mit einem eleganten Sprung auf dem Balkon. Behutsam drückte er die unverschlossene Tür auf und lauschte. Deutlich waren Stimmen aus der Tiefe der Wohnung zu hören. Er zählte vier Sterbliche, zwei Männer und zwei Frauen. Doch ihn interessierte nur eine. Die Stimme klang weich und ausgesprochen melodisch. Sofort fühlte er sich zu ihr hingezogen.

Julen konnte sich nur an wenige Situationen in seinem Leben erinnern, in denen er ähnlich intensiv auf das Timbre einer Frauenstimme reagiert hatte. Es waren allerdings keine guten Erinnerungen, die sich ihren Weg zurück an die Oberfläche seines Bewusstseins bahnen wollten, und er schüttelte den Kopf, um sie loszuwerden. Es dauerte keine Sekunde, bis er sich wieder im Griff hatte. Nur das Hier und Jetzt war wichtig, der Auftrag und seine Schutzbefohlene.

Dieses neue Zimmer passte viel besser zu ihr. Er verstand zwar die geschmacklichen Kapriolen der Frauen nicht, wusste jedoch aus Erfahrung, dass jeder Sterbliche in dem Augenblick aufblühte, in dem er zu sich selbst fand. Und wonach auch immer die eigenartige Gruft in ihrem Elternhaus ausgesehen hatte, ein Zeichen für innere Harmonie war sie nicht gewesen. Im Grunde war es aber auch egal. Das Mädchen war jung und würde noch einen langen Weg gehen müssen. Seine Aufgabe war es, dafür zu sorgen, dass ihr unterwegs nichts zustieß. Nicht mehr … aber auch nicht weniger.

Warum ausgerechnet ich?, stöhnte er in Gedanken. Als wenn gerade er ein Händchen für heranwachsende Feentöchter hätte! Julens Lippen bildeten nur noch eine schmale Linie. *Wahrscheinlich sind sie mein Schicksal.* Eine Spur von Selbstironie würzte diesen Gedanken. Seine letzte Freundin war ein bisschen verrückt und oft ziemlich unberechenbar gewesen. Davon hatte er vorerst die Nase voll. Apropos Nase ... seine Nase verriet ihm, dass vor nicht allzu langer Zeit ein magisches Reinigungsritual in dieser Wohnung vollzogen worden war. Schlechte Neuigkeiten. Welcher der Bewohner verstand sich auf solche Dinge?

Julen lauschte dem Geplänkel der vier Sterblichen. Dabei trug die häufige Erwähnung eines Sargs nicht eben zu seiner Entspannung bei. Genauso wenig wie die Entdeckung, dass sie offenbar alle hier lebten. *Na großartig!* Er unterdrückte den Fluch, der auf seinen Lippen lag. Solange er sich in der Zwischenwelt befand, war es angebracht, allzu starke Emotionen zu verbergen. Die rätselhafte Dimension verhielt sich zuweilen wie ein lebendiges Wesen, und es empfahl sich nicht, seine Aufmerksamkeit zu wecken. Sie war stets hungrig und verschlang alles, was sich nicht vor ihr zu schützen wusste.

Also sah er sich nach einem geeigneten Beobachtungsposten um. Prüfend betrachtete er das gegenüberliegende Haus. Schließlich entschied er sich aber gegen den luftigen Sitz im Schatten eines Schornsteins und stieg in den Baum, der neben Alvas Balkon wuchs.

Von hier aus konnte er ihr Zimmer und die Haustür sehen und war zudem von einem dichten Blattwerk geschützt. So vermied er es, seine Energie damit zu verschwenden, über einen längeren Zeitraum unsichtbar zu bleiben. Diese Entscheidung wurde belohnt, als Alva schließlich ihr Zimmer betrat, es sich dann jedoch anscheinend anders überlegt hatte und wieder hinausging. Obwohl er sie deshalb nur kurz betrachten konnte, fand Julen, dass sie weitaus jünger wirkte, als ihre Stimme es hatte vermuten lassen. Vielleicht lag es auch daran, dass sie sich eher wie ein Junge kleidete. Ein zu großes T-Shirt und eine löchrige Jeans, die so aussah, als gehörte sie ihrem großen Bruder, verbargen ihre Gestalt. Und das schmale Gesicht verschwand fast vollständig hinter einem seidigen Schleier schwarz gefärbter Haare, die ihr bis weit über die Schultern reichten. Dem Kenner blieben die appetitlichen Formen ihres Körpers dennoch nicht verborgen.

Bedauerlich, dass sie tabu ist, dachte Julen und schimpfte sich gleich darauf einen Dummkopf. Würde er denn nie lernen, dass Vampire die einzigen weiblichen Wesen waren, mit denen sich ein Dunkelelf einlassen durfte? Alles andere endete entweder mit lebenslänglich, was für jemanden wie ihn praktisch das Gleiche wie *für die Ewigkeit* bedeutete, oder es wurde sehr schnell sehr kompliziert.

Während er auf ihre Rückkehr wartete, verließen ihre drei Mitbewohner das Haus. Dabei taten sie ihm den Gefallen, einzeln und im Abstand von wenigen Minuten herauszukommen. Zuerst erschien ein langer Typ mit braunem Haar, schloss ein Fahrrad los und fuhr davon. Fünf Minuten später polterte es im Treppenhaus, ein blonder Mann trat hinaus, ging mit langen Schritten über den Hof und machte eine ausgesprochen gute Figur, als er in sein offenes Cabrio sprang. Ein Bild von ihm hatte in Alvas Elternhaus gestanden. Du bist also Tom! Julens Lippen kräuselten sich. Ich werde ein Auge auf dich haben, mein Freund! Entgegen seiner Erwartung fuhr Tom nicht sofort los, sondern ließ nur den Motor an und wendete. Wartete er etwa auf Alva? Julen hatte heute noch nicht viel gegessen, genauer gesagt getrunken. Es würde ihm wahrscheinlich schwer fallen, den beiden über eine weite Strecke zu folgen.

Der Mann hupte zweimal, dann fiel im Haus eine Tür ins Schloss.

Zum Glück war es aber nicht Julens Schützling, sondern die zweite Frau, die er in der Wohnung gehört hatte. Auch sie war ausgesprochen hübsch, und er grinste, während er dem davonfahrenden Wagen hinterhersah. Mit den beiden Männern, die er auf Mitte zwanzig schätzte, würde er mit links fertigwerden, falls sie jemals Schwierigkeiten machen sollten. Und wer hätte schon etwas gegen schöne Frauen einzuwenden? Diese hier war auf jeden Fall volljährig und durchaus eine Sünde wert.

Die kritische Stimme in seinem Unterbewusstsein, die ihn daran erinnerte, dass es genau dieser Leichtsinn war, der ihn schon immer in Schwierigkeiten gebracht hatte, ignorierte er. Es gab Wichtigeres zu tun, als über längst vergangene Zeiten nachzudenken, denn in diesem Augenblick kehrte Alva zurück und band, während sie die Tür mit dem Fuß schloss, ihr Haar in einer sinnlichen Bewegung zu einem Pferdeschwanz zusammen. Dabei offenbarte sie ihrem heimlichen Beobachter einen elegant geschwungenen Hals, der ihn schlucken ließ. Verdammt! Die Kleine war nicht zu unterschätzen. *Was wird das, Kieran?*, fragte er lautlos seinen Auftraggeber. *Wollt ihr meine Selbstdisziplin testen?* Selbstverständlich erhielt er keine Antwort.

Während Julen also mit seinem Schicksal haderte, das ihm diesen Auftrag eingebrockt hatte, durchquerte sie das Zimmer und blieb vor einem Instrumentenkoffer stehen, öffnete ihn und nahm ein Cello heraus, das auf den ersten Blick viel zu groß für sie zu sein schien. Liebevoll strich sie über das Holz.

Julen hatte keine Eile, dennoch dauerte es auch für sein Empfinden eine ganze Weile, bis sie den Bogen ansetzte und spielte. Er hatte mit den Fingerübungen einer Musikschülerin gerechnet, nicht aber mit nahezu vollkommenen Harmonien, die ihn sogleich verzaubern würden. Das Mädchen war eine Künstlerin – womöglich lag darin auch der Grund, dass es einem unbekannten Auftraggeber wichtig erschien, sie schützen zu lassen. Über zweihundert Jahre hatte er Zeit gehabt, die Musik zu studieren, und trotzdem gab es immer wieder Neues zu entdecken. Er hatte sich eine große Neugier auf das Leben bewahrt, obwohl die Tage eines Vampirs oft lang genug und eintönig waren und sich die Zukunft wie ein endloses Band vor ihm erstreckte. Es waren einzigartige Augenblicke wie dieser, die Julen dankbar bleiben ließen für sein einzigartiges Schicksal.

Wie verzaubert lauschte er ihrem Spiel.

Als Alva schließlich das letzte Stück mit einer waghalsigen Variation beendete, kam es ihm so vor, als müsse er ein warmes Bett gegen einen Schwall Eiswasser tauschen.

Anschließend verpackte sie ihr Instrument so sorgfältig, als würde sie ein Kind zu Bett bringen. Dann wandte sie sich ab, nahm einen abgegriffenen Plüschhasen vom Bett und küsste ihn. »Gute Nacht, mein Freund!«

Sie ist so jung! Mit seiner Befürchtung, als Babysitter missbraucht zu werden, hatte er also nicht ganz falsch gelegen. Dennoch erschien ihm diese Aufgabe plötzlich weit weniger fad, als noch vor kaum mehr als einer Stunde. Sie wirkte mädchenhaft und unerfahren, keine Frage, und sie hatte vermutlich keine Vorstellung davon, wer sie wirklich war. Allerdings wirkte sie auch wieder nicht so kindlich, dass er sich schäbig gefühlt hätte, als er ihr nun interessiert zusah, wie sie zu einer Musik tanzte, die nur in ihrem Kopf erklang – und sich dabei auszog. Sie entkleidete sich jedoch mit einer solchen Unschuld, dass Julen schließlich trotzdem wegsah. Gerade noch rechtzeitig schenkte er ihr wieder seine Aufmerksamkeit, um festzustellen, dass an ihrer Figur nichts, aber auch gar nichts kindlich wirkte.

Sein feines Gehör verriet ihm, dass sie ihr Zimmer in Richtung Bad verließ, und dabei gönnte er ihr etwas Privatsphäre. Bald darauf klapperte in der Küche Geschirr. Als sie zurückkehrte, schlug sie die Bettdecke beiseite und setzte sich mit einem Buch in der einen und einem Glas in der anderen Hand in ihr Bett.

Milch mit Honig? Ein Bild stieg in ihm auf: Zwei Jungs, eng aneinander gekuschelt in einem Bett, das sie miteinander teilten. Vorsichtig blies er über fein gesüßte Milch, bis sich die Oberfläche kräuselte und diese kleinen weißen Inseln entstanden, die er mehr hasste als alles andere. Und wenn gerade niemand hinsah, fischte sein Bruder nach den weichen Fladen und gab dabei immer einen Zischlaut von sich, wenn er die schmutzigen Finger schnell wieder aus dem heißen Trunk herauszog, um sie danach genüsslich abzulecken.

Julen sah zu, wie Alva einen Löffel nahm, ihn in ihr Glas steckte und umrührte. Als sie ihn wieder herauszog und das Silber von einer weißen Haut eingehüllt war, verzog sie das Gesicht und wischte den Löffel an einer Serviette ab, die sie anschließend zusammenknüllte.

Aus einem unbegreiflichen Grund freute er sich über diese Gemeinsamkeit und beobachtete gebannt ihr Gesicht, das ein ähnliches Entzücken widerspiegelte, wie es der sehr junge Julen in einer ganz anderen Zeit ebenfalls empfunden hatte, wenn er endlich von seiner abgekühlten Milch nippen konnte.

Mit dem Handrücken wischte sie sich den zarten Milchbart von der Oberlippe, stand auf und ging zu einer großen Kiste, in der sie eine Weile wühlte. Julen unterhielt sich mit dem Anblick ihres hübsch geformten Hinterteils, das ihm umso besser gefiel, je angestrengter sie zu suchen schien. Er hätte noch eine Weile zuschauen können, doch da schien sie gefunden zu haben, was sie gesucht hatte, und kehrte mit ihrer Beute ins Bett zurück.

Ein Buch und etwas zum Knabbern, das konnte eine lange Wartezeit bedeuten. Julen überlegte sich, ob er es wagen durfte, seinen Beobachtungsposten zu verlassen, um selbst in einer ruhigen Seitenstraße einen kleinen Imbiss einzunehmen. Vorerst wollte er darauf verzichten, seinen Aufenthaltsort preiszugeben, indem er sich frische Blutkonserven liefern ließ. Die Firma, bei der er bestellte, war zwar diskret, aber irgendjemand redete schließlich immer.

Der Schlaftrunk schien jedoch seine Wirkung zu tun, sie räkelte sich und gähnte.

Also entschied er sich dafür, noch eine Weile auszuharren, und wurde nach nicht allzu langer Zeit für seine Geduld belohnt.

Das Mädchen löschte das Licht und war bald darauf eingeschlafen, wie Julen an ihrem gleichmäßigen Atem hören konnte, der dank seiner ausgezeichneten Sinne ebenso deutlich zu vernehmen war, als läge sie neben ihm.

Das war ein verlockender Gedanke, den er sofort wieder beiseiteschob. *Ich erledige einfach nur meinen Job*, bestätigte er sich, sprang auf den Balkon und stand kurz darauf vor ihrem Bett.

Aus der Nähe betrachtet wirkte sie sehr zerbrechlich, wie sie da mit geschlossenen Augen lag. Er konnte ihren Puls unter der zarten Haut sehen – und der Hunger erwachte in ihm.

Julen beugte sich weiter hinab und inhalierte mit geschlossenen Augen. Dann nahm er ihre Hand und berührte die Fingerspitzen mit seinen Lippen. Eine Flut exquisiter Emotionen überschwemmte ihn, und es kostete ihn große Überwindung, sich von ihr zu lösen.

Die Magie, die ihm innewohnte, verhinderte, dass seine Opfer rechtzeitig erkannten, in welcher Gefahr sie sich befanden. Er hätte sie beißen können, ohne dass sie sich danach noch daran erinnert hätte. Seine tödlichen Reißzähne hatten sich längst ihren Weg gebahnt, und wäre Alva trotz allem erwacht, so wäre sie möglicherweise vor Schreck an einem Herzschlag gestorben. Ein gnädiges Schicksal, wenn man bedachte, wie schnell Vampire in einen mörderischen Blutrausch geraten konnten. Wenn der Hunger erst einmal die Oberhand gewonnen hatte, gab es kein Halten mehr.

Doch Julen war nicht hier, um ihr zu schaden, sondern um über sie zu wachen. Dass er die Kontrolle verlieren würde, war ohnehin nicht zu erwarten, verfügte er doch über genügend Erfahrung, um seinen Appetit selbst in schwierigen Situationen zu zügeln. Was er jetzt vorhatte, war ein Kinderspiel.

Mit einem messerscharfen Eckzahn ritzte er seinen rechten Daumen an. Die Verletzung war minimal und heilte sofort wieder. Schnell drückte er die Wunde zusammen, damit wenigstens ein winziger Blutstropfen hervortrat, bevor sich die Wunde vollends schloss.

Diesen Tropfen ließ er auf ihre rosige Unterlippe fallen und beobachtete fasziniert, wie sein eigenes Lebenselixier so langsam wie ein erotischer Gedanke in ihrem Mund verschwand.

Sofort fühlte er, wie ihr die Kraft des Blutes Fesseln anlegte, die wiewohl federleicht, doch stark genug waren, um diese junge Frau auf magische Weise an ihn zu binden.

Das hättest du mir sagen müssen! Kieran hatte ihm verschwiegen, welche Flut an Gefühlen einen Vampir bei diesem *einfachen Trick* überschwemmte. Ganz deutlich konnte er nun sein eigenes Blut in ihren Adern singen hören.

Nachdem diese wichtige Hürde genommen war und er wieder klar denken konnte, sah er sich im Rest der Wohnung um. Zusammen mit seinen bisherigen Beobachtungen entstand dabei ein recht genaues Bild der Bewohner. Zufrieden kehrte Julen in Alvas Zimmer zurück, vergewisserte sich noch einmal, dass ihr Atem ruhig und gleichmäßig ging, und drehte ihr schließlich schnell den Rücken zu, um nicht doch noch in Versuchung zu geraten. *Hoffentlich lässt die Wirkung bald nach!*, dachte er und verschwand in der Nacht.

Als ihm sein Lehrer erklärt hatte, dass er eine Sterbliche auf diese Weise zuverlässig unter Hunderten anderer sofort finden werde, war er noch skeptisch gewesen. Jetzt aber war er überzeugt, ihr über lange Strecken ohne Schwierigkeiten in sicherem Abstand folgen zu können. Die perfekte Lösung für einen Bodyguard. *Warum habe ich dann ein derart ungutes Gefühl?*

3

Wenn es stimmte, dass in Erfüllung ging, was man in der ersten Nacht in seinem neuen Zuhause träumte, dann war Alva ohne Zukunft. Es war nichts Schreckliches in ihren Träumen geschehen, ganz im Gegenteil: Sie hatte überhaupt nichts geträumt.

Genau genommen zählt also diese erste Nacht gar nicht. Sie hielt an diesem Gedanken fest, obwohl sie wusste, dass sich das Schicksal nicht gern infrage stellen ließ. Schon die alten Griechen wussten, dass nichts Gutes dabei herauskommt, das Orakel mit der gleichen Frage mehrmals zu belästigen. Woher dieser Gedanke kam, war ihr vollkommen rätselhaft, und schnell schob sie ihn beiseite.

Geflissentlich ignorierte sie die Zeichen, die darauf hinwiesen, dass ihr Schicksal nicht bereit war, sich vor ihr zu enthüllen, und nahm sich vor, sich in der folgenden Nacht eine zweite Chance zu gestatten.

Tatsächlich hatte sie dann auch etwas Außergewöhnliches geträumt. Und zwar so lebhaft, dass es ihr schon fast nicht mehr wie ein Traum vorgekommen war.

Zunächst hatte sie versucht, sich mit Keksen und warmer Milch müde zu lesen. Neben viel Honig hatte sie sogar einen Schuss Rum hineingegeben. Davon war ihr allerdings ein bisschen übel geworden. Alva mochte den Geschmack von Alkohol nicht besonders.

Ihr Auszug von Zuhause hatte jedoch auch etwas mit Erwachsenwerden zu tun, fand sie. Und Erwachsene tranken eben zum Essen gerne ein Gläschen und gelegentlich auch, um einzuschlafen. Jedenfalls im Film war das so – und in Büchern. Ihr Vater und Brigitta waren zwar eine Ausnahme, die Eltern ihrer Freundinnen jedoch größtenteils nicht. Aber das galt für viele andere Dinge auch.

Zurück zu dem Traum, ermahnte sie sich. Kaum hatte sie gestern Abend die Augen geschlossen, war sie von einem Traumprinzen heimgesucht worden. Bei diesem albernen Wortspiel musste Alva beinahe laut lachen.

Trotzdem. Wie man es auch drehte und wendete, ihr nächtlicher Besuch war *Traumprinzen-Material* erster Güte gewesen und hundertprozentig die Sorte Mann, von der sie ganz sicher war, dass sie sich niemals für sie interessieren würde. Solche Männer hatten langbeinige Modelfreundinnen und sahen über jemanden wie sie einfach hinweg, die schwindeln musste, um wenigstens im Pass größer als ein laufender Meter zu sein.

Und deshalb verwies sie die Erinnerung an ihren nächtlichen Besucher ohne zu zögern in das Reich der Fantasie, obwohl sie auch eine Stunde später noch nichts von ihrer Lebendigkeit verlieren wollte.

Inzwischen hatte sie eine riesige Schale Cornflakes mit sehr viel Milchkaffee hinuntergespült. Doch die nächtliche Begegnung fühlte sich sogar dann noch sehr real an, als sie frisch geduscht versuchte, die Frisur vom Vortag wiederherzustellen.

Mit flüchtigen Träumen kannte sie sich aus, dieser hier aber war anders! Keiner ihrer *weißen Träume* hätte bis nach dem Frühstück überlebt. Nur das Grauen wäre geblieben, zuverlässig wie der Schmerz, der sie seit ihrem dreizehnten Lebensjahr allmonatlich quälte und ihr in berechenbarer Regelmäßigkeit einen Fehltag in der Schule eingebracht hatte – ganz abgesehen vom Spott der Klassenlehrerin, die, davon waren alle Mädchen überzeugt, längst keine Probleme mehr mit diesem oder irgendeinem anderen Aspekt der Weiblichkeit hatte.

Entschlossen verdrängte sie die Erinnerung an die Schule. Das *weiße Nichts* war kurioserweise nicht so leicht zu vergessen. Der Inhalt war flüchtig, das Grauen erwies sich dafür als umso anhänglicher. Diese Träume spielten ihr derart übel mit, dass ihr Unterbewusstsein sie offensichtlich vor Einzelheiten zu schützen versuchte, indem es einfach in den Amnesie-Modus überging. Eine Art gezieltes Vergessen setzte nach dem Aufwachen ein.

Wie man es auch drehte und wendete, dieses merkwürdige Vergessen war nicht nur unheimlich, es ging ihr auch höllisch auf die Nerven. Alva hätte schwören können, dass die Ereignisse in diesen Nächten ihren Schrecken verlören, sobald sie nur einmal die Chance bekäme, sie zu verarbeiten. Doch es war müßig, sich darüber den Kopf zu zerbrechen, wenn sie doch nichts daran ändern konnte. Lieber wollte sie sich an den Traum der vergangenen Nacht erinnern und die aufregenden Ereignisse noch einmal Revue passieren lassen.

Als der Schatten über ihren Balkon geglitten war, hatte sie sofort gewusst, dass etwas nicht in Ordnung sein konnte. Vor lauter Angst hatte sie unter ihren Wimpern hindurch versucht, hastige Blicke auf ihn zu werfen. Die Lichter der Stadt in seinem Rücken hatten eine schlanke Silhouette gezeichnet. Breite Schultern, schmale Hüften, lange Beine, also alles, was ein Mädchenherz höher schlagen ließ. Ihres zumindest reagierte sehr zuverlässig auf Reize dieser Art. Selbstverständlich legte sie nicht unbedingt den größten Wert auf gutes Aussehen. Dazu ermahnte sie sich zumindest regelmäßig, wenn ihr der Anblick der süßen Jungs, die in dem Fotostudio über den Räumen ihres Cello-Lehrers ein- und ausgingen, die Sprache verschlug.

Ihre nächtliche Erscheinung hatte zwar erwachsener gewirkt, hätte jedoch locker mithalten können. Umso bedauerlicher, dass sie ausgerechnet sein Gesicht in der Dunkelheit nicht besonders gut hatte erkennen können. Die gerade Linie seines Kiefers und der sinnlich geschwungene Mund waren sehr vielversprechend gewesen.

Immerhin wusste sie, dass er helles Haar besaß, das sich sehr weich anfühlte, denn es hatte ihre Handfläche berührt, als er ihr die Fingerspitzen geküsst hatte. Spätestens jetzt wurde ihr klar, dass sie niemandem von diesem Traum erzählen durfte. Unwillkürlich hob Alva die Hand und betrachtete die Innenseite. Natürlich war nichts zu sehen. Aber ein bisschen fühlte es sich immer noch so an, als könnte sie seine Lippen darauf spüren.

Ob außer diesem Kuss noch etwas anderes geschehen war, hatte sie dummerweise vergessen. Ein nagendes Gefühl der Unsicherheit blieb zurück. *Was habe ich getan?* Als könnte es ihrem Gedächtnis auf die Sprünge helfen, leckte sie sich mit der Zunge über die Lippen. Die dunkle Süße, die sie zu schmecken glaubte, existierte gewiss nur in ihrer Einbildung.

Es war ihr vollkommen unverständlich, dass sie nicht wenigstens *nach* seinem Verschwinden sofort die Polizei gerufen hatte. Aber sie hatte sich zu keinem Zeitpunkt gefürchtet und war sich auch ganz sicher gewesen, dass sie es nicht mit einem Dieb … oder sogar noch Schlimmerem zu tun hatte. Und dann war er einfach über den Balkon verschwunden.

Am liebsten wäre sie sofort aufgesprungen und hätte nachgesehen, wie er es geschafft hatte, die nicht unerhebliche Entfernung zwischen der Balustrade und dem ersten wirklich kräftigen Ast ihres Baumes zu überwinden, ohne auch nur das geringste Rascheln zu verursachen. Aber sie hatte sich nicht getraut. Alva sah in den Spiegel und zeigte sich selbst einen Vogel. *Na klar, hast du nichts gehört! Es war ja nur ein Traum.*

Sollte *dieser* Traum ein Hinweis auf ihre Zukunft sein, dann durfte sie getrost davon ausgehen, dass ihr aufregende Zeiten bevorstanden. Sie hätte eben doch nicht Apollon, den Gott der Weissagung, um eine zweite Chance bitten sollen.

Um ihre Mitbewohner heute nicht zu stören, verzichtete sie schweren Herzens darauf, ihr Cello auszupacken. Nur kurz öffnete sie den Koffer und strich über das glänzende Holz, wie immer besorgt, Kratzer oder Dellen zu finden. Doch da waren keine, und das war auch nicht weiter verwunderlich, denn sie hütete das Instrument wie ihren Augapfel. Und das lag gewiss nicht nur daran, dass ihre Eltern bisher noch nicht einmal die letzte Rate dafür bezahlt hatten.

Schließlich klappte sie den Deckel wieder zu, verschloss den Koffer sorgfältig und bewegte sich so lautlos wie möglich durch den Flur, bis sie schließlich die Wohnungstür erleichtert hinter sich zuziehen konnte.

Eigentlich hatte sie keine Lust darauf, heute schon ihr Leben neu zu organisieren, aber sie hatte sich vorgenommen, alles besser zu machen als in der Vergangenheit, und deshalb ging sie ohne Umwege zum Jobcenter.

Das Zeugnis in ihrer Tasche war nicht nur ein bisschen geknickt, es würde ihrer Vermittlerin auch keine große Freude bereiten. Der Gedanke bedrückte sie allerdings nicht besonders. Irgendetwas würde der Computer schon für sie ausspucken.

Eine halbe Stunde später fühlte sich Alva weniger zuversichtlich. Sie hatte geglaubt, dass Leute, die in Cafés oder im Supermarkt arbeiteten, keinerlei besondere Qualifikationen mitbringen mussten. Ein Irrtum. Wenn man einmal von schlecht bezahlten Jobs absah, die von all den bestens ausgebildeten jungen Leuten besetzt waren, die ihre Wartezeit vor oder nach dem Studium dazu nutzten, ein bisschen Geld zu verdienen, wurde überall Berufserfahrung erwartet, und in einigen Pubs verlangte man sogar Fremdsprachenkenntnisse.

Die Beraterin zuckte mit den Schultern. »Das liegt an den Touristen. Heute wird viel mehr erwartet als noch vor ein paar Jahren.«

Dann entdeckte Alva das Stellenangebot eines Musikclubs: *Hübsche Sie für Abend-Garderobe und Aushilfstätigkeiten gesucht.* Sie tippte mit dem Zeigefinger darauf und sah die Frau fragend an.

Doch die schüttelte den Kopf und sagte, das Publikum dort sei fragwürdig, und die Arbeit ende erst in den frühen Morgenstunden. »Es ist etwas anderes, in einer solchen Diskothek zu tanzen, als dort zu arbeiten, glaub mir.«

Leider fanden sich außer der Anzeige einer Begleitagentur und eines Fotografen, der Modelle für erotische Bilder suchte, keine weiteren Angebote. »Das ist nicht schlimm«, sagte sie und riet Alva, doch einfach alle paar Tage vorbeizukommen.

Ein bisschen ernüchtert, aber noch keineswegs beunruhigt, verbrachte Alva den Rest des Tages damit, ihre Umgebung zu erkunden und, als ihre Füße vom Herumspazieren schmerzten, im Café zu sitzen und Leute zu beobachten. Darüber vergaß sie die Zeit – und es wurde bereits dunkel, als sie mit zwei weiteren Pflanzen, die ihr Mitleid erregt hatten, nach Hause zurückkehrte. Stefan war schon fort, und Chris kam ihr auf der Treppe entgegen. Tom öffnete die Wohnungstür. »Wir sind allein, und ich habe noch ein bisschen Zeit ...« Er sah vielsagend in Richtung seines Zimmers.

Alva schob ihn zurück. »Ich ... bitte versteh mich nicht falsch, ich mag dich wirklich gern. Aber ...«

»... mehr wie einen Bruder. Hab ich recht?«

Als sie seinen Blick gespielter Verzweiflung sah, musste sie trotz der peinlichen Situation lachen. »Ach, Tom! Ich weiß, das klingt blöd. Aber lass uns doch einfach Freunde sein.«

Er drückte ihr einen Kuss auf die Stirn. »Wenn du darauf bestehst. Aber sag mir Bescheid, sobald du es dir anders überlegst und dich in Leidenschaft nach mir verzehrst.«

Sie ging auf den leichten Ton ein, den er dabei anschlug. »Du bist unmöglich. Aber ich gebe dir die Chance, alles wieder gutzumachen.«

»Und was schwebt dir da vor?« Er sah sie erwartungsvoll an.

»Das *Amnesia* sucht jemanden für die Garderobe.«

»Ja – und?«

Alva straffte die Schultern. »Kennst du nicht vielleicht den Chef?«

Tom zögerte einen Augenblick, bevor er ihr antwortete. »Den kenne ich tatsächlich. Und weißt du was? Das Letzte, was ich mir für meine … Schwester wünschte, wäre, dass sie für ihn arbeitet.«

»Aber ich brauche einen Job!«, widersprach sie ihm.

»Den wirst du auch finden. Und bis dahin mach dir keine Sorgen um die Miete oder so. Ich komme auch ohne deine wenigen Pennys zurecht.«

Misstrauisch sah Alva ihn an. »Und woher hast du das Geld, ein ganzes Haus zu kaufen und dann auch noch auf die Mieteinnahmen zu verzichten?«

»Das geht dich nichts an.« Toms Blick war abweisend geworden. »Du kannst hier wohnen, okay, aber geh mir bitte nicht auf die Nerven.« Er drehte sich wortlos um und verschwand in seinem Zimmer. Kurz darauf ertönte laute Musik.

»Typisch!«, murmelte Alva und schlug die Tür ein wenig lauter hinter sich zu, als es notwendig gewesen wäre. Sie packte ihr Cello aus und setzte sich auf den Schemel, den sie in ihrem merkwürdigen Kleiderschrank gefunden hatte. Kaum hielt sie das Instrument zwischen den Knien und den Bogen in der Hand, vergaß sie alles um sich herum und begann zu spielen.

Es dauerte eine Weile, bis sie bemerkte, dass sie Gesellschaft bekommen hatte. Tom lehnte mit verschränkten Armen in der Tür und hörte ihr zu. Als sie sich nach ihm umdrehte, sagte er: »Du bist gut geworden. Richtig gut.«

Wie auch sonst häufig reagierte Alva verlegen auf ein Kompliment. Sie legte den Bogen aus der Hand.

Tom strich sich mit dem gekrümmten Zeigefinger über die Nasenspitze. Nun war er wieder ganz der Alte und sah sie an, als wüsste er von einem Geheimnis, das er nur lüften würde, wenn sie tat, was er von ihr verlangte. Sie kannte das Spiel aber schon und ließ sich nicht darauf ein, sondern wartete, bis er die Information freiwillig preisgab. Früher oder später geschah dies immer. Und Alva wurde auch jetzt nicht enttäuscht.

»Sieh mal auf den Balkon.«

Sie tat, was er verlangte, und entdeckte eine nagelneue Gießkanne aus grün lackiertem Metall. »Womit habe ich diese Großzügigkeit nur verdient?« Alva erwiderte sein Lachen, und die schlechte Stimmung von vorhin war vergessen. Kurz darauf verabschiedete er sich. Wohin er ging, blieb sein Geheimnis. Doch sie nahm sich vor, es schnellstmöglich zu lüften. Er sah wirklich nicht gesund aus, und sie machte sich ernsthaft Gedanken, woher er das Geld haben mochte, um ein Haus kaufen zu können.

Etwas enttäuschend war es ja schon, dass ihre neuen Mitbewohner einen so völlig anderen Lebensrhythmus hatten als sie selbst. Auch deshalb war der Job im Club interessant für sie, zumindest vorübergehend, bis sich etwas Besseres ergab. Im Internet fand sie die Adresse und griff, einem Impuls folgend, zum Handy. Trotz des frühen Abends dauerte es nicht lange, bis am anderen Ende eine weibliche Stimme sagte: »Amnesia-Club, guten Abend.«

Nachdem Alva ihr Anliegen geschildert hatte, klang die Frau

eine Spur freundlicher. »Warte, ich will mal nachsehen, ob der Chef schon da ist.«

Nach einer Weile trommelte Alva den Rhythmus des Songs mit, der ihr das Warten in der Telefonschleife verkürzen sollte. Wenn der für die Musik des Clubs typisch war, würde ihr die Arbeit dort bestimmt gefallen.

»Du möchtest also für uns arbeiten?« Die dunkle Stimme kroch geradezu in ihren Körper hinein und riss sie aus ihren Träumereien.

»Ja, also ich weiß nicht. Ich wollte mich erst mal erkundigen. Was man so machen muss und …« Rechtzeitig fiel ihr ein, dass es gewiss nicht verkehrt wäre, auch nach dem Lohn zu fragen. »… nach dem Stundenlohn natürlich auch.« Sie kam sich sehr erwachsen vor, als sie das sagte.

Der Mann nannte eine Summe, die nicht besonders beeindruckend war. Aber wahrscheinlich verdienten Garderobieren generell nicht viel.

Als hätte er ihre Gedanken geahnt, gab er ein tiefes Lachen von sich und sagte: »Das ist nur die Garantie. Wenn du gut bist, kannst du später auch mehr bekommen. Warum kommst du nicht einfach vorbei, und wir lernen uns kennen. Dann können wir alles Weitere besprechen.«

Ja, warum eigentlich nicht? Alva war erleichtert, wie unkompliziert das Telefonat verlief.

»Am besten, du bist vor zehn hier, dann kann ich dir auch gleich die Crew vorstellen.«

»Sofern Sie mich einstellen wollen.«

Wieder lachte er. »Ich habe das Gefühl, dass du dir darüber keine Gedanken machen musst.«

Als Alva sich bedanken wollte, hatte er bereits aufgelegt. Ein bisschen verwundert legte sie das Handy beiseite. Hatte in der Anzeige nicht gestanden, dass gutes Aussehen verlangt wurde?

Wieso glaubte er dann, sie sei die Richtige für diesen Job? Aber vielleicht hatte ja Tom entgegen seiner Ankündigung bereits ein gutes Wort für sie eingelegt. Sie nahm sich vor, ihren hoffentlich bald neuen Chef danach zu fragen.

Nun musste sie sich aber beeilen. Und etwas Richtiges zum Anziehen hatte sie auch nicht für das überraschende Vorstellungsgespräch! Ob Chris etwas dagegen haben würde, wenn sie sich eines ihrer Kleider auslieh? Hoffentlich nicht, sie hatte es ihr immerhin gestern angeboten. Da hatte Alva allerdings noch geglaubt, gar nicht auf das Angebot zurückkommen zu müssen.

Sie klopfte an die Tür, aber niemand antwortete. Behutsam drückte sie die Klinke. Nichts rührte sich.

»Chris?!« Keine Antwort.

Alva betrat das Zimmer und vergewisserte sich, dass ihre großzügige Mitbewohnerin wirklich nicht da war. Dann stand sie wortlos vor Christabellas improvisiertem Kleiderschrank und starrte auf die überwältigende Auswahl. Wie sollte sie sich da entscheiden?

Das Schwarze dort sah gut aus. Sie streckte ihre Hand aus … und zögerte. Es zeigte ein ziemlich gewagtes Dekolleté. Oder das Rote, in dem sie mit ihren frisch gefärbten Haaren und der bleichen Haut wahrscheinlich wie eine Vampirprinzessin aussehen würde. Die Zeit drängte, und endlich entschied sie sich für ein graues Kleid, das ein bisschen so aussah, als sei es in einen großen Pudertopf gefallen. Dafür zeigte es weniger Haut, sofern man von dem extrem kurzen, glockig geschnittenen Lolita-Rock absah, der ihren Hintern kaum bedeckte. *Da habe ich eine Idee!* Sie kehrte in ihr eigenes Zimmer zurück und zog eine ziemlich mitgenommen aussehende Jeans an. *Das geht*, stellte sie mit einem Blick in den Spiegel fest. Der kleine Riss am Hosenboden war kaum zu sehen, ihre Beine waren aber bedeckt, und sie wirkte schon nicht mehr wie eine Schulabgängerin im

Lolita-Outfit. Eilig zog Alva ihre schwarzen Lieblingsschnürstiefel an, die nicht nur außerordentlich bequem waren, sondern ihr auch ein Gefühl von Sicherheit gaben, sobald sie damit losstapfte. Vielleicht lag es daran, dass sie wusste, wie schnell sie in ihnen laufen konnte, oder an den festen Sohlen, mit denen sie jemandem im Notfall vors Schienbein treten konnte.

Seit ihr im letzten Winter zwei Jungs aus der Schule nach dem Unterricht aufgelauert hatten, um ihr das Einkaufsgeld abzunehmen, von dem sie dummerweise einer Freundin auf dem Pausenhof erzählt hatte, wusste sie das ganz genau. Die Jacke ihrer Schuluniform hatte zwar anschließend einen langen Riss gehabt, aber der eine Junge hatte ein blaues Auge geerntet und der andere tagelang humpeln müssen. Damals hatte sie niemandem davon erzählt, weil die beiden danach immer einen großen Bogen um sie gemacht hatten. Außerdem war es ihr selbst ein bisschen unheimlich gewesen, dass sie auf einmal solche bemerkenswerten Kräfte entwickelt hatte.

Doch das war lange her, und Alva musste sich allmählich beeilen, wenn sie rechtzeitig im Club sein wollte. Glücklicherweise hing ein Stadtplan in der Küche, und ein Blick darauf zeigte, dass das alte Fabrikgelände, auf dem sich nicht nur das *Amnesia* befand, sondern wo es laut Tom auch Cafés, Galerien und sogar Wohnungen gab, nur eine knappe Viertelstunde von hier entfernt lag.

Alva brauchte dann doch etwas länger, denn der Club befand sich in einem Teil der Anlage, der noch nicht renoviert war. Und als sie ihn endlich gefunden hatte, ließ sich die Eingangstür natürlich nicht öffnen.

Erst nachdem sie die riesige Produktionshalle mit den hohen Fenstern in der Dunkelheit fast umrundet hatte, sah sie einen zweiten, versteckt liegenden Eingang, über dem ein schwaches Licht leuchtete. Gerade wollte sie die Hand auf die Klinke legen, da sprang die Tür plötzlich auf und eine Frau kam herausgestürzt.

Alva murmelte eine Entschuldigung und machte schnell einen Schritt beiseite, um nicht über den Haufen gerannt zu werden.

Die Frau schien sie nicht einmal bemerkt zu haben, sie lief über das holprige Kopfsteinpflaster, bis die Dunkelheit sie verschluckt hatte. Sie hatte eigentümlich blass ausgesehen, und Alva fragte sich, was ihr einen solchen Schrecken eingejagt haben mochte. Vielleicht war es doch keine so gute Idee gewesen, trotz der merkwürdigen Bemerkung, die Tom gemacht hatte, herzukommen. Doch ehe sie es sich anders überlegen konnte, erschien eine zweite Frau in der Tür und streckte ihr die Hand entgegen.

»Du musst Alva sein. Hallo, wir haben schon auf dich gewartet.«

Ihr Gesicht war zwar nicht zu sehen, da sie nur von hinten angeleuchtet wurde, aber Alva gefiel die sympathische Stimme, und sie entspannte sich so weit, dass sie sich sogar zu fragen traute: »Was war denn mit der los?«

Eine kühle Hand zog sie ins Helle herein und schloss die Tür. »Keine Ahnung. Wahrscheinlich hatte sie Zoff mit dem Chef. Aber keine Sorge, normalerweise ist er sehr nett.« Ihr Lächeln ließ die Worte glaubwürdig erscheinen. Also folgte Alva ihr unbesorgt durch lange weiß gestrichene Gänge, bis ihre Begleiterin schließlich stehen blieb und an eine Tür klopfte, die merkwürdigerweise so aussah, als sei sie aus Eisen.

Obwohl von innen keine Antwort zu hören war, fühlte sie eine Hand in ihrem Rücken und stand gleich darauf mitten in einem eleganten Büro. Ihr blieb gar keine Zeit, wieder nervös zu werden. Und das war wahrscheinlich auch ganz gut so.

Der Mann stand mit einer fließenden Bewegung auf und schenkte ihr ein freundliches Lächeln. »Alva, nicht wahr? Schön, dass du gleich kommen konntest.« Er wies auf eine unpersönlich wirkende Sitzgruppe und bat sie, Platz zu nehmen.

Während sie sich auf die vordere Kante eines Sessels setzte, ging er an ihr vorbei und nahm, schneller als sie blinzeln konnte, auf einer schwarzen Ledercouch Platz. Lässig legte er einen Arm auf die Rückenlehne und schlug das linke Bein über.

Ihre Nervosität hatte nun weniger mit der Gesprächssituation zu tun als mit seiner bedrohlichen Ausstrahlung. Er verhielt sich freundlich, keine Frage, aber ihr kam es so vor, als schliche in seinem Inneren ein wildes Tier auf und ab, das nur darauf wartete, freigelassen zu werden, um sie zu verschlingen.

Er starrte sie an, als bemühe er sich, etwas zu lesen, das in winziger Schrift auf ihre Stirn geschrieben sein musste. Doch als sie zuletzt in den Spiegel geschaut hatte, war da nichts gewesen, und einen Schmutzfleck hätte er doch gewiss nicht so genau inspiziert.

Ungewöhnlich.

»Wie bitte?«, fragte sie irritiert, weil sich seine Lippen nicht bewegt hatten.

Zu ihrer Erleichterung unterbrach dies seine Inspektion ihres Haaransatzes, und er lehnte sich wieder zurück. »Wie bist du auf uns gekommen?«

Sie erzählte ihm von ihrem Besuch im Jobcenter und war froh, dass er sich damit zufrieden gab. Die nächste Frage verwunderte sie dann allerdings noch mehr.

Er lehnte sich vor und sah sie genau an. »Es hat dich also niemand geschickt?«

Mit gutem Gewissen konnte sie ihm antworten, dass sie aus freiem Willen hierher gekommen war. Allerdings fragte sie sich, ob das nicht ein Fehler gewesen sein könnte. Dass ihr die einzigen Menschen, denen sie von ihren Plänen erzählt hatte, beide abgeraten hatten, sich zu bewerben, behielt sie lieber für sich.

»Und du könntest sofort anfangen?«

Alva schrak auf. »Jetzt gleich?« Sie zögerte. »Ja. Natürlich. Kein Problem!«

Sein Blick verweilte einen Augenblick lang auf ihren Lippen, und sie musste sich sehr beherrschen, um dem Impuls zu widerstehen, sich mit der Hand über den Mund zu wischen.

Kurz glitt ein wissendes Lächeln über sein Gesicht. Danach befragte er sie zu ihrer Berufserfahrung, schien aber nicht sonderlich beunruhigt zu sein, dass sie noch nie als Garderobenmädchen gearbeitet hatte.

Besonders kompliziert, dachte Alva, *wird so ein Job ja auch nicht sein.* Erschrocken fuhr sie zusammen, als er plötzlich hinter ihr stand. *Schnüffelt der an mir?* Sie sprang von ihrem Sitz auf.

»Ich bin sicher, dass wir ausgezeichnet zusammenarbeiten werden!« Er trat einen Schritt zurück und sah sie durchdringend an.

Als hätte er ein geheimes Zeichen gegeben, öffnete sich die Bürotür. »Cathy zeigt dir, was du zu tun hast. Sie wird sich auch um alles Weitere kümmern.« Damit schien die Audienz beendet zu sein.

Als Alva sich bei ihm bedanken wollte, saß er bereits wieder an seinem Schreibtisch und griff zum Telefon. Daraus schloss sie, dass sie entlassen war. Ein bisschen überrumpelt fühlte sie sich schon. Sie hatte nicht damit gerechnet, bereits heute Abend hier arbeiten zu müssen. Aber auf der anderen Seite ersparte ihr seine Entscheidungsfreudigkeit vermutlich viele unangenehme Gespräche mit Leuten, denen sie sonst hätte erklären müssen, warum ihr Zeugnis so schlecht war. Eigentlich war sie immer ganz gut in der Schule gewesen, bis vor etwa zwei Jahren die *weißen Träume* begonnen hatten. Und mit diesen nächtlichen Gaukeleien war das Gefühl gewachsen, dass sie irgendwie nicht in diese Welt gehörte. Sie fühlte sich häufig erschöpft, starrte aus dem Fenster, als lägen dort draußen in den Wolken Antworten auf die wirklich wichtigen Fragen ihres Lebens. Und der Unterricht floss an ihr vorbei, als ginge sie das alles nichts mehr an.

Irgendwann hatte sie sich ihrer besten Freundin anvertraut und ihr von dem Gefühl der Fremdheit erzählt.

Doch die hatte nur gelacht. »Manchmal sind meine Eltern so peinlich, dass ich mir schon fast wünsche, ich wäre adoptiert worden. Aber das scheint ja offenbar auch keine Lösung zu sein.« Damit spielte sie auf Alvas Familienverhältnisse an, aus der sie kein Geheimnis machte. Ihre Adoptiveltern mochten keine Blutsverwandten sein, ihre Eltern waren sie aber trotzdem.

Obwohl diese Freundin nicht wirklich verstanden hatte, was Alva meinte, hatte sie mehr als einmal aufmerksam zugehört und sich nie über ihre Gefühle lustig gemacht.

Als ausgerechnet diese einzige Vertraute vor ein paar Monaten weggezogen war, hatte Alva manchmal geglaubt, dieses Leben nicht mehr ertragen zu können. Dabei ging es ihr eigentlich gut. Doch jetzt war nicht der richtige Zeitpunkt, an Zuhause zu denken.

Cathy war mit ihr eine Treppe hinaufgegangen, um ihr den Club zu zeigen. Ohne Musik und halbwegs gut beleuchtet wirkte er nicht so toll. Aber sie konnte sich schon vorstellen, dass es später am Abend und mit vielen Gästen richtig gut sein würde. Es gab unterschiedliche Ebenen, Sitzgruppen wechselten sich mit Freiflächen ab, und auf den ersten Blick sah sie drei Bars, hinter denen bereits einige Leute Getränke auffüllten, Gläser spülten und sich offensichtlich auf den Ansturm ihrer Gäste vorbereiteten.

»Warst du schon mal bei uns – als Gast?«

Alva schüttelte den Kopf. »Warum?«

Cathy zeigte auf sie und dann auf ihr eigenes Seidenkleid, das grau schimmerte. »Ich dachte nur, weil du unsere Hausfarben trägst. Das *Amnesia*-Team erkennt man an den grauen Klamotten.«

»Oh!«, war Alvas einziger Kommentar, weil sie nicht wusste, was sie sagen sollte. Zum Glück hatte sich Cathy bereits umgedreht und lief quer über die Tanzfläche. Alva folgte ihr, und gemeinsam gingen sie anschließend eine breite Treppe hinauf. Oben gab es einen abgetrennten Bereich, von dem aus man durch große Scheiben nach unten sehen konnte.

»Das ist unser Bistro. Jeder bekommt Marken, mit denen man sich etwas zu essen kaufen kann, Getränke gibt es an der Bar. Aber nur Softdrinks. Solange du hier arbeitest, ist Alkohol für dich tabu.« Sie sah auf die Uhr. »Es ist schon spät. Wir müssen uns beeilen. Dort hinten geht es in den Twilight-Club.« Sie grinste. »Nicht, was du denkst, keine Filmstars oder so! Nein, da spielen oft kleine Bands. Manchmal wird er auch von Privatleuten gemietet, dann hältst du dich besser fern.« Als bereute sie es, den letzten Satz gesagt zu haben, wandte sie sich um und lief die Treppe wieder hinunter.

Sich zurechtzufinden würde nicht einfach sein. Alva hätte die unauffällige Tür allein sicher nicht wiedergefunden, durch die sie hereingekommen waren.

Cathy zeigte auf einen mächtigen Kronleuchter, der von der Decke hing. »Daran kannst du dich orientieren.« Und dann standen sie schon wieder in einem neonbeleuchteten weißen Gang.

»Kann hier denn jeder rein? Vorausgesetzt er findet den Durchgang, meine ich.«

»Natürlich nicht.« Cathy hob die rechte Hand, und erst jetzt bemerkte Alva den Armschmuck, der sie an eine Fessel denken ließ. Cathy schien es jedoch nicht unangenehm zu sein, das

Lederband mit dem metallenen Emblem zu tragen. »Die Mitarbeiter haben eine Art Schlüssel.«

»Etwa das da?«, fragte Alva, während sie sich bemühte, mit ihr Schritt zu halten.

»Praktisch, oder? Damit hast du Zugang zu allen Räumen, für die du freigeschaltet bist.«

»Freigeschaltet?« Sie war nicht sicher, ob Cathy sich über sie lustig machen wollte.

»Überleg doch mal. Die Leute von der Bar haben nichts im Kassenraum zu suchen, und du hast bestimmt keinen Grund, ins Getränkelager zu gehen. In dem Silberteil steckt ein Chip, den man entsprechend konfigurieren kann.«

Alva war von so viel Technik in einer normalen Diskothek beeindruckt.

Sie erreichten den Umkleideraum, in dem mindestens zwanzig Spinde standen. Und dann hielt Cathy plötzlich ein zweites Armband in der Hand und legte es ihr um. Alva bemühte sich, das Frösteln zu ignorieren, das die Berührung mit dem Schmuckstück ausgelöst hatte. Am liebsten hätte sie es sich sofort wieder vom Handgelenk gerissen.

Cathys Augen glitzerten. »Ist dir kalt? Das wird sich bald ändern, obwohl du jetzt im Sommer wahrscheinlich nicht besonders viel an der Garderobe zu tun haben dürftest. Komm, wir machen gleich auf.«

Das Band öffnete auch Alvas Spind, also schloss sie schnell ihre Handtasche darin ein. »In diesem Labyrinth werde ich mich nie zurechtfinden«, sagte sie, als sie wenig später die Garderobe erreichten.

Ihre Aufgabe war einfach. Eine Durchreiche war ihr Fenster zur Außenwelt. Mäntel und Ähnliches musste sie nur auf die Garderobenständer hängen und dem Gast anschließend eine Marke ausgeben. Für Handtaschen oder andere Dinge konnte man eines der Schließfächer mieten, die sich in einem Seitengang befanden. Alva musste nicht mehr tun, als darauf hinzuweisen.

»Gegen Mitternacht ist immer ziemlich viel los, und dann natürlich später, wenn wir schließen. Aber mach dir keine Sorgen, irgendjemand vom Bar-Team wird dir notfalls helfen.« Sie zeigte auf ein Telefon, das an der Wand hing. »Du brauchst einfach nur anzurufen, auch wenn du mal aufs Klo musst oder so. Du darfst aber nicht einfach weggehen und die Sachen allein lassen. Warte immer, bis dich jemand ablöst.«

Nachdem sie sich erkundigt hatte, ob Alva sich nun zurechtfinden werde, war sie schon fast weg, kehrte dann aber doch ein weiteres Mal zurück. »Noch was: Bezahlt werden wir nach Feierabend. Wenn du eher gehst, ohne das vorher mit dem Chef abgesprochen zu haben, hast du Pech. Dann gibt es nämlich gar nichts.« Sie winkte noch einmal fröhlich und war verschwunden.

Gleich nachdem Alva ihren Posten eingenommen hatte, tauchten zwei Männer auf, denen man sofort ansah, dass ihr Job darin bestand, die Tür zu bewachen. Während ihr der eine freundlich zublinzelte, schien der andere sie gar nicht zu bemerken. Ebenso wie das Mädchen, das den Kassenraum aufschloss und sich auf den Ansturm der Gäste vorbereitete. Hinter der Eingangstür, also von Alva aus gesehen davor, befand sich ein Geländer, das es erlaubte, die Hereinkommenden in zwei Gruppen aufzuteilen: in zahlende Gäste und VIPs. Letztere wurden wahrscheinlich einfach durchgewinkt, während die anderen sich einzeln an der Kasse anstellen mussten, um danach in Richtung der Garderobe geleitet zu werden. Mit anderen Worten, wenn der Andrang nicht allzu groß war, konnte sie praktisch jeden Gast sehen.

Der Abend war ziemlich warm, deshalb blieb in den nächsten Stunden kaum jemand bei ihr stehen. Darum nahm sie sich vor, zum nächsten Arbeitstag ein Buch mitzunehmen. Obwohl es sicher schwierig werden würde, sich bei der lauten Musik und den gelegentlichen Unterbrechungen auf eine schöne Geschichte zu konzentrieren.

Die Kasse war längst geschlossen, und der nette Türsteher, der sich als Mark vorgestellt und sie während des Abends mit Getränken versorgt hatte, sagte nach einem Blick auf die Uhr, dass man sicher bald schließen werde. Seit einer ganzen Weile war niemand mehr gekommen, stattdessen verließen immer mehr Gäste den Club. Cathy, die während des Abends immer mal wieder vorbeigeschaut hatte, kam zu ihr und reichte ihr einen Umschlag.

»Hier ist dein Lohn.«

Und weil Alva Sorge hatte, sich in den unterirdischen Gängen zu verlaufen, ging Cathy mit ihr zum Aufenthaltsraum, wo sie zum zweiten Mal Gelegenheit hatte, das Armband auszuprobieren, als sie ihren Schrank öffnete, um die Handtasche herauszunehmen.

»Magisch!«, sagte sie beeindruckt.

»Allerdings.« Cathy zwinkerte ihr zu, während sie Alva zum Hinterausgang begleitete. »Dem Chef hat deine Arbeit übrigens gut gefallen.« Alle Fröhlichkeit war plötzlich aus ihrem Gesicht verschwunden, als sie mit Alva vor die Tür trat und flüsterte: »Das sollte besser auch so bleiben.« Sie sah sich um, als fürchte sie, jemand könnte zuhören. »Er kann … manchmal ziemlich streng sein.«

Alva versprach, sich Mühe zu geben. Vor der Tür streifte sie hastig ihr Armband ab und steckte es in die Tasche. Ihr kam es so vor, als sei das weiche Leder mit dem silbernen Emblem tatsächlich verhext. Kaum hatte sie es abgelegt, fühlte sie sich wie befreit. Kopfschüttelnd machte sie sich auf den Heimweg. *Meine Fantasie geht mal wieder mit mir durch.*

Vor dem Club brannte nur eine Notbeleuchtung, und auf dem Parkplatz standen kaum noch Autos. Nachdem sie den gepflasterten Vorplatz überquert hatte, tauchte sie endgültig in die Dunkelheit ein. Im Osten zeigte sich zwar schon ein Streifen des herannahenden Tages, aber hier in dem kleinen Park, den sie durchqueren musste, wenn sie keinen riesigen Umweg machen wollte, war es trotz der vereinzelt aufgestellten Laternen sehr dunkel. *Und ziemlich unheimlich*, fand Alva.

Hinter ihr knackte es, als hätte jemand ihre Gedanken belauscht und wollte ihr nun einen Schrecken einjagen. Am liebsten wäre sie stehen geblieben, um zu hören, ob ihr jemand folgte.

Vielleicht hätte sie doch das Angebot von diesem Mark annehmen sollen, sie bis in die City zu begleiten. Aber sie wollte ihn nicht ermutigen, denn er hatte keinen Hehl daraus gemacht, dass sie ihm gefiel. Außerdem hätte sie dann noch mindestens eine Viertelstunde länger warten müssen. Und zum Schluss war sie so müde gewesen, dass ihr fast die Augen zugefallen waren, bevor Cathy sie erlöst hatte. Alva ging schneller und war froh, als sie den Park endlich hinter sich gelassen hatte. Jetzt musste sie nur noch durch ein paar Wohnstraßen gehen und die Ringstraße überqueren, die rund um die altertümliche Innenstadt führte, dann war sie praktisch schon zu Hause.

An der ersten Kreuzung nach dem Park kehrte das mulmige Gefühl zurück. Tapfer widerstand sie der Versuchung, sich umzudrehen, denn sie wollte einen möglichen Verfolger nicht darauf aufmerksam machen, dass sie ihn bemerkt hatte. Sie zwang sich sogar, etwas langsamer zu gehen. Manche Täter, so hatte sie gelesen, empfanden die größte Erregung nämlich während der Verfolgungsjagd.

Plötzlich spürte sie ein Zerren am Ärmel – und aus war es mit ihrer heldenhaften Disziplin. Jemand hielt sie am Kleid fest.

Entsetzt versuchte sie sich zu befreien, bis das Geräusch von zerreißendem Stoff ihren rasenden Puls noch höher jagte. *Nur weg!* Ohne nach rechts oder links zu sehen rannte sie los und blieb erst wieder stehen, als sie die große Straße erreicht hatte, auf der die ersten Frühaufsteher in ihren Autos bereits zur Arbeit unterwegs waren.

Nach Luft ringend stützte sie sich an einem Laternenpfahl ab und sah sich ängstlich um. Doch außer einem Radfahrer, der aus einer ganz anderen Richtung kam, war niemand zu sehen. Erschöpft rieb sie sich über die Augen und tastete anschließend nach ihrer Schulter, um den Schaden an dem geliehenen Kleid zu betrachten. »Au!« Ihre Hand zuckte zurück. Und dann sah sie, dass sie genau in eine Dornenranke gefasst hatte. Unter dem zerrissenen Stoff leuchtete eine hässliche Schramme. »Mist!«

Mit dem festen Vorsatz, den Park in Zukunft zu meiden und lieber einen längeren, weniger gruseligen Heimweg zu nehmen, legte sie eilig den Rest der Strecke bis zu ihrem Haus zurück. Im Café gegenüber war bereits Licht, und Alva erinnerte sich an das Schild, auf dem gestanden hatte, dass es hier täglich frische Brötchen und selbst gemachten Kuchen gab. Leider war es dafür aber noch zu früh. Der Laden würde erst um sechs Uhr öffnen. Und plötzlich fand sie, dass es eigentlich ganz schön war, wenn man um diese Zeit ins Bett gehen konnte, anstatt hinter der Ladentheke stehen und wortkarge Frühaufsteher bedienen zu müssen. Auf Strümpfen, die Schuhe in der Hand, lief sie die Treppe zur Wohnung hinauf und drehte den Schlüssel leise im Schloss herum.

Innen angekommen atmete sie erleichtert auf. Alles war dunkel. Offenbar hatte sie Glück und ihre Mitbewohner lagen entweder bereits in ihren Betten oder waren noch gar nicht nach Hause gekommen.

4

Jeder Vampir, ob nun geborener Dunkelelf oder einfach nur von einem anderen Jäger der Nacht in einem komplizierten Ritual dazu erschaffen, hatte sich bei dem jeweiligen Statthalter des Distrikts, in dem er sich aufhalten wollte, zu melden. Ein System, das sich niemals vollständig etabliert hatte und von vielen unterlaufen wurde. Solange man keinen Ärger machte, handhabten die jeweiligen Verantwortlichen diese Regelung zumeist großzügig. Da ihren Spitzeln ohnehin kaum etwas entging, wussten sie auch ohne diesen Höflichkeitsbesuch über das Kommen und Gehen in ihrem Verwaltungsdistrikt recht gut Bescheid. Einige Statthalter griffen dennoch hart durch und versuchten selbst Durchreisende zu einem Antrittsbesuch zu zwingen, andere ließen verdächtige Besucher überwachen und wurden erst dann aktiv, wenn diese gegen die allgemein verbindlichen Regeln der Vampirgemeinde verstießen. Dazu gehörte beispielsweise das fortgesetzte Beißen von Sterblichen und auf jeden Fall das Töten eines Opfers aus reinem Vergnügen oder Nachlässigkeit sowie alle sonstigen Verhaltensweisen, die ihre geheime Welt in Gefahr bringen konnten.

Ein Vengador wie Julen war zwar theoretisch von dieser Regel ausgenommen, zum einen gebot es aber die Höflichkeit, sich dennoch daran zu halten, und zum anderen liefen in der Machtzentrale eines Distrikts alle Fäden zusammen. Und es war immer gut, sich über ein neues Einsatzgebiet umfassend zu informieren.

Kieran hatte das Treffen arrangiert, und wie erwartet dauerte es nicht lange, bis Julen die Nachricht erreichte, dass ihn der örtliche Statthalter empfangen wollte. So machte er sich auf den Weg.

Für ihn gab es keinen Grund, seinen Auftrag näher zu erläutern, dennoch entschied er sich dafür zu betonen, der Gemeinde werde aus seiner Anwesenheit kein Schaden erwachsen. Dass er als Babysitter unterwegs war, gehörte nicht zu der Art von Information, die er freiwillig zu teilen gedachte.

Als das Telefon seines Gastgebers klingelte, war bereits alles gesagt. Der Gastgeber bedeutete ihm, einen Augenblick zu warten, und nahm das Gespräch an.

Die Höflichkeit hätte verlangt, dass Julen das kurze Telefonat einfach ignorierte. Die Stimme der Anruferin elektrisierte ihn jedoch. *Alva.* Während er noch darüber nachdachte, ob hier der Zufall oder das Schicksal die Hand im Spiel hatte, war das Gespräch bereits beendet. Der Vampir, der ihm gegenübersaß, mochte zwar älter sein als Julen, er war jedoch nicht talentiert genug, um hinter Julens perfekte Fassade sehen zu können. Dafür war er in diesem Augenblick dankbar.

Während sie zum Abschied Höflichkeiten austauschten, brannte er darauf herauszufinden, warum sich Alva ausgerechnet hier um einen Job bemüht hatte.

»Wenn ich irgendetwas tun kann …«, riss ihn der Statthalter wenig später aus seinen Überlegungen.

»Danke. Ich glaube, das wird nicht notwendig sein. Der Auftrag wird möglicherweise eine gewisse Zeit in Anspruch nehmen, aber ich rechne nicht mit Schwierigkeiten.«

In letzter Zeit hatte sich seine Fähigkeit, andere Vampire *lesen* zu können, dank eines intensiven Trainings deutlich verbessert. Er war in dieser Disziplin nicht unbedingt das, was man ein Naturtalent nennen würde, und er verließ sich niemals ausschließlich auf diese kurzen geraubten Informationen. Dennoch riskierte Julen einen kurzen Blick, um die Gedanken seines Gegenübers zu lesen, konnte jedoch, wie erwartet, nichts Verdächtiges darin entdecken.

Ohne Umwege kehrte er nach dem Treffen in seine provisorische Unterkunft zurück. Natürlich folgte ihm einer von Richards Leuten, denn kein Statthalter hatte gerne einen aktiven Vengador in seinem Revier, ohne dessen Auftrag zu kennen. Mühelos gelang es Julen, dem jungen Vampir einen falschen Gedanken einzupflanzen, wie er es von seinem Lehrer gelernt hatte. Der heimliche Beobachter vor seinem Haus würde am nächsten Abend notfalls sogar schwören, Julen hätte sein Apartment in dieser Nacht nicht mehr verlassen.

Lächelnd öffnete er danach ein Portal zur Zwischenwelt und kehrte zu dem Fabrikgelände zurück, das der Statthalter zu seinem Hauptquartier auserkoren hatte. Der Schornstein, der mitten auf dem Vorplatz des Clubs stand, gefiel ihm, und so konnte er nicht widerstehen. Im Nu hatte er den luftigen Hochsitz erklommen und wartete darauf, was geschehen werde. Dank ihrer besonderen Verbindung wusste er, dass Alva aufgeregt war. Doch ihre Erregung wirkte durchaus positiv und hatte sehr wahrscheinlich damit zu tun, dass sie sich auf diese überraschende Gelegenheit zu einem Vorstellungsgespräch freute. Während er das Telefonat belauscht hatte, war ihm nicht entgangen, wie verwundert sie darauf reagiert hatte, sofort eingeladen worden zu sein. Und er schrieb es ihren guten Instinkten zu, dass trotz aller Freude auch ein Quäntchen Misstrauen in ihrer Stimme zu hören gewesen war. Warum Richard sofort zugesagt hatte, war in dessen Gedanken nicht deutlich zu lesen gewesen. Julen vermutete, dass der Clubchef instinktiv und ohne große Hintergedanken gehandelt hatte. Eine Garderobenhilfe zu beschäftigen, war zwar sicherlich notwendig, aber nun auch wieder nicht so bedeutend, dass man die Bewerber einer genaueren Prüfung unterziehen musste. Der Statthalter konnte das zwar noch nicht wissen, aber hübsch genug war die Kleine allemal, um den Job zu machen. Und ihm, erkannte Julen in diesem Augenblick, würde es die Aufgabe, über sie zu wachen, deutlich erleichtern. Er fragte sich ohnehin schon die ganze Zeit, wo sein Partner blieb, der zweifellos tagsüber für ihre Sicherheit sorgen sollte.

Julen nahm sich vor, demnächst bei Kieran nachzufragen, aber das musste noch warten, denn jetzt hatte er anderes zu tun.

Seine niedliche Schutzbefohlene näherte sich. Fast war er versucht einzugreifen, als sie prompt den Weg zum falschen Eingang einschlug. Aber ein kurzer Scan der Umgebung ergab, dass ihr derzeit keinerlei Gefahr drohte. Also ließ er sie einmal um das Gebäude laufen und freute sich daran, wie sich ihr Puls in der Dunkelheit beschleunigte.

Da Richard bereits während des Telefonats entschieden hatte, Alva einzustellen, war Julen auch nicht weiter überrascht, dass sie das Gebäude nicht verließ, sondern offenbar sofort mit ihrem Job als Garderobiere begann.

Vor seiner Verabredung mit dem Statthalter hatte er ausgiebig gefrühstückt und brauchte in dieser Nacht nicht mehr zu trinken. Es sei denn zum Zeitvertreib oder um in Übung zu bleiben, womit er gern entschuldigte, dass er von Zeit zu Zeit einen Sterblichen biss. Was wäre das Dasein ohne einen gelegentlichen Kick?

In der unmittelbaren Nähe eines vampirischen Hauptquartiers wäre eine Jagd jedoch außerordentlich unklug und obendrein eine unnötige Provokation gewesen. Das Gelände war durch mehrere Wachleute gut gesichert, und Vampire verhielten sich in bestimmten Situationen nicht anders als Haie. Ein Tropfen Blut hätte ihn unter Umständen bereits verraten oder, noch schlimmer, den Appetit weniger disziplinierter Jäger anregen können. Er hätte sie dann töten müssen, und das hätte wiederum Ärger mit Richard bedeutet.

Man konnte nie wissen, was geschehen würde, wenn zwei fremde Vampire aufeinandertrafen, und obwohl es in diesem Fall höchst unwahrscheinlich war, hatte sich Julen auch auf einen Kampf eingestellt. Wie immer trug er sein Schwert gut verborgen bei sich und dazu noch eine Auswahl handlicherer Waffen. Dabei ahnten die Wachleute nicht einmal, dass er in der Nähe war. Denn anders als bei seinem Antrittsbesuch konnte ihn zu diesem Zeitpunkt niemand spüren. Die nahezu einzigartige Gabe, seine Anwesenheit nach Belieben zu verschleiern, war es, die ihn zu einem der gefährlichsten Vengadore machte.

Ein Vengador, der jetzt auf einem Schornstein hockt und auf ein kleines Mädchen aufpasst, dachte er amüsiert. Dank des Blutstropfens, den er ihr geschenkt hatte, wusste er ganz genau, in welchem Teil des Gebäudes sie sich aufhielt, und hätte sogar spüren können, wenn sie in Gefahr gewesen wäre.

Während er also geduldig auf Alvas Rückkehr wartete, hatte er ausreichend Gelegenheit, das Kommen und Gehen zu beobachten. Insgesamt gab es vier Eingänge. Da war zuerst einmal der Eingang zur Diskothek. Hell erleuchtet wirkte er von hier oben wie ein großes Maul, das die Sterblichen zu verschlingen schien, sie jedoch auch unbeschädigt und schlimmstenfalls um ein bisschen Blut erleichtert irgendwann wieder ausspuckte. Die unscheinbare Tür, durch die Alva gegangen war, schien der Personaleingang zu sein. Ihn selbst hatte man durch einen magisch gesicherten Zugang eingelassen, der sich auf der anderen Seite des Gebäudes befand und ohne Umwege in Richards Büro führte. Es war immer gut, mehrere Zugänge zu einem Hauptquartier wie diesem zu besitzen, und Julen war während seiner kurzen Inspektion keiner davon entgangen.

Die restliche Wartezeit vertrieb er sich mit der Beobachtung der Sterblichen und ihres Balzverhaltens. Gelegentlich musste er lächeln, so deutlich war deren Körpersprache, wenn sie allein oder in Gruppen die Treppe zum Eingang der Diskothek hinaufstiegen. Im Grunde, dachte er, unterscheiden wir uns gar nicht so sehr von ihnen. Jedenfalls, was Liebe und auch Sex betraf.

Die Nacht war mild. Nicht nur einmal nahm er die eindeutigen Zeichen körperlicher Vereinigung wahr. An Unterhaltung fehlte es ihm also nicht. Dennoch war er froh, als er Alva endlich aus dem Personaleingang kommen sah. Mit einem eleganten Sprung, der jedem Menschen alle Knochen im Leib gebrochen hätte, verließ er seinen Aussichtsposten in gut vierzig Metern Höhe und folgte ihr.

Während sie den kleinen Park durchquerte, beschleunigte sich ihr Puls, als würde sie ahnen, dass ihr jemand folgte. Dennoch sah sie sich nicht um, und er beglückwünschte sie erneut zu ihren guten Instinkten. Zwei Straßen weiter fragte er sich allerdings, warum sie auf einmal in Panik geriet. Julen öffnete all seine Sinne, doch von nirgendwoher drohte Gefahr. Dass sie seine Nähe wahrnehmen konnte, war vollkommen ausgeschlossen. Nicht einmal die Besten seiner Art vermochten ihn zu spüren, wenn er es darauf anlegte, unbemerkt zu bleiben. Und genau dies tat er im Augenblick.

Beinahe hätte er sich durch sein Lachen verraten, als er sah, was ihre Angst ausgelöst hatte: Eine Brombeerranke hatte sich in ihrem Ärmel verfangen! Sie tat ihm ein bisschen leid. Andererseits hoffte er, dass diese Erfahrung ihren Leichtsinn in Zukunft dämpfen werde.

Ohne weitere Zwischenfälle erreichten sie schließlich ihre Wohnung. Und während er seinen Beobachtungsposten im Baum einnahm, machte sie sich bettfertig und zog wenig später das dünne Laken nachlässig über ihren Körper.

Erstaunlich schnell schien sie eingeschlafen zu sein. Und Julen, dem nicht mehr viel Zeit bis zum Sonnenaufgang blieb, sprang auf den Balkon. Die Tür zu öffnen war für ihn kein Problem, die meisten seiner Art hätten damit keinerlei Schwierigkeiten gehabt. Doch als er vor ihr stand, wünschte er sich, dass dem nicht so wäre. Verführerisch und gleichzeitig hinreißend ahnungslos lag sie da. Er hätte alles mit ihr tun können, und seine Fantasie machte ihm verlockende Vorschläge. Doch er hörte auf die leise Stimme in seinem Inneren, die ihn schon so manches Mal vor Fehlentscheidungen bewahrt hatte … bis er den Kratzer auf ihrer bloßen Schulter entdeckte. Obwohl die harmlose Verletzung bereits heilte, brachte sie sein Blut in Wallung. Julen beugte sich hinab und küsste die zarte Haut, deren Beschädigung er nicht hatte verhindern können. Ohne nachzudenken schloss er sie mit einem Zungenschlag. Erst als nichts mehr von dem Kratzer zu sehen war, wurde ihm bewusst, dass dies kein besonders geschickter Schachzug gewesen war, denn Alva würde sich über diese *Wunderheilung* zweifellos Gedanken machen, sobald sie sie bemerkte. Julen schob es auf seine Abenteuerlust, dass er es geradezu darauf anzulegen schien, auf sich aufmerksam zu machen.

Der kleine Plüschhase lugte aus seiner Tasche und sah mit blanken Knopfaugen zu, wie der Vengador ein säuberlich gefaltetes Taschentuch auf ihr Kopfkissen legte.

Ich muss verrückt geworden sein!, dachte Julen, als er aufbrach, um den Tag im Schutz seines vorläufigen Zuhauses zu verbringen.

Das Fernsehprogramm langweilte ihn schnell, und er wünschte sich die Bibliothek seiner Pariser Wohnung hierher. Dorthin zu reisen wagte er nicht, denn damit wäre jede Chance vertan, im Notfall sofort bei Alva zu sein. Es hätte zu lange gedauert, durch die Zwischenwelt zu ihr zu gelangen. Ganz zu schweigen davon, dass es ihn zu viel Energie gekostet hätte. Energie, die er womöglich dringender brauchen würde, um sie zu schützen.

Nicht einmal einen Internetanschluss besaß dieses Studentenzimmer, das er für einen horrenden Preis angemietet hatte. Aber es befand sich wenigstens in Alvas Nähe, und der Vermieter hatte versprochen, die Leitung so schnell wie möglich freizuschalten.

Irgendwann schloss er aus Langeweile die Augen, um ein wenig zu dösen. Da kam schon der Traum.

Alva. Er betrachtete ihren herrlichen Körper und versuchte, sich jeden Zentimeter davon ganz genau einzuprägen.

»Störe ich?«

Was tust du hier?

»Ich ...« Ihre Wangen glühten, verwundert sah sie sich um. »Wo bin ich?«

Sie hat keine Ahnung! Das einzig Richtige wäre jetzt, sie in die Sicherheit ihres eigenen Zimmers zurückzuschicken. Er hatte nicht geglaubt, dass es funktionieren würde. Doch offenbar wohnte in Alva eine größere Leidenschaft als Julen vermutet hatte, und das Taschentuch hatte ausgereicht, um sie kraft ihrer Träume zu ihm zu locken.

Es war nicht richtig, was er hier tat. *Ich darf sie nicht anrühren!* Kieran würde seinen Kopf fordern, wenn er herausfand, was Julen getan hatte. Nur dieses eine Mal wollte er sie betrachten, den Anblick des verführerischen Körpers genießen, dann würde er Alva nach Hause schicken, in ihr eigenes Bett, wo sie hingehörte. Sollten Frauen ihr Haar denn nicht offen tragen oder zu einem züchtigen Zopf geflochten, wenn sie ins Bett gingen? Sie aber hatte die seidige Mähne hochgebunden und legte damit unbeabsichtigt ihren elegant geschwungenen Nacken frei.

Was habe ich den Göttern getan, dass sie mich derart in Ver-

suchung führen? »Komm her!« Julen hatte gesprochen, ohne nachzudenken.

Sofort gehorchte sie und kam mit einem sinnlichen Hüftschwung näher, den er bisher noch nicht bei ihr gesehen hatte. Ihre Verwirrung schien nahezu greifbar, als er seine Finger federleicht über den Puls an ihrem Hals legte. Dennoch schmiegte sie sich in seine Hand und sah ihn unter dunklen Lidern an, als wüsste sie genau, was ihm gefiel.

»Ich sollte das nicht tun!« Die Stimme klang rau und animalisch, als wäre sie den unerforschten Regionen seines Körpers entsprungen.

»Mich berühren?« Langsam hob Alva den Kopf, und ein wissendes Lächeln ließ ihre ohnehin schon vollkommen geformten Lippen noch verführerischer erscheinen. »Aber deshalb bin ich doch hier!«

War es womöglich doch nur seine Fantasie, die ihm ihre Nähe vorgaukelte? »Alva!« Er zog sie an sich, bis er die weichen Kurven ihres Körpers spürte, dessen Anblick allein die sündigsten Fantasien in ihm weckte. Innerlich stöhnend gab er der Versuchung nach und küsste sie.

Alva seufzte in seinen Mund und öffnete sich ihm in einer Weise, wie er es niemals für möglich gehalten hatte. Ihre Lider flatterten, und sie schmiegte sich erneut an ihn, bis die Hitze ihrer weichen Brüste durch das dünne Hemd hindurch seine Lust noch weiter entfachte.

Auf das, was nun geschah, war er nicht vorbereitet. Julen sog scharf die Luft ein, als er die Hand spürte, deren geschickte Berührung ihn noch härter machte. Versiert wie eine wollüstige Kurtisane verschaffte sie ihm Lust, bis er kurz davor war, die Kontrolle zu verlieren. Wie hatte er sie nur für unerfahren halten können?

Mit einem Fauchen umfasste er ihre Taille und hob sie auf

den wackligen Tisch seiner spartanischen Unterkunft. Diese Begegnung hatte nichts von einem unschuldigen Flirt, als seine Reißzähne über Alvas Hals kratzten. Nur ein letzter Rest an jahrhundertelanger Disziplin sorgte dafür, dass ihre Haut dabei unverletzt blieb. Ihr Atem kam nun stoßweise, und irgendwie schaffte sie es, seinen Gürtel zu lösen. Endlich befreit zu sein linderte seinen Schmerz ein wenig, bis sie ihn plötzlich biss.

Wie ein Tsunami überschwemmten ihn die Lust und der Hunger, sie zu besitzen. Beinahe brutal spreizte er ihre Schenkel und hatte gerade noch die Geistesgegenwart zu fragen: »Bist du sicher?«

Das ungeduldige *Komm schon!* sank kaum noch in sein Bewusstsein, als er ihrer Aufforderung folgte, hart in sie eindrang und gleichzeitig ihr Hemd aufriss. Ihr Körper war gespannt wie die Sehne eines Bogens, so beugte er sich über sie, um von den verbotenen Früchten zu kosten.

Alva fauchte etwas, das wie »Härter!« klang, und Julen folgte dieser Regieanweisung. Mit wenigen Stößen hatte er sie zum Höhepunkt gebracht. Ihre Fingernägel in seinem Rücken waren alles, was noch nötig war, um ihn über die Kante in einen wirbelnden Abgrund zu stoßen. Ein letztes Mal füllte er die samtene Enge aus, dann verlor er sich im Taumel des überwältigenden Augenblicks.

Gerade noch rechtzeitig hörte Julen das Splittern von Holz, bevor der Tisch unter ihnen nachgab.

Obwohl sehr wahrscheinlich selbst noch nicht wieder vollständig Herrin ihrer Sinne, reagierte Alva blitzschnell und schlang die Beine um seine Taille. Sekunden später lag sie auf seinem schmalen Bett. Nicht einmal die Augen öffnete sie, als sie ein paar kosende Worte gurrte und ihm mit den Fingernägeln spielerisch über die Haut kratzte. »Mhm! Mehr!«

Julen ließ sich nicht lange bitten.

Das war der erotischste Traum ihres Lebens gewesen. Unglaublich real hatte er sich angefühlt, wie noch niemals zuvor. Dass ausgerechnet ihr nächtlicher Besucher die tragende Rolle darin gespielt hatte, wunderte sie allerdings nicht. Sie hatte seine Nähe geahnt, die federleichte Berührung an ihrer Schulter gespürt und sich mit jeder Faser ihres Körpers danach gesehnt, bei ihm zu sein. Offenbar hatte ihr Unterbewusstsein ein Einsehen gehabt und sie mit den wildesten Fantasien erfreut, die man sich nur wünschen konnte.

Alva sah in den langen Spiegel ihres kleinen Zimmers und schüttelte den Kopf. Vergeblich versuchte sie herauszufinden, warum ihre Begegnung ausgerechnet in dieser fremden, spartanischen Wohnung stattgefunden haben mochte. Ein Kichern bahnte sich seinen Weg, als sie an den zersplitternden Tisch dachte. Wie kraftvoll er sie aufgefangen und danach behutsam auf das viel zu schmale Bett gelegt hatte!

Mit zitternden Fingern berührte sie ihre geschwollenen Lippen, die sich anfühlten, als seien sie tatsächlich geküsst worden. Niemals hätte sie geglaubt, eine solche Befriedigung erleben zu können wie jetzt mit ihm. Nicht an nur einen Orgasmus erinnerte sie sich, jeder einzelne hatte sie glauben lassen, ihre Welt breche in einem neuen Urknall auseinander. Ganz zu schweigen von den kleinen Highlights zwischendurch. Und wie auch er sich unter ihren Berührungen gewunden hatte, bis sie ihm, zufrieden darüber, ihre Macht demonstriert zu haben, endlich erlaubt hatte, sie zu besitzen, wie es ihm beliebte! Sie hatte Tricks angewandt, die sie aus zahllosen Romanen kannte, ohne jemals zu glauben, dass ein Mann tatsächlich derart leidenschaftlich darauf reagieren würde.

Alva kicherte, hob die Arme über den Kopf und drehte sich vor dem Spiegel. Ihr Körper war zwar erschöpft, aber befriedigt. Doch als sie sich wenig später zwischen die Laken ihres kaum benutzten Bettes gleiten ließ, ahnte sie, dass in den vergangenen Stunden ein Drache in ihrem Inneren geweckt worden war, der schon bald wieder seinen lüsternen Blick auf sie richten würde, um sie mit einem höllischen Feuer zu verzehren, wenn sie sein Begehren nicht befriedigte.

Wohlig drehte sie sich zur Seite und erstarrte: Ein Taschentuch lag auf ihrem Kissen. So gebügelt und säuberlich gefaltet, wie es war, gehörte es ganz gewiss nicht ihr. Als sie den Stoff zwischen den Fingerspitzen rieb, schien es ihr ganz so, als sei *er* plötzlich wieder bei ihr. Eingehüllt von seinem Duft nach Meer, würzigem Moos und Mann schlief sie endlich ein.

Während sie nach dem nächsten Aufwachen den Rest des Nachmittags damit verbrachte, ihre Tasche und auch die Kartons, die ihre Adoptivmutter ihr geschickt hatte, auszupacken, begegnete ihr immer wieder dieses verträumte Lächeln, sobald sie am Spiegel vorbeiging. Das Erstaunliche war, dass sich auch ihr Körper anfühlte, als hätte sie Sex gehabt – ausgiebigen und äußerst befriedigenden Sex. Zumindest nahm sie an, dass sich eine Frau ähnlich fühlen würde. Irgendwie schwer, ein bisschen matt, aber dennoch voller Energie und Lebenslust. Ihre kurze Begegnung mit Tom war nicht annähernd so aufregend gewesen wie die Dinge, die sie in diesem Traum getan hatte. Darüber hinaus besaß sie keine nennenswerte Erfahrung in Sachen Erotik.

Was war das nur für ein Traum? Weil sie keine vernünftige Antwort auf diese Frage fand, stürzte sie sich in die Arbeit. So gut es ging hatte sie das von Chris geliehene graue Kleid geflickt, gewaschen und gebügelt. Danach fühlte sie sich von diesen recht ungewöhnlichen Tätigkeiten zusätzlich erschöpft und sehnte sich nach einer Belohnung. Da sie außer einem verwaschenen Shirt nichts Graues besaß, würde sie sich wohl oder übel für ihren neuen Job auch neue Klamotten kaufen müssen.

Dieser Gedanke brachte ihre Energie sofort zurück, obwohl die etwas abrupte Umstellung auf den ungewohnten Tagesablauf sie regelmäßig gähnen ließ. Das Geschäft, in dem sie den fantastischen Friseur entdeckt hatte, war jetzt genau die richtige Adresse.

Wenig später fühlte sie sich wie eine Diva. Rundherum stapelten sich Kleider, Hemden und Jeans. Es fiel ihr schwer, nicht alles zur Kasse zu tragen. Das heißt, so schwer fiel es ihr auch wieder nicht, denn vermutlich hätte selbst der Scheck ihres Vaters nicht ausgereicht, die Rechnung dafür zu begleichen.

Die Verkäuferin war anfangs etwas reserviert gewesen, was Alva begreiflich fand, sobald sie die Preise gesehen hatte. Verkäuferinnen hatten einen Blick für Leute wie sie, die stundenlang herumlungerten, um dann bestenfalls ein heruntergesetztes Accessoire zu kaufen. Aber dann hatte Alva ihr erzählt, wofür sie die neue Kleidung benötigte, und danach war sie wie ausgewechselt.

»Im *Amnesia*? Wie hast du das nur gemacht? Es ist unglaublich schwierig, dort einen Job zu bekommen. Bist du dem Besitzer begegnet?«

»Ja, beim Vorstellungsgespräch.« Überrascht, wie aufgeregt die Frau plötzlich wurde, ergänzte sie noch: »Ich fand ihn eigentlich ziemlich nett.« Das war zwar geschwindelt, schien aber großen Eindruck zu machen.

»Richard ist so süß!« Sie beugte sich vertraulich vor. »Er spricht nicht mit jedem! Manchmal veranstaltet er Partys, zu denen nur die schönsten Mädchen eingeladen werden …«

Weil sie ahnte, worauf das Gespräch hinauslaufen werde, sagte Alva hastig: »Wenn ich mal davon hören sollte, kann ich dir gern Bescheid geben. Das ist natürlich keine Garantie, aber …« Den Rest des Satzes ließ sie in der Luft hängen. Das Eis, auf das sie sich hier begab, war ziemlich dünn. Schließlich war sie nicht mit dem Clubbesitzer befreundet, sondern nur eine kleine Garderobiere.

Eine Falte erschien auf der Stirn der Verkäuferin, die sich aber sofort wieder glättete, als sie Alva nun genauer betrachtete. »Ja, das wäre großartig!«

Es war klar, dass sie nicht glaubte, jemand wie Alva könnte zu solch einer exklusiven Veranstaltung eingeladen werden. Doch offenbar traute sie ihr einen gewissen Einfluss auf diesen Richard zu, da er sie ja immerhin persönlich empfangen hatte.

Alva zuckte mit den Schultern und stellte sich vor, wie hinter ihrer Stirn ein Computer sämtliche Maße aufnahm und alles speicherte, vom Halsumfang bis zur Schuhgröße. Doch dann begann das Vergnügen …

Eine gute Stunde später blickte sie erschöpft in den Spiegel. Sie trug ein kurzes, schlauchförmiges Kleid, das sich wie eine zweite Haut an sie schmiegte und eher zum Blutdruckmessen geeignet zu sein schien als dazu, sich darin zu bewegen, geschweige denn zu arbeiten. An dem U-Boot-artigen Ausschnitt, der wenig Dekolleté, aber viel Schulter zeigte, war es zudem auch noch mit Federn besetzt. Sie kam sich wie ein frisch geschlüpftes Vögelchen vor, und ein leicht hysterisches Lachen wollte sich seinen Weg ihre Kehle hinauf bahnen. Während sie eine Feder, die sich offenbar beim Anziehen gelöst hatte, aus ihrem Haar zupfte, fiel ihr Blick auf eine makellose Schulter. Vorsichtshalber sah sie noch auf die andere Seite, obwohl sie sich genau daran erinnerte, dass der Kratzer links gewesen war. Doch er war einfach verschwunden. Sie drehte und wendete sich vor dem Spiegel, konnte aber nicht die geringste Verletzung entdecken. Stattdessen sah sie plötzlich *ihn*, wie er sich über sie beugte … rasch schüttelte sie die Erinnerung ab.

»Und, gefällt es dir?«, rief die Verkäuferin und konnte kaum ein Lachen verbergen, als sie Alvas verwirrten Gesichtsausdruck sah. »Du hast recht. Das ist nicht dein Stil. Ich fürchte aber, das war jetzt alles, was wir in Grau dahaben.«

Alva schlängelte sich aus dem Kleid, zog eine weitere Feder aus ihrem Mund und schaffte es sogar, dabei ein bisschen verlegen auszusehen. Sie hatte die Geduld der Verkäuferin lange genug strapaziert und würde sich jetzt entscheiden müssen. Nicht ganz einfach, denn ihr hatten viele Sachen gefallen. Schließlich kaufte sie zwei Shirts, eine Jeans, die sie sowieso dringend brauchte, und ein anthrazitfarbenes schlichtes Kleid. Es war ärmellos, endete eine Handbreit über dem Knie und passte in einer Vollendung, als wäre es allein für sie geschneidert worden. Und das Beste: Obwohl es schmal geschnitten war, konnte sie sich darin bestens bewegen.

»Eine gute Wahl! Dieses Modell kann man vielseitig kombinieren«, bekräftigte die Verkäuferin. »Wir hätten es auch noch in anderen Farben da …«

»Lieber nicht!« Das Kleid stammte von einer jungen Designerin und riss ein riesiges Loch in ihr Budget.

An der Kasse bekam sie als *Trostpflaster* noch ein Tuch in blassem Taubengrau geschenkt. »Du kannst es dir ins Haar binden, um den Hals tragen oder sogar als Gürtel«, sagte ihre neue Stylistin mit einem Blick auf Alvas schmale Taille.

»Vielen Dank! Damit kann niemand sagen, ich würde mich nicht an die Kleidungsvorschriften halten.«

»Empfehlen Sie uns weiter!« Sie zwinkerte Alva zu, bevor sie sich der nächsten Kundin widmete.

Noch nie hatte Alva das Shoppen ähnlich viel Spaß gemacht. Auf dem Heimweg gönnte sie sich noch eine Stippvisite in ihrem Lieblingsdrogeriemarkt. Bevor sie die Kosmetikabteilung erreicht hatte, fiel ihr Blick auf die Tabletten, die bisher recht gut gegen ihre *weißen Träume* geholfen hatten und ihr an deren Stelle erotische Begegnungen vorgaukelten – in der richtigen

Dosierung. Nach kurzem Zögern nahm sie ein Glas aus dem Regal, immerhin war doch alles rein pflanzlich, schädlich dürfte es also nicht sein. Ihre innere Stimme, die ganz anderer Meinung war, ignorierte sie einfach.

Als sie das Geschäft eine halbe Stunde später wieder verließ, war ihre Laune, obwohl sie kein Medikament genommen hatte, bestens. Sie hatte einen genialen Lippenstift entdeckt und dazu noch eines dieser Glätteisen gekauft, das sie immer schon hatte haben wollen, um ihren Haaren zu noch mehr Glanz zu verhelfen. Dazu gab es einen Aufsatz, mit dem sie kleine Wellen in die Frisur zaubern konnte. Im Club hatte sie einige Mädchen gesehen, die sich mithilfe dieses Instruments eine herrlich üppige Mähne im Stil der achtziger Jahre geschaffen hatten. Tom würde der Schlag treffen, für extremes Styling hatte er nicht viel übrig. Sie wunderte sich ohnehin, dass er in einem Club wie dem *Amnesia* verkehrte.

Als sie nach Hause kam, waren ihre nachtaktiven Mitbewohner bereits ausgeflogen. Schnell nahm sie das ausgeborgte Kleid, um es möglichst unauffällig wieder zurückzuhängen. Die Instrumente in Chris' Zimmer erinnerten sie an ihr Cello. Darauf ungestört spielen zu können wäre der krönende Abschluss eines wunderbaren Tages.

Inzwischen war es fast dunkel, und sie entzündete die dicken Kerzen auf den Leuchtern, die sie von Brigitta geschenkt bekommen hatte. Die Gardinen wehten im Abendwind, und Alva schloss die Augen. Dann begann sie zu spielen. Es war nur eine kleine Melodie, doch je tiefer sie in der Musik versank, desto mehr neue Variationen des Themas fielen ihr ein. Und der melancholische Gesang der Geschöpfe des Waldes, aus denen ein begnadeter Instrumentenbauer ihr Cello einst geschaffen hatte, schwebte wie ein zartes Band zur Balkontür hinaus.

Erst viel später legte sie den Bogen beiseite und seufzte. Sie hatte niemals besser gespielt und war von ihrer Kreativität selbst überrascht. Ihr Musiklehrer schwor, dass ein großes Talent in ihr schlummere und sie nur härter arbeiten müsse, um es zu erwecken. *Zehntausend Stunden üben, danach kommt der Durchbruch*, hatte er immer gesagt.

Heute glaubte sie zum ersten Mal, dass er recht haben könnte, aber bis dahin war es noch ein weiter Weg.

Wenig später hatte sie die Kerzen ausgeblasen und lag im Bett. Es schien ihr, als hinge die Musik immer noch im Raum und singe sie mit ihren zarten Tönen in den Schlaf. Und dann saß er plötzlich da: die Beine lang ausgestreckt, die Fußknöchel übereinandergelegt und die Arme vor der Brust verschränkt. Ihr Traummann.

Nein, korrigierte sie sich, der Mann aus ihren Träumen. »Warum sitzt du auf meinem Stuhl?« Die Frage klang so sehr nach dem Märchen Schneewittchen, dass sie unwillkürlich lächeln musste. Immerhin schlief er nicht in ihrem Bettchen. Als er nicht antwortete, setzte sie sich auf. »Also?«

Der Mann legte einen Finger auf die Lippen, beugte sich vor und sah sie verschwörerisch an. »Hörst du es nicht?«

Alva lauschte. »Nein! Was denn?«

Er lehnte sich wieder zurück. »Es regnet.«

»Wenn alle, denen der Regen nicht gefällt, hier in meinem Zimmer Unterschlupf suchen würden, wäre es ziemlich eng.«

Mit einer Handbewegung zeigte er in den Raum. »Siehst du außer mir noch jemanden?«

»Die meisten Menschen besitzen wahrscheinlich einen Schirm.« Alva freute sich über dieses skurrile Gespräch.

Die Arme wieder vor der Brust gekreuzt lehnte er sich zurück. »Welch ein Glück! Auf diese Weise bleibt für mich ein freier Stuhl und die bezaubernde Gesellschaft einer verschlafenen Fee.«

Wann er die Kerzen entzündet hatte, wusste sie nicht mehr, aber es war eine gute Idee gewesen, denn in ihrem warmen Schein konnte sie sein Gesicht deutlich erkennen und die Vermutung ihrer ersten *Begegnung* bestätigte sich. Dieser Mann musste ein antiker Gott sein, nein, ein nordischer. Zumindest klang sein kaum hörbarer Akzent nach Fjorden, Schlittenhunden und einer bizarren Landschaft jenseits des Polarkreises.

Sein Lächeln brachte sie wieder in die regnerische Sommernacht Englands zurück. Immerhin nahm er es ihr nicht übel, dass sie ihn von Kopf bis Fuß gemustert hatte.

»Glück muss man sich verdienen«, sagte sie ein bisschen streng, vielleicht weil es ihr peinlich war, beim Starren erwischt worden zu sein. *Wie ist dein Name?*

»Ist das deine eigene Lebensweisheit?«

Natürlich war es das nicht. Und noch schlimmer, es war ihre ungeliebte Adoptivgroßmutter, von der sie diesen Satz gefühlte zehntausend Mal gehört hatte.

»Julen.«

»Was?« Woher hatte er wissen können, was sie ihn fragen wollte? »Ist das alles?« Selbst in ihren Ohren klang die Frage ziemlich schnippisch, und Alva bekam Angst, dass er sich gleich in Luft auflösen werde. Also bemühte sie sich um einen freundlicheren Tonfall und fragte: »Bist du mein Schutzengel?«

Er lachte und zeigte mit dem Daumen nach hinten. Die Fältchen um seine Augen verliehen ihm einen jungenhaften Charme, der sie ziemlich nervös machte. »Siehst du hier irgendwo Flügel? Das wäre ziemlich unpraktisch, findest du nicht auch?«

So ganz unrecht hatte er nicht, überlegte sie. Wahrscheinlich hätte er ein Loch in das T-Shirt schneiden müssen, und das wäre verdammt schade gewesen, denn es sah sehr gut an ihm aus. Andererseits … vielleicht hätte er dann überhaupt kein Shirt an? Bei diesem Gedanken stieg ihr die Röte ins Gesicht. »Mir würde es gefallen«, platzte sie heraus.

»Die Flügel – oder dass Schutzengel keine Hemden tragen?« Er grinste frech, als wüsste er genau, wie peinlich ihr der Verlauf des Gesprächs war. Welch ein Glück, dass er wenigstens nicht wusste, welche Freiheiten sie sich in ihrem Traum mit ihm herausgenommen hatte.

»Ach ja? Dann kennst du wohl viele Engel?«

»Nein, nicht viele. Die meisten«, er sah sich um, als hätte er Sorge, belauscht zu werden, und sprach dann leise weiter, »sind ein bisschen hochnäsig.« Danach hob er sein Kinn etwas höher und tat so, als helfe er mit dem Rücken seines Zeigefingers ein bisschen nach.

Jetzt musste auch Alva lachen. Sie wollte gerade etwas antworten, als er mit einer fließenden Bewegung aufstand. Da hörte sie es ebenfalls: Die Wohnungstür wurde aufgeschlossen, die Dielenbretter knarrten. »Bis du noch wach?«

»Chris!« Alva sah sich nach Julen um, doch er war schon verschwunden.

Es klopfte.

»Ja, komm rein!« Schnell knipste sie die Nachttischlampe an und griff nach dem Buch auf ihrem Nachtschränkchen.

Normalerweise hätte sie sich über Chris' Gesellschaft gefreut, aber heute war das anders. Sehnsüchtig sah sie zum Balkonfenster hinüber. Kam es ihr nur so vor, oder raschelten die Blätter im Baum gegenüber gerade besonders laut?

Chris kam herein, blieb jedoch etwas unsicher in der Tür stehen, als sie sah, dass Alva schon im Bett lag.

»Komm ruhig, ich kann sowieso nicht schlafen.«

»Das schlechte Gewissen?« Chris setzte sich auf die Bettkante.

Sie wusste es also. »Ja, das könnte man so sagen.« Alva bemühte sich um einen reuevollen Gesichtsausdruck.

»Ach, das macht nichts. Wenn du willst, kannst du das Kleid haben. Mir steht Grau sowieso nicht. Ich hatte es mir nur gekauft, weil … egal, ich schenk es dir. Heute ist der glücklichste Tag meines Lebens.«

Weil sie nicht wusste, wie sie sich bedanken sollte, erkundigte sich Alva nach dem Grund für Chris' gute Laune.

»Du glaubst es nicht. Wir haben heute die Zusage für unseren allerersten Gig bekommen.«

»Du spielst in einer Band? Ehrlich? Ist ja toll! Was für Musik macht ihr?«

Chris zuckte mit den Schultern. »Kann man eigentlich nicht so genau sagen. Irgendwer hat es mal *Alternative Potpourri* genannt.« Sie kicherte hysterisch. »Von allem ein bisschen, schätze ich.«

»Und wie heißt die Band?«

»*One More Thing* … Das war meine Idee«, fügte sie stolz hinzu. »Man glaubt gar nicht, wie schwierig es ist, einen Namen zu finden, den es noch nicht gibt.«

Alva konnte sich das sehr gut vorstellen, denn sie hatte sich schon oft ausgemalt, eines Tages selbst in einer Band zu spielen. Und während Musikrichtung und Bühnenoutfit ziemlich schnell feststanden, war es ihr nie gelungen, einen wirklich guten Namen zu finden. Doch dieser gefiel ihr. »Kann man …«, begann sie etwas schüchtern, »könnte ich mal irgendwann in den Übungsraum mitkommen?«

Plötzlich wirkte Chris verlegen. »Wegen mir gern, ehrlich. Aber ich weiß nicht …« Sie verstummte. Doch dann schien sie sich zu etwas durchgerungen zu haben. »Du erfährst es ja sowieso irgendwann. Stefan und Tom gehören auch dazu.«

»Und wo ist dann das Problem?«

»Das Problem ist Mandy. Sie …« Chris stockte wieder. »Sie ist Toms Freundin. So, jetzt weißt du es.«

»Ich wusste gar nicht, dass er eine hat«, sagte Alva. Sie konnte die Erleichterung, die sie bei dieser Eröffnung empfand, nicht verbergen. »Was für ein Glück!«

»Aber ich finde es sowieso unmöglich, was er mit euch beiden da abzieht.« Chris schien erst jetzt zu verstehen, was Alva gerade gesagt hatte. »Na, du bist ja vielleicht drauf!«

»Du denkst doch nicht etwa, dass wir zusammen sind? Das ist alles seine Schuld, warum musste er mich auch küssen!«, sagte Alva. Weil Chris völlig ratlos wirkte, beeilte sie sich hinzuzufügen: »Wir sind eigentlich Geschwister.«

»Das ist ja … krank!« Ihre Mitbewohnerin wollte aufspringen.

Alva hielt sie am Arm fest. »Nein, wir sind nicht wirklich verwandt. Ich bin adoptiert worden.« Hilflos ließ sie die Hand sinken. »Ich gebe ja zu, ich war mal in ihn verliebt, und da war auch was. Aber obwohl wir nicht blutsverwandt sind, fand ich das irgendwie trotzdem schräg, und du kannst dir gar nicht vorstellen, wie erleichtert ich bin, dass er eine Freundin hat.« Die Verwunderung darüber, dass Tom ihr diese nicht unwichtige Information vorenthalten hatte, behielt sie allerdings für sich.

»Dann verstehe ich nicht, warum er wollte, dass wir dir nicht von der Band erzählen. Ich hasse diese Geheimniskrämerei. Schließlich wohnst du jetzt hier bei uns.« Chris stand auf und lächelte wieder. Offensichtlich hielt sie nichts davon, sich lange mit den Problemen anderer Leute zu befassen. »Weißt du was? Wenn du Lust hast, dann zieh dich schnell an, und ich nehm dich einfach mit. Schließlich ist er ja nicht unser Chef, obwohl er sich manchmal wie einer aufführt.« Chris ermahnte sie, sich zu beeilen, und ging dann in die Küche.

Und ob Alva Lust hatte! Sie war richtig sauer auf Tom, dass er ihr derart wichtige Dinge verschwiegen hatte, und wollte wissen, warum er das getan hatte. Sie stieg aus dem Bett und sah sich suchend um. »Julen?«, fragte sie kaum hörbar in die Nacht hinein. Aber natürlich war ihr Besucher nirgendwo zu sehen. Wie auch? Schließlich hatte sie ihn nur geträumt. Merkwürdigerweise löste dieser Gedanke eine Leere in ihr aus, die sie sich schlecht erklären konnte. Dann hörte sie den Teekessel pfeifen. Alva griff nach ihrer Jeans und einem frischen T-Shirt und lief über den Flur ins Bad, um sich dort anzuziehen. *Sicher ist sicher*, dachte sie und verdrehte gleichzeitig die Augen. Natürlich war da niemand. Dann fiel ihr Blick auf das Spiegelbild ihrer makellosen Schulter, und sie war sich nicht mehr ganz so sicher, ob sie sich selbst noch trauen konnte.

Chris klapperte mit ihrem Schlüsselbund, und Alva bürstete hastig ihr Haar, während sie den Flur entlanglief.

»Komm, wir sind spät dran«, drängte Chris und ging so schnell, dass Alva die Lust auf ein Gespräch verging. Als sie den Park durchquerten, in dem sie sich in der letzten Nacht vor einem geheimnisvollen Verfolger gefürchtet hatte, fragte sie dann doch, wo sich der Übungsraum überhaupt befand.

Sie war nicht weiter überrascht, als sie erfuhr, dass er sich auf demselben Fabrikgelände befand, auf dem auch das *Amnesia* war. »Seid ihr gestern dort gewesen?«

Chris nickte und zeigte auf ein rot gestrichenes Backsteingebäude, das von einigen Laternen erleuchtet wurde. »Siehst du? Da hinten ist es schon.«

Und Alva dachte, dass sie großes Glück gehabt hatte, Tom nicht über den Weg gelaufen zu sein. Er wäre wenig begeistert gewesen, hätte er sie mitten in der Nacht in dieser Gegend angetroffen.

Jetzt war es allerdings noch nicht einmal elf Uhr. Es hatte zu regnen aufgehört, und außer ihnen waren noch viele andere Leute unterwegs. Durch die hohen Scheiben eines gut besuchten Pubs fiel Licht auf das nasse Kopfsteinpflaster. Vor der Tür standen Leute in Gruppen zusammen, redeten durcheinander, tranken Bier und rauchten.

Seite an Seite umrundeten die beiden den hohen Schornstein, der vermutlich schon lange nicht mehr in Betrieb war, und gingen an einer dunklen Halle vorbei, an deren Vorderseite ein Gerüst errichtet worden war. Von oben hingen weiße Planen herab, die jedes Mal, wenn der Wind sie blähte, unheimliche Geräusche machten. Erleichtert folgte Alva Chris gleich darauf in das rote Gebäude hinein. Die Planen hatten unangenehme Erinnerungen geweckt und ihr Angst gemacht.

Es roch ein bisschen nach Farbe. Alte Stühle und zwei Tische standen herum, und es gab sogar eine Spüle. An den Wänden war ein bisschen Gekritzel, und jemand hatte einen Totenkopf mit gekreuzten Knochen gesprayt. Alles andere aber sah so aus, als habe man erst kürzlich renoviert.

Aus den Tiefen des Gebäudes hörte man schrille Gitarren. »Das sind die Metaller«, erklärte Chris. »Die spielen immer bei offener Tür, ich hoffe, sie sind bald fertig.« Sie sah auf ihre Armbanduhr. »Mist! Die anderen sind bestimmt schon da, komm!« Schnell liefen sie den Gang entlang, bis Chris eine rot gestrichene Eisentür aufriss.

»Na endlich!« Drei Augenpaare wandten sich ihnen zu. Und Alva fand es schon beinahe komisch, wie sich die dazugehörigen Gesichter verwandelten. Tom runzelte die Stirn, Stefan grinste und schlug einen Trommelwirbel auf seinem Schlagzeug – und die Blonde mit dem rosa Ledermini ließ langsam das Mikrofon sinken. Sie sah erst überrascht und dann ausgesprochen wütend aus. Wozu sie eigentlich keinen Grund haben sollte, es sei denn … und dann fiel es Alva wieder ein: Sie kannte die Frau, denn sie waren im Hauseingang von Toms alter Wohnung zusammengestoßen. *Mandy-Candy* hatte in Glitzerbuchstaben auf ihrem T-Shirt geprangt, und aus irgendeinem Grund war

Alva dieser alberne Aufdruck während ihrer Heimfahrt nicht mehr aus dem Kopf gegangen.

Es war kein gewöhnlicher Tag gewesen. Sie hatte den ganzen Weg zum Bahnhof rennen müssen, weil Tom sie zum Abschied auf eine Art geküsst hatte, die fast dazu geführt hätte, dass sie mit ihm geschlafen hätte. Nur wegen eines Anrufs ihrer Mutter, die wissen wollte, wann sie Alva vom Zug abholen sollte, war nichts passiert.

Das ist seine Freundin? Sie konnte es kaum glauben. Alva sah kurz zu ihm hinüber, und da erkannte sie an seinem Gesichtsausdruck, dass er sich ebenfalls erinnerte.

Entweder war die Temperatur im Raum in den letzten Sekunden deutlich angestiegen, oder die Wärme, die sie in den Wangen spürte, verriet ganz sicher ihre Gedanken. In diesem Augenblick kreuzte ihr Blick den der Blonden, die vor Wut blass geworden war.

»Was hat die Schlampe hier zu suchen?« Offensichtlich war Mandy damals der teure Spitzen-BH in die Hände gefallen, den Alva nach ihrem Besuch vermisst hatte.

Und Tom hatte behauptet, ihn nicht gesehen zu haben. Offenbar war dies eine Lüge gewesen, aber er hatte ihr ja auch nichts von einer Freundin erzählt und obendrein verschwiegen, dass diese sogar sehr genau wusste, dass etwas zwischen Alva und ihm gelaufen war.

Alva wäre am liebsten im Erdboden versunken. Der Gedanke, dass ihre Dessous der vollbusigen Blondine bestimmt nicht gepasst hätten, tröstete sie allerdings und zauberte schließlich sogar ein Lächeln auf ihre Lippen.

Erstaunlicherweise richtete sich Mandys Wut aber gegen Tom, und sie versuchte, ihm das Mikrofon an den Kopf zu werfen. Sie war jedoch eine schlechte Werferin, und Tom reagierte schnell. Lässig angelte er das teure Gerät aus seiner Flugbahn, bevor es weitab von ihm an die Wand geknallt wäre. Das mochte die anderen Bandmitglieder erfreuen, trug aber keineswegs zur Entspannung der Situation bei. Nun, da Mandy beide Hände frei hatte, stürzte sie sich auf ihn, als wollte sie ihm das Gesicht mit ihren künstlichen Fingernägeln zerfleischen.

Tom war allerdings nicht nur relativ groß, sondern auch kräftig, und er hatte kaum Mühe, ihre Angriffe abzuwehren. Dabei wirkte er wie ein nervöser Verkehrspolizist mitten auf der Kreuzung, und nicht nur Alva schien bei dem Anblick ein aufsteigendes Lachen unterdrücken zu müssen.

Den Humor seiner Freunde teilte der Angegriffene aus nachvollziehbaren Gründen nicht. »Jetzt beruhig dich mal.« Toms Stimme klang scharf, und Mandy erstarrte. »Ich hab dir damals gesagt, dass zwischen uns nichts gelaufen ist. Aber ich wiederhole es gerne noch mal: Es. War. Nichts!«

»Sie ist seine Schwester«, warf Chris ein.

Diese Bemerkung löste Mandys vorübergehende Bewegungslosigkeit. »Du perverses Schwein! Ich wusste, dass mit dir irgendwas nicht in Ordnung ist.« Sie wehrte sich gegen seinen festen Griff und hörte nicht auf, ihn zu beschimpfen.

Die Anschuldigungen wurden immer absurder. Irgendwann stand Stefan auf und kam hinter seinem Schlagzeug hervor. »Nun krieg dich mal wieder ein. Ob die beiden nun gepoppt haben oder nicht, wir müssen hier einen Auftritt vorbereiten.«

»Ihr habt alle davon gewusst?« Dann wandte sie sich wieder an Tom, der sie inzwischen losgelassen hatte. »Ich bin nicht auf euch angewiesen! Die *Midnight Fairytales* gehen demnächst auf Tour durch ganz Europa, und ihr Manager hat mir angeboten, im Background-Chor zu singen. Wegen dir hätte ich fast abgesagt, aber jetzt fahre ich mit!«

»Das ist nicht dein Ernst! Wir spielen nächste Woche als Vorgruppe der *Fairytales*. Wie soll das gehen?«

»Glaubst du wirklich, dass ich noch einen Ton für euch singe? Du hast mir versprochen, dass du sie nie wiedersehen würdest.«

»Ach, komm schon. Ich fang doch nichts mit einem albernen Schulmädchen an! Und außerdem ist sie wirklich meine Schwester.«

Alva zuckte zusammen, als hätte er sie geschlagen. Um seinen Hals zu retten, beleidigte er sie also, ohne mit der Wimper zu zucken. Aber um mit ihr mal eben ins Bett zu hüpfen, wenn sich keine willige Frau in der Nähe befand, dazu war das *alberne Schulmädchen* offenbar gut genug. Zum Glück hatte sie sich nicht darauf eingelassen! Dass er das alles vielleicht nur sagte, um die Band zusammenzuhalten, war da nur ein geringer Trost.

Etwas weniger abfällig redete er weiter. »Und wenn du es nicht glaubst, dann ruf meine Eltern an, du wolltest sie doch immer schon mal kennenlernen. Außerdem hat Stefan recht. Der Auftritt ist nächste Woche, und bis dahin haben wir noch viel zu tun.«

»Ihr könnt mich mal!« Damit drehte sie sich um und rauschte aus dem Übungsraum.

Es wäre ein bemerkenswerter Abgang gewesen, wäre sie dabei nicht auf einem ihrer Absätze ausgerutscht und hätte wild mit den Armen gerudert, um das Gleichgewicht nicht zu verlieren. Schließlich fand sie am Türrahmen Halt, richtete sich wieder auf, straffte die Schultern und stöckelte, soweit es ihre Absätze erlaubten, hoheitsvoll davon. Gleich darauf wurde die Tür schwungvoll ins Schloss geworfen.

»Das ist die beste Show, die ich jemals von ihr gesehen habe!« Stefan applaudierte, und von Chris kam ein Geräusch, das verdächtig nach einem hysterischen Lachanfall klang.

Tom fand die Situation weniger komisch und packte Chris wütend am Arm. »Hab ich nicht gesagt, dass du Alva nicht herbringen sollst?«

»Hey, jetzt ist es aber gut! Du kannst doch nicht von uns verlangen, dass wir lügen und deine Schweinereien decken.« Nun klang auch Stefan ärgerlich.

Tom ging mit erhobener Faust auf ihn zu.

Doch Alva war schneller und stellte sich zwischen die beiden Freunde. »Es tut mir leid! Ich habe damals nicht gewusst, dass du eine Freundin hast.« Was sie wirklich hatte sagen wollen, war jedoch, dass sie ihn hasste. Für seine Lügen und die Rücksichtslosigkeit, mit der er sie beinahe wie irgendein billiges Flittchen benutzt hätte.

»Du meinst also, ihr seid Geschwister und habt wirklich …?« Jetzt klang sogar Stefan überrascht.

»Wir sind nicht blutsverwandt, und außerdem haben wir nicht …!« Alva ignorierte seine zweifelnde Miene und wandte sich an Chris: »Wenn ich gewusst hätte, was ich damit anrichte, hierher zu kommen, hätte ich dich niemals darum gebeten.« Sie zögerte, und es war ihr anzusehen, dass sie schwer mit einer Entscheidung zu ringen hatte. »Ich weiß nicht, aber vielleicht könnte ich wenigstens versuchen, euch als Sängerin auszuhelfen.«

»Du?«

»Im Ernst?«

Tom und Chris hatten gleichzeitig gesprochen. Stefan verschränkte nur die Arme vor der Brust und taxierte sie kritisch. »Beweise es!«

»Alva singt ungefähr so lieblich wie ein sterbendes Kamel.« Tom hob abwehrend die Hände, als sie ihn wütend anfunkelte. »Stimmt doch! Ich weiß noch ganz genau, wie peinlich es für unsere Familie war, als sich diese verrückte Lehrerin damals in den Kopf gesetzt hatte, dich in die Singklasse aufzunehmen.« Erklärend wandte er sich an die beiden anderen. »Sie hat beim Schulfest etwas vorgetragen, und ich schwöre, mitten im Lied ist eine Mutter, die im fünften Monat schwanger war, in Ohnmacht gefallen.«

»Du bist ein Idiot.« Doch insgeheim wusste Alva, dass sie ihm in der Sache keinen Vorwurf machen durfte. Genau so war es passiert, und es hatte sie große Mühe gekostet, nicht lachend zusammenzubrechen und damit ihren mühsam errichteten Betrug aufzudecken. In Wirklichkeit sang sie ganz ordentlich, aber das war bisher ihr Geheimnis geblieben. Doch jetzt ging es nicht um sie, sondern um die Hoffnungen der anderen, die sie durch ihre Neugier zerstört hatte.

»Was ist, kommen wir heute noch zum Üben?« Stefan drückte Alva ein paar Notenblätter in die Hand, gab Chris ein Zeichen, sich bereit zu machen, und setzte sich wieder hinter sein Schlagzeug. »Wenn du Cello spielst, kannst du auch Noten lesen, nehme ich an?«

Alva nahm Tom das Mikrofon aus der Hand. Dabei studierte sie bereits das erste Blatt in ihrer Hand. »Ist das von dir?«

»Ja. Die Texte schreiben wir allerdings gemeinsam.«

»Könnt ihr das bis zum Refrain mal anspielen, bitte.«

Anstelle einer Antwort zählte Stefan gleich an und die drei begannen zu spielen. Stefan sang dabei ihren Part, damit sie eine Vorstellung davon bekam, wie der Song klingen sollte. Sein Gesang war nichts Besonderes, aber er klang immerhin angenehm. Alva hatte schon immer eine Vorliebe für wohlklingende Stimmen gehabt, da wurde ihr der ruppige Schlagzeuger sofort sympathischer. Und noch etwas beeindruckte sie: Es war nicht zu überhören, dass jeder der drei Musiker wusste, was er tat. Sie würde sich anstrengen müssen, um da mithalten zu können.

Ohne dass sie es merkte, klopfte ihr Fuß bereits den Rhythmus. Schnell hatte Alva die eingängige Melodie verinnerlicht und summte sie mit, während sie versuchte, sich den Text einzuprägen, was ihr nicht ganz so leicht fiel. »Okay, okay! Das reicht!« Sie drehte sich zu Stefan um. »Könnt ihr noch einmal von vorn beginnen?«

»Kein Problem.« Wieder schlug er die Drumsticks viermal aufeinander und gab so den Rhythmus vor.

Alva verpasste ihren Einsatz. Mit der Hand machte sie ein Zeichen, dass sie weiterspielen sollten, und beim nächsten Mal gelang ihr dann der Einstieg. Sie sang die Worte erst zögernd, kaum hörbar, doch je sicherer sie wurde, desto mehr verlor sie sich in der Melodie.

Nachdem der letzte Ton verklungen war, herrschte lange Zeit Stille. Schließlich brummte Tom etwas, das sich anhörte wie: »Ganz nett.«

»Du hast sie ja nicht alle!« Stefan hielt es nicht mehr auf seinem Sitz. »Das ist, verdammt noch mal, das Beste, was ich seit Jahren gehört habe!«

Chris nestelte an ihrem Bass herum und sah immer wieder zu Alva hinüber. Ihr schien kein passender Kommentar einzufallen. Schließlich sagte sie: »Ich glaube, *Blondie* ist abgemeldet.«

Es war dann Stefan, der dafür sorgte, dass Alva die Gelegenheit bekam, noch am gleichen Abend die wichtigsten Songs zu singen.

Gegen vier Uhr waren sie alle vollkommen erschöpft. Tom verabschiedete sich ohne viele Worte und verschwand in der Nacht. Chris und Stefan begleiteten Alva nach Hause.

Bevor sie ins Bett ging, sah Stefan noch einmal in ihr Zimmer.

»Die Demos kriegst du morgen!« Außerdem versprach er, ihr alle Texte und die entsprechenden Noten zu kopieren. Gerade wollte sie ihre Zimmertür schließen, da sagte er noch: »Tut mir leid, wenn ich vorhin ein bisschen unfreundlich war.«

»Kein Problem. Klare Ansagen sind mir lieber als irgendwelches Gerede.«

Er legte eine Hand auf ihre Schulter und küsste ihre Stirn. »Du bist nach meinem Geschmack. Weißt du was, wir ziehen ihnen mit unseren Songs die Haut ab!«

»Wie meinst du das?«

Im Weggehen drehte er sich noch einmal um. »Mach dir keine Gedanken. Außer natürlich, dass du die beste Performance deines Lebens abliefern musst.« Stefan ließ sein meckerndes Lachen hören und kehrte in die Küche zurück, wo er gemeinsam mit Chris die angebrochene Flasche Wein ohne jeden Zweifel leeren würde.

5

Alva ließ sich ins Bett sinken. Sie war so erschöpft, dass sich ihre Augen schlossen, sobald ihr Kopf das Kissen berührte. Melodien und Wortfetzen flatterten wie ein aufgeregter Schwarm Vögel in ihrem Kopf herum. Die anderen hatten es vermutlich gar nicht bemerkt, aber als sie sich sicherer gefühlt hatte, waren es ihre eigenen Worte gewesen, mit denen sie die eingängigen Melodien von Stefan begleitet hatte. Alle drei Musiker beherrschten ihre Instrumente, keine Frage, aber Stefan, davon war sie überzeugt, besaß ein ganz außerordentliches Talent.

Erstaunlich, wie viel Freude ihr das Singen gemacht hatte. Vielleicht war es doch ein Fehler gewesen, ihre Stimme immer vor aller Welt zu verbergen. Aber damals hatte sie einfach keine Lust gehabt, sich von dieser schrecklich aufgetakelten ehemaligen Operndiva unterrichten zu lassen. Sie lachte leise und riss erschrocken die Augen auf, als eine männliche Stimme einfiel.

Julen! Alva sah ihn wortlos an. Ihr wollte einfach nichts Gescheites einfallen, was sie sagen konnte.

Saß er nun wirklich dort, oder war sie gerade eingeschlafen und träumte schon wieder von ihm?

Ihre Verwirrung war ihm nicht verborgen geblieben. Beinahe verlegen klang seine Entschuldigung. »Ich wollte dich nicht erschrecken.« Er setzte sich auf die Tischkante und sah ihr geradewegs in die Augen. »Schlaf nur, ich passe schon auf, dass dich niemand mehr stört!«

Merkwürdig zufrieden kuschelte sie sich wieder in ihr Kissen. Bald darauf war sie tatsächlich eingeschlafen.

Am nächsten Tag trafen sie sich bereits am späten Nachmittag im Übungsraum. Tom hatte eine furchtbare Laune und sprach kein Wort. Allen war klar, dass er sich nicht mit seiner Freundin versöhnt hatte. Er verspielte sich oft und trank immer wieder große Schlucke aus einer mitgebrachten Weinflasche.

Je mehr er trank, desto schlechter spielte er, und irgendwann wurde es Stefan zu bunt. »Hast du sie nicht mehr alle? Von mir aus kannst du dich volllaufen lassen, wann du willst. Aber nicht, wenn wir hier zusammen üben.«

Tom zeigte auf Alva. »Sie singt die ganze Zeit einen komplett anderen Text!«

»Na und?« Jetzt mischte sich auch Chris ein. »Erstens klingt es jetzt viel besser als vorher, und zweitens sollst du nicht auf den Text hören, sondern lieber vernünftig Gitarre spielen.«

»Das ist doch alles deine Schuld! Wenn du sie nicht hergebracht hättest, dann hätten wir noch ein oder zweimal geprobt und wären bestens für den Auftritt vorbereitet gewesen.«

»Das ist doch nicht dein Ernst!« Stefan zog ein Handy aus der Tasche. »Also, was ist? Proben wir jetzt weiter, oder soll ich den Gig gleich absagen?«

»Ja, verdammt, wir proben weiter!«, brüllte Tom schließlich, nachdem er Stefan so lange wütend angestarrt hatte, dass schon niemand mehr mit irgendeiner Antwort gerechnet hatte.

Beim nächsten Lied gab er sich deutlich mehr Mühe, sodass sie es ohne eine einzige Unterbrechung beenden konnten.

Je später es wurde, desto schlechter gelang es Alva, sich zu konzentrieren. Sie blickte immer wieder unauffällig zur Uhr, die glücklicherweise genau in ihrer Blickrichtung an der Wand hing. Gegen zehn war sie dermaßen hibbelig, dass sie mehrmals ihren Einsatz verpasste.

»Ich hab es ja gleich gesagt«, brummte Tom. »Niemand kann das in solch einer kurzen Zeit lernen.«

»Nein, ich bin nur ziemlich kaputt.«

Chris nahm ihren Bass von der Schulter und stellte ihn ab. »Wisst ihr was, ich kann auch nicht mehr. Lasst uns morgen weitermachen.«

Stefan war anzusehen, dass er widersprechen wollte. Doch dann überlegte er es sich anders und stand einfach auf. »Also gut. Ich muss vor der Arbeit sowieso noch was erledigen.«

Er ging davon, ohne sich noch einmal umzudrehen. Und als Alva aus dem Waschraum zurückkam, war auch Tom verschwunden.

Gemeinsam mit Chris verließ sie das Gebäude und blieb dann unsicher stehen. »Ich muss in *die* Richtung.« Sie zeigte zum *Amnesia*. »Aber verrate mich bitte nicht. Tom ist sowieso schon wütend auf mich, und er wollte nicht, dass ich da arbeite.«

»Noch mehr Geheimnisse? Mach dir keine Gedanken, von mir erfährt er es nicht. Aber ich muss dich warnen, dein lieber Bruder geht ziemlich oft in diesen Club. Zusammen mit einer Menge Leute übrigens, die ziemlich heftig drauf sind. Wie bist du denn an den Job gekommen?« Ganz gelang es ihr nicht, einen neidischen Ton aus der Stimme zu verbannen.

Nachdem Alva von ihrem kurzen Bewerbungsgespräch erzählt hatte, legte sie ihr jedoch die Hand auf die Schulter. »Da kann ich dir nur gratulieren. Um ehrlich zu sein, ich hatte mich auch schon mal dort bewerben wollen, aber sie haben mich nicht einmal bis zum Chef vorgelassen. Er beschäftigt kaum Leute aus der Stadt. Die meisten sind von außerhalb oder wenigstens neu hergezogen. Ich weiß auch nicht, was das soll. Du hältst besser die Augen auf. Vielleicht hat Tom ausnahmsweise mal gar nicht so unrecht damit, dich vor dem Job zu warnen.«

Alva versprach, vorsichtig zu sein. Dann verabschiedeten sie sich; und während Chris auf den Pub zusteuerte, lief Alva schnell an dem unheimlichen Baugerüst entlang.

Sie hatte es noch nicht ganz passiert, als eine dunkle Gestalt aus dem Schatten trat und sich ihr in den Weg stellte. »Nach Hause geht es in die andere Richtung!«

»Tom, hast du mich erschreckt! Ich dachte, du wärst schon längst weg.«

»Das hast du wohl gehofft.« Er sprach mit schwerer Zunge und kam Alva ungewöhnlich blass vor, was allerdings auch an dem spärlichen Licht liegen konnte, das von dem Schornstein vor dem Club herüberstrahlte und die Planen am Gerüst wie Gespenster wirken ließ, die unruhig versuchten, einen Eingang ins Gebäude zu finden.

Jetzt geht wieder meine Fantasie mit mir durch, dachte Alva und überlegte krampfhaft, wie sie ihren Bruder so schnell wie möglich loswerden konnte. Sie war ohnehin schon spät dran – und hatte Cathy sie nicht gewarnt, dass Unpünktlichkeit äußerst unerwünscht war? Nervös sah sie auf die Uhr. Noch fünf Minuten. Es hatte keinen Sinn, irgendwann würde sie ihm die Wahrheit ohnehin sagen müssen. Und außerdem ging es ihn ohnehin nichts an, wo sie arbeitete. »Hör mal, lass uns später reden, ich muss zur Arbeit.«

Er blinzelte. »Du bist trotz meiner Warnung hingegangen, oder?«

»Ja … und? Ich brauchte eben einen Job, und bis ich etwas Besseres finde, arbeite ich halt dort. Mir macht es nichts aus, das Garderobenmädchen zu spielen.« Sie erinnerte sich an das, was Chris gesagt hatte. »Aber vielleicht ist es dir peinlich, dass ich dort arbeite, wo du feiern gehst.«

Er packte ihre Oberarme, als wollte er sie schütteln. »Hast du eigentlich eine Vorstellung davon, worauf du dich da einlässt?«

Erschrocken wollte sie schon zurückweichen, aber er hielt sie auf eine Weise fest, dass es schmerzte. »Au! Du tust mir weh, lass mich los!« Vergeblich versuchte Alva, sich aus seinem Griff zu befreien.

»Ich rate dir zu tun, was sie sagt!«

Sie hätte seine Stimme überall wiedererkannt. Und trotzdem glaubte sie, ihren Augen nicht zu trauen, als Julen auf einmal leibhaftig neben ihr stand. Tom ließ sie los, und Alva verlor das Gleichgewicht.

Bestimmt wäre sie hingefallen, hätte Julen sie nicht festgehalten. *Das glaube ich nicht. Er ist echt! Mein Traummann ist kein Geist.* Ihr wurde eiskalt und schwindelig. Unwillkürlich lehnte sie sich an das Einzige, was Halt versprach: Julens Körper. Dass sie dabei weiche Knie bekam, hatte nichts mehr mit dem Schreck zu tun, den sein plötzliches Auftauchen verursacht hatte.

Tom beobachtete ihre Reaktion aus zusammengekniffenen Augen. »Wer ist der Typ?«

»Das geht dich überhaupt nichts an!«

Er hörte ihr jedoch gar nicht zu. »Und wegen dir habe ich meine Freundin verlassen.«

Nun wurde sie wütend. »Das sah aber anders aus. Du hast uns beide in eine unmögliche Situation gebracht! Warum hast du mir nicht gesagt, dass sie uns beinahe in flagranti erwischt hätte? Ich bin ihr im Hausflur begegnet!« In ihrer Empörung war sie zwei Schritte auf ihn zugegangen. »Ganz ehrlich? Man kann es ihr nicht verdenken, dass sie von deinen Spielchen die Nase voll hat.«

»Halt den Mund!« Für den Bruchteil einer Sekunde sah es so aus, als wollte er sie schlagen. Doch er hatte noch nicht einmal die Hand gehoben, als Julen ihm schon einen Arm auf den Rücken drehte. »Jeder kann sehen, dass du zu viel getrunken hast.«

Passanten waren stehen geblieben, um herauszufinden, was da vor sich ging. Es war klar, dass Julen so laut gesprochen hatte, um sie zum Weitergehen zu bewegen. Zu Alvas Erleichterung funktionierte es auch, und niemand nahm mehr von ihnen Notiz.

»Geh jetzt!«, sagte er in eindringlichem Ton.

Erstaunlicherweise fügte sich Tom. Nachdem Julen ihn losgelassen hatte, trottete er mit gesenktem Kopf davon, ohne sich noch einmal umzusehen.

Nervös blickte sie auf die Uhr. Pünktlich würde sie nach diesem peinlichen Zwischenfall nicht mehr sein. Alva hatte zahllose Fragen an Julen. Doch das musste warten, der Job ging vor. Sie stammelte einen Dank. »Ich muss jetzt aber …« Mit dem Kinn zeigte sie in Richtung des Clubs.

Julen zwinkerte ihr zu. »Dann haben wir den gleichen Weg.«

Während sie sich bemühte, mit ihm Schritt zu halten, fühlte sie sich einerseits klein und unsicher, doch andererseits hob eine bisher unbekannte Person in ihrem Inneren stolz den Kopf und genoss jede Sekunde. Am Personaleingang wollte sie sich nach ihm umdrehen, um sich zu bedanken. *Ob ich ihn um ein Wiedersehen bitten kann?* Doch noch während sie dies dachte, schalt sie sich eine Idiotin. *Ich sollte rennen, ganz weit wegrennen! Wie kann ich überhaupt hoffen, ihn wiederzusehen? Traummann oder nicht, er ist in mein Schlafzimmer eingebrochen!*

Irgendwie war es ihm gelungen, sich an ihr vorbeizuschlängeln. Mit einer eleganten Verbeugung öffnete er Alva die Tür. Von innen fiel ausreichend Licht auf ihn, um ihr einen guten Blick auf sein Gesicht zu erlauben.

Ich werde ihn fragen!, begehrte die Stimme der Unvernunft in ihr auf. Niemals zuvor war sie einem attraktiveren Mann ähnlich nahe gekommen. Sein Lächeln machte sie schwindelig.

Bevor sie etwas sagen konnte, erschien Cathy. »Du bist spät.« Doch dann wurden die Augen in ihrem schmalen Gesicht riesengroß. Hastig trat sie beiseite, um Alva vorbeizulassen, doch dabei starrte sie Julen an.

Er schien ihr eigenartiges Verhalten allerdings nicht zu bemerken, sondern beugte sich zu Alva herab. »Ich seh dich später!« Damit gab er ihr einen kleinen Schubs.

Gerade noch rechtzeitig erreichte sie ihren Platz in der Garderobe. Zum Glück war es nicht notwendig gewesen, sich umzuziehen, denn in weiser Voraussicht hatte sie ihre neue Arbeitskleidung bereits angezogen. Der nette Türsteher drohte ihr scherzhaft mit dem Finger und öffnete wenig später den Eingang, vor dem sich bereits eine lange Schlange Wartender gebildet hatte.

Heute bekam Alva mehr zu tun, denn es hatte zu regnen begonnen, und viele Gäste gaben ihre Jacken oder Mäntel sowie zahllose tropfnasse Schirme an der Garderobe ab. Sogar schlammverkrustete Gummistiefel musste sie entgegennehmen. Die nächsten zwei Stunden vergingen wie im Flug, und sie hatte wenig Zeit, über die Ereignisse des frühen Abends nachzudenken. Gegen Mitternacht kam Cathy und bot an, sie für eine kurze Pause abzulösen. Alva versuchte, sich für ihre Verspätung zu entschuldigen, doch Cathy winkte ab. »Kein Problem.« Sie nahm die Schirme von zwei Mädels entgegen, und als Alva sich schon umdrehen wollte, fragte sie: »War das dein Freund?«

Alva schnitt eine Grimasse. Wie sollte sie erklären, was sie selbst nicht verstand? Schließlich zuckte sie mit der Schulter und gestattete sich ein Lächeln. »Mein Traummann.« Damit hatte sie zwar nicht gelogen, aber – Cathys Reaktion nach zu urteilen – eindeutig einen missverständlichen Eindruck erweckt. Und wenn sie ehrlich war, hatte sie auch genau dies beabsichtigt.

Zufrieden, ihre neue Kollegin beeindruckt zu haben, aber auch mit einer Spur schlechten Gewissens wegen der Hochstapelei ging sie in den Club hinein, um sich an der Bar ein Getränk zu holen.

Julen hätte sich dafür ohrfeigen können, dass es ihm nicht gelungen war, auch nur einen seiner guten Vorsätze einzuhalten. Zu allererst war es natürlich unverzeihlich gewesen, sich seinem Schützling ausgerechnet in ihrem Schlafzimmer zu zeigen.

Wobei ihm nicht ganz klar war, wie Alva ihn hatte bemerken können. Er hatte nicht geglaubt, dass es ein Problem sein würde, sich während der sintflutartigen Regenfälle für ein paar Minuten in ihrem Zimmer unterzustellen. Gut, es war vielleicht ein bisschen mehr gewesen. Er hatte es einfach genossen, von ihrem Duft umgeben einen Augenblick in ihrer Nähe zu verweilen.

Solange sie ihn für eine Traumgestalt gehalten hatte, war sein Leichtsinn auch kein großes Problem gewesen. Aber nein, er musste sich in ihren Streit mit Tom einmischen. *Der Mann hat nach Alkohol und Drogen gestunken*, versuchte er sein Eingreifen vor sich selbst zu rechtfertigen.

Nun war an eine unauffällige Überwachung natürlich nicht mehr zu denken. Julen war nicht entgangen, wie sich ihr Pulsschlag bei seinem Auftauchen beschleunigt hatte. Sie erinnerte sich noch sehr gut an das erotische Treffen in ihren Träumen, las er in ihren Gedanken, und auch er hatte keine Berührung, keinen Kuss vergessen. Während des kurzen Weges zum Club hatte ihn Alvas Nähe in eine gefährliche Euphorie versetzt.

Aber was geschehen war, war geschehen. Er hätte sie natürlich alles vergessen lassen können, doch das war nach dem Auftauchen von Richards Assistentin nicht mehr sinnvoll. Cathy würde er nicht manipulieren können, ohne Richard zu verärgern. Zudem sträubte sich alles in ihm, in Alvas Gedächtnis einzugreifen. Zu süß war die Erinnerung an das gemeinsam Erlebte. Deshalb blieb ihm nichts anderes übrig, als den selbst angerichteten Schaden möglichst einzudämmen und sie vor den anderen Vampiren als sein Eigentum auszugeben. Damit stand sie unter seinem Schutz, und niemand würde es wagen, ihr auch nur ein Haar zu krümmen. Vielleicht war das angesichts der Vorgänge, die er vor seiner unerfreulichen Begegnung mit Alvas Bruder beobachtet hatte, ohnehin besser. Er wusste nicht, was ihn wütender machte: dass Tom mit ihr geschlafen oder dass er versucht hatte, sie zu schlagen.

Nachdem die Blondine aus dem Proberaum gerannt war, hatte Julen einen Blick in ihre Gedanken getan und war geschockt gewesen zu erfahren, dass seine behütete junge Fee mit ihrem eigenen Bruder ins Bett gestiegen sein sollte. Später war ihm zwar wieder eingefallen, dass die beiden nicht blutsverwandt waren, aber die Eifersucht hatte ihm dennoch auf eine Weise zugesetzt, dass er, um Abstand zu gewinnen, einen Ausflug in das nahe gelegene Rotlichtviertel der Stadt unternommen hatte, um bei einem Blutjunkie die Entspannung zu finden, die ein Vampir nur erlebte, wenn er unmittelbar aus der Quelle trank. Auf weitere Dienste verzichtete er, was nicht immer der Fall war, wenn er zu einer Hure ging. Weil er ihre Enttäuschung spüren konnte, hatte er sie großzügig entlohnt und war mit einem schlechten Gewissen wieder zu dem Übungsraum zurückgekehrt, wo er seinen Ohren nicht zu trauen glaubte. *Ist das Alva, die dort singt?*, hatte er sich gefragt und war beinahe in Panik geraten. Doch da war sie schon verstummt, und dann hatte er sie vor ihrem unangenehmen Bruder retten müssen. Zurück blieben eine ungute Vorahnung und die nun keineswegs mehr nur professionelle Sorge um ihre Sicherheit.

Richards Assistentin Cathy hatte ihn hereinbitten wollen, doch dieses Mal war er als ganz normaler Gast in den Club gegangen. Alva hatte ihn nicht bemerkt, weil sie viel zu beschäftigt damit war, ihren lächerlichen Job gewissenhaft auszuüben. Wäre sie wirklich seine Freundin, würde er sie gewiss nicht als Garderobiere arbeiten lassen. Diese Überlegung amüsierte ihn unerwartet, wusste er doch, dass sich die jungen Frauen ihrer Generation nicht ohne Weiteres Vorschriften machen ließen. Zuallerletzt von einem Liebhaber.

Ein Gutes hatte die Sache aber: Da er ohnehin über sie wachen musste, konnte er dies, da ihre Verbindung jetzt bekannt war, getrost auch in angenehmerer Umgebung tun. Früher oder später, versuchte er sich zu beruhigen, hätte er seine Deckung ohnehin aufgeben müssen. *Außerdem hast du es doch darauf angelegt!* Zweifellos hatte seine innere Stimme recht. Wer wusste besser über Julens Beweggründe Bescheid als er selbst?

Also bereitete er sich auf einen langen Abend im *Amnesia* vor und hoffte, dabei ein bisschen mehr über seinen Gastgeber erfahren zu können. Der hiesige Statthalter war ihm nicht unsympathisch, und die routinemäßige Überprüfung hatte nichts Negatives hervorgebracht. Richard war offenbar ein vorbildliches Mitglied der vampirischen Gemeinde. Dennoch beschloss Julen, ihn noch einmal gründlicher zu durchleuchten.

Nun jedoch setzte er sich an die Bar, bestellte einen Drink und beobachtete das Kommen und Gehen der Gäste. Aus seiner Anwesenheit machte er keinen Hehl, um sein wertvolles Geheimnis nicht zu offenbaren. Als sich der Statthalter im Laufe des Abends zu ihm gesellte, begrüßte er ihn als eine willkommene Abwechslung.

Sie tauschten einige Höflichkeiten aus, Julen kam in den Genuss eines ausgezeichneten Blutcocktails, und Richard gab eine gelungene Vorstellung als Chef. Unauffällig überwachte er das Geschehen in seinem Club und begrüßte hier und da wichtige Gäste, darunter auch einige Vampire. Seinen Gast stellte er niemandem vor, was auch nicht weiter verwunderlich war, denn kein Statthalter würde es gerne zugeben, einen Jäger des Rates in seinem Revier zu haben.

Immerhin nimmt er es ziemlich gelassen, dachte Julen, blieb aus alter Gewohnheit jedoch weiter auf der Hut. Gerade lehnte er das eindeutige Angebot eines außerordentlich attraktiven Blutjunkies ab, da betrat Alva den Raum. Er spürte sie sofort, obwohl ihm ihre Gestalt zwischen all den anderen Gästen so lange verborgen blieb, bis sie am anderen Ende des Tresens auftauchte, an dem auch er saß. Der Statthalter hatte sie ebenfalls bemerkt, und Julen entging der prüfende Blick nicht, den ihm der Vampir zuwarf.

»Ist sie das?«

Julen drehte sich sehr langsam um. Aus schmalen Augen sah er den Statthalter an. Dass der sich von seinem Blick offensichtlich beeindrucken ließ, gefiel ihm zwar, aber früher oder später würde sein Interesse an Alva nicht mehr zu verheimlichen sein. Deshalb schenkte er ihm ein unangenehmes Lächeln. »Beiwerk! Wenn du weißt, was ich meine.«

Der Statthalter nickte. »Du hast einen guten Geschmack. Die Kleine hat was Besonderes. Wenn ich nicht wüsste, dass ihr Bruder durch und durch sterblich ist, würde ich vermuten, dass Feenblut in ihren Adern fließt.« *Ich kann sie nicht lesen.*

Fast hätte Julen gelacht, als er diesen Gedanken seines Gegenübers erhaschte, weil dieser aus seiner Verwirrung in diesem unbedachten Moment keinen Hehl machte. Sein Blut in ihren Adern erschwerte es anderen, sie zu lesen, aber offenbar besaß sie ihre eigenen Schutzmechanismen.

Wäre sie deine Seelengefährtin, könntest auch du sie nicht immer lesen! Ohne zu wissen, wieso ihm ausgerechnet jetzt dieser Gedanke kam, reagierte er dermaßen verärgert, dass ein drohendes Fauchen über seine Lippen kam.

Beschwichtigend hob Richard, der Julens Groll falsch gedeutet hatte, die Hände. »Sie gehört dir. Möchtest du, dass ich etwas arrangiere?«

»Herzlichen Dank. Um meine Spielzeuge kümmere ich mich selbst.«

Der Statthalter lachte wissend. »Apropos, ich habe da noch was zu tun.« Damit verschwand er in der Menge.

Als sich Julen überzeugt hatte, dass Richard wirklich fort war, hob er den Blick und sah in Alvas Augen. *Dieses Mädchen hat tatsächlich etwas sehr Beunruhigendes!* Julen ahnte, dass dies nichts Gutes für seine Mission bedeuten konnte. Rätselhafte Frauen waren schon immer seine Leidenschaft gewesen. *Und eines Tages werden sie mein Untergang sein.*

Weil er aber fand, dass es damit noch Zeit hatte, glitt er von dem Barhocker und ging auf Alva zu. Wohl wissend, dass sie jede seiner Bewegungen mit angehaltenem Atem verfolgte. Sie würde sehen, dass die Menschen, die dicht gedrängt darauf hofften, die Aufmerksamkeit der wirbelnden Barkeeper zu gewinnen, ihm unaufgefordert Platz machten. Doch das war Julen beim Anblick der zerbrechlich wirkenden jungen Fee in diesem Augenblick herzlich gleichgültig. Das Heben und Senken ihrer Brust weckte erneut seinen Hunger. Gern hätte er mehr von ihr gesehen als nur den hektischen Puls an ihrem Hals.

Nein! Seine innere Stimme besaß mehr Vernunft als er. Julen fand sich in gefährlicher Nähe zu Alvas Hals wieder. Schnell wich er einen Schritt zurück, und der Druck in seinem Kopf ließ nach.

Aus ihrer Reaktion las er Überraschung und eine Spur von Enttäuschung. Das schmeichelte ihm, und für einen Augenblick erlaubte er es sich, die Situation zu genießen.

Doch dann gewann der Vengador in ihm endlich wieder die Oberhand, und er schenkte ihr ein routiniertes Lächeln. »Machst du Pause?«

Alva, augenscheinlich von der Situation überfordert, nickte nur.

»Was möchtest du trinken?«

Sie bat um ein Glas Wasser, das so schnell vor ihr stand, wie Julen es nur fertigbringen konnte. In ihrem schwärmerischen Zustand hätte sie seine Magie selbst dann nicht bemerkt, wenn er wie ein Geist aus der Flasche verschwunden und ebenso geheimnisvoll wieder aufgetaucht wäre.

Das Raubtier, das bei jedem Vampir unter der dünnen Oberfläche polierter Höflichkeit lauert, beobachtete fasziniert ihre Bewegungen. Wie sie das Glas ergriff, es an die Lippen führte, den Kopf in den Nacken legte und trank.

Julen hätte schwören können, noch nie etwas ähnlich Erotisches gesehen zu haben. Bei jedem Schluck stellte er sich vor, wie die Flüssigkeit ihre Kehle hinabrann. Ein Tropfen löste sich vom Boden des Glases und fiel ihr ins Dekolleté, wo er aufreizend langsam über die zarte Haut glitt. Seine Hände zitterten, als er sich zwang wegzuschauen. Wäre es Blut gewesen, an dem sie sich labte, es hätte ihn nicht mehr erregen können.

In diesem Augenblick hätte er sich ein paar Jahrhunderte mehr an Erfahrung gewünscht, um seine Emotionen besser zu beherrschen. Nur mit Mühe gelang es ihm, sein Verlangen vor den Unsterblichen in seiner Nähe zu verbergen. Doch ein Teil von *ihr*, davon war er überzeugt, wusste ganz genau, wie es in ihm aussah. Sie kannte ihn – wenn auch nur aus einem ungewöhnlich lebendigen Traum.

Selten zuvor hatte Julen sich durchschaubarer gefühlt. Ihm kam es vor, als sähe er eine zweite Alva in ihr schlummern. Eine Frau, die sich bereit machte, die zarte Hülle eines Mädchens mit der Macht und der Erfahrung einer sehr viel reiferen Frau auszufüllen. Er konnte nur hoffen, dass es nicht der winzige Tropfen seines Blutes gewesen war, der diese Entwicklung ausgelöst hatte. Besonders verstörend fand er, dass er ihre Gedanken ganz plötzlich kaum noch lesen – oder spüren konnte, was sie wirklich war. Nur erfahrene Feen verstanden sich auf die Kunst, ihre wahre Identität zu verbergen. Welche Kräfte spielten da mit ihnen?

»Danke!«

Ihre Stimme brachte Julen in die Realität zurück. Sie wirkte verlegen.

Es hätte schon einer begnadeten Schauspielerin bedurft, um diesen mädchenhaften Charme vorzutäuschen.

Nein, Julen war überzeugt, dass sie selbst nicht ahnte, welche Kräfte sich in ihrem Inneren darauf vorbereiteten, die Herrschaft über ihr Leben zu übernehmen. Ob dies die wahre Gefahr war, in der sie schwebte? Hatte ihn Kieran womöglich engagiert, um ihr beim Feen-Coming-out zu assistieren? Dieser Gedanke war dermaßen absurd, dass er beinahe laut gelacht hätte. *Das wäre ja so, als machte man einen von uns zum Chef einer Blutbank*, dachte er, um sich dann daran zu erinnern, dass sich die meisten internationalen Blutbanken tatsächlich in der Hand eines mächtigen Vampirclans befanden. *Shit!*

»Ich muss wieder zurück an die Garderobe. Bis später …« Der letzte Satz hing wie eine Frage zwischen ihnen in der Luft.

»Bis später«, sagte er mit flacher Stimme. Julen konnte sich nicht daran erinnern, sich mit ihr verabredet zu haben, aber das war nun auch gleichgültig. Nachdem sein Verstand allmählich wieder zu arbeiten begonnen hatte, beunruhigte es ihn nun, dass die vor ihm liegende Aufgabe weit mehr als ein Babysitterjob werden würde.

Normalerweise war ihm in Nachtclubs selten langweilig. Und auch dieser bot für Eingeweihte exquisite Zerstreuungen, doch Julen hatte kein Interesse daran. Einzig die Aussicht darauf, seine Schutzbefohlene bald wiederzusehen, hielt ihn hier.

Später kam er gerade hinzu, als Cathy Alva einen Umschlag überreichte und dabei leise sagte: »Vorgestern ist mir ein Irrtum unterlaufen. Die Differenz habe ich heute dazugerechnet, dein Arbeitsplan ist auch dabei. Wenn dir irgendein Termin nicht passen sollte, gibst du mir einfach beim nächsten Mal Bescheid.« Als sie Julen erblickte, blinzelte sie und verabschiedete sich hastig. Die rechte Hand des Statthalters fürchtete ihn, das war nicht zu übersehen.

Genau genommen war dies auch nicht verwunderlich, denn obwohl sie gewiss eine Menge über die magische Welt wusste, war sie doch kein Teil von ihr, sondern gehörte immer noch zur Welt der Sterblichen.

Julen wusste inzwischen, dass die Vampire der Stadt wenig Verständnis für solche Extravaganzen hatten. Ein Mensch, selbst wenn in seinen Adern so viel Vampirblut floss wie in denen Cathys, war viel zu leicht zu beeinflussen und bedeutete eine gefährliche Schwachstelle für einen Statthalter, der immerhin vom Rat eingesetzt worden war, um für Ordnung und Sicherheit zu sorgen. Notfalls auch mit Gewalt. Es hieß, Cathy entstamme einer Familie von Drogenbaronen, und Richard lasse es ihr zuliebe zu, dass diese sich in seinem Bezirk frei bewegen konnten. Viele hielten ihn für zu schwach.

Darum sollten sich andere kümmern. Julen interessierte sich ohnehin kaum für Politik, und heute hatte er ganz sicher andere Sorgen. Eine gewisse junge Frau, die ihn jetzt erwartungsvoll ansah, gehörte auch dazu. Er erwiderte ihr Lächeln mit einem flauen Gefühl in der Magengegend und begleitete sie in die Nacht hinaus.

Zwar legte er weder seinen Arm um ihre Schulter, noch gingen sie besonders nahe nebeneinander die Treppen hinunter, dennoch war seine Körpersprache für jeden Beobachter eindeutig: Alva stand unter seinem Schutz. Sie gehörte ihm – und Julen diesen Anspruch streitig zu machen, wäre eine äußerst schlechte Idee.

»Ich bin noch gar nicht müde.« Sie konnte nicht wissen, welchen Aufruhr allein der Klang ihrer Stimme in ihm auslöste.

Julen war als Frauenheld bekannt, doch niemand hätte jemals behauptet, er sei ein Wüstling. Das hatte er auch gar nicht nötig. Mit seiner charmanten und unkomplizierten Art eroberte er genügend Herzen, dass es ihm niemals an Gesellschaft mangelte, wenn er Lust darauf verspürte.

Jetzt allerdings hätte er Alva am liebsten gepackt und in eine dunkle Ecke gezogen, um sie dort hart zu nehmen, so wie es ihr offenbar gefiel, sie dabei zu beißen und tatsächlich als sein Eigentum zu markieren. Dreimal musste die Verbindung zwischen einer Fee und einem Vampir einvernehmlich bestätigt werden, dann gehörten sie einander für immer. Sofern sie Seelengefährten waren, war dies der Traum eines jeden Dunkelelfs. Allerdings führte der Blutaustausch auch dazu, dass die auf diese Weise gefreite Fee selbst zu einem Geschöpf der Dunkelheit wurde. Eine verbindliche Angelegenheit, mit der Julen sich bisher selten beschäftigt hatte. Er war für einen Vampir relativ jung und stand am Anfang einer hoffnungsvollen Karriere. Julens Vater war mehr als doppelt so alt gewesen, als er seiner Seelengefährtin begegnet war. Doch diese Verbindung stand ohnehin auf einem anderen Blatt.

Es war noch nicht allzu lange her, da hatte Julen einmal für kurze Zeit geglaubt, ebenfalls die passende Gefährtin gefunden zu haben. Doch ausgerechnet der Bruder seines Chefs Kieran hatte dann die Hand und das Herz dieser Feentochter gewonnen. Dass Julen danach eine Affäre mit Sara gehabt hatte, nahmen ihm viele bis heute übel. Das Mädchen war möglicherweise wirklich nicht ganz richtig im Oberstübchen, aber damals hatten sie gut zueinandergepasst und sich gegenseitig Trost gespendet. Anders als Kieran es angedeutet hatte, waren sie sich beide darüber im Klaren gewesen, dass ihre Liaison keine Zukunft haben würde. Sara war schließlich freiwillig in die Feenwelt gegangen, wo sie zweifellos irgendwann ihren Platz als Anwältin der Königin finden würde. Das Mädchen besaß einen brillanten Geist, der nur eben leider zuweilen umnebelt war. *Im Feenreich kein Problem.* Julen hielt die meisten der dortigen Bewohner für, gelinde gesagt, ausgesprochen *seltsam*.

Nicht eine dieser Überlegungen konnte man aus seiner Stimme heraushören, als er in harmlosen Worten gestand, ebenfalls nicht müde zu sein.

Natürlich nicht, Vampire schliefen äußerst selten, und wenn sie es doch einmal taten, dann meistens nur, weil ihnen nichts Besseres einfiel, womit sie die langen Stunden bis zum Sonnenuntergang verbringen konnten. Julen allerdings gehörte nicht zu denjenigen, die unter Langeweile litten. Er hatte immer etwas zu tun.

»Ich kenne mich nicht besonders gut in der Stadt aus.« Alva zögerte, bevor sie weitersprach. »Gibt es ein Nacht-Café oder Ähnliches, wo wir vielleicht noch etwas trinken können?«

Er kannte nichts dergleichen, denn er war ihr ja erst vor wenigen Tagen hierher gefolgt. Einen Spaziergang am Fluss, wie sie ihn jetzt vorschlug, würde er heute gewiss nicht mit ihr unternehmen.

Überhaupt ist es keine gute Idee, noch lange allein mit Alva die Straßen entlangzuschlendern. Seine Reißzähne drückten bereits schmerzhaft im Kiefer, er traute sich schon selbst nicht mehr.

Sie lachte verlegen. »Ich sollte das nicht tun, aber da in unserer Wohngemeinschaft offenbar ein unerschöpflicher Vorrat an Wein existiert …«, sie blickte auf ihre Schuhspitzen, während sie weitersprach, und rieb mit dem Zeigefinger ihren Nasenrücken, »also … wir könnten auch zu mir gehen.«

Julen wusste nicht, was er sagen sollte. Eigentlich hätte er sie bis vor die Haustür begleiten und sich dann von ihr verabschieden müssen. So, wie es seinem Auftrag entsprach.

Und während er noch überlegte, wie er das entzückende Angebot höflich ablehnen konnte, sprach sie schon weiter: »Sicher wirst du mir erklären wollen, was du in dem Baum vor meinem Fenster zu suchen hattest.«

Ihr Mut, über etwas zu sprechen, von dem sie nicht einmal wusste, ob es wirklich geschehen war, beeindruckte ihn. Und Julen wusste, dass er es nicht übers Herz bringen würde, seine regelmäßigen Besuche abzustreiten. Sie hatte es verdient, die Wahrheit zu erfahren. »Mhm!«, war deshalb seine einzige Reaktion. Dann legten sie den Rest des Weges schweigend zurück, während er sich den Kopf nach einer harmlosen Erklärung für sein Verhalten zermarterte.

Vor der Haustür blickte er umständlich auf die Uhr, obwohl er natürlich genau wusste, dass ihm noch eine Stunde bis zum Sonnenaufgang blieb. Dabei erwiderte er ihr scheues Lächeln und fühlte sich wie ein Tiger, der seine Reißzähne bleckte. Ihre Lippen, die merkwürdig schräg gestellten Augen und die geschwungenen Augenbrauen, dazu der köstliche Duft ihres Blutes, der unter seinem Blick noch intensiver wurde, all dies stellte seine Selbstbeherrschung auf eine harte Probe.

Reiß dich zusammen!, ermahnte er sich. Natürlich würde er die Situation nicht ausnutzen. Schon allein deshalb nicht, weil Kieran angedroht hatte, ihn einen Kopf kürzer zu machen, wenn er die in ihn gesetzten Erwartungen enttäuschte. Und das war bei seinem Boss nicht nur eine Redensart.

Die wunderbare Alva wartete derweil geduldig auf seine Entscheidung, und Julens Ahnung verstärkte sich, dass unter der entzückenden Hülle ein vielleicht nicht ganz so naives Wesen lauerte, wie es zunächst den Anschein haben mochte. Die Kleine zeigte jedenfalls wenig Respekt vor ihm, und er war gespannt darauf, was sie ihm enthüllen würde. Zwar war es bisher nur seine Intuition, die ihm verriet, dass sie ein paar interessante Geheimnisse hatte, aber dass dem auch wirklich so war, bezweifelte er längst nicht mehr.

Also gab er ihr schließlich eine zweideutige Antwort – »Für einen guten Tropfen bin ich immer zu haben!« – und hätte sich sogleich dafür ohrfeigen können. Wann hatte er zuletzt an nichts anderes mehr denken können als an die Befriedigung seiner Gelüste? Zum Glück verstand sie die Anspielung nicht, und er folgte ihr also wider besseres Wissen lautlos in die Wohnung, wo sie eine Tür öffnete und ihm per Zeichensprache signalisierte, dass er schon mal vorgehen sollte. Julen tat, was sie von ihm verlangte.

Wenig später erschien Alva mit Gläsern, Mineralwasser und einer Flasche Rotwein, stellte alles auf dem Tisch ab, drückte ihm einen Korkenzieher in die Hand und entzündete ihre beiden Kerzen. Im Handumdrehen hatte er die Flasche geöffnet und eingeschenkt. Sie setzten sich, und Alva hob ihr Glas. »Ich bin schon gespannt, was du mir zu erzählen hast.«

Das leichte Zittern ihrer Hand war nicht zu übersehen, auch ihre Stimme klang nicht ganz fest. Sie tat ihm leid, und er überlegte erneut, was er ihr verraten, ihr überhaupt zumuten durfte.

»Nun?« Trotz der offenkundigen Furcht klang ihre Stimme samtweich, und er hätte ihr in diesem Augenblick nichts abschlagen können.

»Machen wir es kurz: Ich habe den Auftrag, auf dich achtzugeben.« Von seinem viel gerühmten Charme war bedauerlich wenig übrig geblieben. Sofort bereute er es, auf diese Weise geradeheraus gesprochen zu haben.

Sie stellte ihr Glas ab, aus dem sie hatte trinken wollen, und setzte sich kerzengerade auf. »Stecken etwa meine Eltern dahinter?«

Diese Frage konnte er nicht ohne Weiteres beantworten. Wenn sie tatsächlich, wie er inzwischen sicher glaubte, unter dem Schutz eines Bewohners der Feenwelt stand, dann war es höchstwahrscheinlich ihre leibliche Mutter gewesen, die Kieran darum gebeten hatte, ihr Kind zu beschützen. Doch Alvas Frage bezog sich selbstverständlich auf ihre sterblichen Adoptiveltern, und deshalb schüttelte er den Kopf. »Ich weiß es nicht.«

»Bist du ein Auftragskiller?«

Beinahe hätte er sich verschluckt. Wie kam sie nur darauf? »Wohl kaum. Ansonsten wärst du nicht mehr am Leben, meinst du nicht auch?« Einem Impuls folgend berührte er ihre Hand und war froh, als sie nicht zurückzuckte. »Ich weiß, das klingt jetzt idiotisch, aber hast du dich in letzter Zeit mal … merkwürdig gefühlt?«

Ihr Lachen brachte ihn etwas aus der Fassung.

»*Mal*?« Sie legte ihre Hand auf den Mund und sprach dann leise weiter. »Schon mein ganzes Leben lang!« Dabei sah sie ihn an.

An der kurzen Veränderung ihrer Pupillen konnte er den exakten Moment erkennen, als sie begriff, dass seine Frage ernst gemeint war.

»Ich weiß nicht, warum ich dir das erzähle. Vielleicht weil du der Erste bist, der mich danach fragt.« Sie fuhr sich mit dem Handrücken über die Nase.

Julen fand dieses Zeichen ihrer Unsicherheit hinreißend. *Ich bin verloren!* Am liebsten wäre er aufgesprungen und geflüchtet. Ganz weit weg. Mindestens bis ans andere Ende der Welt.

Ahnungslos sprach sie weiter: »Angefangen hat es vor mehr als zwei Jahren. Ich hatte eigentlich gedacht, die schlimmste Zeit läge hinter mir. Du weißt schon, Pubertät und so …«

Julen grinste mitfühlend. Diese Phase seines Lebens lag zwar schon länger zurück, als sie sich jemals würde vorstellen können, ihm kam es allerdings manchmal vor, als wäre es erst gestern gewesen.

Sie wurde rot. »Na ja, ich war wirklich kein Kind mehr. Und dann kamen auf einmal diese Stimmungsschwankungen. Himmel, wie peinlich!«

»Warum sollte dir irgendetwas peinlich sein? Also, die Stimmungsschwankungen meine ich«, fügte er hinzu.

Sie überlegte eine Weile und nahm den Faden schließlich wieder auf. »Ich weiß es nicht. Aber dieses Gefühl, als gehörte ich plötzlich nicht mehr dazu, das war schrecklich. Es ist schwer zu erklären. Ich kam mir wie ein andersartiges Wesen vor, kein Tier, aber auch kein Mensch … irgendetwas Fremdes, Magisches. Das ist doch krank! Im Internet habe ich auch nichts darüber gefunden.« Sie atmete heftig aus. »Ich bin sogar freiwillig zu einer Psychologin gegangen. Vielleicht hätte ich ihr nicht sagen sollen, dass sich ihre Grünpflanzen bei mir darüber beschwert haben, dass sie die heimlich gerauchten Zigaretten im Blumentopf ausdrückt. Jedenfalls war es ein kurzes Intermezzo. Und hätte mein Vater nicht eingegriffen, sie hätte mich wahrscheinlich einweisen lassen.« Ein bisschen zusammenhangslos sprach sie nach einer kurzen Pause weiter. »Weißt du, eigentlich wollte ich Gärtnerin werden oder Landschaftsgestalter, wie meine Adoptivmutter. Ich habe sogar einen Praktikumsplatz bekommen, aber ich konnte das Elend der Pflanzen einfach nicht ertragen. Es ist so schrecklich für sie, in einer dieser Zuchtanlagen aufzuwachsen.«

Sie hatte die ganze Zeit auf ihre Hände gesehen, die ungeachtet ihrer berührenden Worte ruhig vor ihr auf dem Tisch lagen. Jetzt blickte sie auf und schien zu erwarten, dass er sie auslachte. »Bin ich verrückt?«

Bestimmt nicht mehr als ich. Julen musste schlucken, als er die Tränen in ihren Augen glitzern sah, und traf eine Entscheidung. »Bist du nicht. Es gibt vieles auf dieser Erde, was die meisten Menschen nicht begreifen können. Dazu gehören auch Wesen, die sich der Natur auf ganz besondere Weise verbunden fühlen, und das ist wahrlich keine Schande. Im Gegenteil. Jetzt darfst du gern *mich* für verrückt halten, aber … hast du schon einmal überlegt, was wäre, wenn du deine Gaben einer Vorfahrin aus der Feenwelt zu verdanken hättest?«

Alva schenkte sich Mineralwasser nach und trank. »Du willst mich auf den Arm nehmen.« Doch sie klang unsicher, fast so, als wären ihr Julens Ideen nicht vollkommen fremd.

»Denk mal drüber nach. Um es mit Shakespeare zu sagen …«

»Es gibt mehr Dinge zwischen Himmel und Erde … ja, ja! Davon hab ich auch schon gehört.« Sie lachte und vertrieb damit die dunklen Schatten, die sich um sie beide herum gebildet hatten.

Und wieder berührte ihn das Echo ihrer Stimme auf einer Ebene, die seit sehr vielen Jahrzehnten niemand mehr erreicht hatte. Es wurde langsam Zeit zu gehen. Julen griff nach ihrer Hand. »Ich würde dich gern wiedersehen.«

Wie ein Chamäleon zeigte sie eine neue Stimmung. »Es wird dir auch nichts anderes übrig bleiben, sofern du die Wahrheit gesagt hast. Schließlich ist es dein Job, in meiner Nähe zu bleiben.«

»Ich könnte jemand anderen schicken«, sagte er mit erstickter Stimme.

»Nein!« Ihr Erschrecken war ein großes Glück für ihn. »Ich meine, du bist der Einzige, mit dem ich über diese Dinge reden kann.« *Und der mich zu verstehen scheint!* »Ich würde dich gerne wiedersehen, nur vielleicht nicht unbedingt im Baumwipfel vor meinem Fenster.«

Wie gern hätte er sie geküsst, von ihren vollen Lippen getrunken und sich im Taumel der fremdartigen Emotionen verloren. Aber sein Schicksal wollte es – wieder einmal – anders.

Draußen waren Schritte zu hören, dann eine Stimme: »Alva, ich muss mit dir reden!«

Tom!, formten ihre Lippen lautlos. Mit der Hand bedeutete sie Julen, sich auf dem Balkon zu verstecken, dann drehte sie sich um. »Ich will gerade ins Bett gehen. Hat das nicht bis morgen Zeit?« Die Türklinke senkte sich, und sie machte einen Sprung nach vorn, während Julen lautlos hinter der Gardine verschwand. Bevor Tom hereinkommen konnte, war sie schon an der Tür und stellte sich dort auf eine Weise hin, dass er glauben musste, sie wolle nicht öffnen, weil sie bereits im Nachthemd war. »Was willst du?«

Er versuchte, die Tür weiter aufzudrücken, doch Alva stemmte sich dagegen.

Tom war bleich wie ein Geist. »Hör mich wenigstens an …«, flehte er.

»Du wolltest mich schlagen.«

Einen Moment lang war Stille, dann hört Julen Tom sagen: »Unfug. Wie kommst du denn darauf? Ich gebe ja zu, dass ich im Übungsraum etwas ungerecht war. Das tut mir auch leid, du singst wirklich toll. Im Grunde bist du aber selbst schuld. Die Rolle der Leadsängerin ist einfach eine Nummer zu groß für dich, ganz gleich, was Stefan sagt.«

»Chris und Stefan wollen mich dabeihaben. Lass mich in Frieden, ich bin todmüde.«

»Bildest du dir wirklich ein, dass du das schaffst?«

»Vielleicht solltest du mal überlegen, dass deine Beleidigungen nicht sehr konstruktiv sind. Und jetzt, nimm den Fuß da weg!«

Gleich darauf hörte er, wie die Tür mit Nachdruck geschlossen wurde. Die Sonne schickte bereits ihre ersten Strahlen, die Julen bis ins Mark trafen. Nun war es wirklich Zeit für ihn, zu gehen.

Ein wenig machte er sich schon Vorwürfe, aber das kam wohl zu spät, denn sein Eingreifen in den kleinen Streit, den sie mit Tom gehabt hatte, war möglicherweise zu voreilig gewesen. Immerhin, Tom würde sich nicht an ihn erinnern, dafür hatte er Sorge getragen.

Und mal ehrlich: Was ging es ihn an, mit wem sie sich herumtrieb? Hätte ihr von einem Sterblichen Gefahr gedroht, wäre es sicherlich nicht notwendig gewesen, einen Vengador einzuschalten.

Und wenn ihre eigenen Leute Alva schaden wollten?, fragte die ständig kritische Stimme in seinem Kopf.

Kieran weiß, was er tut, hielt Julen ihr entgegen und nutzte die letzten Schatten, um in seinen Unterschlupf zurückzukehren. Während er den kurzen Weg durch die Zwischenwelt einschlug, dämmerte es ihm, dass er im Begriff war, sein Herz zu verlieren. Ungeachtet der Ausreden, die er für sich erfand.

Alva lehnte sich einen Augenblick erleichtert an die Wand. *Den bin ich erst mal los!* Dann erinnerte sie sich an Julen, der noch immer auf ihrem Balkon stand. Sie schob die Gardinen beiseite und sah hinaus. »Du kannst jetzt wieder reinkommen.« Doch nichts rührte sich. Irritiert sah sie sich in ihrem Zimmer um und ging sogar so weit, im Schrank nach ihm zu suchen. Doch Julen blieb verschwunden. Er hatte eben noch auf diesem Stuhl gesessen und Wein getrunken! Sie kehrte zum Tisch zurück … und ihr blieb fast das Herz stehen, als sie nur ihr eigenes Glas darauf erblickte. *Ich werde verrückt!* Beinahe war sie versucht, zu Tom hinüberzugehen und ihn zu fragen, ob er Julen gesehen habe. Aber erstens hätte das merkwürdig ausgesehen, nachdem sie ihn gerade rausgeworfen hatte, und zweitens wusste sie nicht, wie sie ihre Frage hätte erklären sollen.

Beunruhigt ging sie noch eine ganze Weile im Zimmer auf

und ab. Wenn er ihrer Fantasie entsprungen war, was hatte es dann mit seiner Frage nach den Feen auf sich?

Sie hatte sich schon oft gefragt, woher ihre Fähigkeit kam, Pflanzen hören zu können. Hatte sie sich nicht bereits fremd und merkwürdig anders gefühlt, *bevor* die *weißen Träume* begannen?

Wenn es Julen wirklich gab, dann stammte er womöglich selbst aus einer Welt, von der man nur aus Märchen und Mythen wusste. Dies zumindest würde sein Verschwinden ebenso erklären wie sein plötzliches Auftauchen. Er war ganz sicher hier gewesen. Wäre sie eher darauf gekommen, hätte sie auf dem Stuhl, auf dem er ihr gegenübergesessen hatte, bestimmt noch seine Körperwärme spüren können. Jetzt allerdings war das glatte Holz kalt und verriet nicht, wer zuletzt auf ihm gesessen hatte. Ein Geist oder ein Mensch aus Fleisch und Blut.

Alva ahnte, dass die Antworten tief in ihrem Inneren verborgen lagen. Sie hatte das Gefühl, nur die Hand ausstrecken zu müssen, um einen Teil ihres Bewusstseins zu öffnen, der sich ihr auf geheimnisvolle Weise verschlossen zu haben schien. Julen konnte ihr dabei helfen, davon war sie überzeugt.

Erschöpft legte sie sich schließlich ins Bett, doch der Schlaf wollte nicht kommen, und so warf sie sich immer noch hin und her, als die Glocken der nahen Kirche schon zur Mittagsandacht riefen. Nur die Hand musste sie ausstrecken … doch in welche Richtung?

Du wirst dich zur rechten Zeit erinnern.

Alva setzte sich alarmiert auf. Diese Stimme kannte sie. Aber woher?

Ich bin der Schlüssel zu deiner Welt, sagte die körperlose Stimme und klang erstaunlicherweise kein bisschen pathetisch, sondern eher ironisch, als würde sie sich selbst nicht ganz ernst nehmen. *Schlaf, Alva!* Dann summte sie ein Wiegenlied, das ihre unsichtbare Begleiterin aus Kindertagen immer gesungen hatte, wenn sich das kleine Mädchen vor den Schatten der Nacht geängstigt hatte.

Weht, ihr holden Düfte
bunter Blumendolden,
wehe, Blütenduft der Linde,
meines Kindleins Augen zu.
Abendwinde, flüstert leise,
flüstert leise meinem Kinde:
*Schlaf in Ruh** …

»Wer bist du?«, flüsterte Alva und schlief ein.

* 2. Strophe
Melodie: Wilhelm Taubert (1811–1891), Nr. 7 aus *Klänge aus der Kinderwelt* op. 68 Text: Wilhelm Wackernagel (1806–1869)

6

Die nächsten Tage vergingen wie im Flug. Alva übte Songs, zerbrach sich zwischendurch den Kopf darüber, was sie bei ihrem Auftritt anziehen sollte, und konnte obendrein nicht aufhören, über die Andeutungen ihres geheimnisvollen Besuchers nachzudenken. Zu gern hätte sie ihn gefragt, ob er wirklich an Feen glaubte, aber er ließ sich nicht mehr blicken, und allmählich glaubte sie ganz sicher, dass ihre Begegnung ein Produkt ihrer überspannten Fantasie gewesen war. *Sexy wie die Sünde selbst und dazu noch einfühlsam? Träum weiter, Gänschen!* Jemanden wie Julen konnte es im wahren Leben gar nicht geben. Er war eben doch nur ein *Traummann*.

Und trotzdem … Alva hatte doch sonst nicht das Gefühl, verrückt zu werden. Irgendjemand hätte dann sicherlich auch versucht, sie zum Arzt zu schicken, oder? Cathy zu fragen, das traute sie sich aber auch nicht. Was hätte sie sagen sollen? *Erinnerst du dich an diesen wahnsinnig gut aussehenden Mann, der mich begleitet hat?* Wie peinlich wäre es gewesen, wenn Cathy nicht gewusst hätte, wovon sie sprach.

Tom zumindest hatte auf ihre vorsichtigen Versuche, mehr herauszufinden, ziemlich ratlos reagiert. Was wiederum kein allzu großes Wunder war, denn er konnte sich an den Streit, und damit auch an Julens Eingreifen, nicht erinnern. Für seine schlechte Laune hatte er sich jedenfalls entschuldigt, und niemand in der Band nahm es ihm besonders übel, schließlich hatte ihn seine Freundin unter einem miesen Vorwand verlassen. So sah es jedenfalls inzwischen aus, denn als Chris sie eines Abends getroffen hatte, war sie nicht allein, und der Mann in ihrer Begleitung hatte sich ziemlich besitzergreifend verhalten.

»Der Kerl sah wie ein Mafioso aus.« Chris hatte Mandy offenbar nie besonders gemocht, aber nun war sie wirklich wütend. »Für den Auftritt hat sie uns alles Schlechte gewünscht, diese Zicke!«, vertraute sie Alva an. »Am liebsten hätte ich ihr die falschen Haare ausgerissen. Ich hoffe, dass sie mit ihren großen Plänen richtig schön auf die Nase fällt.«

Alva hatte ihre eigenen Probleme, da interessierte sie das Schicksal von Toms Ex nicht besonders. Sie schob zum dritten Mal die wenigen Kleider und Hemden auf der Stange in ihrem Schrank hin und her. »Was zieh ich nur an?«

Chris saß auf dem Bett, wo auch schon einiges herumlag. »Wenn du mich fragst, ist es vollkommen egal, was du anhast. Sobald die Leute deine Stimme hören, machen sie eh die Augen zu und lassen sich davontragen. Ich jedenfalls muss mich immer richtig zusammenreißen, damit ich meine Einsätze nicht verpasse.« Sie sah neugierig aus, als erwarte sie eine Erklärung für den Zauber, den Alvas Stimme auf ihre Zuhörer ausübte.

Doch sie wusste ja selbst nicht, woran es lag, dass gestern sogar Passanten in den Übungsraum gekommen waren und sich nur unter Protest wieder hatten vertreiben lassen.

Der Zwischenfall war Alva ebenso peinlich gewesen wie nun Christabellas Komplimente. Sie wusste nicht, was sie antworten sollte, und fragte stattdessen: »Was hältst du davon?« Mit einem Kleid aus Tartan, das aussah, als hätte es zu lange in der Sonne gelegen, kam sie wieder hervor und drehte sich vor dem Spiegel.

»Nicht schlecht. Warte mal, ich hab da was …« Chris lief in ihr Zimmer und kam gleich darauf mit einem mehrlagigen Petticoat zurück, der allerdings schon bessere Tage gesehen hatte. »Jetzt sieht es wie ein Designerstück von Alexander McQueen aus.«

»Na ja, ich weiß nicht.«

»Nun zieh's schon an!«, drängte Chris und half ihr, das Kleid, das asymmetrisch geschnitten und deshalb nicht ganz einfach anzuziehen war, überzustreifen. »Süß! Die Jungs kriegen einen Schlag, wenn sie dich darin sehen.« Sie kicherte. »Wenn wir erst mal berühmt sind, werden wir einen vollkommen neuen Stil kreieren.«

Zwar hatte Alva da so ihre Zweifel, aber Chris beschwor sie, bei diesem Outfit zu bleiben. »Du wirst schon sehen, Toms Schnepfe wird sich noch so was von umgucken!« Dabei sah sie auf die Uhr und stieß einen kleinen Schrei aus. »Ich muss los! Wenn ich heute zu spät komme, bekomme ich morgen nicht frei!«

Gleich darauf hörte Alva die Wohnungstür klappen. Alle Bandmitglieder waren sich einig gewesen, am letzten Abend vor dem Auftritt nicht noch einmal zu üben. Die letzten Tage waren anstrengend gewesen, und jeder wollte sich auf seine Weise etwas Erholung gönnen. Besonders Alva war erschöpft. *Aber es hat sich gelohnt*, dachte sie und nahm nun doch noch einmal die Noten zur Hand, weil sie bei einigen Passagen immer noch nicht ganz sicher war. Zumal Stefan fast die Hälfte der Lieder neu arrangiert hatte und ihre Stimme jetzt deutlich mehr im Mittelpunkt stand, als es zuvor bei Toms Ex-Freundin der Fall gewesen war. Chris und Tom hatten nicht widersprochen, obwohl es auch für sie noch einmal viel Arbeit bedeutet hatte.

Nach einer Weile legte sie die Noten wieder beiseite. Es war Abend geworden, und sie war unkonzentriert. Immer wieder ertappte sie sich dabei, wie sie zum Balkon hinsah, weil sie hoffte, Julen werde dort auftauchen. Doch er blieb, was er wahrscheinlich von Anfang an gewesen war: ein Mann, der nur in ihren Träumen zu existieren schien. Und so gesehen konnte sie sogar froh sein, dass er sie nicht mehr heimsuchte. Aus ihren Träumen kam einfach nichts Gutes, wenn man einmal von der besonders heißen Nacht absah, die sie mit ihm erlebt hatte. Wahrscheinlich lag es an den fantastischen Romanen, die sich auf dem Tischchen neben ihrem Bett stapelten, dass sie derart wilde Dinge träumte. Aus ihrem spärlichen Erfahrungsschatz konnte die Idee, sich ausgerechnet auf einem Tisch verführen zu lassen, jedenfalls nicht stammen. Und auf dem Eiffelturm hatte sie niemals zuvor gestanden, geschweige denn … Alva wurde warm, und schnell verbannte sie die prickelnde Erinnerung.

Später kam Stefan nach Hause und brachte jemanden mit. »Alastair kommt aus Neuseeland und hat einen furchtbaren Musikgeschmack, aber dafür ein Auto!«, stellte er seinen Freund vor und erklärte, dass Alastair morgen beim Soundcheck helfen werde.

Alastair hustete und sagte etwas, das so klang wie: »Auto? Das ist ein verdammter Bus, du Idiot!«

Stefan lachte nur. »Was willst du trinken?« Schnell wurde klar, dass die beiden die allerbesten Freunde waren.

Sie kochten gemeinsam und besprachen beim Essen noch letzte Einzelheiten für den morgigen Tag. Tom wirkte dabei müde und fahrig. Alva sah die dunklen Ringe unter seinen Augen und fragte sich, wieso ihr Stiefbruder in letzter Zeit derart launisch war. Dünner kam er ihr auch vor, als würde er jetzt schon auf eine Rockstarkarriere hinarbeiten, die andere mit ihrer Gesundheit, wenn nicht mit ihrem Leben bezahlt hatten.

An der Trennung von seiner Freundin konnte es jedenfalls nicht liegen, denn sie hatte ihn im *Amnesia* gesehen, wo er gleich mit zwei Frauen an seiner Seite aufgetaucht war. Stark parfümiert und aufgetakelt waren die beiden gewesen und hatten *die kleine Garderobiere* ziemlich arrogant behandelt. Tom hatte ohnehin so getan, als würde er Alva nicht bemerken.

Als sie Chris von ihrer Sorge um Tom erzählt hatte, bestätigte sie Alvas Beobachtung. »Aber an der Trennung liegt es wirklich nicht. Das hat schon vor deinem Einzug angefangen. Ich will dir wirklich keine Angst einjagen, aber ehrlich gesagt glaube ich, dass er im Amnesia seltsame Bekanntschaften geschlossen hat. Zum Glück bringt er sie aber nie hierher.«

Alva war beunruhigt. Womöglich hatte Tom einen guten Grund gehabt, sie vor ihrem Job zu warnen. Klar, es kamen ein paar merkwürdige Gestalten in den Club, vor einigen fürchtete sie sich regelrecht, doch keiner von ihnen hatte sie bisher respektlos behandelt. Im Gegenteil, Cathy war ausgesprochen höflich, und auch der Türsteher hatte keine weiteren Annäherungsversuche unternommen. Er war jetzt einfach nur noch freundlich – ein netter Kollege eben.

Nach dem Auftritt, so nahm sie sich vor, würde sie mit Tom reden. Doch vorher hatte es keinen Sinn. In der Verfassung, in der er momentan war, hätte er sonst womöglich noch alles hingeschmissen. Und man konnte sagen, was man wollte: Wenn er sich zusammenriss, war er ein ausgezeichneter Gitarrist.

Alastair war außer Stefan der Einzige von ihnen, der Erfahrung im Musikgeschäft besaß, und er gab sich große Mühe, Alva die Angst vor ihrem ersten Auftritt zu nehmen. »Ich habe ein paar Mitschnitte gehört. Die Einzigen, die sich Sorgen machen müssen, sind die Leute vom Hauptact. Ihr steckt sie locker in die Tasche, das verspreche ich dir.«

Stefan schlug ihm so heftig auf die Schulter, dass er fast das Gleichgewicht verloren hätte. »Sag ich doch. Mein Kiwi-Freund hat einen ausgezeichneten Musikgeschmack!« Alle lachten, als er hinzufügte: »Mit Mandy als Background-Sängerin können sie einpacken.«

Nur Tom grunzte etwas Unverständliches und trank sein Glas in einem Zug aus, bevor er sich nachschenkte.

Der Rest des Abends verging wie im Flug, und erstaunlicherweise schlief Alva in dieser Nacht so gut wie lange nicht mehr.

Am nächsten Morgen frühstückten sie bereits um acht Uhr zusammen. Auch Alastair, der in dem winzigen Raum übernachtet hatte, den sie hochtrabend Gästezimmer nannten, war dabei. Und zum ersten Mal kam so etwas wie ein Bandgefühl auf. Die Vorfreude auf den gemeinsamen Auftritt, die Aufregung und überhaupt die gesamte Atmosphäre machten Alva so glücklich, dass sie sich freiwillig anbot, das Geschirr zu spülen, während Alastair den Bus holte und die anderen ihre Instrumente, Verstärker – und was sie sonst noch zu brauchen glaubten – hinuntertrugen.

Außer einem Kästchen, das ihr die drei anderen Bandmitglieder am Morgen feierlich überreicht hatten und in dem ihr Mikrofon lag, hatte sie nicht viel mitzunehmen.

»Bist du so weit?« Chris steckte ihren Kopf durch die Küchentür. Über der Schulter trug sie eine kleine Reisetasche.

»Ja, klar.« Alva trocknete sich die Hände an der Jeans ab, lief in ihr Zimmer und holte ihre eigene Tasche heraus, in der sie ihr Bühnenoutfit transportierte.

Gemeinsam liefen sie die Treppen hinunter und bogen um die Hausecke in die Fußgängerzone, wo der Bus schon mit laufendem Motor wartete. »Oh-oh!« Chris zeigte auf einen Polizisten, der sich ihnen mit strengem Blick näherte. Beim besten Willen konnte man Alastairs Tourbus nicht als Lieferverkehr bezeichnen.

Und obwohl Chris sie dazu drängte weiterzugehen, blieb Alva stehen, um den Anblick, der sich ihr bot, wenigstens für ein paar Sekunden genießen zu können. Es sah aus, als hätte ein Riese mit eleganter Schreibschrift *One More Thing …* auf den roten Routemaster-Doppeldecker geschrieben, der bestimmt schon vor dreißig Jahren ausgemustert worden war, aber in der Sonne wie neu glänzte.

»Hallo!« Der Polizist hatte sie erreicht und zückte einen Notizblock.

»Oh, Sir! Wir sind schon weg.« Alva schenkte ihm ein strahlendes Lächeln und sprang schnell in den Bus, bevor sich die Türen mit einem Zischen hinter ihr schlossen. Sie winkte dem verwunderten Ordnungshüter mit einer Hand fröhlich zu und klammerte sich an einem Haltegriff fest, denn schon auf den ersten Metern wurde deutlich, dass Alastair einen zügigen Fahrstil bevorzugte.

Nachdem sie ihr Gleichgewicht wiedergefunden hatte, sah sie sich staunend um. Hinter dem Fahrer führte eine geschwungene Treppe in die obere Etage. Unten waren die ersten Sitzreihen unverändert geblieben. Dahinter hatte jemand allerdings eine Wand eingezogen, vor der sie etwas entdeckte, das wie eine Wohnmobil-Einbauküche aussah. Daneben gab es eine schmale Tür. Die hinteren Scheiben des Busses waren komplett undurchsichtig, und Alva vermutete, dass sich hinter der Wand Stauraum für Instrumente und Technik befand. Weil sie die Anlage der *Midnight Fairytales* mitbenutzen durften, gab es dort wahrscheinlich noch viel freien Platz.

Alastair nahm eine lang gezogene Kurve ziemlich schnell, und Alva gab vor Schreck einen kleinen Schrei von sich. Er grinste und zeigte mit dem Daumen nach oben. »Mach es dir bequem, Mädchen«, sagte er in der schauerlichen Imitation eines schottischen Akzents.

»Sieh du lieber nach vorn.« Alva lachte, als sie die Treppe zu den anderen hinaufstieg. »Das ist toll!« Im vorderen Teil waren bequeme Sitze eingebaut, man konnte sogar die Füße hochlegen. Die Fenster des hinteren Teils waren ebenfalls verdunkelt, doch trotz des kümmerlichen Lichts erkannte sie eine große Liegefläche und weiteren Stauraum. Leicht gebückt und bemüht, das Schlingern des Busses auszugleichen, ging sie zu ihren Freunden nach vorn zurück und ließ sich in den letzten freien Sitz fallen.

»Fantastisch, oder?« Tom sah sie erwartungsvoll an. Er war nicht einmal verkatert.

Stefan reichte ihr eine Flasche Wasser. »Du musst viel trinken.« Dann lachte er. »Und du musst ihm ein Kompliment machen. Tom und Alastair haben sich mit dem Umbau wirklich selbst übertroffen. Und das in der kurzen Zeit.«

Alva zögerte nicht. Sie stand auf und umarmte Tom. »Du bist der beste Bruder!«

»... den du hast!«, ergänzte Stefan zynisch.

Um keinen Streit aufkommen zu lassen, tat sie, als hätte sie die Bemerkung nicht gehört. Längst nahm sie ihrem Bruder die Schwindeleien und Launen nicht mehr übel. Bei Tageslicht betrachtet passte es recht gut zu seinem Charakter. Er hatte immer schon versucht, Schwierigkeiten aus dem Weg zu gehen. Etwas, das ihren Vater, also seinen Stiefvater, regelmäßig auf die Palme gebracht hatte.

Schnell drückte sie ihm einen Kuss auf die Wange, verlor in der nächsten Kurve das Gleichgewicht und landete hart in ihrem Sitz. »Aber wer ist bloß auf die Idee gekommen, ausgerechnet Alastair als Fahrer zu engagieren?«

»Alles hat seinen Preis.« Seit Tagen war es das erste Mal, dass sie Tom wieder lachen sah.

Die Fahrt dauerte nicht allzu lange, und nach weniger als zwei Stunden hatten sie ihr Ziel erreicht. Alva war insgeheim dankbar, dass sich der Club, in dem sie heute Abend spielen würden, nicht mitten in der Stadt befand, sondern ebenfalls auf einem Fabrikgelände, das zum Kulturzentrum umgewandelt worden war. Ohne Laternenpfähle, Straßenschilder oder andere Hindernisse umzureißen, hielt der Bus derart dicht vor dem Hintereingang eines unauffälligen Backsteingebäudes, dass sie von ihrem Platz aus genau in die Regenrinne sehen konnten.

Alva hätte große Lust gehabt, einmal aufs Dach zu steigen, aber weil es hier oben keinen Ausstieg gab, folgte sie lieber den anderen. Kaum hatte sie den Asphalt betreten, erklang eine laute Hupe. Erschrocken sah sie sich um.

»Na super, *Rule Britannia!* als Riesenklingelton.« Sie zeigte Alastair einen Vogel, aber der lachte nur und sah gespannt zu, wie ein Lastwagen auf den Hof fuhr und rangierte, bis er mit dem hinteren Teil ebenfalls zum Bühneneingang stand. »Der Mann weiß, einen Truck zu fahren!«, murmelte er und stieg aus, um die technische Crew der *Fairytales* zu begrüßen.

Drei Männer sprangen aus dem Lastwagen und bewunderten als Erstes den Bus. Sie wollten alles ganz genau sehen, und Tom zeigte ihnen stolz auch das Innere des exotischen Gefährts, während sich Alastair und Stefan mehr für das Equipment der Kollegen zu interessieren schienen.

Einer der Männer stellte sich als Tourmanager vor. Schnell wurde klar, dass er und Stefan sich gut kannten und es ihrer Freundschaft zu verdanken war, dass *One More Thing* … mit den Chart-Stürmern *Midnight Fairytales* auftreten durften.

Die ungewöhnliche Hupe war nicht unbemerkt geblieben. Eine junge Frau kam um die Ecke, begrüßte sie freundlich und schloss die beiden Stahltüren des Bühneneingangs auf.

Während die Männer sofort damit begannen, die Technik vor Ort zu inspizieren, um dann ihr eigenes Equipment hineinzutragen, erkundeten Chris und Alva erst einmal den Backstagebereich.

Alva wusste nicht, was sie sagen sollte, als sie den kleinen, vergitterten Raum betrat, in dessen dunklen Ecken der Schimmel emporwuchs. An einer Wand stand ein gammliges Sofa, außerdem gab es genau drei Stühle und einen Tisch. Durch eine zweite Tür konnte man das Klo sehen … und leider auch riechen. Catering sei für den Abend geplant, erfuhren sie, und die Duschen wären derzeit leider außer Betrieb. Bevor sie etwas sagen konnten, nuschelte das Mädchen, der Chef käme später … und verschwand.

»Tally kriegt die Krise, wenn sie das hier sieht.« Chris' Stimme verriet, dass sie sich schon darauf freute.

»Du kennst die Sängerin?« Es gelang Alva nicht ganz, ihre Bewunderung zu verbergen.

»Aber ja, wir hatten ein paar Kurse zusammen in der *BRIT School*.«

»Was?« Alva hatte von der renommierten Schule gehört. Viele Absolventen waren inzwischen erfolgreich in der Musikindustrie tätig. Sie galt als das Beste, was Europa in dieser Hinsicht zu bieten hatte.

»Herzchen, du musst nicht so erschrocken gucken. Das war ja nicht *Hogwarts*.«

»Da habe ich aber anderes gehört. Ich wette, Stefan habt ihr dort auch getroffen. Was wollt ihr dann eigentlich mit Tom und mir? Wir sind doch bestenfalls Hobbymusiker für euch.«

Chris legte beide Hände an ihr Gesicht. »Jetzt hör mir mal ganz genau zu! Tom ist ein guter Gitarrist, und außerdem sieht er großartig aus. Das ist es doch, was die Mädels wollen: leckere Häppchen. Er kann es in jeder Hinsicht mit den Jungs aus Tallys Band aufnehmen. Aber Stefan und du, ihr macht den Unterschied. Deine Stimme ist magisch, und er hat schon angefangen, die perfekten Arrangements dafür zu machen.«

Alva dachte daran, wie sehr sich einige Lieder bereits verändert hatten, und nickte. Vielleicht war sie wirklich zu ehrfurchtsvoll.

»Na also! Lass dich nicht verunsichern, versprich mir das! Wir rocken heute den Laden hier, und dann ist die *Feenprinzessin* Tally bald Geschichte.« Sie spuckte die letzten Worte regelrecht aus.

Alva zuckte zusammen, beruhigte sich dann aber damit, dass es sicher nur eine Redensart war. Menschen wie Chris, die mit beiden Beinen auf dem Boden standen, glaubten nicht an Feen. Viel mehr interessierte sie, was zwischen den beiden vorgefallen sein mochte, dass Chris die Sängerin der *Midnight Fairytales* so wenig leiden konnte.

»Sie ist verrückt nach Männern und hat keinerlei Skrupel, wenn es darum geht, ihre Ziele zu erreichen.« Traurig verstummte Chris.

Vermutlich hatte ihr diese Tally den Freund ausgespannt, also verzichtete Alva auf weitere Fragen. Um davon abzulenken, erkundigte sie sich lieber: »Ob die Jungs uns brauchen?«

Zum Glück ging Chris darauf ein. »Natürlich tun sie das. Oder hast du schon mal erlebt, dass ihnen irgendetwas ohne weibliche Hilfe gelungen wäre?«

Gemeinsam machten sie sich auf die Suche nach dem Bühnenzugang. Zweimal standen sie vor verschlossenen Türen, und dann wären sie beinahe auch noch gegen einen Verstärker gelaufen, der genau hinter einem schwarzen Vorhang stand. Sie kicherten wie zwei kleine Mädchen, als sie schließlich den Zuschauerraum betraten und zur Bühne hinaufsahen. Wobei das vielleicht ein wenig irreführend war, denn es konnten lediglich vierzig Zentimeter Höhenunterschied sein, die das Publikum nachher von den Musikern trennen würde.

Die Roadies hatten bereits ganze Arbeit geleistet und begannen jetzt mit der Verkabelung. Toms Kopf tauchte hinter dem Schlagzeug auf, neben ihm ein Mann, den sie vorher noch nicht gesehen hatte. Wahrscheinlich der Haustechniker. Tom winkte ihnen zu und wirkte dabei so entspannt wie seit Langem nicht mehr. Alastair und sein Kollege standen hinter einem riesigen Mischpult und diskutierten irgendetwas Technisches, von dem Alva nichts verstand. Ihr Herz schlug schneller. Es gab noch so viel zu lernen. Welch ein Abenteuer! Und auf einmal wünschte sie sich sehr, dass dies nur der Anfang wäre.

Inzwischen war Tom von der Bühne gesprungen und folgte ihnen in den Zuschauerraum. »Nicht schlecht, oder? Hier passen bestimmt fünfhundert Leute rein.«

Stefan gesellte sich zu ihnen. »Hoffentlich kommen auch so viele.« Er sah Alva an: »Na, schon aufgeregt?«

»Immer. Aber im Augenblick vor allem hungrig.« Alva hatte das nur so dahergesagt, aber gerade jetzt knurrte ihr Magen, und sie lachte verlegen.

»Dagegen kann man was unternehmen. Ich hab vorhin im Vorbeifahren einen recht vielversprechenden indischen Imbiss gesehen. Wir könnten von dort was holen.« Stefan stellte eine Wunschliste zusammen, ergriff Alvas Hand und zog sie durch den Saal. »Komm, dafür brauch ich deine Hilfe.«

Zum ersten Mal sah sie die Ladefläche im hinteren Teil des Busses. Sie war tatsächlich fast leer, aber es standen zwei Fahrräder darin. »Genial! Alastair hat an alles gedacht.«

»Er ist der Beste.« Stefan schien diesen Kommentar ausnahmsweise einmal ernst zu meinen.

Eine halbe Stunde später kehrten sie mit ihren Einkäufen zurück. Die anderen hatten inzwischen Campingmöbel in der Sonne aufgestellt und Getränke hervorgeholt. Hungrig fielen sie über das leckere indische Essen her.

»Boah! Jetzt könnte ich schlafen!« Tom lehnte sich mit halb geschlossenen Augen zurück. Auch Alva fand, dass ein gut gefüllter Bauch zur Entspannung beitrug.

»So, Leute. Weiter geht's. Wir sollten mit dem Soundcheck

beginnen.« Stefan stand auf. Schnell räumten sie alles zusammen, verstauten die Campingmöbel im Lastwagen der anderen Band und gingen in den Club.

Alvas Aufregung kehrte zwar sofort zurück, aber Alastair erklärte ihr geduldig, was sie zu tun hatte.

Einer der Roadies sagte etwas, und genau in diesem Augenblick wurde es ruhig: »… noch nie aufgetreten?«, hallte seine Frage überlaut durch die Halle.

Der arme Mann tat Alva beinahe leid. Hätten Blicke töten können, wäre er vermutlich sofort zusammengebrochen. Sie war froh, Freunde zu haben, die an sie glaubten. Sie selbst war inzwischen so weit, dass sie sich für geradewegs größenwahnsinnig hielt, heute Abend vor einem Publikum aufzutreten, das Eintritt zahlte und zu Recht eine gute Show erwartete. Was hatte sie sich nur dabei gedacht?

Der Soundcheck aber schien gut verlaufen zu sein. Sie selbst hörte lediglich, was aus den Monitorboxen kam. Wie ihre Stimme im Publikumsraum klang, konnte sie nur ahnen. Doch Alastair machte den Eindruck, als wüsste er genau, was er tat.

Gegen drei Uhr kamen die Musiker der *Fairytales* zusammen mit dem örtlichen Veranstalter dazu und begrüßten reihum alle Anwesenden.

Alva bedachten sie mit kritischen Blicken. Offensichtlich hatte Mandy ganze Arbeit geleistet, um sie schlechtzumachen.

Stefan zwinkerte ihr zu: »Die werden sich noch wundern.«

Alva wurde ein bisschen flau in der Magengegend. Das verringerte den Druck, der auf ihr lag, nicht unbedingt. Ein Blick auf die Uhr verriet ihr, dass für den Soundcheck der *Fairytales* nicht mehr viel Zeit war, und sie fragte sich, wo die Sängerin blieb.

»Sie kommt immer in letzter Minute. Guck dir das bloß nicht ab!«

»Ganz bestimmt nicht.« Alva war dermaßen bemüht, keinen Fehler zu machen, dass sie das ironische Zwinkern in Stefans Augen gar nicht bemerkte. Außerdem flog in diesem Augenblick die Tür auf, und die sagenhafte Tally stürmte leibhaftig herein. Sie sprang auf die Bühne, griff nach dem Mikrofon und rief: »Bewegt eure Ärsche! Ich will hier niemanden sehen, der nicht zur Band gehört.«

Sekunden später erstrahlte die Bühnenbeleuchtung, von der mindestens zwei Spots genau auf die Sängerin gerichtet waren. Alva musste unwillkürlich grinsen und brauchte sich dabei keinerlei Gedanken zu machen, dass die Diva dort vorn irgendetwas davon sehen konnte, denn sie blinzelte ärgerlich in das grelle Licht hinein.

»Bist du … blöd?« Die helle Stimme klang nun noch ein bisschen schriller.

Die Scheinwerfer gingen wieder aus, alle. Es wurde stockfinster. »Entschuldigung!«, rief jemand aus der Dunkelheit.

Ein paar Lampen ihm Publikumsraum glommen erneut auf, und Alva folgte ihren Freunden unauffällig hinaus. Backstage bekam Chris einen Hustenanfall, die Jungs grinsten, und Alva ließ sich nach einem ungläubigen Blick auf den Haufen belegter Brote, die sich bogen, als hätten sie während des gesamten Nachmittags in der Sonne gelegen, auf das schäbige Sofa fallen. »Oh Mann! Mit der möchte ich auch nicht jeden Tag zu tun haben.«

Die anderen sahen sich merkwürdig an.

»Was ist?«

»Na ja, wenn es heute gut läuft, könnten wir eine Chance haben, mit ihnen auf Tournee zu gehen.«

»Das ist nicht dein Ernst!« Alva sah Stefan erschrocken an.

Er zuckte mit den Schultern. »Warum nicht? Der ursprüngliche Support Act war auch nicht besonders bekannt. Sollten wir uns gut schlagen, dann nehmen sie uns mit. Alles ist organisiert, und es ist einfacher, einen Namen auf den Plakaten zu überkleben, als jetzt in jedem Dorf eine geeignete Vorgruppe zu finden. Alle Gigs würden wir ohnehin nicht mitmachen.« Er erzählte ihnen, dass sein Freund berichtet hatte, in einigen Städten würden sie mit bekannten Bands aus der jeweiligen Region auftreten. »Die *Fairytales* sind zwar wirklich gut, aber sie haben bisher eben nur diesen einen Hit, den jeder kennt. Das reicht noch nicht aus, um größere Clubs zu füllen.«

Tom nickte. »Eine Mischkalkulation quasi. Gar nicht dumm!« Daraufhin schlug er Stefan freundschaftlich auf den Rücken. »Na dann, mein Alter! Wollen wir mal hoffen, dass deine Songs den Laden heute rocken.« Er drehte sich zu Alva um. »Und du, meine Nachtigall, gibst dein Bestes, hörst du!«

Alva fand seine plötzliche Fröhlichkeit ebenso schwer zu ertragen wie die schlechte Laune der letzten Tage. Wortlos nahm sie einen großen Schluck aus der mitgebrachten Wasserflasche und biss in einen Schokoriegel, den sie sich eingesteckt hatte. Von dem sogenannten Catering würde sie bestimmt nichts anrühren.

»Das solltest du lieber nicht essen. Schokolade ist schlecht für die Stimme.« Das war Tom in seiner Lieblingsrolle als großer Bruder.

Genervt verdrehte sie die Augen und stand auf, um die Tür zu öffnen, weil sie hören wollte, was auf der Bühne los war.

»Ich mein es doch nur gut!«, rief Tom hinter ihr her.

Soweit sie es beurteilen konnte, war die Band ausgezeichnet. Merkwürdig, dass sie die Songs derart häufig abbrachen. Sofort erklang jedes Mal Tallys Stimme, die sich alles andere als zufrieden anhörte. Das war kein Soundcheck, sondern eine nervtötende Übungsstunde.

Alva ging in den Aufenthaltsraum zurück und nahm ihr Buch,

um sich ein bisschen von dem allmählich wachsenden Lampenfieber abzulenken.

Nach einer Weile verstummte die Musik endgültig, und plötzlich sprang die Tür auf. Tally stand im Rahmen, die Hände in die Hüften gestemmt. »Oh. Mein. Gott! Schon wieder so ein Loch.« Sie drehte sich um und sagte über die Schulter gewandt: »Wann wirst du endlich einsehen, dass ich so nicht arbeiten kann?«

Alva erkannte den Tourmanager der *Fairytales* draußen im Gang. Er verdrehte nur die Augen und ging wieder. Sie warf ihm einen verständnisvollen Blick hinterher.

»Und du bist also die Neue!« Tally sah sie durchdringend an.

Alva wäre am liebsten in einem Mauseloch verschwunden. Doch dann regte sich der Widerspruchsgeist in ihr. Sie mochte zwar die Jüngste in der Runde sein, und natürlich hatte sie keinerlei Erfahrung im Musikgeschäft, aber musste sie sich deshalb gefallen lassen, dass diese Person dort sie auf eine Weise musterte, als sähe sie eklige Käfer über Alvas Schulter krabbeln? *Ganz bestimmt nicht!* Nonchalant schlug sie ein Bein über, erwiderte den feindseligen Blick offen und gab sich den Anschein von unbeeindruckter Langeweile. Ein Actionheld hätte an dieser Stelle vermutlich das Messer gezückt, um sich damit die Fingernägel zu reinigen. Dieser Gedanke sandte ein Lächeln in ihre Mundwinkel. Eine gelungene Inszenierung, weit entfernt von der Realität. Tally war eine schöne Frau, die es aber augenscheinlich nicht gewohnt war, selber kritisch gemustert zu werden. Die Atmosphäre kühlte sich spürbar ab, bis Tom eingriff.

Er sprang auf, legte der Sängerin einen Arm um die Schulter und schenkte ihr diesen sinnlichen Blick unter halb geschlossenen Lidern, der selten seine Wirkung verfehlte. »Darf ich vorstellen? Alva, meine kleine Schwester, und *Tally, die Göttliche*.« Er küsste die Wange, die sie ihm anbot und flüsterte ihr etwas ins Ohr. Tallys Miene wurde weicher, vertraulich legte sie ihren Arm um Toms Taille und ließ sich hinausführen.

»Na, das kann ja heiter werden. Jetzt fehlt nur noch *Mandy, die Dämliche*.« Alva klappte ihr Buch zu.

Chris legte eine Hand auf ihren Arm. »Lass dich von der nicht verunsichern. Sie weiß es noch nicht, aber deine Stimme ist tausendmal besser als ihre.«

Genau das war es, was Alva befürchtete. Die Sängerin der *Fairytales* verstand zweifellos ihr Handwerk, so viel hatte sie schon gehört. Ihrer Stimme fehlte es jedoch an Seele. Wenn sie sang, ging es nur um sie selbst, aber niemals um die Geschichte, die jedes Lied erzählen sollte.

»Ich geh mal an die frische Luft. Wann sollen wir auftreten?« Sie stand auf.

Stefan sah auf die Uhr. »Um sieben ist Einlass. Ich schätze, es wird gegen acht, halb neun losgehen.«

»In Ordnung, bis sieben bin ich längst wieder da.«

»Mir wäre wohler, wenn du in der Nähe bleiben würdest.« Stefan sah nicht begeistert aus.

»Ja, klar. Keine Sorge, es wird mich schon niemand wegschnappen.« Im Hinausgehen hörte sie ihn noch etwas murmeln, das klang wie: »Wenn man sich da nur sicher sein könnte!«

Erleichtert verließ sie das Gebäude und atmete draußen tief durch. Erst jetzt erkannte sie, wie beengt sie sich dort drinnen gefühlt hatte.

Das Areal grenzte im hinteren Teil an einen Wald. Ohne sich dessen bewusst zu sein, schlug Alva diese Richtung ein und fand sich wenig später auf einem Weg wieder, der sich den Hügel zu einer Aussichtsplattform hinaufwand. Zumindest hatte dies auf einer Hinweistafel weiter unten gestanden.

Oben angekommen setzte sie sich auf eine sonnenwarme Bank und sah über das Tal hinweg. Trotz des guten Wetters war ihr unterwegs niemand begegnet, und sie genoss es, endlich wieder einmal allein in der Natur zu sein.

Na endlich!

Suchend sah sich Alva um, aber da war niemand. »Bitte?«, fragte sie zögernd, nicht sicher, ob sie sich verhört hatte.

Hier bin ich!

Die Stimme kam ihr bekannt vor. Aber woher? Sie stand auf und blinzelte gegen das Sonnenlicht in den hellen Buchenwald, aus dem sie gekommen war. Zwischen den hohen, silbrig schimmernden Stämmen kam ihr der moosige Boden aufgeräumt genug vor, um einen Menschen erkennen zu können, selbst wenn dieser versucht hätte, sich hinter einem der Bäume zu verstecken.

Hinter ihr raschelte es. Sie drehte sich um, und ihr Herz machte vor Schreck einen doppelten Hopser. »Haben Sie mich erschreckt!«

»Kind, lass dich anschauen!« Ohne auf ihre abwehrende Reaktion zu achten, kam eine Frau auf sie zu. Mit jedem Schritt, den sie machte, fühlte sich Alva mehr in ihre Vergangenheit zurückversetzt.

Unfähig, sich zu bewegen, gestattete sie der Frau, sie zu umarmen. »Nienibit?« Der Name ihrer heimlichen Begleiterin aus Kindertagen war bei der ersten Berührung plötzlich wieder präsent. Alva holte tief Luft und öffnete ihre Sinne für die Energie, die die Fremde umgab. Ihre Seele hatte auf dieses geheime Zeichen gewartet. Eine verborgene Kammer öffnete sich, als hätte jemand nach Jahren den Schlüssel wiedergefunden und drehte ihn nun in einem rostigen Schloss ganz langsam um.

»Lass diese Sentimentalitäten!« Die Fee Nienibit wischte sich rasch über die Augen und trat einen Schritt zurück. »Hast du eigentlich alles vergessen, was ich dich gelehrt habe?«

»War das nicht der Plan?« Alva erinnerte sich plötzlich an die

Abschiedsworte ihrer weisen Lehrerin. *Du wirst den richtigen Zeitpunkt erkennen, dich zu öffnen!*

Nienibit lachte. »Sehr gut! Aber nun wird es Zeit, dass unser Dornröschen aus ihrem Schlaf erwacht.« Sie beugte sich vor und raunte: »Vieles hat sich geändert. Ich darf nicht länger helfen, aber vergiss niemals: *Du bist einzigartig, und das kann dir keiner nehmen!*«

Und wie es in Träumen üblich war – *oder im Kino,* dachte Alva verdrossen –, wurde die Erscheinung zusehends transparenter, bis sie endgültig mit den Sommerfarben der Natur verschmolz.

Was war das denn für eine Begegnung? Hätte ihre Vertraute aus Kindertagen nicht länger bleiben können? Sie hatte unzählige Fragen, und sicherlich hätte sie irgendwann auch daran gedacht, Nienibit nach den *weißen Träumen* zu fragen.

Trotz der erstaunlichen Vergesslichkeit lief sie beschwingt den Hügel hinab und freute sich auf den ersten Auftritt ihres Lebens, anstatt vor lauter Lampenfieber die Besinnung zu verlieren, wie es in ihrer Situation eine ganz normale Reaktion gewesen wäre. *Danke, Nienibit!*

Danke mir noch nicht, Kind! Es fängt ja gerade erst an.

7

Und dann war es so weit: ihr erster Auftritt! Unsicher überquerte Alva die Bühne. Ihre linke Hand streifte etwas Kaltes, und sie erschrak. Doch bei genauerem Hinsehen war es nur ein Mikrofonständer, den sie aus Versehen in der Dunkelheit berührt hatte. Und endlich stand sie mitten auf der Bühne, hörte die Menschen reden, sah, wie noch mehr Zuschauer durch weit geöffnete Eingänge ins Halbdunkel hereindrängten, angelockt von einer erwartungsvollen Stimmung.

Mit beiden Händen hielt sich Alva am Mikrofon fest, um ein warnendes Zittern zu unterdrücken. Trotz ihrer Aufregung, die nun doch zurückgekehrt war, spürte sie, wie die anderen ihre Positionen hinter ihr einnahmen. Da erklang auch schon das verabredete Zeichen: Stefan schlug die Drumsticks aufeinander, und die Scheinwerfer flammten auf. Das Licht blendete Alva, und plötzlich waren die *weißen Träume* zum Greifen nah.

Nicht! Für einen Augenblick schien alles um sie herum hell, menschenleer und totenstill. Um das gleißende Weiß auszusperren, legte sie eine Hand über die geschlossenen Augen und versuchte, sich an das erste Lied zu erinnern. Ihr Kopf fühlte sich wie das ewige Eis jenseits des Polarkreises an. Am liebsten hätte sie vor Angst laut aufgeschrien.

Du kannst das. Still, hör auf die Melodie! Sofort wusste sie, dass es Julen war, der ihr nach dieser Anweisung beruhigende Worte in einer fremden Sprache zuflüsterte, die sie zwar nicht verstand, deren Klang jedoch seine Wirkung nicht verfehlte. So unvermittelt wie die Welt um sie herum versunken war, so plötzlich kehrte die Musik in diesem Augenblick zurück. Ihr Einsatz … *jetzt!*

Deutlich spürte sie die Erleichterung ihrer Bandkollegen. Zu Tom hinüberzusehen wagte sie nicht. Chris jedoch schenkte ihr ein aufmunterndes Lächeln. Vielleicht war ihr die Panik ja doch nicht so deutlich anzusehen gewesen, wie sie befürchtet hatte.

Im Laufe des Songs verblasste die weiße Erinnerung, wie sie es bisher immer getan hatte, und dieses Mal ließ Alva sie erleichtert ziehen. Es gab wichtigere Dinge als die Schrecken des Lichts.

Ihre Stimme und die Band klangen nun, da viele Menschen vor ihr standen, ganz anders. Aber das hatte sie auch erwartet.

»Du gewöhnst dich dran!«, hatte Alastair sie am Nachmittag beruhigt und ein paar Zeichen mit ihr ausgemacht, sollte sie mit dem Ton Schwierigkeiten haben. Jetzt stand er am Mischpult, irgendwo dort hinten, und wachte über sie. Sie war also nicht allein. Ein gutes Gefühl. Dann war das erste Lied vorüber, die Leute klatschten. *Immerhin buht mich niemand aus.*

Alva hatte sich ein paar Worte zurechtgelegt, die sie zur Begrüßung an das Publikum richten wollte. Doch die Stelle in ihrem Gedächtnis, an der sie den Text aufbewahrte, war immer noch leer, und es reichte nur zu wenigen Worten. »Hi, wir sind *One More Thing* … aber keine Sorge, wir haben mehr Lieder dabei.« Sie lachte verlegen und war heilfroh, als Toms Gitarre sie davor bewahrte, noch mehr Blödsinn zu reden.

Beim dritten Lied, ihre Augen hatten sich inzwischen an das Scheinwerferlicht gewöhnt, das nun nichts Unheimliches mehr an sich hatte, sah sie ihn. Julen lehnte ganz hinten im Saal an einer Wand, die Hände tief in den Taschen seiner Jeans vergraben. Als hätte er ihre Aufmerksamkeit gespürt, hob er den Kopf. Dann trafen sich ihre Blicke, als gäbe es nur sie zwei.

Ein Zittern lief durch Alvas Körper, ihr Puls beschleunigte sich, und einen Augenblick lang dachte sie, das *Weiß* kehre zurück. Doch dann spürte sie sein Lächeln. Spürte es wie einen warmen Sommerwind, der über ihre Haut strich und sie eins werden ließ mit ihrem Element. Sie war sich ganz sicher, dass jeder Einzelne im Publikum die Veränderung bemerkt haben musste, die in ihr vorging.

Julen hatte ihren Stimmungswechsel gespürt, als wäre es seine eigene Seele gewesen, die von einer ungeheuren Bedrohung überflutet worden war. Zwar kam es für ihn ein wenig überraschend, gegen die Dämonen eines anderen kämpfen zu müssen, aber er hatte längst gelernt, mit unerwarteten Situationen zurechtzukommen. Die Geister waren schnell vertrieben, blieb nur die Frage, wer dahintersteckte. Er hatte eine eigentümliche Signatur gespürt, doch in seiner Sorge um Alva hatte er den Angriff zu schnell abgewehrt, um den Eindringling identifizieren zu können.

Nun sang sie, und Julen musste sich anderen Herausforderungen stellen. Er wappnete sich gegen den Zauber ihrer Stimme und betrat schließlich den Saal, um sie aus der Nähe und ohne die schützenden Mauern ihres Übungsraumes zu hören. Noch hatte er nicht entschieden, ob es der zauberhafte Gesang oder das anbetungswürdige Geschöpf selbst war, was seine Sinne mehr verwirrte. Möglichst weit entfernt von der Bühne lehnte er sich an die Wand und beobachtete, wie sie in einer unbeholfenen Ansprache zu imitieren versuchte, was sie sich zweifellos bei anderen Bands abgeschaut hatte.

Sie ist nichts Besonderes, versuchte er sich zu beruhigen. *Nur eine niedliche Feentochter.*

Die Frage, wie viel sie selbst über ihre Herkunft wusste, hatte er ebenfalls noch nicht abschließend klären können. Wahrscheinlich hatte sie nicht mehr als nur diese Ahnung, dass sie anders war als ihre sterblichen Freunde. Obwohl, *sterblich* war auch sie. So lange, bis sie ihr Schicksal annahm und die Feenkönigin sie als eine der Ihren anerkannte.

Allmählich bekam er eine Wut auf die Feen, die einfach so Kinder in die Welt setzten und sich dann davonmachten, ohne darüber nachzudenken, wie schwierig und manchmal auch gefährlich ihr Erbe für die Mädchen war. Sara, seine letzte Affäre, war das beste Beispiel dafür. Sie war nicht mit der Magie zurechtgekommen und musste schließlich in die Feenwelt übersiedeln, weil man nicht riskieren wollte, dass sie in der geschlossenen Abteilung der einschlägigen Krankenhäuser landete. Die magischen Fähigkeiten der Feentöchter wurden ironischerweise von der Liebe geweckt – oder von den ersten ernsthaften erotischen Kontakten. Sie zeigten sich bei den meisten der betroffenen jungen Frauen erst allmählich, doch nicht jede von ihnen war stark genug, sie als einen Teil ihres Wesens anzuerkennen. Julen wollte gar nicht wissen, wie viele Feentöchter im Medikamentenwahn dahinvegetierten, nur weil ihnen in dieser wichtigen Phase niemand zur Seite stand.

All dies hatte er bis vor Kurzem nicht gewusst, anderenfalls hätte er bestimmt keine Affäre mit Sara begonnen, die damals noch Jungfrau gewesen war, obwohl sie bereits als fertig ausgebildete Anwältin in einer Kanzlei gearbeitet hatte. Sie hatte sich für den *Richtigen* aufsparen wollen. Der Plan war aber nicht aufgegangen. Julen war nicht der Richtige gewesen, nicht für Estelle und auch nicht für Sara. *Für Alva ebenso wenig*, dachte er trotzig und ignorierte den eigentümlichen Schmerz, den er dabei empfand. Immerhin brauchte er sich in dieser Hinsicht keinerlei Sorgen um sie zu machen. Ihre Magie war längst von jemand anderem geweckt worden. Noch ein paar Tipps, und sie würde auf eigenen Füßen stehen. Schon jetzt hatte sie sich als das sinnliche Geschöpf gezeigt, zu dem alle Feen im Laufe weniger Jahre heranreiften.

Zuerst war er ziemlich überrascht gewesen, als sie in einem Traum zu ihm gekommen war. Erst später hatte er dann erkannt, dass sie lediglich ihren Instinkten gefolgt war und gar nicht zu sagen gewusst hätte, wie man eine Traumreise unternimmt.

Er hatte sich nicht zweimal bitten lassen. Wer hätte sich nicht gern von einer erfahrenen Kurtisane verführen lassen? Doch manchmal nagten Zweifel an ihm, ob sie wirklich gewusst hatte, was sie da tat. Aber selbst wenn er ihr ein gewisses ererbtes Talent unterstellte, keine unerfahrene Fee hätte sich jemals derart schamlos gebärdet, wie sie es getan hatte. *Erfreulich schamlos!*, dachte Julen, während sich seine Reißzähne bemerkbar machten. Wie jedes Mal, sobald ihm der Gedanke kam, dass Tom und womöglich auch noch verschiedene andere Männer in den Genuss ihres anbetungswürdigen Körpers gekommen waren.

Ich bin ein Idiot!, warf er sich vor. Alva war Teil eines Jobs und nicht seine Seelengefährtin! Die Stimme, die ihn immer voller Zweifel begleitete, flüsterte zwar ein *Warum eigentlich nicht?*, doch er ignorierte sie.

So bald würde er sich nicht noch einmal auf das Risiko einlassen, sein Herz zu verlieren. Viel war nach seinen letzten Erfahrungen ohnehin nicht mehr von dem trügerischen Organ übrig geblieben. Um ganz sicher zu gehen, dass er nicht noch einmal schwach werden würde, hatte er Alva nach ihrem frivolen Intermezzo nur noch aus der Ferne betrachtet. Schwer genug war ihm diese Entscheidung ja gefallen, doch er war stolz auf seine Disziplin. Da konnten die anderen sagen, was sie wollten. Er hatte sich im Griff und ließ sich keineswegs von *jeder niedlichen Fee*, wie Kieran behauptete, den Kopf verdrehen. *Sie werden eines Tages dein Verhängnis sein*, hatte ihn sein Chef eindringlich gewarnt. Hielt der sich etwa für ein Orakel? Wahrscheinlich nicht, denn dann wäre seine Vorhersage nicht annähernd so präzise ausgefallen. Julen musste einen ärgerlichen Laut von sich gegeben haben, denn die Zuschauer, von denen keiner mehr den Blick von der Bühne abwenden konnte, entfernten sich unauffällig aus seiner Nähe. *Das wird ja immer besser!* Er vergrub die Hände tiefer in den Hosentaschen und bemühte sich, sein hitziges Temperament an der Mauer in seinem Rücken abzukühlen.

Die düsteren Gedanken verschwanden jedoch sofort, als er Alvas Aufmerksamkeit spürte. Sie hatte ihn entdeckt und schien über irgendetwas besorgt zu sein. Ohne darüber nachzudenken, sandte er ihr aufmunternde Gedanken.

Und dabei geschah es: Alva öffnete sich wie ein Blütenkelch für die Musik, die einzelnen Noten perlten wie glitzernde Wassertropfen auf der samtigen Oberfläche ihrer Seele. Gleichzeitig klar und doch so weich, dass es eine einzigartige Freude war.

Das Publikum war nicht gekommen, um eine unbekannte Band zu sehen, und es hatte sich bisher wenig beeindruckt, eher schon gelangweilt gezeigt. Nun veränderte sich die Stimmung plötzlich schlagartig. Eben noch hatten sich die Leute unterhalten, dabei an ihren Getränken genippt und der Bühne wenig Aufmerksamkeit gezollt. Die meisten hatten vermutlich gehofft, dass der Auftritt bald vorüber sein werde, damit sie endlich die wahren Stars des Abends sehen und vor allem hören konnten. Innerhalb von Minuten wurden sie jetzt jedoch zu einer verschworenen Gemeinschaft, die der bezaubernden Stimme wie ein einziges lebendiges Wesen fasziniert lauschte.

Andere mochten nicht in der Lage sein, Julen zu spüren, doch dies bedeutete keineswegs, dass es diesem Vampir an Gefühlen mangelte. Im Gegenteil. Alvas Gesang weckte Erinnerungen in ihm, die er längst vergessen geglaubt hatte. Erst als tosender Applaus aufbrauste, wurde ihm klar, dass er – ebenso verloren in der Musik wie alle anderen auch – ihrem Zauber erlegen war.

Beinahe panisch versuchte er, seine Emotionen wieder unter Kontrolle zu bringen. Nicht etwa die Blutlust, die auch einen erfahrenen Vampir unter vielen emotional geladenen Menschen ohne Weiteres bedrängen konnte, beunruhigte ihn, es war eher die Panik, die ihn wie eine lauernde Hyäne beschlich. Nur einmal zuvor war es einer Frau gelungen, seine Seele durch ihren Gesang zu berühren. Am liebsten hätte er sich wie ein Hund geschüttelt, um diese Erinnerung loszuwerden.

Sentimentaler Dummkopf!, rief er sich zur Ordnung. Er hatte einen Job zu erledigen, und nichts würde ihn davon abhalten, diesen auftragsgemäß auszuführen.

Der Umbau ging erstaunlich schnell vonstatten, und die *Midnight Fairytales* betraten bald die Bühne. Obwohl sich vorhin sogar Sprechchöre gebildet hatten, in denen die Leute nach Zugaben verlangten, fiel es den *Fairytales* jetzt nicht schwer, die Sympathie ihres Publikums zurückzuerobern. Die Musiker waren professionell, Gleiches galt für die Sängerin. Sie sah großartig aus, bewegte sich geschmeidig, und ihre Stimme besaß ein einzigartiges Timbre. Die Blondine, die im Hintergrund herumhampelte und unschwer als Toms Ex-Freundin Mandy wiederzuerkennen war, hatte keinerlei Chance gegen sie. Es war keine Überraschung, dass die *Fairytales* derzeit in den Medien als die beste Newcomer-Band des Jahres gehandelt wurden. Gegen seine Fee und ihre Band würden sie es dennoch schwer haben.

Julen hatte Alva Zeit geben wollen, sich gemeinsam mit ihren Freunden über den Erfolg zu freuen. Nun aber verließ er seinen Beobachtungsposten und durchquerte die begeisterte Menge, ohne auch nur einmal nach rechts oder links zu sehen. Der Sicherheitsmann am Eingang zum Backstagebereich war kein Hindernis für ihn.

Er wusste ganz genau, wo sich Alva in diesem Augenblick befand, konnte ihre Freude und auch ihre Verwirrung spüren. Sie wusste, dass etwas ganz Außergewöhnliches geschehen war, und Julen sah, wie sehr sie dies beunruhigte. Mit langen Schritten ging er in ihre Richtung, bog um eine Ecke … und wäre beinahe mit jemandem zusammengestoßen.

»Hey!« Die Sängerin der *Fairytales* hätte vor Überraschung fast ihre Wasserflasche fallen lassen. »Hallo, wer bist du denn?« Und sie besaß einen untrüglichen Instinkt, wenn es um attraktive Männer ging. Geschmeidig machte sie einen Schritt zurück und sah ihn mit unverhohlenem Interesse an.

Sofort war Julen auf der Hut. Er kannte diesen hungrigen Blick, der hinter ihren halb geschlossenen Lidern lauerte.

»Tally, komm … bitte!« Der dunkle Schopf eines Roadies tauchte auf. »Du hast vielleicht Nerven, mitten im Konzert backstage nach einem Drink zu suchen!« Auf der Bühne ließ der Gitarrist sein Instrument wütend aufjaulen.

»Warte auf mich!« Sie lächelte verschwörerisch, und für einen ganz kurzen Augenblick verspürte Julen das Bedürfnis, genau dies zu tun, um ihr später die Gelegenheit zu geben, die Versprechen, die ihr sinnlicher Körper gab, einzulösen. Ihr Gesichtsausdruck verriet ihm, dass sie keine Sekunde daran zweifelte, dass er tatsächlich auf sie warten würde.

Selbst ein Jäger, erkannte er die Signale und plante nicht, zum gehetzten Wild zu werden. Er gönnte ihr nicht mehr als eine hochgezogene Augenbraue und ein flüchtiges Zucken seiner Mundwinkel.

Sie lachte nur. »Wir sehen uns!«, rief sie über die Schulter gewandt und war schon auf dem Weg zurück zur Bühne. Kurz darauf erklang erneut ihr Gesang.

Das wurde ja immer schöner. Nun hatte er es also nicht nur mit der widersprüchlichen Alva, sondern auch noch mit einer lüsternen Sterblichen zu tun. Für einen Augenblick hatte er Tally sogar für eine Fee gehalten. Doch einer genaueren Prüfung hielt dieser beunruhigende Eindruck zum Glück nicht stand. Dennoch musste er auf der Hut sein, denn theoretisch konnte jedes Wesen aus der magischen Gemeinde Alva gefährlich werden. Gerade weil er noch immer nicht wusste, worin die Bedrohung bestand, vor der er sie schützen sollte, war nicht ausgeschlossen, dass jemand versuchen würde, sich ihr unbemerkt zu nähern.

Julen nahm sich vor, seine Strategie zu ändern und ihr so schnell wie möglich reinen Wein einzuschenken. Trotz des nicht auszuschließenden Risikos, dass sie ihn auslachen und zum Teufel schicken würde. Damit rechnete er allerdings nach ihrem letzten Gespräch nicht mehr ernsthaft. Seine Andeutungen zu ihrer Herkunft hatte sie erstaunlich offen, wenn nicht geradezu interessiert aufgenommen. Und dann war da noch diese eigentümliche Verbundenheit, die sie beide unzweifelhaft spürten. Sollte sie dennoch hysterisch reagieren, konnte er immer noch zu anderen Mitteln greifen. Der Gedanke daran, Alva mittels seiner Magie zu beeinflussen, bereitete ihm allerdings Unbehagen. Sie hatte es nicht verdient, wie eine willenlose Puppe manipuliert zu werden.

Während hinter ihm das Konzert weiterging, wandte er sich dem Aufenthaltsraum zu, um diese Pläne so schnell wie möglich in die Tat umzusetzen. Vielleicht hatte es nur der harmlosen Begegnung mit einer lüsternen Sterblichen bedurft, um das lähmende Gefühl loszuwerden, das ihn inzwischen beschlichen hatte, weil seit Tagen nichts geschehen war.

Sich von Alva fernzuhalten war längst keine so besonders gute Idee gewesen, wie er ursprünglich gedacht hatte. Jeden Tag, den er sie nur aus der Ferne betrachtet hatte, war sein Wunsch stärker geworden, sie wieder in seinen Armen zu spüren. Von dem Hunger nach ihrem verführerisch duftenden Blut einmal ganz zu schweigen. Doch daran war nicht zu denken. Sex mochte ja noch toleriert werden, aber wenn er von ihr trank, nachdem sein Blut bereits in ihren Adern floss, würde Kieran kein Pardon kennen. Die Verbindung, die Julen damit schaffte, wäre nur mit dem Tod wieder vollständig zu trennen. Und er hatte das unangenehme Gefühl, dass es sein Kopf wäre, den der geheimnisvolle Auftraggeber in diesem Fall fordern würde. Die Anweisung war klar gewesen: Julen hatte die Finger von ihr zu lassen.

Als er Alvas Lachen durch die geschlossene Tür hörte, wäre er ungeachtet seiner finsteren Gedanken am liebsten sofort in den Raum gestürmt und hätte ihr zu diesem fantastischen Auftritt gratuliert. Diese Peinlichkeit blieb ihm zum Glück erspart, denn sie kam heraus und wäre beinahe mit ihm zusammengestoßen.

»Julen! Ich habe dich … *vermisst*.« Sie trat einen Schritt zurück, verschluckte das letzte Wort, während eine feine Röte ihr Gesicht überzog.

Aus den Schatten des unbeleuchteten Flurs heraus studierte er die Gesichter der Musiker, auf denen ein Hauch von Neugier lag.

»Wer ist das?«, brach Stefan schließlich das Schweigen.

Bevor Alva etwas sagen konnte, legte Julen ihr die Hand federleicht auf die Schulter und schob sie sanft vor sich in den Raum hinein. »Hallo«, sagte er und war zufrieden, als sein Lächeln erwidert wurde. Tom allerdings schien die Zähne zu fletschen. Das war nicht anders zu erwarten gewesen. Alvas Adoptivbruder mochte ihre unglückliche Begegnung vergessen haben, aber sein Unterbewusstsein erinnerte sich sehr wohl daran, dass der Fremde ihm nicht wohlgesinnt war. Die Abneigung beruhte allerdings auf Gegenseitigkeit. Auch der Tourmanager sah nur kurz auf. Er stand in einer unbeleuchteten Ecke und war in ein anscheinend wichtiges Telefonat vertieft, sofern Julen seine Miene richtig deutete.

»Ich bin Journalist.« Dieser Gedanke war ihm spontan gekommen. Einfach nur als ein Bekannter Alvas, der zudem noch mehr oder weniger aus dem Nichts aufgetaucht war, würde er das Vertrauen der Musiker schwerlich gewinnen können. Er wolle, improvisierte er aus dem Stegreif, ein Buch über junge Bands und die Musikszene schreiben. Alva hätte ihm von ihrem Auftritt erzählt, und er sei sehr daran interessiert, *One More Thing …* in den Mittelpunkt seiner Recherchen zu stellen.

»Für wen schreibst du?«, fragte Stefan interessiert.

»Ich arbeite frei. Wenn die Geschichte gut wird, kann ich sie auf diese Weise am Ende dem Meistbietenden verkaufen.«

Stefan ließ nicht locker. »Und warum interessiert du dich ausgerechnet für uns?«

Chris stieß ihn mit dem Ellenbogen an. »Siehst du nicht, wofür er sich wirklich interessiert?«

Sie lachten, als Stefan erst den Kopf in Alvas Richtung drehte und ihr dann spielerisch mit dem Finger drohte, weil ihm die zarte Röte auf ihren Wangen nicht entgangen war. Nur Tom stand auf, nahm sich eine Flasche Bier und ging wortlos zur Tür. Dabei rempelte er Julen absichtlich mit der Schulter an, doch wenn er geglaubt hatte, den schlankeren Mann aus dem Gleichgewicht bringen zu können, so hatte er sich gründlich geirrt. Stattdessen geriet er selbst ins Taumeln und verließ mit einem Fluch den Raum.

Alastair blickte auf und warf Julen einen interessierten Blick zu. Bevor er jedoch etwas sagen konnte, steckte der Tourmanager der *Fairytales* sein Handy in die Tasche. »Leute, ihr habt gerade so etwas wie sechs Richtige im Lotto gemacht. Ich werde euch mit auf die Europatournee der *Fairytales* nehmen. Was sagt ihr dazu?«

Erst einmal sagten sie überhaupt nichts. Natürlich hatten sie darauf gehofft, aber dass ihr Traum nun Wirklichkeit wurde, verschlug ihnen vorübergehend die Sprache. Nur Alastair sagte: »Hab ich es dir nicht gesagt?« Er schlug Stefan auf die Schulter. »Alter, du schuldest mir einen druckfrischen Hunderter.«

»Ihr habt gewettet?« Chris' Stimme klang empört.

Stefan lachte nur und hielt Alastair seine ausgestreckte Hand entgegen.

»Später! Glaubst du, ich trage Goldstücke in meinen Taschen herum?«

Alva mischte sich ein. »Ist das wirklich wahr? Wie kann das denn so schnell entschieden werden?«

»Kindchen, du bist neu im Geschäft. Ich dagegen mache das hier schon seit einer ganzen Weile. Und wenn ich sage, dass ihr eine große Zukunft habt, dann kannst du deinen süßen Arsch darauf verwetten!«

Julen räusperte sich.

Der Manager sah ihn mit schräg gelegtem Kopf an. Seine Augen glitzerten listig. »Und Sie möchten also über die Band schreiben? Darüber werden wir reden müssen.«

»Natürlich.« Innerlich schüttelte sich Julen vor der offensichtlichen Geldgier. Ein Hauch von Werwolf schien zu ihm herüberzuwehen, und er hätte sich nicht gewundert, wenn der Mann mit einem der geschäftstüchtigen Gestaltwandler-Clans zu tun gehabt hätte.

In den letzten Tagen hatte sich Julen natürlich über die *Midnight Fairytales* und ihr Umfeld informiert. Dieser Manager galt zwar als sehr erfolgreich in der Szene, das besondere Gen der Lycantropen trug er aber nicht in sich.

Aus dem Saal waren Applaus und Gekreische zu hören. Die *Fairytales* spielten als Zugabe noch einmal ihren Nummer-Eins-Hit, und das Publikum tobte.

Danach dauerte es nicht lange, bis im Gang Stimmen laut wurden und die Musiker hereingepoltert kamen. »Das war geil!« Einer von ihnen griff in den bereitgestellten Kasten mit Bierflaschen und warf jedem der nach ihm Kommenden eine Flasche zu.

Tally betrat als Letzte den Raum – und hätte Julen nicht schnell reagiert, so wäre die für sie bestimmte Flasche an der Wand zerschellt.

»Gute Reflexe!« Der Werfer trank einen großen Schluck und wischte sich den Mund mit dem Handrücken ab. Als er Tallys Blick bemerkte, grinste er. »Was ist?«

Die unterschwellige Aggression in seiner Stimme war nicht zu überhören, deshalb verzichtete Julen auf einen Kommentar, öffnete die Flasche, wobei erstaunlicherweise trotz der Erschütterung kein Tropfen herausquoll, und reichte sie der Sängerin, die ihm zum Dank dafür einen sinnlichen Blick gönnte, der jeden anderen wahrscheinlich zu ihrem Sklaven gemacht hätte. Julen bemühte sich um eine neutrale Miene. Er wusste ja, worauf das alles unweigerlich hinauslaufen würde, und freute sich nicht auf den Tag, an dem sie erkannte, dass er nicht so leicht um den Finger zu wickeln war. Ohne zu ihr hinzusehen, wusste er auch, dass Alva ihn die ganze Zeit über genau beobachtete.

Der Manager klatschte in die Hände. »Hört mal her! Ich habe großartige News.« Er legte einen Arm um Stefan. »Unsere Freunde von *One More Thing* … werden uns auf der Tournee begleiten.«

Die Ankündigung löste einen Tumult aus. »*Deine* Freunde«, murmelte einer der Musiker, verstummte jedoch, als sich seine Blicke mit Julens kreuzten. Alle redeten durcheinander, doch der Grundtenor schien zu sein, dass die meisten Bedenken anzumelden hatten. Dies war auch verständlich, denn Alva und ihre Freunde hatten nur wenige Tage Zeit, um sich auf eine längere Reise ins Ungewisse vorzubereiten. Und die anderen waren ja nicht taub. Ihnen war sehr wohl aufgefallen, dass sie ernsthafte Konkurrenz bekommen hatten. Alva mochte unerfahren sein, aber mit Stefan und Chris verhielt es sich da schon anders.

Der Manager ließ sich auf keine Diskussionen ein und machte Anstalten, den Raum zu verlassen.

»Jon, wo willst du hin?« Tally versuchte, ihn am Ärmel festzuhalten, doch er entzog sich ihr wieselflink.

»Ich muss unsere Gage kassieren, bevor noch jemand damit abhaut. Wir können später über alles reden.« Damit verschwand er im Dunkeln und überließ es den Musikern, mit der überraschenden Nachricht zurechtzukommen.

Tom zeigte sich erneut von seiner charmanten Seite. Er ging auf Tally zu und umarmte sie. »Meine Gebete wurden erhört!«

Dieser geschickte Schachzug gefiel Julen. Er hätte es wahrscheinlich nicht anders gemacht. Es war nicht zu übersehen, wer in dieser Gruppe das Sagen hatte. Der Bierflaschenwerfer, der eigentlich Bass spielte, mochte damit nicht einverstanden sein, aber trotz seines spielerischen Aufbegehrens würde er sich ihrer Entscheidung beugen. Julen brauchte nicht einmal seine Gedanken zu lesen; um dies zu erkennen, reichte seine Menschenkenntnis vollkommen aus.

Chris war da aus anderem Holz geschnitzt. Doch an dem Blick, den sie Tally zuwarf, war schon zu erkennen, dass sie sich darauf freute, ihrer Erzrivalin eins auswischen zu können. Zudem würde sie gewiss vieles auf sich nehmen, um ihren Lebensunterhalt endlich als Musikerin zu verdienen.

Er zweifelte nicht daran, dass sie für diese Chance ihren Job sofort kündigen würde. Alastair und Stefan waren ohnehin begeistert bei der Sache. Fehlte nur noch Alva, doch warum sollte sie sich diese einzigartige Chance entgehen lassen? Ihr derzeitiger Job war ohnehin nur eine vorübergehende Lösung.

»In Ordnung, dann lasst uns abstimmen!« Der Schlagzeuger

der *Fairytales*, ein kleiner kräftiger Mann mit freundlichem Gesicht, versuchte mühsam, sich Gehör zu verschaffen. Schließlich wurde es ruhig. »Wer ist dafür, sie mitzunehmen?« Er selbst hob als Erster die Hand.

Der Bassist sah erst zu Tally und dann zu Alva hin. Grinsend hob er die Flasche. »Na dann, Prost!« Auch der dritte Mann nickte zustimmend. Jetzt sahen alle drei gespannt zu ihrer Sängerin, doch sie hatte nur Augen für Julen.

»Ich habe dich vorhin nicht auf der Bühne gesehen. Falls du also der Manager dieser vielversprechenden Combo sein solltest, dann rate ich dir: Sieh zu, dass dich unser lieber Jon bei den Abrechnungen nicht übers Ohr haut. Billig wird es nicht, mit uns auf Tour zu gehen.« Sie ignorierte Toms Hand auf ihrer Taille und warf Julen einen verheißungsvollen Blick zu. »Also gut«, wandte sie sich an die anderen, »wenn dieser blonde Wikinger mit auf Tournee geht, bin ich dabei.«

Stefan schlug Julen freundschaftlich auf die Schulter. »Na, wenn das geklärt ist, dann lass uns schon mal beim Abbauen helfen.« Unterwegs blieb er plötzlich stehen. »Nimm dich vor Tally in Acht. Sie hat was an sich, das alle Männer früher oder später ins Unglück stürzt.«

»Das glaube ich sofort!«

Stefan hielt seine Handfläche in die Höhe, und Julen schlug ein.

»Willkommen im Club! Aber pass auf, dass Alva dabei nicht zu Schaden kommt. Liegt mir sehr am Herzen, die Kleine. Hast du verstanden?« Ohne eine Antwort abzuwarten, sprach er weiter. »Kannst du Auto fahren? Wir werden jemanden brauchen, der die Nachtschicht übernimmt. Alastair kann nicht alles machen.«

»Das ist kein Problem.« Julen besaß zwar keinen Busführerschein, das störte ihn jedoch nicht im Geringsten. Er machte in Gedanken eine Notiz, sich von Kieran mit entsprechenden

Papieren ausstatten zu lassen. Begeistert war er von der neuen Entwicklung nicht. Weder fühlte er sich zum Busfahrer berufen, noch würde eine Reise durch Europa seiner Aufgabe besonders förderlich sein. *Warum sperrt man sie nicht einfach weg?* Er hätte sich für den Gedanken erwärmen können, allein mit Alva an einem sicheren Ort zu warten, bis die Bedrohung – was auch immer das sein mochte – vorüber war. Andererseits war sein bisher unbekannter Gegner nun ebenfalls gezwungen, neue Pläne zu machen. Eine zweite mentale Notiz folgte: *Alle Beteiligten dieser Reise mussten überprüft werden, um auszuschließen, dass die Gefahr aus dem inneren Kreis kam, also praktisch mitfuhr.*

Stefan hatte sich mit seiner Antwort zufrieden gegeben. »Da ist er ja!« Er zeigte auf Jon, der am Bühnenrand stand und mit jemandem sprach, der sich ihnen gleich darauf als der Veranstalter vorstellte. Julen hielt sich im Hintergrund, während sich Stefan für den nächsten Tag zu einem Treffen verabredete, um die Details der gemeinsamen Zusammenarbeit zu besprechen.

Als er sah, dass die anderen keinerlei weitere Unterstützung brauchten, die Instrumente abzubauen, zog sich Julen unauffällig zurück, um nach Alva zu sehen. Er fand sie schließlich, und zwar auf einer niedrigen Mauer – liegend. Die Hände unter dem Nacken verschränkt, die Fußknöchel gekreuzt blickte sie in den Nachthimmel hinauf.

Julen gab seinen Schritten mehr Nachdruck, um sie nicht zu erschrecken. Dennoch hätte er den Arm ausstrecken und sie berühren können, bevor sie zu erkennen gab, dass sie sein Näherkommen gehört hatte.

»Das war unheimlich!« Noch immer verharrte sie in derselben Position.

Lautlos setzte er sich ebenfalls auf die Mauer. Es fiel ihm nicht leicht, dem Impuls zu widerstehen, ihr eine besonders vorwitzige Strähne aus dem Gesicht zu streichen. Tatsächlich ertappte er sich bei der Überlegung, wie sie wohl reagieren mochte, wenn er sie jetzt küsste. Es wäre ein günstiger Zeitpunkt gewesen.

Als er schließlich erkannte, dass sie ihre Äußerung nicht weiter erklären würde, fragte er: »Was meinst du mit *unheimlich*?« Obwohl er ahnte, was kommen würde.

Alva schlug die Augen auf und sah ihn kurz an, als wolle sie sich vergewissern, dass es wirklich Julen war, der hinter ihr saß. Was auch immer sie zu sagen hatte, ließ sich aber offenbar mit geschlossenen Augen besser formulieren.

Ähnlich war es ihm früher auch gegangen. Die Erinnerung glomm wie ein warmes Licht in ihm auf. »Also?«, fragte er leise.

Als hätte sie ihn gar nicht gehört, erzählte sie im selben Augenblick mit verträumter Stimme: »Erst war ich furchtbar aufgeregt. Die Musik konnte ich kaum hören und mich selbst schon gar nicht. Ich kam mir wie ein Alien vor, so als sei ich irgendwie am falschen Platz. Und dann …«, sie verstummte, als hätte sie es sich anders überlegt, sprach dann aber doch weiter: »Auf einmal war ich komplett bei mir. Verstehst du? Ich konnte sie spüren. Jeder im Raum schenkte mir seine ganze Aufmerksamkeit.«

Jetzt redete sie immer schneller, als wollte sie den unangenehmsten Teil so rasch wie möglich hinter sich bringen. »Es klingt vielleicht krank, aber ich hatte das Gefühl, als würde jeder Einzelne im Publikum alles dafür geben, mich glücklich zu sehen. Ich hatte Macht über sie. Und es hat mir gefallen!« Mit einem Ruck setzte sie sich auf. »Ich mach das nie wieder. Ich werde nie wieder singen!«

Julens feinem Gehör war unterdessen nicht entgangen, dass sich ihre Freunde, müde und schon zur Heimreise bereit, vor dem Bus versammelt hatten. »Das war sicher nur die Aufregung.« Er schob sich eine lästige Strähne aus dem Gesicht. »Wenn du willst, können wir später in Ruhe darüber sprechen.

Aber die anderen solltest du vorerst nicht damit erschrecken. Sie freuen sich so sehr. Denk erst noch mal in Ruhe darüber nach.«

Alva setzte sich auf.

»Möchtest du, dass ich dich begleite?« Von den *Midnight Fairytales* war niemand zu sehen. Erleichtert, dass ihm Tally in diesem wichtigen Augenblick nicht in die Quere kam, legte er einen Arm um ihre Schulter.

»Danke.« Sie sah zu ihm auf, und er las in ihrem Gesicht ein Vertrauen, das ihn tief berührte. Doch als sie den Bus erreichten, befreite sie sich aus seiner Umarmung, als wäre es ihr peinlich. Ihre Worte klangen allerdings fest und gestatteten keinen Widerspruch. »Julen fährt mit uns mit.«

Vielleicht hatte er sein Lächeln ein ganz klein wenig mit Magie gewürzt, vielleicht waren die jungen Leute aber auch einfach zu sehr mit sich selbst beschäftigt, um ihre Entscheidung in Frage zu stellen. Jedenfalls widersprach niemand. Nur Chris warf ihm kurz einen prüfenden Blick aus schmalen Augen zu. Dann nickte sie und stieg ohne ein Wort zu sagen in den Bus.

Als hätten sie sich abgesprochen, blieb sie mit Stefan und Tom dieses Mal in der unteren Etage. Alastair kletterte hinter das Lenkrad, ließ den Motor an, und gleich darauf schlossen sich zischend die Türen. Musik ertönte, und Stefan öffnete eine Weinflasche, die er weiterreichte, nachdem er sich selbst einen gehörigen Schluck daraus gegönnt hatte. Keiner schien zu erwarten, dass sich Alva und Julen hinzugesellen würden. Doch für den Augenblick hielt er es für besser, sie nicht von ihren Freunden zu trennen. Die Band hatte einen grandiosen Auftritt hingelegt – nun hatten sie ein Recht darauf, ihren Erfolg zu feiern.

Julen dirigierte sie zu der vorletzten Bank, setzte sich hinter sie und verschmolz unauffällig mit den Schatten, von denen es in dem schwach beleuchteten Gefährt viele gab.

Von hier aus beobachtete er, wie Alva sich überreden ließ, von dem Wein zu kosten. Er lauschte den aufgeregten Erzählungen, in denen jeder noch einmal das Erlebte aus seiner Perspektive schilderte, und freute sich, als er spürte, wie sich Alva in dieser fröhlichen Runde mehr und mehr entspannte.

Als Stefan und Tom dann sein Auftauchen diskutierten, ohne auch nur einmal in seine Richtung zu sehen, war Julen zufrieden.

»Woher kennst du ihn überhaupt?« Tom blieb misstrauisch, und sein Tonfall verriet Eifersucht, obwohl er sich alle Mühe gab, sie zu verbergen. Doch die Art, wie er seine Frage formuliert hatte, verriet Julen auch, dass sein Plan aufging. Die Sterblichen hatten längst vergessen, dass er mit ihnen reiste. *Sehr gut.*

Nur Alva berührte kurz seine Hand, bevor sie behauptete, sie wären schon länger befreundet. Und es war nicht herauszuhören, ob sie das einfach erfunden oder ob er ihr diesen Gedanken eingepflanzt hatte. »Da läuft aber nichts!«, beteuerte sie, als Chris ihr wissend zuzwinkerte.

Damit löste sie eine allgemeine Heiterkeit aus. Ihr Protest blieb aber unbeachtet, sodass sie schließlich selbst lachen musste. »Ihr seid unmöglich!«

Sie klang fröhlich, fast so, als hätte sie ihm niemals ihre Sorgen anvertraut. Julen seufzte innerlich. Den Kopf an die kühle Glasscheibe gelehnt, begnügte er sich damit, sie in seiner Nähe zu spüren. Ja, es war richtig, ihr die Wahrheit zu sagen. Zumindest den Teil der Geschichte, den er selbst kannte und für wichtig hielt. Im Gegensatz zu Kieran, der häufig Informationen bis zum letzten Augenblick zurückhielt, war Julen der Auffassung, dass jemand am besten zu beschützen war, wenn dieser um die Gefahr wusste, die ihm drohte, und entsprechend kooperieren konnte.

»Da sind wir!« Es klang wie ein Seufzer, als das Motorengeräusch grummelnd erstarb und sich die Bustüren wie die Flügel eines erschöpften Vogels zusammenfalteten.

»Seht mal, unser Küken träumt schon vom Ruhm!« Chris erhob sich träge von ihrem Sitz und zeigte auf Alva, die in ihrem Sitz eingeschlafen war.

Julen stand auf, bereit, sie in seine Arme zu nehmen und hinauszutragen. Doch Tom kam ihm zuvor. »Lass mal, ich kümmere mich um meine Schwester!« Mit einem kritischen Blick auf Julens schlankere Gestalt beugte er sich vor. In der Art, wie er seine Adoptivschwester berührte, war wenig Brüderliches, und Julen kämpfte mit einem unterdrückten Fluch gegen den Impuls, ihn am Kragen zu packen und windelweich zu prügeln.

Gerade wollte er den beiden folgen, da sprach Alastair ihn an. »Willst du uns wirklich auf die Tour begleiten?«

»Warum nicht?«

Der Neuseeländer mit dem schottischen Vornamen strahlte. »Gut! Ich könnte auch ein bisschen Hilfe gebrauchen. Kannst du einen Bus fahren?«

Stefan hatte sich bereits nach seinen Fahrkünsten erkundigt, er würde jetzt nicht kneifen. »Ich denke schon.«

»Dann lass uns eine Probefahrt machen.« Alastair wollte sich umdrehen.

»Jetzt?«

»Hast du es so eilig, zu deiner Kleinen zu kommen?«

Julen schob ihn beiseite, setzte sich auf den Fahrersitz und startete den Motor. Er hatte noch nie im Leben einen Bus gefahren, aber Alastairs Gedanken enthielten die perfekte Anleitung, und er hatte keinerlei Skrupel, sich ihrer zu bedienen.

Auf einem Parkplatz, zu dem ihn Alastair dirigiert hatte, hielt Julen an. »Zufrieden?« Er drückte ihm den Schlüssel in die

Hand. »Wir sind wirklich nur befreundet. Wenn es allerdings nach mir ginge …«

Alastair kratzte sich am Kopf. »Sie ist überhaupt nicht mein Typ, aber sobald ich ihre Stimme höre …« Ratlos blickte er Julen an. »Als ob sie mich verhext hätte.«

»Frauen sind eben unser aller Niedergang!« Julen sprang aus dem Bus. »Wir sehen uns!« Sekunden später war er in die Schatten eingetaucht. Bevor er endgültig verschwand, drehte er sich noch einmal um.

Alastair stand noch immer in der Tür seines Fahrzeugs und zog gierig an der selbst gedrehten Zigarette, aus der ein süßlich-würziger Rauch aufstieg. Regelmäßig erleuchtete die Glut sein Gesicht, bis sie schließlich in hohem Bogen durch die Nacht flog und am Boden verglomm. Er drehte sich um und verschwand im Inneren.

Julen wartete noch eine Weile, aber bald rührte sich nichts mehr. Was er vermutet hatte, bestätigte sich. Alastair lebte in seinem Bus; dass er darin auch einen beachtlichen Vorrat an *Gras* aufbewahrte, wusste Julen schon längst, bisher hatte es ihn aber nicht gestört. Es war immer gut, so viel wie möglich über die Kreaturen zu wissen, mit denen man es zu tun hatte. Dies galt auch für Sterbliche.

Inzwischen war die Nacht weit fortgeschritten, deshalb blieb ihm nicht mehr viel Zeit, nach Alva zu sehen. Ein kurzer Besuch genügte, um sich zu vergewissern, dass bei ihr alles in Ordnung war. Er wäre gern länger geblieben.

8

»Du willst mir also erzählen, dass meine Vorfahren der nordischen Mythologie entsprungen sind?« Alva hatte sich dazu hinreißen lassen, im Zimmer auf und ab zu gehen. Doch das machte sie nur noch unruhiger, deshalb setzte sie sich wieder.

Julens Miene blieb ausdruckslos, als wollte er auf diese Art seine Neutralität beweisen. Wusste er denn nicht, dass sie sich nach seinen Zärtlichkeiten sehnte? Jenes lieb gewordene Lächeln fehlte ihr, das seine Lippen sonst so häufig umspielte, und von dem sie nie wusste, ob es ihr galt, oder ob er sich über einen geheimen Witz amüsierte.

»Nicht ausschließlich nordisch«, sagte er vollkommen ernsthaft, als säßen sie in einer Vorlesung und nicht in Alvas Zimmer. »Von Feen berichten viele Kulturen. Soweit ich weiß, leben sie über die ganze Welt verstreut.«

Allmählich nahm sie ihm ab, dass er sich keinen Spaß mit ihr erlauben wollte. *Aber wie kann das sein, es ist doch ein Geheimnis!* »Woher willst du das wissen?«

Julen hob eine Augenbraue. »Ein Geheimnis ist es nur für die Sterb… für die Menschen.«

»Ich wüsste gern, wie du darauf kommst.« *Woher du davon weißt!*, hatte sie eigentlich sagen wollen. Hatte er eben *Sterbliche* sagen wollen? *Absurd!* Wider Willen musste sie grinsen.

Julen lachte nicht. »Hast du mir nicht von deinen Gesprächen mit der Pflanzenwelt erzählt? Kennst du sonst irgendjemanden, bei dem sich Blumen über ihre schlechte Behandlung beschweren?«

»Das war eine Zimmerpalme.« Doch Alva wusste, wann sie sich geschlagen geben musste. »Also gut, ja … es gibt tatsächlich ein paar merkwürdige Dinge in meinem Leben.«

»Und du fragst dich, ob ich etwas damit zu tun haben könnte.«

»Kannst du Gedanken lesen?«

Nun schenkte er ihr das herbeigesehnte Lächeln, doch beruhigend wirkte es nicht. Sie versuchte nachzudenken. Ihre Erinnerungen waren beinahe ebenso nebulös wie die *weißen Träume*. Ansonsten besaßen sie glücklicherweise keinerlei Gemeinsamkeiten, denn ihre Unterrichtsstunden bei Nienibit, an die sie sich seit ihrer Begegnung im Wald wieder erinnerte, waren trotz aller Heimlichkeiten stets etwas ganz Besonderes gewesen. Wie wunderbar hatte es jedes Mal gewirkt, mehr über die Geheimnisse der Welt zu erfahren. Aus einer unbegründeten Sicherheit heraus vertraute sie darauf, dass alles Wissen tief in ihrem Inneren verwurzelt war und sich zeigen würde, sobald die Zeit dafür reif wäre. Zumindest hatte ihre Lehrmeisterin dies versprochen, und deren Vorhersagen waren bisher immer eingetroffen. *Waren sie das tatsächlich?*

Du wirst den richtigen Zeitpunkt erkennen, dich zu öffnen!, hatte sie Alva mit auf den Weg gegeben, als sie sich an ihrem Geburtstag vor zwei Jahren verabschiedet hatte.

Ein Räuspern brachte sie in die Gegenwart zurück. Verlegen sah sie beiseite.

»Nein, ich lese deine Gedanken nicht.« Er legte seine rechte Hand auf den Tisch, ganz dicht neben ihre. »Aber wenn du alle Sorgen und Geheimnisse für dich behältst, werden wir nie herausfinden, ob ich dir helfen kann, nicht wahr?«

Alva hatte Mühe, ein Zittern zu unterdrücken, vielleicht konnte er ihr tatsächlich helfen. »Also gut. Es hat angefangen, da war ich so … Nein, andersherum. Eigentlich kann ich mich nicht an eine Zeit erinnern, zu der Nienibit nicht zu den unmöglichsten Gelegenheiten aufgetaucht wäre.«

»Sie gehörte also nicht zu deiner Familie?«

»Wenn meine leibliche Mutter eine Fee war, wohl doch.« Sofort bereute sie ihren schnippischen Tonfall. Julen wollte ihr wahrscheinlich wirklich nur helfen, auch wenn seine Fragen unangenehm waren. »Ehrlich gesagt, ich kann es dir nicht sagen.« Kaum war der Satz ausgesprochen, korrigierte sie sich. »Nein, das stimmt nicht. Wenn ich mich nicht irre, hat sie einmal behauptet, wir wären entfernt verwandt.«

Alva massierte ihren Nasenrücken mit Daumen und Zeigefinger und versuchte, die richtigen Worte zu finden. Ihr Gedächtnis war bruchstückhaft, und die Bilder der Vergangenheit tauchten immer nur kurz aus einem dichten Nebel auf. »Als ich klein war, fand ich ihre Besuche ganz wunderbar. Meine Eltern mussten viel arbeiten, und die Babysitter und Kindermädchen, die sie eingestellt hatten, saßen lieber vor dem Fernseher, als mir vorzulesen oder Geschichten zu erzählen.«

Alva sah sie vor sich, diese endlose Reihe junger Frauen, die ihr Vater engagiert hatte, um den Haushalt zu führen und nebenher noch ein kleines, störrisches Mädchen zu beaufsichtigen. »Nein, das ist ungerecht. Einige waren sehr nett und haben sich wirklich Mühe gegeben. Ich glaube, ich bin ein schwieriges Kind gewesen. Eigentlich wollte ich immer nur im Garten spielen.«

»Die Frau …«, erinnerte Julen sie mit leiser Stimme.

»Entschuldige. In den ersten Jahren kam sie nur, wenn ich allein war. Später hatte ich oft das Gefühl, beobachtet zu werden. Ich weiß nicht, ob du das kennst. Du siehst eine Bewegung, einen Schatten aus dem Augenwinkel, und wenn du dich umdrehst, dann ist da niemand. Manchmal kam ich mir ziemlich blöd vor.«

Sie ertappte sich dabei, wieder ihre Nase bearbeiten zu wollen, die sich vom vielen Kneten und Reiben schon ein bisschen wund anfühlte. Dann verschränkte sie die Finger sicherheitshalber ineinander. *Jetzt hält er mich für verrückt.*

»Ich verstehe.«

Ruckartig hob sie den Kopf. »Tust du das wirklich?« Sie versuchte wieder, in seinem Gesicht zu lesen. Und plötzlich schien es ihr, als öffne er sich. *Er weiß, wovon ich rede!* Erklärungen waren überflüssig. Er hatte Ähnliches erlebt, war sich manchmal ebenso blöd vorgekommen, weil er auch ständig jemanden in den Schatten vermutet hatte, der auf ihn lauerte.

Da kam es ihr so vor, als teile sie für einen Augenblick die Verwirrung des viel jüngeren Julen und auch die Furcht, verrückt zu werden. »Wie alt bist du?« Sie hatte gesprochen, ohne nachzudenken, und fuhr erschrocken zurück, als er den Kopf ruckartig hob und sie aus seeblauen Augen ansah.

Julen hätte sich ohrfeigen können. *Sie ist eine Fee, zur Hölle noch mal!*, ermahnte er sich. Trotzdem hätte sie niemals in der Lage sein dürfen, seine Gedanken zu erkennen. Lag es daran, dass sein Blut in ihrem Körper kreiste? Hatte ihm Kieran etwas verschwiegen, oder wusste er vielleicht selbst nicht, welch fatale Wirkung ein winziger Tropfen Vampirblut in einer Fee haben konnte? *Unsinn.* Wenn überhaupt jemand darüber Bescheid wissen konnte, dann sein Mentor und Freund. Schließlich lebte er seit einigen Jahren mit einer Fee zusammen.

Kannst du Gedanken lesen?, hatte sie ihn gefragt. Er war nicht ehrlich gewesen. *Können* ja, doch er *wollte* es nicht. Jedenfalls nicht, wenn es sich vermeiden ließ. Die kurzen Einblicke, die er sich gönnte, waren verzeihlich.

In die vollkommen ungeschützten Gedanken eines Sterblichen einzudringen war für Julen einfach. Bei Alastair hatte er ohne große Bedenken davon Gebrauch gemacht. Normalerweise respektierte er die Privatsphäre anderer allerdings.

Sein Blut in Alvas Adern hatte ihm ohnehin schon viel über sie verraten. Ein Vorteil, den er bisher dazu genutzt hatte, über sie zu wachen.

Dabei war das Gedankenlesen eine schwierige Sache, die keineswegs jeder Vampir beherrschte. Es funktionierte am besten über Bilder und konnte sowohl behutsam als auch brutal, einer Vergewaltigung gleich, ausgeführt werden. Ganz gleich, wie man vorging, ein solcher *Besuch* hinterließ immer Spuren.

Ungleich eleganter und vom Objekt des Interesses gänzlich unbemerkt war eine zweite Methode, der sich Julen vorzugsweise bediente. Genau wusste er nicht, wie sie funktionierte, aber er *sah* häufig die Gedanken seines Gegenübers noch genauer, so als wäre er in ihn eingedrungen, um sie zu lesen. Vielleicht lag es daran, dass die komplexe Zusammensetzung des typischen Dufts einer jeden Person sich ähnlich einer Aura veränderte und dem jeweiligen Gemütszustand anpasste. Darüber hinaus waren Mimik und Körperhaltung verräterische Begleiter. Es bedurfte schon eines besonderen Talents oder der jahrhundertelangen Erfahrungen eines magischen Wesens, sie vollkommen zu beherrschen oder gar zu manipulieren und auf diese Weise seinen Gegner in die Irre zu führen.

Bei Alva war gar nicht daran zu denken, dass sie eine vergleichbare Selbstbeherrschung besaß, und trotzdem ahnte er, dass es Bereiche in ihrem Inneren gab, zu denen er zum jetzigen Zeitpunkt keinen Zutritt hatte. Er hielt es für sehr wahrscheinlich, dass sie selbst nicht wusste, was dort in ihr schlummerte und wie es zu erwecken war, hatte aber keinen Zweifel, dass er in der Lage sein würde, sich Zugang zu verschaffen, sollte dies jemals notwendig sein.

Sie hatte sich erhoben und stand nun am Fenster. Die Hände in den Hosentaschen vergraben, die Schultern angespannt. Mit leiser Stimme sprach sie schließlich weiter. »Bei all dem Kommen und Gehen bin ich oft einsam gewesen. In Nienibits Gegenwart habe ich mich aber immer behütet gefühlt.« Ihr Lachen klang verlegen. »Nachdem dann aber meine Mutter gekündigt und sich selbstständig gemacht hatte, kam Nienibit seltener. Aber da war ich ja auch schon längst kein kleines Kind mehr, und meine Tage waren ausgefüllt, sodass ich abends müde ins Bett fiel und sofort einschlief. Wahrscheinlich hätte ich es nicht einmal mehr bemerkt, wenn sie an meinem Bett gesessen hätte.«

Julen wäre am liebsten zu ihr gegangen, als sie sich bei diesen Worten vorbeugte und ihre Stirn an die kühle Fensterscheibe presste. Nun war es ihm klar, wer Alva besucht und beschützt hatte. Weniger begreiflich war ihm allerdings, warum ihre *Fairygodmother*, mit anderen Worten ihre Feenpatin, sich dem Mädchen zu erkennen gegeben hatte. »Kannst du dich an ihre Geschichten erinnern?«

»Merkwürdig, dass du danach fragst. Sie sind unglaublich präsent. Ich weiß nicht, wie ich das erklären soll.« Halb drehte sie sich zu ihm um. »Es ist fast so, als begleiteten sie mich immer, als hüllten sie mich irgendwie ein.« Wie sie dabei mit dem Handrücken über die Nase strich, ließ ihn an ein Kätzchen denken. »Aber wenn ich dir jetzt eine davon erzählen sollte, könnte ich das nicht. Als würden sie sich mir entziehen, sobald ich nach ihnen greifen will. Verrückt, oder?«

Das war es also, was ihr Unterbewusstsein vor ihm, der Welt, sogar vor ihr selbst verbarg. Ihre Feenpatin hatte ihr im Laufe der Jahre wichtiges Wissen vermittelt, es jedoch tief in ihrem Inneren verschlossen. Wahrscheinlich hatte sie es gut gemeint. In der Feenwelt gab es viele Dinge, die ein Kind nicht begreifen konnte. Nun aber war sie fast erwachsen und führte ihr eigenes, aufregendes Leben. Sie würde sich verlieben, ihre Weiblichkeit entwickeln und wäre bald reif genug, die wichtigste Entscheidung ihres Lebens zu treffen.

Julen hatte schon von ähnlichen Fällen gehört. Die Abgesandten der Feen machten das meist aus einem ganz bestimmten Grund, denn einige von ihnen waren in der Lage, in die Zukunft zu sehen. Gern hätte er gewusst, welches Schicksal sie für Alva vorhergesehen hatten. Doch wie immer hielten sich seine ungeliebten Verwandten mit Informationen zurück. Ärgerlich fragte er sich, warum sie dann überhaupt den Auftrag erteilt hatten, das Mädchen zu bewachen. Andererseits war es kein offizieller Auftrag an die Vengadore gewesen. Vielleicht war es nur eine besorgte Feenmutter, die selbst nicht die Möglichkeit hatte, ihre Tochter durch die schwierigste Phase ihres Lebens zu begleiten.

Aber warum dann ausgerechnet ich?

Merkwürdig auch, dass er praktisch keinerlei Informationen zu seinem Fall erhalten hatte. *Das kann aber auch ein Vorteil sein*, überlegte er. Wenn ich keinerlei präzise Anweisungen habe, kann ich agieren, wie es mir richtig erscheint, und muss mich nicht an irgendwelche Vorgaben halten.

»Was war das?« Alva hatte etwas gesagt, das ihn aufhorchen ließ.

»Vor etwa zwei Jahren habe ich sie zum letzten Mal gesehen, danach begannen die *weißen Träume*.«

Nur durch gezieltes Nachfragen gelang es ihm, mehr über ihre bedrohlichen Träume zu erfahren. Die Panikattacke zu Beginn des Konzerts hatte also einen ernsthaften Hintergrund. Julen konnte nicht ausschließen, dass auch dies mit seinem Auftrag zusammenhing. Wie er von Anfang an befürchtet hatte, wurden die Dinge immer komplizierter.

Spürte Alva die Bedrohung, die ihre Angehörigen in der Feenwelt veranlasst hatten, inoffiziell um Schutz für sie nachzusuchen? Vielleicht sollte er sich einmal näher mit diesen Verwandten und ihren Beweggründen befassen. *Später.*

Momentan waren andere Dinge wichtiger: Alva wirkte verzweifelt und verletzlich, wie sie dort am Fenster stand und davon sprach, dass ihr die Erinnerung immer wieder entglitt. Schließlich ließ er alle Vorsicht fahren und ging zu ihr. Behutsam legte er die Hände auf ihre Schultern und zog sie an sich.

Seine Magie hielt er dabei in eisernem Griff, den drängenden Wunsch, ihre Sorgen und Bedenken einfach wegzuküssen ebenfalls.

Um seine Selbstbeherrschung war es allerdings nicht besonders gut bestellt, musste er sich eingestehen, sobald sie sich an ihn lehnte und dabei den Kopf in den Nacken legte, um ihn anzusehen. Ihren Katzenaugen, dem zarten, herzförmigen Gesicht, ja sogar der Wärme ihres Körpers hätte er noch widerstehen können, aber als sein Blick auf ihre weichen, verführerisch glänzenden Lippen fiel, war es um ihn geschehen. Wie von selbst senkte sich sein Kopf.

Ein Seufzer erklang, als ihre Lippen sich berührten, und Julen hätte nicht sagen können, aus wessen Kehle der kaum hörbare Laut erklungen war. Seine Lust gab einer bis dahin unbekannten Zärtlichkeit Raum, und während sie sich in seinen Armen drehte und danach vertrauensvoll an ihn schmiegte, konnte er nur daran denken, ihr nicht wehzutun. Diese Alva war anders als die kleine Wildkatze, die ihn in ihren Träumen besucht hatte.

Ihre zarte Scheu gefiel ihm und erregte ihn. Behutsam tastete er sich voran. Küsste ihre Mundwinkel, hauchte lautlose Versprechen auf ihre geschlossenen Augenlider und genoss es, ihrem Puls zu lauschen, der in seinen Ohren zum aufgeregten Summen eines Bienenschwarms wurde.

Ihre Reaktion ermutigte Julen, mehr zu wagen. Seine Hände verließen den Platz auf ihren Schultern. Zärtlich strich er ihr über die Arme, dann den Rücken hinab, bis sie die Taille erreichten. Der harmonische Schwung ihrer Hüftlinie fühlte sich in der Realität genauso an, wie er es sich vorgestellt hatte. Er nahm sich Zeit und genoss jede Berührung. Ihr Seufzen brachte ihn fast um den Verstand, während er den Saum ihres T-Shirts hochschob und sich wünschte, seine Hände wären nicht zu rau, als sie über weiche Haut strichen, die unter seinen Zärtlichkeiten leicht zitterte.

Was tue ich hier? Sie war noch so jung und benahm sich ganz anders als die fordernde Verführerin aus seinem Traum. Vielleicht hatte er sich nicht nur ihren Besuch, sondern auch den Duft eingebildet, der in seinen Kissen noch tagelang die Erinnerung an ihre leidenschaftliche Begegnung geweckt hatte … *Und der Tisch?*, fragte eine ironische Stimme in seinem Kopf, die er bis vor Kurzem noch für einen treuen Begleiter und nicht für einen teuflischen Provokateur gehalten hatte. Nur weil er nicht genau wusste, wie Traumreisen eigentlich funktionierten, hieß das schließlich noch nicht, dass er keine erlebt hatte.

Als Alva den zerbrochenen Tisch gesehen hatte, war sie – oder ihr Traumabbild – in schallendes Gelächter ausgebrochen.

Bei Gott, sie hatten es überall getrieben, auf dem Teppich, gegen die Wand gelehnt, auf dem Dach über seiner Pariser Wohnung … Und zwischendurch hatte er sie mit Leckereien gefüttert, die er aus dem Kühlschrank eines Nachbarn gestohlen hatte. Sogar Sahne war im Spiel gewesen, erinnerte er sich mit einem wohligen Grusel vor dem merkwürdigen Lebensmittel auf seinem Körper und dachte an ihre eifrige Zunge. Ganz gleich, ob Traum oder Realität, wenn er ehrlich war, konnte er seither kaum noch an etwas anderes denken.

Wie gern hätte er sich in ihr verloren, ihr hier und jetzt

bewiesen, wie sehr er sie begehrte. Doch Julen war immer und zu allererst ein Jäger, und seine animalischen Instinkte blieben jederzeit hellwach. Nur deshalb gelang es ihm, sich rechtzeitig aus ihrer Umarmung zu lösen.

Als die Tür aufsprang, stand er gute drei Meter von Alva entfernt, die sich tapfer bemühte, ihre Verwirrung in den Griff zu bekommen.

»Hallo, Chris!«

Der heisere Klang ihrer Stimme berührte eine bis dahin unbekannte Stelle in ihm und löste ein fast unbezwingbares Verlangen danach aus, sie um jeden Preis zu beschützen. Oh ja, besitzen wollte er sie auch, aber ihre Sicherheit stand an oberster Stelle. Was in diesem Augenblick natürlich Unsinn war, denn in der Tür stand kein gefährlicher Eindringling, sondern nur Alvas Mitbewohnerin. Andererseits hatte Julen gelernt, niemandem zu trauen, und diese Christabella verbarg etwas, da war er sich ganz sicher. Dummerweise waren ihre tiefer verborgenen Gedanken außergewöhnlich schwer zu lesen, und alles, was er momentan an der Oberfläche ihres Bewusstseins entdeckte, war nichts als Amüsement.

Chris hielt den Kopf leicht schräg und blickte von einem zum anderen. Ein wissendes Lächeln erschien in ihren Augenwinkeln. »Tut mir leid, ich hatte nicht damit gerechnet, dass du Besuch hast.« Jetzt grinste sie unverhohlen. »Hi, Julen. Also doch! Lasst euch lieber nicht von Tom erwischen, ich fürchte, sein … ähm … brüderlicher Schutzinstinkt ist ein bisschen überentwickelt.«

Vielleicht lag es daran, dass sie wirklich nicht damit gerechnet hatte, ihn in Alvas Zimmer anzutreffen, oder sie war durch das Zusammenleben mit Sterblichen nachlässiger geworden. Plötzlich offenbarte sich ihm ihre wahre Natur. *Also doch!* Christabella war eine Fee.

Julen interessierte es herzlich wenig, warum sich seine Vermutung ausgerechnet jetzt bestätigte. Wichtig war nur die Frage, ob sie ihrerseits wusste, mit wem sie es zu tun hatte. Ihre Körpersprache verriet ihm nichts. Er konzentrierte sich und versuchte, alle mentalen Tricks anzuwenden, die ihm Kieran gezeigt hatte, um einen tieferen Einblick in die Gedanken magischer Wesen zu gewinnen. Das Geheimnis lag darin, den jeweiligen Abwehrmechanismus zu identifizieren und anschließend einen Schlüssel dafür zu erstellen. Das klang zwar einfach, war es aber nicht. Jedenfalls nicht für Julen, der sich vorkam, als navigiere er im dichten Nebel durch die Gedankenwelten der Fee. *Nebel!* Das war das Stichwort. Sofort lichtete sich der Schleier, doch auch jetzt offenbarten sich ihm keinerlei dunkle Geheimnisse. Erleichtert verließ er die fremden Gefilde wieder.

Chris machte sich zwar über Alva Gedanken, wusste jedoch nicht, was sie von ihr halten sollte. Dass auch sie zum Feenvolk gehörte, ahnte sie nicht einmal. Was Julen zusätzlich beruhigte: Christabella folgte keinem Auftrag. Konnte ihre Anwesenheit einfach nur ein Zufall sein? Diese Überlegung rettete ihr Leben. Julen entschied sich dafür, sie am Leben zu lassen – vorerst.

Seine gute Laune, die unter der überraschenden Entdeckung ihrer Herkunft stark gelitten hatte, kehrte zurück. Mit einer ironischen Geste in Richtung der verblüfften Fee salutierte er und ging an ihr vorbei, wobei er es allerdings sorgfältig vermied, sie zu berühren. In der Tür blieb er noch einmal stehen. »Wann geht's morgen los?«

Die Antwort kannte er längst. Schließlich war es seinem Einfluss zu verdanken, dass Alastair darauf bestanden hatte, die Nachtfähre zum Kontinent zu nehmen. Dennoch erweckte er den Anschein, gelangweilt zu sein.

Chris bestätigte, dass sich an den Plänen nichts geändert hatte. Sie sah ihn prüfend an.

Vielleicht ahnte sie, dass Julen nicht das war, was er zu sein vorgab. Wissen konnte sie es ja nicht, aber manchmal verriet ihn ausgerechnet sein besonderes Talent. Wer nicht zu spüren war, konnte sich zwar unbemerkt nähern, aber das Nichts konnte auch verräterisch sein. Er beschloss, sich weiter die Aura eines arglosen Sterblichen zu geben, so anstrengend das auf die Dauer auch sein mochte. Nachlässigkeiten durfte er sich nicht erlauben.

»Sei pünktlich!«

Mit den Folgen seiner vorgetäuschten Harmlosigkeit musste er zurechtkommen. Natürlich wurde *diesem* Julen nicht der Respekt gezollt, den sein neues Amt als Vengador anderenfalls mit sich gebracht hätte. *Damit*, dachte er innerlich schmunzelnd, *kann* ich *gut leben*. Andere Vengadore hätten möglicherweise weniger lässig reagiert. Besonders die ältere Generation trat manchmal ziemlich pompös auf. Er dachte an seinen ganz speziellen *Freund* Asher, Kierans älteren Bruder. Um seine Erheiterung zu verbergen, deutete er eine Verbeugung an und verabschiedete sich.

Danach schloss er die Wohnungstür betont geräuschvoll und verharrte kurz in der Bewegung, um das Gespräch der beiden Frauen zu belauschen. Doch nach wenigen Augenblicken verließ er den Horchposten. Chris ging nicht weiter auf seinen Besuch ein, und Alva, der es unangenehm gewesen war, in flagranti erwischt worden zu sein, bemühte sich, ihre Freundin mit einer Diskussion über die Reisevorbereitungen abzulenken.

9

»Mein Lieber!« Die Frau breitete ihre Arme aus und schenkte ihm ein betörendes Lächeln, das ihre schwach beleuchtete Bühnengarderobe in ein warmes Licht zu tauchen schien.

Julens erster Impuls war zu fliehen. Er blieb jedoch und versuchte sich zu beruhigen: *Sie kann nicht anders*. Wie es in ihren Kreisen Brauch war, hauchte er mehrere Küsse abwechselnd auf ihre Wangen. Dabei achtete er penibel darauf, dass seine Lippen ihre Haut nicht berührten, selbst die Hände lagen nur scheinbar auf ihren bloßen Schultern. »Mutter!«

»Nenn mich nicht so!« Sie warf einen wütenden Blick zu der Garderobiere, die mitten in der Bewegung erstarrte. »Und du wirst vergessen, was du gehört hast. Verstanden?«

»Sehr wohl, Signora.« Die Frau wandte sich wieder ihrer Arbeit zu. Julen hätte sie vorhin kaum bemerkt, wäre sie nicht gerade dabei gewesen, Schminkpinsel und Make-up-Schwämme unter fließendem Wasser zu reinigen. Ohne Zweifel war sie die Zofe seiner Mutter, die sich schon immer gern besonders unscheinbare Helferinnen gesucht hatte.

»Und wie möchtest du genannt werden … *Signora*?«

»Sei nicht albern. Für dich bin ich Florentine.«

»Flo.« Grinsend betrachtete er ihre zierliche Gestalt. Wenn sie aufstand, reichte sie ihm gerade einmal bis zur Brust, erinnerte er sich.

»Flo-ren-tine!«, sagte sie mit Nachdruck. »Merk dir das!«

Natürlich wusste er, dass es nicht klug war, sie zu verärgern. Er brauchte schließlich ihre Hilfe. Doch er konnte einfach nicht widerstehen, sie zu provozieren. Kein Mensch wäre auf die Idee gekommen, dass es etwas anderes als ein Scherz sein mochte, wenn ein erwachsener Mann wie Julen diese *Florentine* als seine Mutter bezeichnete.

Warum sie es hasste, *Mutter* genannt zu werden, wusste er nicht. Vielleicht hing es mit der sinnlichen Leidenschaft zusammen, die sie für ihre Söhne empfand. Als Liebhaber hätte sie ihn jederzeit begrüßt, davon war Julen überzeugt. Dass es niemals dazu gekommen war, hatten sie ihrem Vater zu verdanken, der die Gefahr geahnt und die halbwüchsigen Knaben rechtzeitig in Sicherheit gebracht hatte.

Himeropa – das war ihr richtiger Name – wäre unter anderen Umständen gewiss eine Sünde wert gewesen. Julen hatte aber trotz allem immer die Mutter in ihr gesehen, auch wenn sie ihm jede Mütterlichkeit verweigerte. Vielleicht hatte er sie deshalb so lange gehasst und gemieden. Heute fühlte er sich beinahe erleichtert darüber, nicht mehr als milde Neugier in ihrer Gegenwart zu empfinden, und vielleicht sogar einen winzigen Hauch Freude daran, sie zu provozieren. Das meiste war allerdings nur noch Gewohnheit, die man nach gut zwei Jahrhunderten nicht einfach so ablegte. Doch zu allererst war er Vengador, und deshalb blickte er nun ohne erkennbare Emotionen in das Gesicht einer Frau, die Botticelli in seiner Venus verewigt hatte. Damals war sie die Lieblingsmuse des großen Künstlers gewesen, nun nannte sie sich, vielleicht als Reminiszenz an jene Zeiten, *Florentine Cattaneo* und galt als die jüngste Entdeckung der Opernwelt. Heute trat sie in *Covent Garden* auf, morgen vielleicht schon in einer anderen europäischen Metropole, und im nächsten Monat würde sie für acht Tage vor dem anspruchsvollen Publikum der New Yorker *Carnegie Hall* singen. Alle Vorstellungen waren seit einem halben Jahr ausverkauft.

Viele Feen besaßen außergewöhnliche Talente, die sie in den

schönen Künsten brillieren ließen, doch Himeropa war nicht irgendeine Fee, sie war eine Sirene! In ihrer Stimme lag eine außergewöhnlich kraftvolle Magie, und was das bedeutete, hatten bereits unzählige Seeleute am eigenen Leib erfahren. Der zauberhafte Gesang einer Sirene zog jeden in seinen Bann. Nicht nur die Männer der Meere, auch andere, gleichgültig ob männlichen oder weiblichen Geschlechts, erlagen dem Reiz ihrer Stimme, bis der Wunsch, der Sirene um jeden Preis zu dienen, alles war, woran sie noch denken konnten.

Unglücklicherweise hatten selbst ihre eigenen halbwüchsigen Söhne der Macht ihres Gesangs immer weniger widerstehen können. Nur einem einzigen Mann war es gelungen, ihr die Stirn zu bieten: Julens Vater, der ein mächtiger Dunkelelf und Vampir königlichen Geblüts war, hatte sein Wissen bedauerlicherweise viel zu früh mit ins Grab genommen.

Schweigend betrachtete nun sein Sohn diese einzigartige Fee und versuchte, seine Furcht vor der eigenen Mutter zu beherrschen.

Ihr rotblondes Haar schien ihm einige Nuancen heller zu sein; sie trug es bereits für den Auftritt frisiert. Florentines tadellose Figur wurde von einem blau glänzenden Seidenkleid umschmeichelt, das die Farbe ihrer Augen wunderbar zur Geltung brachte. Augen, die seinen eigenen ähnlicher waren, als er es wahrhaben wollte. Der Saum war hochgerutscht und zeigte ihre schlanken Beine, bis sie die bloßen Füße vom Schemel nahm und aufstand.

»Was willst du?«

Trotz seines eigenen distanzierten Verhaltens verletzte ihn der kalte Tonfall, und am liebsten hätte er ihr den Rücken gekehrt. *Für Alva*, ermahnte er sich dann jedoch gerade rechtzeitig. »Gibt es noch andere?«

Florentine sah ihn verblüfft an. Dann lachte sie, und ein

Schauer lief seinen Rücken hinab, obwohl sie sich umgedreht hatte, als könne sie damit Schaden von ihm abwenden. Trotz der Techniken, die er jahrelang trainiert hatte, um sich gegen ihre Magie zu schützen, hatte sie immer noch diese Wirkung auf ihn. Und er wollte gar nicht wissen, was geschähe, wenn sie es einmal darauf anlegen würde, ihn tatsächlich zu verhexen. So gesehen musste er vielleicht sogar dankbar sein, dass sie sich offenbar dazu entschlossen hatte, ihren tödlichen Charme nicht auf ihre Söhne anzuwenden. Rasch bemühte er sich, seine Befürchtungen vor ihr zu verbergen.

»Warum willst du das wissen? Erzähl mir nicht …« Sie fuhr herum. »Was ist passiert?«

Mit einer solchen Reaktion hatte er nicht gerechnet. »Nichts.«

»Ach ja, natürlich. Du bist jetzt ein Vengador, nicht wahr?« Sie wartete seine Bestätigung gar nicht erst ab und setzte sich stattdessen wieder auf ihren Stuhl, der vor dem hell erleuchteten Spiegel stand. »Ich bin überrascht, dass dich deine Familie auf einmal interessiert.«

Er hätte ihr sagen können, dass sie ihn schon immer interessiert hatte, aber er schwieg, bis die negativen Schwingungen zwischen ihnen so dick wie Schiffstaue wurden.

Mit einer ihrer kleinen Hände, die niemals stillzubleiben schienen, wischte sie die dunkle Energie beiseite. »Wir waren einmal acht. Damals, als du geboren wurdest, hatte ich noch zwei Schwestern. Jetzt gibt es nur noch mich.«

»Was ist mit ihnen geschehen?« Überrascht registrierte er, dass in ihrer Stimme eine unerwartete Traurigkeit mitschwang.

»Dein Vater hat sie getötet.« Bevor er fragen konnte, sprach sie schnell weiter. »Es war unvermeidbar. Sie … wollten euch, deinen Bruder und dich. Ihr seid doch noch Kinder gewesen, wir konnten das nicht zulassen.«

Sprachlos zog er sich einen zweiten Stuhl heran und setzte

sich rücklings darauf. Als könnte ihm die Lehne Schutz bieten, hielt er sie fest, bis das Holz unter seinen Händen zu zersplittern drohte.

»Ich dachte …«

»Ja, natürlich!« Sie wandte sich ihm zu. »Glaubst du wirklich, ich wäre dermaßen verkommen, dass ich mich an meinen eigenen Kindern vergriffen hätte? Du und dein Bruder, ihr seid alles, was mir noch geblieben ist auf dieser Welt. Aber du bist mir immer nur mit Hass und Verachtung begegnet.«

»Ich …«

Mit einer Geste unterbrach sie seinen Versuch, eine Erklärung zu liefern. »Auf dieser Welt bin ich die einzige Überlebende. Allerdings …«

»Ja?«

Draußen waren Stimmen zu hören, und Himeropa lauschte ihnen schweigend. Julen hätte sie schütteln mögen, um endlich eine Antwort zu erhalten.

Stattdessen stand sie auf, und ehe er ihre Absicht erkennen konnte, hielt sie bereits sein Gesicht zwischen ihren kühlen Händen und küsste ihn.

Er war vor Schreck wie gelähmt, und erst ein vernehmliches Räuspern löste seine Erstarrung. »Florentine, ich möchte nicht stören …«

Blitzschnell sprang Julen vom Stuhl und versuchte möglichst viel Abstand zwischen sich und seine Mutter zu bekommen.

»Geh jetzt!«, wies sie ihn mit kühler Stimme an, als wäre nichts geschehen. *Wir sprechen uns später.* In seinem Kopf klang sie weicher, beinahe entschuldigend.

Julen nickte dem älteren Mann zu, der inzwischen eingetreten war, und floh regelrecht in den Gang hinaus.

»War das dein neuer Galan?«, hörte er ihn fragen.

Als Antwort erklang ein glockenhelles Lachen. »Wie kommst

du denn darauf? Der Bursche ist doch noch grün hinter den Ohren.«

Den Rest brauchte Julen nicht mehr zu hören, er kannte die Methoden einer Verführerin nur zu gut. Schon wollte er sich umdrehen und davonstürmen, da zupfte jemand an seinem Ärmel. »Signora Cattaneo möchte, dass ich Ihnen dies hier gebe.«

Die Hand der Garderobiere zitterte, als sie ihm eine der teuersten Logenkarten entgegenstreckte. Was er vorhin vermutet hatte, bestätigte sich: Sie war eine Fee. Ein geschickter Schachzug von seiner Mutter. Auf diese Weise hatte sie immer eine Verbündete in der Nähe, und die beiden schienen sich trotz ihres merkwürdigen Rollenspiels, das er nicht ganz ernst nahm, zu vertrauen. Andernfalls hätte sie der Frau niemals erlaubt, Zeugin des Gesprächs zu werden.

Nur kurz überlegte er, das Angebot abzulehnen. Doch dann überwog seine Neugier. Bisher hatte er in der Nähe seiner Mutter weder ungebührliche Lust noch Erregung gespürt. Julens Kräfte waren in den letzten Jahren von dem Besten seiner Art geschult worden und *grün hinter den Ohren* war er längst nicht mehr, auch wenn seine Mutter … *Florentine*, korrigierte er sich, … da anderer Meinung zu sein schien.

Mit einer kurzen Verbeugung nahm Julen die Karte entgegen und raunte der kleinen Fee ein Dankeschön ins Ohr. Danach erlaubte er es seinem Körper, mit den Schatten zu verschmelzen. Dabei fühlte er eine merkwürdige Befriedigung.

Die Oper wurde zu einem einzigartigen Erlebnis. Der Dirigent war exzellent, das Orchester ebenfalls. Passenderweise sang sie die Violetta in *La Traviata* und wirkte dabei so überzeugend, dass Julen sich vornahm, ihr noch eine Chance zu geben. Er war gewiss nicht der Einzige, dem zum Schluss Tränen in den Augen standen. Tatsächlich verriet ihm ein Blick hinab ins Parkett, dass mindestens ein Drittel aller Zuschauer ein Taschentuch in der Hand hielt. Auch der Alfredo, übrigens war es der Besucher in ihrer Garderobe, zeigte eine beachtliche Leistung. Zu Recht wurde er am Ende entsprechend mit Applaus bedacht. Doch als die Sirene die Bühne betrat, schrie und trampelte das Publikum, sprang auf, und einige Zuschauer gingen sogar so weit, auf die Sitze zu steigen, um ihrem Ruf nach einer Zugabe besser Gehör zu verschaffen.

Doch nichts davon beunruhigte Julen, denn was er insgeheim befürchtet hatte, war nicht eingetroffen. Seine Mutter hatte keine sexuelle Raserei ausgelöst. Niemand versuchte die Bühne zu erklimmen, um sich ihr zu Füßen zu werfen, wie er es in früheren Zeiten hatte miterleben müssen. Entweder war das Publikum heutzutage beherrschter und weniger theatralisch, oder sie hatte endlich verstanden, den schmalen Grad zwischen ihrer betörenden Anziehungskraft und der Vernunft zu meistern.

Vielleicht, überlegte er, wäre sie sogar eine gute Lehrerin für Alva, deren Sirenenkräfte – davon war er überzeugt – sich gerade erst zu entfalten begannen.

Vor unwillkommenen Verehrern würde er das Mädchen selbstverständlich schützen können, solange er den Auftrag dafür hatte. Sein Vater hatte in früheren Jahren auch nichts anderes getan, vielleicht war aber genau dies ein Fehler gewesen. Hätte er seiner geliebten Sirene die Chance gegeben, sich an eine veränderte Welt anzupassen, wäre ihr dies zweifellos viel eher gelungen. Wenn Julen an irgendetwas keinen Zweifel hatte, dann war es die Liebe, die seine Eltern verbunden hatte.

Das Theaterleben war ihm nicht fremd, deshalb ließ er sich nach dem letzten Vorhang Zeit, bevor er den Weg zu Florentines Garderobe einschlug. Doch auch nach einer guten halben Stunde standen zahllose Menschen aufgeregt plappernd in den schmalen Fluren hinter der Bühne. Er verharrte für einen Augenblick auf dem Treppenabsatz und beobachtete das

Treiben. Man gratulierte sich gegenseitig, wichtig auftretende Personen mit einer Aura von Geld kamen herbei, klopften auf Schultern oder schüttelten Hände. Blumen wurden überreicht und Autogramme gegeben, irgendwo knallte ein Sektkorken, und Frauenlachen war zu hören. Es war nicht das erste Mal, dass Julen diese Szenen in Florentines Umgebung erlebte. Bis zum heutigen Tag hatte er sich ihr dabei niemals zu erkennen gegeben, zu unangenehm war ihm ihr Ruf als männermordende Chanteuse, die stets auch Vampire angezogen hatte. Zudem hatte er aus sehr viel praktischeren Gründen vermeiden wollen, dass ihre Verwandtschaft bekannt wurde. Seine Eltern stammten noch aus einer Zeit, von der die meisten jungen Vampire nichts mehr wussten. Ihm jedoch hatte sein Vater umfangreiche Aufzeichnungen und damit ein Wissen hinterlassen, das selbst Kieran zu schätzen wusste.

Julens ungewöhnlich früher Erfolg als Vengador hatte viele Gründe. Einer davon war mit Sicherheit, dass ihn die meisten Gegner unterschätzten. Und diesen Vorteil hätte er unnötig früh aufgegeben, wären seine Familienverhältnisse publik geworden. Glücklicherweise legte seine Mutter ebenfalls keinen großen Wert darauf, dass man von ihrer Verbindung erfuhr, wie er heute wieder eindrücklich erfahren hatte. Dass es gut für ihn war, Abstand zu halten, bedeutete nicht, dass er sich darüber freute.

Schließlich sah er sie und fand, dass sie inmitten des Trubels fast ein bisschen verloren wirkte. Als sich ihre Blicke trafen, las er eine Müdigkeit in ihren Augen, die früher nicht dort gewesen war.

Doch sein Lächeln kam dieses Mal von Herzen, während er sich einen Weg bahnte und sie in die Arme schloss. »Ich danke dir!«

»Wie? Keine Komplimente?«

Lachend ergriff er ihre Fingerspitzen und beugte sich zu einem vollendeten Handkuss darüber. »Du warst zauberhaft, liebste Florentine!« Als er sich aufrichtete, sah er den verletzten Blick des jungen Alfredo und beeilte sich, ein wenig lauter als notwendig zu sagen: »Leider muss ich nun aber gehen.« *Dein Geliebter sieht aus, als wolle er mich erdolchen.*

Lachend winkte sie den Mann herbei. »Jonas, ich möchte dir meinen Lieblingscousin vorstellen. Er ist ein schrecklicher Mensch, aber was soll ich machen? Liliana betet ihn an.«

Die Garderobiere war wie aus dem Nichts erschienen, und ihr Erröten hatte sicher mehr mit ihrer Überraschung als mit mädchenhafter Scham zu tun.

Die Begrüßung der beiden Männer fiel dennoch so kühl aus, dass Julen der Sterbliche beinahe leid tat. Aber es hätte ihn wohl kaum beruhigt, wenn er gewusst hätte, dass der vermeintliche Nebenbuhler, der sogar einige Jahre älter als Florentine wirkte, in Wahrheit ihr Sohn war.

Julen verabschiedete sich, den Arm hatte er dabei leicht um Lilianas Schulter gelegt.

Kaum waren sie allein, entzog sie sich seiner Berührung. »Komm bloß nicht auf dumme Gedanken!«

Julen grinste. »Ich bitte dich, ich werde der *Signora* doch nicht die Bettgefährtin ausspannen.«

Liliana lief knallrot an. »Woher weißt du … ach, verdammt!«

»Mein untrüglicher Instinkt.« Julen tippte sich an die Nase. »Aber keine Sorge, das bleibt unter uns, was sollte der arme Jonas sonst denken!«

Als Antwort gab sie nur ein Schnauben von sich und drückte ihm eine Visitenkarte in die Hand. »Gegen drei Uhr morgens ist sie meist zurück.«

»Ein bisschen spät für Cinderella, meinst du nicht auch?«

»Das geht dich gar nichts an!« Sie hatte sich schon fast abgewandt, als sie in der Bewegung verharrte. »Wir müssen morgen in die Niederlande reisen. Also halt sie nicht zu lange auf!« Damit drehte sie sich endgültig um und war im nächsten Augenblick grußlos in einer der Garderoben verschwunden.

Erst jetzt begriff Julen, dass auch sie eifersüchtig auf ihn war. Er verdrehte die Augen und eilte am Pförtner vorbei, der ihm gleichgültig nachsah.

Die Enttäuschung, die ihm entgegenschlug, als die zahlreichen Fans am Bühnenausgang erkannten, dass er keiner der sehnsüchtig erwarteten Künstler war, hob seine Laune. So ging Julen, die Hände in den Hosentaschen vergraben, pfeifend davon, um eine alte Freundin zu besuchen, die nicht weit von hier entfernt ein unscheinbares Pub betrieb, in dem er die Zeit bis zur *Audienz* bei seiner Mutter zu überbrücken gedachte.

Die Freundin ging in den verborgenen Räumen unterhalb des Pubs nicht nur ihren Geschäften als Statthalterin nach, für besondere Gäste hielt sie auch stets einen guten Tropfen und, wenn es sein musste, sogar ein Bett bereit. Letzteres hatte er früher gern genutzt, heute würde es hoffentlich nicht erforderlich werden, denn schon jetzt sehnte er sich nach Alva. Einen ordentlichen Schluck Blut konnte er nach all den menschlichen Emotionen, denen er ausgesetzt gewesen war, allerdings gut gebrauchen.

»Ist er hier?« Florentines Stimme riss ihn einige Stunden später aus seinen Gedanken.

Julen schlug ein Bein über das andere, legte die Fingerspitzen aneinander und lehnte sich in dem bequemen Sessel zurück. Innerlich war er weniger ruhig. Seit zwei Uhr wartete er bereits, und da ihm unterdessen niemand Gesellschaft geleistet hatte, war ihm genügend Zeit geblieben, mit seinem

Schicksal zu hadern. Es gab eindeutig zu viele Frauen in seinem Leben.

Wie vermutet hatte ihn die Statthalterin zu überreden versucht, den Tag bei ihr zu verbringen. Genau genommen in ihrem Bett.

Einem schnellen Abenteuer wäre er nicht einmal abgeneigt gewesen, doch ausgerechnet in dem Augenblick hatte er an Alva denken müssen, und die Lust auf andere Frauen war ihm erstaunlicherweise vergangen. Davon abgesehen barg dieses Vampirrefugium auch Erinnerungen, und davon waren einige ausgesprochen unerfreulich.

In den Räumen der Statthalterin Londons hatte er vor nicht allzu langer Zeit endgültig erkennen müssen, dass die Fee, von der er eine Zeit lang geglaubt hatte, sie sei für ihn bestimmt, längst einem anderen gehörte. Gleich darauf war er Saras unschuldigem Charme erlegen, was ihm am Ende allerdings nur Probleme bereitet hatte.

Um nicht mehr daran denken zu müssen, hatte er die Begegnung mit seiner Mutter Revue passieren lassen. Heute hatte er eine ganz andere Seite an ihr kennengelernt, was ihn nun daran zweifeln ließ, ob seine frühere feindselige Haltung ihr gegenüber immer ganz gerecht gewesen war.

Florentine, er hatte sich an diesen Namen erstaunlich schnell gewöhnt, betrat endlich den Raum, und Julen beeilte sich, seine Gedanken vor ihr zu verbergen, während er sich erhob. Eine Höflichkeit, die er ihr in den letzten Jahrzehnten ganz bestimmt nie erwiesen hätte. »Du siehst gut aus.« Erstaunt stellte Julen fest, dass ihn dies freute. Von der Melancholie, die er vorhin zu spüren geglaubt hatte, war im Augenblick nichts mehr zu bemerken.

Sie setzte sich auf die vordere Kante eines zweiten Sessels, streifte die hauchdünnen Lederhandschuhe ab und machte eine einladende Handbewegung, mit der sie ihm gestattete, sich wieder zu setzen. »Es überrascht mich, dass du dir die Mühe machst, Komplimente zu verteilen.«

Der manierierte Gestus einer längst vergangenen Zeit amüsierte Julen, ihre Worte jedoch weniger. Deshalb ging er auch nicht darauf ein und sagte ziemlich abrupt: »Du bist also nicht einzigartig.«

Ein Schatten huschte über das ebenmäßige Gesicht und erinnerte ihn, dass er gut daran täte, seine Worte sorgfältiger zu wählen, wenn er Antworten von ihr wünschte.

Als hätte sie seine Gedanken gelesen, sagte sie: »Du hast große Ähnlichkeit mit deinem Vater, weißt du das eigentlich?«

Drauf und dran, sich für die unfreundliche Bemerkung zu entschuldigen, schwieg er nun aber lieber, bevor ihm noch eine weitere Beleidigung herausrutschte. Wortlos ließ er sich ihre Musterung gefallen.

»Du wolltest etwas über unsere Familie wissen. Ich werde dir deine Fragen beantworten, aber nur, wenn du mir den Grund für dieses plötzliche Interesse verrätst.«

»Das kann ich nicht.«

Sie hob eine Augenbraue. »Es hat mit deinem Job als Vengador zu tun.« Das war keine Frage, sondern eine Feststellung. »Ich muss es vermutlich respektieren.« Sie lächelte traurig. »Also gut, tatsächlich bin ich seit Jahrhunderten keiner meiner Schwestern mehr begegnet. Wir standen uns nie besonders nahe, und mir ist auch ziemlich egal, was aus ihnen geworden ist. Bis auf eine Ausnahme.« Sie holte tief Atem und lehnte sich zurück, ihr Blick schien in weiter Ferne etwas für seine Augen Unsichtbares zu fixieren, als könne sie dort die Vergangenheit sehen. »Aglaopheme war meine jüngste Schwester. Sie hatte zwar eine zauberhafte Stimme, vielleicht sogar die schönste von uns allen, aber wenig Freude daran, sie einzusetzen. Die anderen wollten nichts mit ihr zu tun haben, also nahm ich sie unter meine Fittiche. Agla änderte zwar nichts an ihrer Einstellung, aber sie war klug und lernte schnell. Bald wusste sie mehr über Diplomatie, Taktik und sogar Kriegsführung als manche der Männer, die sie zwar mit ihrem Gesang unterhielt, aber niemals betörte. Sie verstand es ausgezeichnet, die Macht ihrer Stimme dosiert einzusetzen, und ich war nicht zu stolz, mir viel von ihr abzuschauen. Anders als du zu glauben scheinst, ist es keineswegs unterhaltsam, wenn einem ständig irgendwelche Sterblichen mit waidwundem Blick zu Füßen liegen. Sirenen brauchen zwar die Bewunderung, aber schon die Energie eines einzigen begeisterten Zuhörers kann uns über Monate am Leben erhalten. Es ist also überhaupt nicht notwendig, die halbe Welt zu versklaven, um zu überleben.«

Das war Julen neu.

Sie rieb die Hände aneinander, als sei ihr kalt. »Unsere Schwestern haben uns verachtet.« Florentine lächelte. »Aber jetzt sind sie alle Geschichte. Aglas Weisheit habe ich es letztlich zu verdanken, dass ich lange glücklich mit deinem Vater zusammenleben durfte.«

Ihre Blicke trafen sich, und Julen erkannte in diesem Moment, wie tief die Liebe zwischen seinen Eltern gewesen sein musste.

Florentine lehnte sich vor und ergriff seine Hände. Zum ersten Mal seit langer Zeit herrschte ein vollkommenes Einvernehmen zwischen Mutter und Sohn.

Sichtlich widerstrebend zog sie ihre Hände schließlich zurück und sprach weiter. »Eines Tages war Agla spurlos verschwunden, danach habe ich nie wieder etwas von ihr gehört, bis ich irgendwann Liliana traf. Obwohl sie selbst niemals zum Hofstaat der Feenkönigin gehört hatte, wusste sie doch von Gerüchten über deren Beraterin, hatte sie sogar selbst einmal gesehen. Sie sei, erzählte man sich, einst von einem mächtigen Elf von königlichem Geblüt in die Feenwelt verschleppt worden. Er habe sie, von ihrer Stimme vollkommen betört, so lange gefangen gehalten, bis sie schließlich einwilligte, seine Frau zu werden. Sie soll ihm, so hieß es weiter, einen Sohn geboren haben. An dieser Stelle war ich sicher, dass diese Geschichte nicht stimmen konnte. Denn damals gab es längst keinen männlichen Nachwuchs unter den Feen mehr. Und das lag ganz gewiss nicht an uns.« Sie zuckte mit den Schultern. »Deshalb bin ich der Sache niemals nachgegangen.«

»Nur deshalb?«

Florentine zögerte. »Nein, es gibt noch weitere Gründe, warum ich die Geschichte für höchst unwahrscheinlich halte. Liliana konnte keinerlei Ähnlichkeit zwischen der königlichen Beraterin und der Miniatur, die ich von Agla besitze, erkennen. Außerdem sind Sirenen im Feenreich nicht sehr beliebt, und die Königin würde sich einen Bärendienst erweisen, wenn sie eine von uns zu ihrer Beraterin machte.«

Es war ihr anzusehen, dass sie nicht näher auf dieses Thema eingehen wollte, und darum verzichtete Julen auch darauf, weiter nachzufragen. Nur eines wollte er noch wissen. »Hast du das Bild deiner Schwester noch?«

Florentine stand auf und ging zu einem zierlichen Sekretär hinüber, der hinter dem Flügel stand.

Julen hörte, wie sie eine Schublade aufzog, und kurz darauf blickte er auf eine mit meisterlicher Hand gefertigte Miniatur. Wer auch immer darauf abgebildet war, das Gesicht erinnerte ihn in geradezu gespenstischer Weise an Alva. Die Frau auf dem Bild hatte zwar rötlich-braunes Haar, aber das hätte gut zu Alvas Teint gepasst. Er wusste, dass sie ihre Haare färbte. Wie es unter dem glänzenden Schwarz aussah, konnte man derzeit nur ahnen. Allerdings fehlten Aglaopheme die schräg gestellten Augen. Doch dieses Merkmal hätte Alva ohne Weiteres von ihrem Vater geerbt haben können. Jetzt erst bemerkte er Florentines Anspannung. »Ich bin mir nicht sicher, sie hat eine gewisse Ähnlichkeit mit jemandem, den ich kenne.«

»Willst du mir nicht sagen, warum du dich dafür interessierst?«

Julen stand auf. »Nein!« Dann besann er sich und versuchte zu erklären: »Du hast recht, es hat etwas mit meinem Job zu tun. Ich darf über Aufträge nicht sprechen, bitte versteh das!«

Sie sah ihn zweifelnd an, sagte aber schließlich: »Versprich mir, dass du es mir sagst, wenn du etwas Wichtiges über Agla herausfindest!«

»Wenn es irgendwie möglich ist … aber dafür möchte ich wissen, wie es dir gelingt zu singen, ohne dein Publikum zu versklaven.«

»Du hättest Händler werden sollen wie dein Vater!« Florentine schwieg einen Augenblick, und Julen war nicht sicher, ob sie gerade in Erinnerungen schwelgte oder nur versuchte, sich zu sammeln, um seine Frage besser beantworten zu können. »Es ist schwierig.« Sie suchte nach den richtigen Worten: »Man muss sich von der Stimme lösen. Sag ihr, sie solle sich vorstellen, dass sie sich selbst beim Singen zuhöre.«

»Mutter!«

»Florentine«, korrigierte sie ihn sanft, und mit einem Blick auf den harten Zug um seinen Mund fügte sie hinzu: »Schon gut.«

Julen erwiderte ihre Umarmung schließlich mit sanftem Druck.

Damit entließ sie ihn. »Wenn ihr Hilfe braucht, lass es mich wissen.«

Ehe er etwas erwidern konnte, war sie fort. Einfach so. Und dieser Abgang erinnerte ihn wieder daran, dass er es mit einem mächtigen magischen Wesen zu tun hatte, in dessen Nähe er gut daran tat, auf der Hut zu sein. Aber so, wie es aussah, hatte er einige ihrer Talente geerbt. Dennoch: Die Sirene Florentine in Alvas Fall um Hilfe zu bitten, musste gut überlegt werden.

Das Gespräch war viel besser verlaufen, als er angenommen hatte, und Julen beglückwünschte sich zu der Idee, sie besucht zu haben. Auch wenn der unerwartet lange Ausflug bedeutete, dass er schon wieder auf unkonventionellem Wege reisen musste und Alva frühestens morgen Abend wiedersehen würde.

Unterwegs nach London waren die Anzeichen unübersehbar gewesen, die ihn davor warnten, es mit den Besuchen in der Zwischenwelt nicht zu übertreiben. Die Pfade, auf denen er sich bewegte, wirkten verschlungener als üblich, und einmal hätte er sich beinahe verlaufen. Eine eindeutige Warnung! Nur zu gut wusste er, wie leicht es war, sich in den Tiefen dieser magischen Dimension zu verlieren.

In Kürze würde die Sonne aufgehen. Deshalb saß er nun in London fest. Es wäre klüger, das Schicksal in dieser Nacht kein zweites Mal herauszufordern. Da war ein zweiter Besuch bei der Statthalterin eindeutig das geringere Übel.

Julen verzog das Gesicht. Ihr zu erklären, dass er wirklich nur eine Unterkunft für den Tag benötigte, würde allerdings auch nicht einfach werden.

10

In dieser Nacht schlief Alva schlecht. Zwar blieb sie von unheimlichen Träumen verschont, aber als sie mit ihren Freunden beim Frühstück saß, fühlte sie sich niedergeschlagen und trotz der netten Gesellschaft merkwürdig allein.

Zum Glück blieb ihr wenig Zeit, sich selbst zu bemitleiden. Sie packte die letzten Kleinigkeiten ein, trug mit den anderen das Gepäck nach unten und wollte gerade noch einmal hochlaufen, um sicherzugehen, dass sie nichts vergessen hatte, als auch schon Alastair um die Ecke kam. Dieses Mal parkte er nicht vor dem Haus, sondern in einer Seitenstraße. Die kleine Gruppe musste den Weg mehrfach gehen, um ihr Gepäck in dem schwarz gestrichenen Gefährt unterbringen zu können. Das Kleid, das sie beim ersten Auftritt getragen hatte, war nicht dabei. Es war warm und unbequem gewesen. Stattdessen hatte sie noch einmal die freundliche Verkäuferin besucht und sich ihr anvertraut. Am Ende war sie mit weiteren Produkten der Designerin herausgekommen, die schon dieses wunderbare anthrazitfarbene Kleid entworfen hatte. Alva brannte darauf, sich Julen bei einer passenden Gelegenheit darin zu präsentieren. Im Augenblick lag es aber noch ordentlich gefaltet in ihrer Reisetasche.

Sie fragte sich, wo er blieb. Inzwischen war alles erledigt: Die Wohnungstür doppelt abgeschlossen, die Kaffeemaschine ausgeknipst und das letzte Mal alle Fenster kontrolliert.

»Eigentlich ist das überflüssig«, meinte Chris, »ich glaube, alles, was man uns klauen könnte, haben wir in den Bus geschleppt.«

»Nicht ganz. Mein Cello durfte ich ja nicht mitnehmen.«

»Wo hättest du das auch unterbringen wollen?«

Tatsächlich war ihr Gefährt, so groß es anfangs auch gewirkt hatte, nun mit Instrumenten, Technik und ihren Taschen vollgestopft. Unter den Bänken entdeckte sie noch Getränkekisten und Kartons mit Proviant.

»Ihr glaubt wohl, dass es auf dem Kontinent nichts zu essen gibt.« Alva ließ sich auf eine der Sitzbänke fallen, während Chris die schmale Treppe nach oben stieg und sich dabei an beiden Seiten festhalten musste, weil der Bus in den Kurven ziemlich schwankte.

Sie dachte an das Telefonat mit ihren Eltern zurück. Alva mochte keine Konfrontationen und hatte bis vorgestern damit gewartet, die beiden über ihre Pläne zu informieren. Zuerst hatte sie aber im Club angerufen und ihren Job gekündigt. Richard war selbst am Telefon gewesen und hatte nicht besonders überrascht reagiert. Er hatte ihr sogar noch viel Glück gewünscht und angeboten, dass sie nach ihrer Rückkehr wieder im *Amnesia* arbeiten könne. »Falls du dann keine anderen Pläne haben solltest.« Dabei hatte er merkwürdig gelacht.

Alva war froh gewesen, dass er die Sache so locker nahm, und hatte nicht noch nachgefragt, was er damit meinte. Der Mann war ihr ohnehin ziemlich unheimlich.

Nachdem dieses Gespräch erstaunlich gut verlaufen war, hatte sie die Nummer ihrer Eltern gewählt. Erstaunlicherweise war Brigitta recht locker geblieben und hatte das Telefon bald an Alvas Dad weitergereicht.

»Wie kommst du nur auf diese Schnapsidee?« Seine Reaktion war eine echte Überraschung für Alva. Er hörte gar nicht auf, die Gefahren einer Europareise zu beschwören.

Den Tränen nahe unterbrach sie ihn schließlich. »Aber Papa, Tom ist doch dabei! Er passt schon auf mich auf.« *Außerdem bin ich erwachsen.* Wann würden ihre Eltern das endlich begreifen?

»Ich dachte, du wolltest dir in der Stadt einen ordentlichen Job suchen. Stattdessen gondelst du mit diesem Hallodri durch die Weltgeschichte.«

Im Hintergrund war Protest zu hören, und es raschelte im Hörer, als hielte ihr Vater das Mundstück zu. Plötzlich war er wieder da. »Also gut. Du solltest sie zwar erst zum Geburtstag bekommen, aber nun müssen wir sie dir eben jetzt schon geben.«

»Ja?«, fragte Alva unsicher. Sie hatte keine Ahnung, wovon er sprach.

»Du bekommst eine Kreditkarte von uns. Wenn etwas passiert, dann fährst du sofort nach Hause, egal was dein Bruder sagt. Ist das klar?!« Seine Stimme klang merkwürdig, als er hinzufügte: »Pass gut auf dich auf!« Dann war Brigitta wieder am Telefon und versprach, die Karte per Kurier zu schicken. »Morgen Mittag ist sie da. Und tu mir einen Gefallen: Schick uns wenigstens regelmäßig eine SMS.«

»Jeden Tag!«, hörte sie die Stimme ihres Vaters aus dem Hintergrund.

»Hast du gehört?« Brigitta sprach jetzt sehr leise. »Bitte versuch, es nicht zu vergessen, dein Vater dreht sonst womöglich noch durch und reist euch hinterher!«

Alva glaubte ihr sofort und versprach hoch und heilig, sich täglich zu melden. Mit einem erleichterten Seufzer legte sie schließlich auf. Was hätten ihre Eltern wohl gesagt, wenn sie gewusst hätten, dass sie nicht einfach nur verreisen wollte, sondern mit einer Band auf Tournee gehen würde?

Verzerrte Stimmen und das Knacken eines Funkgeräts weckten Alva aus einem unruhigen Schlaf. Aufmerksam hörte sie nun zu, wie Alastair zum dritten Mal geduldig erklärte, dass ihr Bus keineswegs zu hoch war.

»Wenn ich es doch sage! Mein Baby ist eine Spezialanfertigung, will das nicht in deinen Fischkopp rein?«

Wie erwartet reagierte der auf diese Weise Angesprochene nicht gerade freundlich auf diese Beleidigung. Alva, die als Einzige mitbekommen hatte, worüber die beiden stritten, fand, dass es jetzt Zeit war, sich einzumischen. »Warum zeigst du ihm nicht einfach deine Papiere?«

Alastair wies mit dem Daumen nach draußen, und nun sah sie, dass der Mann die Fahrzeugpapiere bereits in der Hand hielt. Allerdings verkehrt herum. Und weil er dabei ein bisschen wie ein Bär aussah, der sich irgendwo eine reflektierende gelbe Sicherheitsweste besorgt hatte, tat er ihr nun beinahe leid.

Tapfer schluckte sie das aufquellende Kichern hinunter, schenkte ihm stattdessen ein strahlendes Lächeln und versuchte es anders. »Dieses Brett, das dort hängt, das soll doch die maximale Höhe anzeigen. Oder irre ich mich?« Sicherheitshalber zeigte sie in die Richtung und wartete ab, bis er den Kopf gedreht und bedächtig genickt hatte. »Wenn wir darunter durchfahren, ohne es zu berühren, dann passen wir auch in die Fähre.« Die ungewöhnliche Wärme, die sie dabei in ihre Stimme legte, brachte ihr einen überraschten Seitenblick von Alastair ein, über dessen Schoß sie sich gebeugt hatte, um den Einweiser dort draußen besser sehen zu können.

Es funktionierte. Der Bär reichte die Papiere durch das Fenster zurück. »Dann fahren Sie mal vor, Sir!«

Während er neben dem Bus herging, fragte Alva leise: »Passen wir da wirklich durch?«

Alastair grinste. »Beim letzten Mal hat es jedenfalls erstklassig funktioniert und da hatte ich deutlich weniger Gepäck an Bord. Siehst du? Kein Problem.«

Der Mann betrachtete Alastair zwar unzufrieden, aber er machte keinerlei Anstalten mehr, sie aufzuhalten. »Gute Reise, Miss!« Er tippte an seine Mütze, als wolle er vor ihr salutieren, und wandte sich dann dem nächsten Fahrzeug zu.

Auf ihrer Erkundungstour über die Fähre, die sie unternahmen, nachdem sie ihre Kabinen bezogen hatten, begegnete ihnen die Crew der *Midnight Fairytales*. Tally war nicht dabei. Sie hatte sich sofort in ihre Kabine zurückgezogen, und niemand schien sie zu vermissen. Im Laufe des Abends wurde immer deutlicher, dass es den Musikern der *Fairytales* an Loyalität fehlte.

Alva staunte nicht schlecht, als sie erfuhr, dass Tally jeden Einzelnen von ihnen sorgfältig ausgewählt hatte. Ihre Vorstellung von ein paar Freunden, die gemeinsam Musik machten und eher zufällig einen Hit gelandet hatten, stellte sich als hoffnungslos romantisch heraus. Der Erfolg der *Midnight Fairytales* war von Anfang an geplant und mit viel Know-how und noch mehr Geld vorbereitet worden. »Wenn das Experiment nicht funktioniert«, sagte einer der Musiker, »dann suchen wir uns halt eine andere Band.«

»Einfach so?« Alva war verwirrt.

Er zuckte mit den Schultern. »Wir haben alle Erfahrung als Studiomusiker, und ein bisschen Promotion kann keinem von uns schaden. Außerdem ist eine Tour immer eine nette Abwechslung.«

Sie hätte schwören können, dass ein anderer brummte: »Das wird sich noch herausstellen, mit dieser Zicke!«

Während die *Jungs* bald loszogen, um sich die Zeit mit Computerspielen zu vertreiben, schlug Chris vor, die Einkaufspassage zu besuchen. Es war ihr anzumerken, dass sie sich bemühte, Alva aufzumuntern, die immer wieder sehnsüchtig in die Ferne blickte. Die Backgroundsängerinnen der *Fairytales*, darunter auch Mandy, schlossen sich ihnen an, und weil sie sich sogar für ihre ausfallenden Bemerkungen im Übungsraum entschuldigte, hatte Alva keinen guten Grund, sich ihr gegenüber länger ablehnend zu verhalten. Immerhin war das Glück eindeutig auf Alvas Seite – und ein bisschen tat Mandy ihr sogar leid. Bestimmt hatte auch sie ihre Qualitäten. Wenn sogar eine professionelle Bandleaderin wie Tally sie auf diese alles entscheidende Tour mitgenommen hatte, dann sollte Alva nicht daran zweifeln.

Der Andrang im Restaurant war groß, und sie wurde auserkoren, den Tisch am Fenster zu bewachen, während die anderen zum Buffet gingen.

»Salat und Burger, bitte sehr!« Mandy stellte das Tablett vor ihr ab und setzte sich neben sie. Auf so viel Nähe war Alva nicht vorbereitet und warf Chris einen fragenden Blick zu. Die zuckte nur mit den Schultern, als wolle sie sagen: *Das war es doch, was du bestellt hast, oder?*

Während des Essens beobachtete sie Mandy unauffällig. Ein wenig seltsam war es schon, dass sie ihre Rolle als Leadsängerin einfach aufgegeben hatte. Aber sie wirkte entspannt und schien immerhin zur Chefin der Background-Truppe ernannt worden zu sein.

Bald verabschiedeten sich die Frauen, um noch auf einen Drink an die Bar zu gehen. Zweifellos, um dort nach *Material* Ausschau zu halten. Alva war froh, sie loszuwerden, denn beim Essen hatte sich das Gespräch überwiegend um die Tricks gedreht, *passendes Männermaterial* zu erobern. Über Musik wurde dagegen kaum gesprochen, und sie begann allmählich zu glauben, dass die Mädchen diesen Job nur machten, um sich auf einer Bühne im rechten Licht zu präsentieren, damit ihnen eines Tages ein erfolgreicher Rockstar ins Netz ging. All das war Alva ganz gleich, und weil ihr die Mischung aus schwülem

Parfüm und Essensdünsten auf den Magen schlug, war sie froh, endlich auf eines der Außendecks gehen zu können, um sich den Wind um die Nase wehen zu lassen.

Sie liebte das Meer, auch wenn sie es bisher nur vom Ufer aus kannte, und freute sich auf den salzigen Nebel, der einen an der See früher oder später umhüllte. Nebeneinander lehnten sie sich über die Reling und blickten hinunter. Unter ihnen schien das Wasser in schwindelerregender Eile vorbeizurasen. Chris gefiel das offenbar. Alva heftete ihren Blick schnell wieder auf den Horizont, der aber dummerweise nun nicht mehr stillstehen wollte. Stattdessen hob und senkte er sich, als wäre die Welt dabei, aus den Angeln zu springen.

»Ist das nicht großartig?« Chris schrie gegen die tosende See an. Der Wind trug nur Wortfetzen zu Alva. Sie hatte sich die Überfahrt geruhsamer vorgestellt, wie eine Kreuzfahrt mit Deckspielen und Captain's Dinner. Es war das erste Mal, dass sie auf einem großen Schiff fuhr. Nicht groß genug allerdings, um die Sicherheit eines Ozeandampfers zu vermitteln. Als sie nun auch noch an das Schicksal der Titanic-Passagiere dachte, wurde ihr endgültig schlecht, obwohl weit und breit keine Eisberge zu sehen waren.

Fliegen, das stand jetzt schon fest, war für sie eindeutig die angenehmere Art zu reisen. Ihr Magen schien der gleichen Meinung zu sein. Als wolle er die rollenden Bewegungen der Fähre ausgleichen, hob und senkte er sich passend zum Horizont.

Alva wurde es zu viel. Sie ging ein paar Schritte zurück, schwankte unsicher und tastete deshalb Halt suchend nach dem Geländer, das an der kalten Stahlwand des Schiffes angebracht war. Ihre Knie schienen auf einmal aus dem gleichen Gummi zu sein wie ihr Magen.

»Du siehst ganz blass aus.« Chris war ihr gefolgt und fasste sie am Ellenbogen.

»Vielleicht war der Burger nicht in Ordnung«, flüsterte Alva. »Ich würde mich gern ein bisschen hinlegen.«

Chris lachte. »Es ist nicht dein Abendbrot, du bist seekrank! Komm, ich bring dich in die Kabine.«

Dort angekommen half sie ihr, sich hinzulegen, brachte ein paar Handtücher und einen Spuckbeutel aus dem Bad. »Für den Notfall! Aber vorher nimmst du das hier.« Damit legte sie Alva zwei Tabletten in die Hand und stellte ein Glas Wasser daneben.

Die Vorstellung, etwas hinunterschlucken zu müssen, war jedoch beinahe zu viel für Alva. *Gleich! Nur einmal kurz hinlegen.* Sie ließ sich nach hinten auf ihr Bett sinken.

»Ich hätte nie geglaubt, dass einem dermaßen elend sein kann«, sagte sie mit matter Stimme und schloss die Augen. Als Chris fragte, ob sie sie allein lassen könne, wedelte Alva kraftlos mit der Hand. Wenig später hörte sie am Klicken der Kabinentür, dass Chris gegangen war.

Als Julen mittags angerufen hatte, um ihr zu sagen, er hätte beruflich zu tun und würde erst später zu ihnen stoßen, war sie enttäuscht gewesen. Er hatte zwar versprochen, pünktlich zum Auftritt wieder da zu sein, doch sie hatte sich die gemeinsame Schiffsreise so romantisch vorgestellt.

Chris hatte ihr gestern noch mit einem wissenden Lächeln angeboten, bei den anderen zu übernachten und ihr die Zweibettkabine zu überlassen, die der Tourmanager freundlicherweise für die beiden Frauen gebucht hatte.

Alva war dieses Arrangement schrecklich peinlich gewesen, andererseits hatte sie sich auch schon darauf gefreut, einmal längere Zeit ungestört mit Julen verbringen zu können. Seit dem gestrigen Kuss machte sie sich nichts mehr vor. Sie hatte sich Hals über Kopf in ihn verliebt – und bei dem Gedanken, dass sie ihm womöglich auch nicht ganz gleichgültig war, beschleunigte sich ihr Puls. Leider war dies eine gänzlich unbekömmliche Reaktion, und sie schaffte es gerade noch rechtzeitig in das winzige Bad. Dort spuckte sie, bis ihr Körper nichts mehr hergab und der Würgereiz ein wenig nachließ. *Endlich!* Sie drehte sich zur Seite, um ihren Mund auszuspülen, da krampfte sich ihr Magen erneut zusammen. Fassungslos blickte sie auf das Blut im Waschbecken.

Geraume Zeit später schlich sie zu ihrem Bett zurück, stopfte sich gleich beide Tabletten in den Mund und spülte sie mit einem winzigen Schluck Wasser hinunter. Es dauerte noch eine ganze Weile, bis das Medikament wirkte, aber schließlich schlief sie doch ein.

Erst ein heftiges Zerren an ihrer Bettdecke weckte sie am nächsten Morgen. Chris hatte bereits die wenigen Habseligkeiten zusammengepackt, die Alva in die Kabine mitgebracht hatte, und drängte zum Aufbruch. Nicht einmal für eine Katzenwäsche blieb noch Zeit. Seite an Seite hetzten sie zum Transportdeck und kletterten genau in dem Moment in den Bus, als sich die Ladeklappe im Bug vor ihnen öffnete.

Alva ließ sich in den Sitz sinken und schloss die Augen. »Ich schwöre euch, das tue ich mir nicht noch einmal an!«

Die anderen lachten, doch als sie während der Fahrt vorsichtig die Augen einen Spalt öffnete, stellte sie fest, dass niemand von ihnen besonders gesund aussah. Womöglich hatten sie versucht, dem Seegang ein paar steife Drinks entgegenzusetzen. So oder so schien es jedenfalls fraglich, ob diese Truppe von Halbtoten in der Lage sein würde, noch an diesem Abend das mit musikalischen Highlights verwöhnte Amsterdamer Publikum zu beeindrucken.

Wenigstens Alastair wirkte frisch und versuchte, sie mit launigen Bemerkungen über die Fahrweise der Holländer zu unterhalten. Und dies stellte sich auch bald als geradezu überlebenswichtig heraus, denn einen doppelstöckigen Bus durch enge Straßen bis zum Veranstaltungsort zu steuern, entpuppte sich schnell als eine echte Herausforderung.

Die Roadies der *Midnight Fairytales* hatten bereits mit dem Aufbau begonnen, als Alastair den Bus endlich im Schatten parkte. Tom und Stefan waren immerhin fit genug, um mit ihm zusammen auszusteigen und die Halle zu inspizieren. »Ihr seht aus wie Shit, Mädels. Legt euch oben hin, wir machen das schon!«, sagte Tom gönnerhaft.

Stefan grinste. »Klar, gutes Aussehen ist alles.«

Chris warf eine leere Plastikflasche nach ihm, traf aber nur noch die sich schließende Tür. »Idiot!«, murmelte sie und stemmte sich aus ihrem Sitz. »Hast du Hunger?«

Alva widerstand dem Reflex, die Augen zu verdrehen. Keine gute Idee nach ihrer Übelkeit. Und außerdem war ihr immer noch schwindelig.

»Ich könnte ein ganzes Schaf aufessen!«, verkündete ihre Freundin und drückte den Knopf, um die Tür wieder zu entriegeln. »Bist du sicher, dass ich dir nichts mitbringen soll?«

Alva winkte nur ab und schloss die Tür hinter ihr. Vorsichtig stieg sie die Treppe nach oben, wo sie sich auf die Liegefläche im hinteren Teil des Busses sinken ließ. Normalerweise sollten sie während der Tour in kleinen Hotels oder Pensionen übernachten, hatte der Tourmanager versprochen. Trotzdem war es eine gute Sache, für solche Notfälle wie diesen sein eigenes Bett dabeizuhaben.

Alva vergrub ihre Nase in einem frisch bezogenen Kissen und versuchte, wie jedes Mal vor dem Einschlafen, die ideale Liegeposition zu finden. Nachdem sie sich erfolglos hin und her gewälzt hatte, stand sie wieder auf, um ihre Jacke auszuziehen. Trotz der Schutzfolien, die an den Scheiben angebracht waren, fand sie es hier oben ziemlich warm. Die Jacke flog aufs Geländer, und weil ihr die Luft ungewöhnlich stickig vorkam, öffnete sie eines der schmalen Schiebefenster.

Danach folgte der zweite Versuch, Schlaf zu finden. Doch so einfach war das nicht. Schäfchen mochte sie nach Chris' Bemerkung nicht mehr zählen, funktioniert hatte das ohnehin noch nie. Drehte sie sich nach rechts, hatte sie die Treppe im Rücken, was ihr so allein im Bus irgendwie unangenehm war. Was denn, wenn sich jemand Zugang verschaffte und zu ihr heraufkäme? Weglaufen war ohnehin nicht drin, aber zumindest hätte sie einem Eindringling doch ins Auge sehen können. Auf der linken Seite lag Alva andererseits nicht gern; besonders jetzt, da es ihr nicht gut ging, machte sie das Rauschen ihres Herzens ganz nervös. Sie schob die Decke beiseite und setzte sich auf. Irgendetwas hatte ihr gegen die Rippen gedrückt, und nach ein bisschen Herumtasten hielt sie das Döschen mit den Tabletten gegen Seekrankheit in der Hand. Der Deckel war dummerweise verschwunden, aber sie fand zwei Pillen zwischen den Falten des Lakens, steckte sie in den Mund und spülte mit einem großen Schluck Wasser nach. Wenige Minuten später war sie eingeschlafen.

Der Schrei hätte jedem anderen das Blut in den Adern gefrieren lassen. Julen sprang auf. Ihm war sofort klar, dass sich Alva in Gefahr befand. Jetzt hätte er in ihrer Nähe sein müssen, anstatt hier in der Bibliothek der Statthalterin zu sitzen und vor dem gemütlichen Kaminfeuer in einer Erstausgabe von Oscar Wildes bekanntestem Bühnenstück zu lesen, um die Zeit bis zum Nachmittag zu überbrücken.

Dann nämlich sollte ihn eine Limousine zum City-Flughafen bringen, wo eine Maschine bereitstünde, um ihn über den Ärmelkanal zu fliegen, sodass er noch rechtzeitig vor Konzertbeginn wieder zurück bei Alva wäre. Zum Glück hatte er bei der Statthalterin ohnehin noch etwas gut. Außerdem waren sie schon sehr lange befreundet, und die Vampirin konnte sehr großzügig sein, wenn sie wollte.

Das Flugzeug zu nehmen war ihre Idee gewesen, denn auch sie fand, dass Julen das Schicksal nicht herausfordern sollte. »Eines Tages wirst du vielleicht darauf angewiesen sein, sicher durch die Zwischenwelt zu gehen. Dann bereust du es, deine Freifahrtscheine bereits verbraucht zu haben.«

Der Vergleich hatte ihm gefallen, und ihr Angebot nahm er gern an.

Nun hob die Statthalterin den Kopf, klappte ihr eigenes Buch zu und sah zu ihm auf. In ihrem Gesicht war eine gewisse Neugier zu lesen, sie tadelte ihn mit mildem Spott. »Was auch immer gerade in deinem Kopf herumspukt. Es gibt keinen Grund, derart lästerlich zu fluchen, mein Lieber.«

Angestrengt lauschte er in die Ferne, die der Raum nicht bot, und die sich nur in seinen Gedanken befand. Sein Stöhnen war dabei nicht beabsichtigt.

»Julen!« Mit einer Geschwindigkeit, die das menschliche Auge getäuscht hätte, war sie aufgestanden und legte nun ihre Hand auf seine Schulter. »Was ist passiert? Gibt es Probleme mit deinem Schützling?«

Er hatte ihr in groben Zügen erzählt, woraus seine Aufgabe bestand. Die Vampirin, die seit Jahrzehnten Herrin über London war, genoss das volle Vertrauen der Causantín-Brüder, von denen der eine, Kieran, nun sein Chef war und der andere ihm vor nicht allzu langer Zeit die Frau weggeschnappt hatte. Die Hand auf seiner Schulter gab ihm die notwendige Ruhe, und ungefragt schenkte ihm die Statthalterin Zugang zu ihren Kräften, sodass er der schnell erkaltenden Spur, die Alvas Hilferuf hinterlassen hatte, kraft seiner Gedanken folgen konnte.

Jemand war in ihre Träume eingedrungen. Die *weißen Träume*, so hatte sie ihre nächtlichen Schrecken genannt, die sich aber offenbar an keine Tageszeit hielten. Was er nun miterlebte, kam weitaus bedrohlicher daher als ihre kurze Panikattacke vor dem ersten Konzert. Doch mit dem bevorstehenden Auftritt, da war er sicher, hatte es nichts zu tun.

Kein Wunder, dass sie sich davor fürchtete. Deutlich nahm er eine fremde Macht wahr, die sich bisher jedoch damit begnügte, Alva zu beobachten. Weil er keinerlei Anzeichen für einen direkten Angriff erkennen konnte, zog er sich schließlich behutsam zurück, ohne selbst erkannt worden zu sein.

Um blindlings angreifen zu können, wusste er zu wenig über seinen Gegner. Julen verfluchte die Situation, aber vorerst waren ihm die Hände gebunden, und solange Alva sich nicht in größerer Gefahr befand, zögerte er, alle Karten auszuspielen.

Dann kam ihm eine Idee. Er zog sein Handy hervor und wählte ihre Nummer. Als das Freizeichen zum zweiten Mal erklang, trommelte er bereits nervös mit den Fingern auf den Türrahmen.

»Hallo?« Ihre Stimme klang so süß und verschlafen, dass er unweigerlich lächeln musste.

»Ist alles in Ordnung?«

»Woher …? Oh, egal. Ich war seekrank, aber wir sind schon angekommen, und jetzt ruhe ich mich noch ein bisschen aus, bevor ich zum Soundcheck gehe.«

»Gut, dann ist ja alles in Ordnung.« Julen war unglaublich erleichtert. »Bis später.«

»Ja …« Sie war schon wieder eingeschlafen.

Selbstverständlich hätte er alles riskiert, um Alva zu beschützen. Aber was auch immer sie bedrohte, es war noch nicht bereit zuzuschlagen. Dieses magische Wesen war anders als alles, was er jemals zuvor erlebt hatte, und trotzdem hätte er seine

Hand dafür ins Feuer gelegt, dass es der jungen Fee vorerst nicht schaden wollte. Vielmehr kam es ihm vor, als hätte er in der eisigen Weite ihrer *weißen Träume* einen Nebenbuhler um ihre Gunst getroffen.

Während sie gemeinsam auf den Sonnenuntergang warteten, bestätigte die Statthalterin seinen Eindruck, ohne es zu wissen. »Hast du vielleicht was mit der Kleinen angefangen?« Sie musste etwas von dem mitbekommen haben, was er in Alvas *weißer Welt* gespürt hatte. Seine Gedankenwelt mochte er sicher vor dem Zugriff anderer verborgen halten, wenn es aber um seine Gefühle für Alva ging, gelang ihm dies leider nicht ganz so gut. Anderen war es ähnlich ergangen, sobald sie ihre Seelengefährten gefunden hatten. Rasch schob er diesen Gedanken beiseite. Sein Gesicht blieb undurchdringlich. »Was denkst du denn? Sie ist schließlich mein Job.«

»Nimm es mir nicht übel, aber ich bin mir nicht sicher, ob du da immer unterscheiden kannst.« Sie erwartete zum Glück keine Antwort und sprach weiter: »Was war denn gerade los?«

Mit wenigen Worten schilderte er sein Erlebnis. »Hast du eine Ahnung, was da vor sich geht?«

Sie schüttelte bedauernd den Kopf. »So etwas habe noch niemals erlebt. Wie auch immer, dieser Typ scheint es nicht auf das Leben deines Schützlings abgesehen zu haben. Ein Nebenbuhler vielleicht?« Ratlos sah sie ihn an.

Gedankenverloren nahm Julen einen weiteren Schluck von dem Blut, das ihm seine Gastgeberin nach dem Zwischenfall serviert hatte. Es war von außerordentlicher Qualität.

Bevor er sich für ihre großzügige Gabe bedanken konnte, hob sie die Hand. »Nicht der Rede wert!«

Natürlich war der Schnitt längst nicht mehr zu sehen, mit dem sie ihre Adern geöffnet hatte, um ihre Kraft und Energie mit ihm zu teilen. Das Blut der mächtigen Vampirin würde ihn für längere Zeit zusätzlich stärken.

Seine Gedanken kreisten pausenlos um Alva. Am liebsten hätte er sie noch einmal angerufen, doch er konnte spüren, dass sie nun tief und traumlos schlief. Als sich die Statthalterin kurz darauf wortlos zurückzog, bemerkte er es kaum. Je länger er darüber nachdachte, desto weniger glaubte er, dass sein Interesse an Alva einen Konkurrenten herausgefordert hatte. Jeder Mann hätte den Nebenbuhler und nicht die Frau angegriffen, um die er sich bemühte. Zudem gab es diese *weißen Träume* in ihrem Leben schon weit länger als ihn selbst.

Endlich berührte die Sonne den Horizont und Julen öffnete nun doch ein Portal, um Schneller bei Alva zu sein.

Die Szene, die sich ihm am Ziel seiner Reise präsentierte, erschreckte ihn. Vor der geöffneten Tür des Busses stand eine Gruppe junger Leute, in der Mitte der Tourmanager, der daran zu erkennen war, dass er wild gestikulierend für Ruhe zu sorgen versuchte.

Julen trat aus den Schatten, die seine Ankunft verschleiert hatten, und bahnte sich einen Weg durch die Gruppe. Jemand versuchte, ihn am Arm festzuhalten, und Alastair sagte erleichtert seinen Namen. Aber all dies kümmerte ihn nicht. Mit langen Schritten stürmte er die schmale Treppe hinauf. Chris blickte zu ihm her – und für einen Augenblick glaubte er, Erleichterung in ihrem Gesicht zu sehen.

Das hielt allerdings nur so lange vor, bis er nicht besonders freundlich fragte: »Was ist hier los?«

»Das siehst du doch selbst!« Sie hielt ihm ein Medikamentendöschen entgegen. »Das lag neben dem Bett. Alva hat versucht, sich umzubringen.« Dabei klang sie so vorwurfsvoll, als glaube sie, Julen hätte Alva das Gift selbst eingeflößt.

Er griff nach dem Töpfchen und las die Beschreibung. »Mit einem Mittel gegen Seekrankheit?«

»Na ja, wenn man zu viel davon nimmt … gestern war es noch fast voll.«

»Hat sie das Zeug von dir?« Julen erwartete keine Antwort. Er beugte sich über Alva, die an Schneewittchen erinnerte, so regungslos lag sie da. Anders als die Schöne aus dem Märchen atmete sie jedoch ruhig und gleichmäßig.

Erleichtert öffnete er seine Sinne. Ihr Schlaf war tatsächlich ungewöhnlich tief, wie nach einer großen emotionalen Anstrengung. Vielleicht war dies des Rätsels Lösung. Weil sie kaum nach dem Medikament roch, das Chris ihm vorwurfsvoll unter die Nase gehalten hatte, glaubte er auch nicht, dass sie mehr als eine oder zwei Tabletten davon genommen hatte. Trotzdem musste irgendetwas geschehen, um sie aus den Fängen eines möglicherweise gefährlichen Schlafs zu befreien.

Er hatte eine Idee, aber dafür brauchte er keine Zeugen. Während er sanft über Alvas Wange strich, spürte er deutlich Chris' Blick im Nacken, die jede seiner Bewegungen argwöhnisch verfolgte.

Ihm wurde klar, dass er Alvas Freundin nicht loswerden würde. »Könntest du«, fragte er deshalb besonders freundlich, »frisches Wasser und ein feuchtes Tuch besorgen?«

Es war ihr anzusehen, dass sie ihn nicht mit der Schlafenden allein lassen wollte.

Seine Frage hatte er mit einem gedanklichen Schubs verbunden, und wie in den meisten Fällen zeigte dieser kleine Trick auch jetzt seine Wirkung. Chris drehte sich abrupt um und lief die Stufen hinab. »Ich bin gleich wieder da!«

Dieses Versprechen hatte eher wie eine Drohung geklungen, ihm blieb also bloß wenig Zeit zu handeln. Seine Reißzähne bahnten sich ihren Weg, und mit einer schnellen Bewegung öffnete er die Ader in seinem Unterarm, presste die sich schnell schließende Wunde auf Alvas Mund und ließ ein halbes Dutzend Tropfen über ihre Lippen perlen, bevor die Quelle wieder versiegte.

Ihre Augenlider flatterten, dann sah sie ihn an. »Danke!« Ihre Stimme klang schwach, doch das Vampirblut hatte den Kampf gegen die Erschöpfung bereits aufgenommen. Schnell wurde ihr Blick klarer.

»Er hat mich umkreist. Wie eine Raubkatze ist er immer näher geschlichen. Ich hatte solche Angst!« Weinend fiel sie ihm um den Hals.

Zwischen einzelnen Schluchzern glaubte er herauszuhören, dass sie ahnte, von wem sie aus diesem – für seinen Geschmack viel zu realistisch klingenden – Albtraum gerettet worden war.

»Kannst du dich erinnern, ob es der Gleiche war wie die anderen Male auch?« Behutsam löste er ihre verkrampften Finger von seinem Mantel.

Sie wischte sich mit dem Handrücken über die Nase und schniefte. »Entschuldige. Hast du vielleicht ein Taschentuch?«

Julen hatte in der Tat eines zu Hand und reichte es ihr. Diese Geste hatte ihn bei einem älteren Vampir einmal ebenso beeindruckt wie die damalige Empfängerin dieser Galanterie. Er hatte nicht damit gerechnet, so schnell in die Verlegenheit zu kommen, einer weinenden jungen Frau auf diese Weise aus der Verlegenheit helfen zu müssen, war nun aber froh, für diesen Fall so gut ausgestattet zu sein.

Interessiert beobachtete er, wie sich Alva die Tränen aus den Augenwinkeln tupfte und sich anschließend kräftig in das Tuch schnäuzte. Er hatte seit seiner Transformation vor vielen Jahrzehnten keinen Schnupfen mehr gehabt.

Und ich bin auch nicht scharf drauf, so etwas jemals wieder zu erleben!, dachte er angesichts ihres hoffnungslosen

Versuchs, trotz der weiterhin tränenden Augen die Würde zu bewahren.

Irgendwann musste ihr sein eigenartiges Interesse aufgefallen sein. »Kannst du nicht mal wegsehen? Es ist auch ohne Publikum schon ziemlich peinlich. Das gilt übrigens auch für dich, Chris.«

Julen hatte die Fee kommen hören und war nun dankbar, das Feld räumen zu können. Er erhob sich und blieb leicht gebeugt stehen; er war zu groß, um hier in der oberen Etage aufrecht stehen zu können. Chris hatte dieses Problem nicht, sie schob sich an ihm vorbei zu Alva. »Warum hast du das bloß gemacht?«

»Was meinst du?«

»Sie glaubt, du hättest eine ganze Packung von diesen Tabletten genommen.« Julen hob die runde Plastikdose.

Ihr Lachen klang zwar noch ein wenig zittrig, aber es war bereits stark genug, um seine Seele zu berühren. »Denkst du das etwa auch? Der Deckel muss irgendwie abgegangen sein. Fass mal in meine Jackentasche, bestimmt sind die restlichen Pillen da drin.«

Julen nahm die Jacke vom Geländer und griff hinein. Tatsächlich konnte er sofort eine große Menge winziger Kügelchen mit den Fingerspitzen erfühlen. Er nickte zur Bestätigung, und Chris gab einen erleichterten Laut von sich.

»Na, dann werde ich die gute Nachricht mal besser gleich verkünden. Du singst doch, oder?«

»Natürlich!«

»Dann seh ich dich später!« Chris lief die Treppe hinunter, und Julen konnte sich des Eindrucks nicht erwehren, dass sie ganz froh war, die weitere Betreuung ihm zu überlassen.

»Was war denn los?«, wandte er sich an Alva.

»Ich habe schlecht geträumt. Kein Wunder, nachdem ich mir auf der Fähre beinahe die Seele aus dem Leib gekotzt habe.«

»Wovon hast du geträumt?«

Aufgeregt zupfte sie mit Zeigefinger und Daumen an ihrer Nasenwurzel. »Ich kann mich nicht erinnern. Ach, verdammt! Es ist immer das Gleiche.«

Als erwarte sie eine Antwort von ihm, sah sie zu Julen auf. Und er konnte es kaum mit ansehen, wie erneut Tränen in ihre Augen schossen. Hilflos strich er mit dem Handrücken über ihre linke Wange, bis ein großer Tropfen auf seinem Zeigefinger landete. Und während er die nachfolgenden Tränen fortküsste, nahm er sich vor, zukünftig mindestens zwei Taschentücher einzustecken.

Ein Räuspern, das eindeutig aus einer männlichen Kehle stammte, unterbrach seine wachsende Erregung. Es hätte nicht viel gefehlt, und Julen hätte seine wahre Natur durch ein bösartiges Fauchen verraten.

Der Tourmanager auf der Wendeltreppe zog unter seinem zweifellos mörderischen Blick schnell den Kopf ein. Offenbar besaß er ausgezeichnete Instinkte und ging sofort wieder ein paar Stufen hinunter. Dabei räusperte er sich erneut, dieses Mal wahrscheinlich auf der Suche nach einer einigermaßen stabilen Stimme, und stellte schließlich die Frage, die für ihn die wichtigste war: »Kannst du wirklich singen?«

Offenbar wollte er ganz sicher gehen und sich nicht auf Chris verlassen.

»Ja natürlich! Wie spät ist es eigentlich?«

Der Manager murmelte etwas, das sehr nach *verdammt spät* klang.

Alva sah auf die Uhr und stieß einen schrillen Schrei aus. »Oh mein Gott! Warum habt ihr mich nicht eher geweckt?« Von unten hörte man Chris' Stimme – und was sie auch zu sagen haben mochte, es klang nicht besonders freundlich.

»Ich muss mich umziehen. Und meine Haare! Was mache ich nur mit meinen Haaren? Hilfe!«

Es war Zeit einzugreifen, fand Julen. Das hier sah erschreckend nach einer aufziehenden Hysterie aus. Er kannte genügend Frauen, um zu wissen, dass er nicht helfen konnte. Eines konnte er allerdings doch tun. »Selbstverständlich wird sie singen, und je schneller ihr alle hier verschwindet, desto eher steht sie auf der Bühne.«

Eilige Schritte waren auf der Treppe zu hören und unten das Getrappel vieler Füße. Der Bus schwankte noch zweimal, dann war Ruhe.

Sie sahen sich an, und bevor Alva auch ihn rauswarf, hob Julen beschwichtigend die Hand. »Was ist auf dem Schiff passiert?« Er konnte sich täuschen, aber er hatte Gift in ihrem Blut gerochen, und dieser Verdacht war einfach zu wichtig, um die Sache auf sich beruhen zu lassen. Egal, ob sie jetzt in Stimmung für Gespräche war oder nicht.

»Ich habe etwas Falsches gegessen«, sagte Alva leise. »Ich verstehe nur nicht …«

»Was?« Seine Stimme hatte unbeabsichtigt scharf geklungen.

»Mandy hat genau das Gleiche gegessen wie ich. Aber sie scheint es gut vertragen zu haben.«

»Vielleicht eine Allergie oder die Kombination aus Essen und Seegang«, versuchte er sie zu beruhigen.

Dann spuckt man kein Blut. Schnell versuchte sie an etwas anderes zu denken, doch dafür war es schon zu spät. Laut sagte sie: »So wird es gewesen sein.«

Er machte sich Vorwürfe, sie aus den Augen gelassen zu haben. Also würde er der Sache nachgehen. »Wenn du etwas brauchst, ich bin in der Nähe. Ansonsten …« Er tippte vielsagend auf sein linkes Handgelenk, wo die meisten Menschen normalerweise ihre Armbanduhr trugen.

Vielleicht war es nicht ganz fair, sich vor ihren Augen in den Schatten zu verlieren. Doch er war ein Vampir, ein Dunkelelf, ein Vengador des Rates, und es gehörte nicht zu seinen Aufgaben, Abendveranstaltungen zu retten oder weinenden Mädchen seine nicht ganz preiswerten Taschentücher zu überreichen, die sie dann auch noch wie irgendein verdammtes Papierding zusammenknüllten und unter ihre Kopfkissen stopften. Nicht, dass er das kostbare Leinen in diesem tropfnassen Zustand gern zurückbekommen hätte. Andererseits, hätte er seinen Job ordentlich gemacht, wäre ihr auf dem Schiff nicht übel geworden, und sie hätte nicht schlafen müssen, also auch keinen ihrer unheimlichen Träume gehabt. *Was für ein Schwachsinn!* Fest stand nur eines: Er war ein lausiger Aufpasser.

Die anderen Musiker waren verschwunden, nur Tom und Chris warteten ungeduldig auf Alvas Erscheinen. Julen hielt sich im Schatten, konnte aber wenig Neues aus ihrem Gespräch erfahren.

Chris trat unruhig von einem Bein auf das andere. »Ich geh schon mal vor, aber du lässt sie nicht aus den Augen, hörst du? Und wenn sie in zehn Minuten nicht fertig ist, dann sag mir sofort Bescheid.«

»Wohin willst du?«

»Ich muss aufs Klo, wenn du es genau wissen willst«, rief sie über die Schulter zurück.

Toms Schmunzeln sah sie gar nicht mehr. »Aha, Miss Cool hat also auch Lampenfieber.« Er klang zufrieden.

Julen war für einen Augenblick unentschlossen. Sollte er hierbleiben und auf Alva warten oder die Gelegenheit nutzen, um mehr über die Ereignisse des Nachmittags zu erfahren? Ohne Zweifel ahnte Chris nach seinem plötzlichen Auftauchen, dass er nicht das war, was er zu sein vorgab. Schließlich entschied er sich dafür, der Fee zumindest zu sagen, dass er wusste, wer *sie* war.

Um einen Gegner wie Alvas Traum-Stalker bekämpfen zu können, brauchte er unter Umständen Verbündete. Ein kaltes Lächeln erschien auf seinen Lippen. Sollte Chris nicht freiwillig kooperieren, würde er keine Sekunde zögern, sie dazu zu zwingen … oder auszuschalten.

Soeben war sie in einer schmalen Gasse verschwunden, die zwischen zwei mehrstöckigen Fabrikgebäuden vermutlich zum Auftrittsort führte. Die Straßen waren hier oft sehr eng, das wusste Julen noch von früheren Besuchen, und es hätte ihn nicht überrascht festzustellen, dass der Bandbus ein gutes Stück weit entfernt vom Bühneneingang geparkt war.

Im Nu hatte er Chris überholt und lehnte nun mit verschränkten Armen vor ihr an der Backsteinmauer. Der erschrockene Laut, den sie von sich gab, weil er plötzlich vor statt hinter ihr war, bereitete ihm Genugtuung. Die Sorge um Alva hatte ihre Spuren auch bei Julen hinterlassen, von seiner sonst heiter wirkenden Ausstrahlung war in diesem Moment wenig zu spüren.

11

»Ich denke, du hast mir etwas zu sagen!« Julen hatte nicht vor, sich von Chris an der Nase herumführen zu lassen, und drang rücksichtslos in ihre Gedanken ein, noch bevor sie sich schützen konnte. Dass er auf den ersten Blick nichts Verdächtiges in ihrer Gedankenwelt vorfand, besänftigte ihn allerdings. Obwohl sie genau wusste, was er ihr antat, wies sie ihn nur sanft in seine Schranken und wehrte sich nicht gegen sein Eindringen.

Gut. Du wirst kooperieren. Seine eigenen Gedanken hielt er sorgfältig vor Chris verborgen, obwohl sie natürlich ebenfalls einen nicht ungeschickten Versuch machte, sich Zugang zu verschaffen.

Doch schließlich gab sie es auf. »Also gut, du hast gewonnen. Was willst du von mir?«

»Kannst du dir das nicht denken?« Julen war ein bisschen überrascht von ihrer Frage.

»Es ist wegen Alva, oder? Sie ist eine von uns.«

Der letzte Satz hatte unsicher geklungen, und Julen war sofort auf der Hut. »Spielst du mir hier was vor? Natürlich ist sie das. Und ich will wissen, was du mit der Sache zu tun hast.«

»Vielleicht verrätst du mir, was du meinst.« Und weniger angriffslustig fügte sie hinzu: »Ich habe mir wirklich Sorgen um sie gemacht.«

Das glaubte er ihr sogar. Trotzdem machte er einen drohenden Schritt auf Chris zu. »Wer ist dein Auftraggeber?«

»Auftraggeber?« Schritt für Schritt versuchte sie, den Abstand zwischen sich und Julen zu vergrößern.

Gleich würde sie sich umdrehen und wegrennen wollen. Seine Jagdlust war sofort geweckt. Blitzschnell ergriff er ihre Handgelenke und presste sie hart an die Mauer. »Du sagst mir jetzt sofort, wer dich beauftragt hat, in ihrer Nähe zu bleiben!«

Chris machte nicht den Fehler, ihm ins Gesicht zu sehen, was bewies, dass sie seine Überlegenheit anerkannte. Es beruhigte seine Instinkte ein wenig, dass sie sich so ruhig verhielt, wie es ihr in dieser gefährlichen Situation möglich war. Nur ihr galoppierendes Herz verriet ihre Aufregung. »Niemand«, flüsterte sie. »Ich verstehe nicht, was du von uns willst.«

»Hast du ihr das Gift gegeben?«

»Nein! Was für ein Gift?« Chris sah aus, als wollte sie ihm die Augen auskratzen, aber ihre Hände halfen ihr im Augenblick kaum weiter.

Er ließ sie nicht los. »Auf dem Schiff.«

»Nein, ich hab ihr nichts gegeben. Nur die Tabletten gegen Seekrankheit. Wann soll sie denn etwas Vergiftetes gegessen haben? Wir waren die ganze Zeit zusammen.« Aus großen Augen sah sie ihn an und gab jede Gegenwehr auf.

»Habt ihr irgendwo gegessen?«

»Natürlich. Im Restaurant, aber Mandy und noch eine Sängerin der *Fairytales* hatten das gleiche Essen wie Alva, und die beiden sind vollkommen gesund.«

Als könne er eine Lüge riechen, beugte er sich weiter zu ihr herab. Doch nichts wies darauf hin, dass sie die Unwahrheit sprach. Und noch eine Frage blieb ungeklärt: War es wirklich Zufall, dass sich Chris und Alva ausgerechnet jetzt begegneten? Julen fragte sich, ob es klug gewesen war, sie so übereilt zur Rede gestellt zu haben.

Natürlich, um die Wahrheit herauszufinden, war der Zeitpunkt exzellent gewählt. Ihre Aufregung machte sie zu einer besonders leichten Beute.

Wie die meisten Künstler litt Chris unter Lampenfieber. Wer mochte es ihr verdenken? Dieser Auftritt war besonders wichtig. Von einer guten Presse würde unter Umständen der weitere Erfolg der gesamten Tournee abhängen. Und ausgerechnet heute gab es Probleme mit einer Sängerin, die keiner von ihnen bisher besonders gut kannte, geschweige denn wirklich einschätzen konnte. Sie hatte das Publikum bei ihrem letzten Auftritt verzaubert, keine Frage, aber würde ihr das auch heute gelingen?

All diese Überlegungen las Julen, als er noch einmal tief in Chris' Gedanken eindrang. Von einer Mission oder dem Wunsch, Alva zu schaden, konnte er nichts entdecken. Im Gegenteil, sie schien über Alvas Erkrankung ehrlich besorgt zu sein. Die Fee, die bereits seit mehreren Generationen in der Welt der Sterblichen lebte, hegte eher freundschaftliche Gefühle für das *Küken*, wie sie Alva beinahe liebevoll nannte. Und noch etwas sah er: Christabella wusste erschreckend wenig über ihresgleichen. Sie ahnte nicht einmal, dass ihre neue Freundin eine Sirene sein könnte, auch wenn sie natürlich verstand, dass das Geheimnis ihrer Anziehungskraft in Alvas Stimme zu finden war.

Ihre Anstrengungen verstärkten sich, die zweifellos schmerzenden Handgelenke zu bewegen. Julen lockerte seinen Griff und nahm sofort eine subtile Veränderung in ihrem Duft war. Fast hätte er sie ganz losgelassen. Die Situation erregte sie!

Und auf einmal nahm auch er ihren warmen Körper deutlich wahr. Was im Grunde nicht weiter verwunderlich war, denn sie standen in dem schlecht beleuchteten Gang dicht aneinandergepresst, fast wie ein Liebespaar. Und das kleine Luder hielt nicht länger still, sondern provozierte ihn mit eindeutigen Bewegungen ihrer Hüfte. Der allgegenwärtige Hunger hob sein hässliches Haupt. Feenblut war für Vampire beinahe unwiderstehlich.

Doch was bezweckte sie mit ihrem Verhalten? Immerhin dürfte ihr sein Interesse an Alva nicht entgangen sein, und für eine echte Freundin, das hatte er bisher jedenfalls immer geglaubt, war es inakzeptabel, der anderen den Mann auszuspannen.

Auf Antworten würde er indes noch warten müssen. Schritte näherten sich, und Julen ließ Chris so schnell los, dass sie taumelte. Er berührte ihre Schulter, um sie zu stützen und vor einem Sturz zu bewahren. In diesem Augenblick bog Tally um die Ecke.

»Wie interessant!« Die Augen der Sängerin glitzerten. Hätte er es nicht besser gewusst, hätte Julen sie für ein Dämonenweib gehalten. Tally kam mit wiegenden Schritten näher, und wie sie dabei den Kopf schräg hielt, erinnerte an eine angriffslustige Kobra.

Was nicht ist, kann ja noch werden. Das Potenzial zu einer höllischen Karriere besaß sie ganz gewiss, und Luzifers Schergen waren immer auf der Suche nach gutem Personal.

Chris versteifte sich neben ihm. Deutlich konnte er spüren, dass auch sie wenig Sympathien für die Sängerin der *Midnight Fairytales* übrig hatte. »Was suchst du hier draußen? Musst du nicht schon längst in der Maske sein?«

Tallys Augen zogen sich für die Dauer eines Wimpernschlages zu schmalen Schlitzen zusammen, dann lachte sie ohne Heiterkeit. »Meine Liebe, was du hier siehst, ist alles natürliche Schönheit.« Provozierend glitten ihre langen Finger über den flachen Bauch hinab, bis die Fingerspitzen zwischen ihren Beinen lagen. Dabei ließ sie Julen keine Sekunde aus den Augen.

Er brauchte sie nicht erst zu lesen, um zu wissen, was sie dachte. *Was gibst du dich mit der da ab, wenn du mich haben kannst?*, signalisierte sie mit jeder Faser ihres attraktiven Körpers.

Noch appetitlicher war allerdings die seltene Blutgruppe, die in ihren Adern floss und die vollen Lippen rötete. Süß und schwer würde es schmecken. Ein exzellentes Dessert nach einer heißen Runde im Bett oder gleich hier an der Hauswand. Schnell und schmutzig. *Die Fantasie geht mit mir durch!*

Als ahne Tally seine Gedanken, beschleunigte sich ihr Atem.

Und wenn er sich nicht täuschte, dann drängte sich auch Chris in eindeutiger Absicht an ihn. Möglicherweise hätte er das Angebot der beiden vor nicht allzu langer Zeit tatsächlich angenommen. Dass sich diese Frauen hassten, hätte der Sache eine zusätzliche Würze gegeben.

Tally war die Erste, die erkannte, dass er heute nicht zum Spielen aufgelegt war. »Ich wollte mal nachsehen, ob unsere unpässliche Diva aufzutreten gedenkt«, erklärte sie beiläufig und verschränkte die Arme vor der Brust.

»Allerdings werde ich das. Und wenn dein Hintern den Durchgang nicht blockieren würde, dann könnte ich jetzt schon auf der Bühne stehen!« Alva war ganz plötzlich in seiner Nähe und berührte seine Hand wie zufällig.

Ob es Dankbarkeit für seine Hilfe war oder einfach nur der Wunsch, ihr Revier abzustecken, konnte Julen nicht sagen. Er hatte sie längst kommen hören; da Tally aber nur Augen für seine breiten Schultern zu haben schien, war ihr entgangen, dass ihre Konkurrentin hinter ihm aufgetaucht war. *Oder auch nicht!* Frauen würde er nie verstehen.

»Stand and Deliver! *Hände hoch!*« Nun kam auch noch Stefan um die Ecke, zog sich sein Halstuch über die Nase und gab eine filmreife Darstellung als Postkutschenräuber zum Besten. Anschließend klopfte er Julen mitfühlend auf die Schulter. »Na, mein Freund, bist du Wegelagerern in die Hände gefallen?«

Tally drehte sich auf dem Absatz um und rauschte davon.

»Immer noch ein bemerkenswerter Abgang, wenn man die

Höhe ihrer Absätze und den Zustand des schlecht gepflasterten Weges in Betracht zieht.« Er ließ ein meckerndes Lachen hören. »Geiler Hintern!«, fügte er hinzu und erntete einen Boxhieb von Alva dafür.

»Hey!« Stefan klang, als wollte er sich rechtfertigen, doch ein Blick in Julens Gesicht ließ ihn verstummen. »Schon gut!«

Chris kicherte und hakte sich bei Alva unter, als hätte sie nicht vor weniger als einer Minute noch selbst versucht, Julen zu verführen. »Sie ist eine Schlange, ihr werdet es noch erleben!«

Manche Dinge ändern sich nie, dachte Julen und hüllte die Gruppe mit seiner Magie ein, sodass sie unbehelligt den Bühneneingang erreichten.

»Von wegen Rockstars!«, murmelte Stefan mit gespielter Enttäuschung. »Kein Aas kennt uns hier. Das wird harte Arbeit, Mädels!«

Im Gebäude kam ihnen bereits der Tourmanager entgegen und drängte zur Eile. Als sich Alva unauffällig an ihm vorbeidrücken wollte, legte er kurz seine Hand auf ihren Arm. »Bist du wieder in Ordnung?«

Julen registrierte diese kleine Geste sehr wohl und auch den ehrlichen Tonfall, in dem die Frage gestellt worden war. Beides korrigierte die eher schlechte Meinung, die er bisher von Jon gehabt hatte. Er nickte dem Mann zu und begleitete Alva bis zur Bühne. Dort ergriff er ihre Hände und hielt sie fest. »Ich weiß, dass du das schaffst! Denk nur an deine Musik und nicht ans Publikum.«

»Seltsamer Rat.« Tom drängte sich als Letzter an ihm vorbei, die Zuschauer applaudierten höflich, und schon wenig später stimmten die Musiker den ersten Song an.

Alva verzichtete an diesem Abend auf ihre Begrüßungsrede, das zweite Lied erklang, und Julen verfolgte auf dem kleinen Schwarz-Weiß-Monitor hinter der Bühne gebannt jede ihrer

Bewegungen. Der Augenblick, als das Lampenfieber von ihr abfiel und sie ganz in die Musik abtauchte, fühlte sich selbst Backstage an, als träfen zwei Luftschichten aufeinander. Die Atmosphäre knisterte enorm, und er wäre nicht verwundert gewesen, hätte Zeus persönlich einen seiner Blitze herabgeschleudert.

Ob sich der griechische Göttervater noch in irdische Geschicke einmischte, wusste Julen nicht. Doch wenn er es täte, hätte eine Sirene durchaus zu seinem Hoheitsgebiet gehört. Insofern war er froh, dass da draußen nur eine begeisterte Menge und nichts anderes tobte.

»Sie ist der absolute Wahnsinn!« Neben ihm hatten sich Musiker der *Midnight Fairytales* eingefunden.

Wenngleich Julen diese Meinung teilte, so sagte er doch nichts dazu. Unauffällig verließ er seinen Beobachtungsposten, um in den Zuschauerraum zu gehen. Die Macht ihrer Magie ließ ihn beinahe in die Knie gehen, und während er sich eilig gegen diesen unerwarteten Angriff auf seine Sinne schützte, wurde ihm klar, dass sie, wie bereits beim Auftritt zuvor, die Herrschaft über ihre Kräfte verloren hatte.

Wie sollte sie auch etwas dosiert einsetzen können, von dem sie fast nichts verstand?

Alva! Seit gestern wusste Julen zwar, dass es durchaus möglich war, den Sirenenzauber zu beherrschen, in der tobenden Menge fehlte ihm dafür jedoch die Konzentration. Der Duft von Blut und Erregung stellte bereits eine ausreichend große Herausforderung dar. Also verließ er den Saal, um sich einen ruhigeren Platz zu suchen. Inzwischen drängten sich Mitarbeiter des Hauses, Roadies und Leute, die er noch nie zuvor gesehen hatte, am Bühnenzugang, um Alva besser sehen und hören zu können.

Schließlich fand er ein leer stehendes Büro, in dem praktischerweise ebenfalls ein Monitor aufgestellt war, mit dessen Hilfe man das Geschehen auf der Bühne beobachten konnte.

Alva sang nicht nur wie eine Göttin, sie hatte auch niemals zuvor hinreißender ausgesehen als in diesem Augenblick. Das dunkle Kleid umschmeichelte ihre Figur. Und die hohen Schuhe, in denen er sie heute zum ersten Mal sah, ließen sie wie ein Fohlen wirken, das noch ein bisschen staksig, aber schon sehr selbstbewusst über die Wiese sprang.

Alva!, versuchte er es noch einmal und drang, als sie nicht reagierte, rücksichtslos in ihre Gedanken ein. Dabei half ihm ausgerechnet ihre Stimme, die bis hierher auch ohne die kleinen Lautsprecher am Monitor zu hören war.

Was er da fand, raubte ihm beinahe den Atem. Sie war trunken von Euphorie und besessen von einem gefährlichen Hunger. Ihre Leidenschaft unterschied sich kaum von der mörderischen Blutlust seiner eigenen Art. Und obwohl er selbst am besten wusste, wie ungeheuer schwierig es war, der Versuchung zu widerstehen, erleichterte ihn diese Erkenntnis ungemein. Hier gab es etwas, womit er umzugehen verstand.

Systematisch arbeitete er sich durch die von Lust durchpulsten Wege und Passagen ihres Bewusstseins, angezogen von der Quelle ihrer außergewöhnlichen Magie. Das Licht, das er schließlich fand, war das Gegenstück zu seiner eigenen Dunkelheit. Einer Kristallkugel gleich, die sich auf einem Nebelbett über einer Fontäne aus sprudelndem Quellwasser drehte, präsentierte sich ihm Alvas magische Essenz. Die Kugel tanzte immer höher, in ihrem Inneren sah er die gefangenen Seelen, die sie benötigte, um die Flammen am Leben zu erhalten, die alles zu verschlingen drohten.

Instinktiv wusste er, was zu tun war. Julen webte ein Netz aus Schatten, das er in einem kurzen Moment des Innehaltens, als eines der Lieder verklungen war und die Musiker, die ihr ebenfalls machtlos ausgeliefert waren, noch nicht mit dem neuen Song begonnen hatten, über die kristallene Kugel warf. Auf dem

Monitor konnte er sehen, wie Alva strauchelte, als wollten ihre Fohlenbeine den Dienst verweigern.

Noch einmal rief er ihren Namen, und dieses Mal hörte sie ihn. *Ich bin bei dir, du brauchst keine Angst mehr zu haben!*

Angst? In seinem Kopf erklang ein schrilles Lachen. *Das war das Geilste, was ich bisher in meinem ganzen Leben erlebt habe. Gib es mir zurück!*

Dankbarkeit sah anders aus. Doch er verstand die rasende Wut, die aus der Enttäuschung geboren war. Diese Lust war wie ein Strudel aus Höllenfeuer, der den Unerfahrenen gnadenlos in die Tiefen der Verdammnis zog.

Das ist noch gar nichts gegen die Macht, die du haben wirst, wenn du lernst, den Drachen zu reiten, anstatt ihn zu töten! Er versprach, sie zu lehren, diese Kräfte zu beherrschen, mit ihr gemeinsam die Wellen der Magie emporzupeitschen und die Finessen wahrer Leidenschaft zu genießen.

Die geflüsterten Verheißungen verfehlten ihre Wirkung nicht. Das ungezähmte, hungrige Wesen, das von ihr Besitz ergriffen hatte, hob wie ein silberner Drache seinen fürchterlichen Kopf und blickte ihn erwartungsvoll an. »Später!«, flüsterte er und beobachtete voller Erleichterung, wie es sich allmählich in die Alva zurückverwandelte, die er liebte und die nun glücklicherweise mit ruhiger Hand zum Mikrofon griff und die letzten Lieder ihres Programms sang, ohne sich selbst oder andere ins Unglück zu stürzen.

Julen blieb in ihren Gedanken und hielt sein imaginäres Netz für den Fall bereit, dass er noch einmal würde eingreifen müssen. Zum Glück ging jedoch alles gut, und noch bevor der letzte Ton verklungen war, wartete er bereits hinter der Bühne auf sie.

Alva brachte tatsächlich noch die Kraft auf, sich beim Publikum zu bedanken. »Ihr seid toll! Ich liebe euch!«, rief sie und entfachte prompt einen neuen Begeisterungssturm, der aber nichts mehr mit der krankhaften Ergebenheit einer verhexten Menge zu tun hatte.

Stolz beobachtete Julen jede ihrer Bewegungen und hatte die Arme bereits ausgebreitet, als sie auf ihn zugelaufen kam.

Alva stürzte sich in seine Umarmung. »Bring mich hier raus! Bitte, bring mich fort von hier.«

Bevor einer der Sterblichen auch nur einen Atemzug tun konnte, hatte er ihr ihren Wunsch schon erfüllt. Julen trug seine verängstigte Fee in die kühle Nacht hinaus und auf das nächstgelegene Dach.

Dort oben breitete er seinen Mantel aus, ließ sich neben ihr darauf nieder und legte seinen Arm schützend um ihre Schultern. Am liebsten hätte er das wunderschöne Gesicht, dem auch die Erschöpfung nichts antun konnte, mit seinen Fingerspitzen und Lippen liebkost. Doch der Aufruhr in ihrer Seele war sogar dann noch zu spüren, als er ihr innerstes Refugium längst wieder verlassen hatte. Was sie jetzt brauchte, war ein Freund und kein erotisches Abenteuer.

Sie dankte es ihm mit einem wohligen Seufzer, als sie den Kopf an seine Schulter legte. Danach blieben sie lange wortlos nebeneinander sitzen. In der Ferne hörte er, wie die *Midnight Fairytales* zu spielen begannen. Tom kam aus dem Gebäude, rief ein- oder zweimal Alvas Namen – und die federleichten Berührungen von Feenmagie, die er schnell als zu Chris gehörend erkannte, erreichten sie. Sie machte sich große Sorgen, und wenn sie auch nicht verstand, was eigentlich geschehen war, so wusste sie doch, dass Alva die Situation während des Auftritts nicht im Griff gehabt hatte.

Sein Handy klingelte. *Chris.* Es war ihre Idee gewesen, dass sie alle vor der Abreise ihre Kontaktdaten untereinander austauschten, und Julen war keine gute Ausrede eingefallen, seine nicht herausgeben zu müssen. *Egal.* Nach diesem Job würde er jede Verbindung zu ihnen abbrechen, und wenn er mit etwas Magie nachhalf, dann hatten die Sterblichen und sogar Chris ihn bald vergessen. Er zog das Telefon aus der Tasche. »Ja?«

»Ist sie bei dir?« Ihre Stimme klang so gedämpft, als wolle sie nicht, dass Tom, der immer noch nach Alva suchte, sie hörte.

»Ja.«

»Kann ich mit ihr sprechen?«

»Nein.«

»Ich will wissen, wie es ihr geht!« Nun klang sie richtig wütend.

Er hörte sich schon genauso wie sein Mentor Kieran an, der auch selten ein Wort zu viel sprach und mit Informationen sparsam umging, bis Julen ihm manches Mal gern einen Faustschlag auf seine aristokratische Nase gegeben hätte, die er seines Erachtens ohnehin gelegentlich zu hoch trug. Er riss sich zusammen und bemühte sich, etwas Wärme in seine Stimme zu legen. »Alva ist erschöpft. Sie bleibt jetzt erst einmal bei mir, um sich auszuruhen. Wir sehen uns beim nächsten Auftritt.«

»Und wie soll ich das den anderen erklären?«

»Lass dir was einfallen.« Bevor er das Gespräch unterbrach, hörte er, wie sie scharf die Luft einsog. Zweifellos wollte sie genügend Atem haben, um ihm gleich nachdrücklich die Meinung zu sagen.

Stattdessen stand sie nun dort unten, das Handy noch an ihrem Ohr und sah sich suchend um. Drohend hob sie die Faust. »Bastard! Ich weiß ganz genau, dass du da irgendwo bist!«

Tom tauchte im Lichtkegel einer Laterne auf. »Hast du sie nicht mehr alle, oder was?« Trotz seiner unfreundlich klingenden Worte legte er eine Hand auf ihre Schulter. »Das ist typisch, so war sie schon immer: Verschwindet einfach, bis alle vor Sorge fast verrückt werden, und dann taucht sie plötzlich wieder auf und tut, als sei nichts gewesen. Komm, lass uns reingehen. Wir haben dem Manager der *Fairytales* eine Kiste Sekt aus dem Kreuz geleiert. Wenn wir uns nicht beeilen, haben die Roadies alles weggesoffen.«

Julen beobachtete zufrieden, wie die beiden in das Gebäude zurückkehrten. Er würde Chris bei ihrer unangenehmen Aufgabe unterstützen und den Tourmanager später anrufen, um ihn über seine Pläne zu informieren. Auf dessen Reaktion freute er sich nicht.

Alva blinzelte in die Dunkelheit. »Was ist da los? Waren das gerade Chris und Tom?«

Von dem Gespräch hatte sie natürlich nichts mitbekommen, und offenbar hatte sie auch noch nicht bemerkt, dass sie sich auf einem Hausdach befand. Julen nahm sie an die Hand und stand gemeinsam mit ihr auf. »Geht es dir besser?«

»Ich weiß nicht. Ja, ein bisschen.« Sie ließ seine Hand nicht los. »Ach Julen, ich bin total konfus. Was passiert mit mir, wenn ich singe?«

Er legte einen Finger auf ihre Lippen. »Ich möchte dir etwas zeigen. Vertraust du mir?« Ruhig ließ er ihre Musterung über sich ergehen. Je länger sie jedoch dauerte, desto angespannter wurde er. Es war nicht einfach nur eine Frage. Kaum hatte er sie ausgesprochen, erkannte er, wie wichtig ihre Antwort für ihn war.

»Ja!«

Als sie sich plötzlich auf die Zehenspitzen stellte und ihm einen scheuen Kuss gab, hätte er vor Erleichterung beinahe geseufzt. Eine beunruhigende Vorstellung. Vengadore seufzten nicht.

Um sich abzulenken, schlang er seine Arme um ihre Taille und atmete ihren Feenduft tief ein. *Ich werde dein Vertrauen niemals enttäuschen, so wahr mir die Götter helfen!*, schwor er lautlos.

»Schließ die Augen.« Als sie zögerte, hauchte er ihr ein *Bitte!* ins Ohr, umfasste sie fester und erhob sich mit ihr in die Nacht.

»Endlich mal ein guter Traum. Hoffentlich endet er nicht gleich wieder!« Alva sprach zu niemand Bestimmtem, nachdem sie durch die Luft geschwebt und schließlich wieder festen Boden unter den Füßen gespürt hatte. Wenn alle seine Umarmungen diese Wirkung auf sie hatten, würde sie dafür gern die Augen schließen, anstatt die faszinierenden Blautöne in seiner Iris zu bewundern, an denen sie sich nicht sattsehen konnte.

Aus Julens sicherer Umarmung entlassen, fühlte sie sich, als ob sie gerade etwas sehr Wertvolles verloren hätte.

»Komm, ich möchte dir was zeigen!« Seine Finger tasteten nach ihrer Hand, die er von da an ganz fest hielt.

Bereitwillig ließ sich Alva von ihm zu einer dunklen Tür führen, die er für sie öffnete. Ein langer Gang lag vor ihnen, und es war deutlich zu erkennen, dass er nicht zu der Halle gehörte, in der sie noch vor Kurzem auf der Bühne gestanden hatte.

Einen Pförtner hatte es dort auch nicht gegeben. Der Mann hier machte Anstalten, sie gleich wieder rauszuwerfen. Dann aber ging eine eigentümliche Wandlung in ihm vor, und er lächelte. Es sah aus, als sei er ein bisschen aus der Übung.

Julen schob sie weiter. Seite an Seite stiegen sie eine breite Treppe hinauf, deren ausgetretene Stufen von dem zeugten, was Alva bereits geahnt hatte: Dieses Haus war alt. Und es atmete. Zumindest fiel ihr keine andere Erklärung für das merkwürdige Gefühl ein, das sich mit jedem Schritt verstärkte.

Es roch nach Staub und Mottenpulver, nach Bohnerwachs und Schweiß. Nüchtern aufgezählt war das keine angenehme Kombination – und trotzdem hatte der Geruch etwas seltsam Einnehmendes. Alva fühlte sich wohl.

Die wenigen Menschen, denen sie begegneten, beachteten

sie kaum. In der nächsten Etage waren die Decken niedriger, die Gänge kaum beleuchtet. Schwach glimmende Notlichter trugen zu der eigenartig heimeligen Atmosphäre bei. Von irgendwoher erklang Musik.

»Ein Theater!« Es hätte keines Genies bedurft, um das herauszufinden. Die Schilder, die im Zwielicht glommen und *Ruhe!* forderten, die Musik, die ohne Zweifel live von einem klassischen Sinfonieorchester gespielt wurde, Tische, auf denen Requisiten lagen, und natürlich auch die besondere Atmosphäre – das war alles eindeutig.

Doch ihr blieb wenig Zeit, darüber nachzudenken. Julen zog sie zu einem anderen, weitaus schmuckloseren Treppenhaus. Immer weiter ging es hinauf, bis er vor einer Tür anhielt und ihr bedeutete, leise zu sein. Was nicht ganz einfach war, denn sie hatte Mühe gehabt, ihm zu folgen, und war nun etwas außer Atem. Er dagegen wirkte überhaupt nicht so, als sei er gerade vier Stockwerke im Eiltempo hinaufgelaufen.

Während sie ihm neugierig folgte, nahm sie sich vor, bald mal etwas für ihre Kondition zu tun. Überfahrt und Auftritt hatten sie erschreckend stark erschöpft. Am liebsten hätte sie sich auf den weichen, plüschigen Teppich gelegt, um die Schuhe abzustreifen und sich einen Augenblick ausruhen zu können. Daran war leider nicht zu denken; Julen hatte sie ins Vorderhaus des Theaters gelotst. So schlicht und schmucklos die Gänge eben noch gewesen waren, so prunkvoll präsentierten sie sich nun. Auch hier gab es nur gedämpftes Licht, aber die Türen, die zum Zuschauerraum führten, waren aus wertvollen Hölzern gefertigt und besaßen offenbar auch gut geölte Scharniere. Kein Laut war zu hören, als Julen eine davon öffnete und Alva durchschob. Hier im obersten Rang gab es keine Sitzplätze. Rechts von ihnen standen einige junge Leute am Geländer und sahen hinab. Einer hielt eine Partitur in den Händen, die er sich mit einer zierlichen Asiatin teilte. Beide wirkten sehr konzentriert.

Lautlos trat Alva ebenfalls an das Geländer und sah auf die Bühne hinab. Die Darsteller wirkten aus dieser Perspektive merkwürdig verzerrt, und natürlich hatten die Zuschauer im ersten Rang einen weit besseren Blick. Aber die Akustik war auch hier nicht schlecht. Sie freute sich, dass Julen ihre Vorliebe für alte Opernhäuser und Theater teilte. Jedenfalls schloss sie dies aus dem Lächeln, das auf seinen Lippen lag, als er nun neben sie ans Geländer trat. Aber warum er sie überhaupt hierher gebracht hatte, konnte sie nicht erraten.

Unten bewegten sich die Ereignisse auf einen Höhepunkt zu. Alva kannte diese Oper zwar nicht, sie war ohnehin kein ausgesprochener Fan klassischer Musik, aber als dort unten eine erstaunlich junge Frau zu singen begann, vergaß sie sofort alles andere um sich herum. Das Orchester klang mit einem Mal eindrucksvoller, und auch die Stimme des Mannes, mit dem sie ein Duett sang, gewann auf ganz eigentümliche Weise an Volumen.

Wenn sie ihre Eindrücke hätte zeichnen müssen, hätte sie den Noten wahrscheinlich Flügel geschenkt. Alva ließ sich von dem zauberhaften Gesang einhüllen.

Die Welt schien in Ordnung zu sein, sie selbst frei von Sorgen, ihre Ängste verflogen. Sie lehnte sich an Julen und genoss die Kraft und Wärme seines Körpers. So also fühlte sich vollkommener Friede an.

Tosender Applaus beendete schließlich ihre Glückseligkeit. Sie klatschte, bis ihre Handflächen brannten.

»Möchtest du sie kennenlernen?«

»Ist das denn möglich?«

Mit einem verschmitzten Lächeln schob er sie hinaus und deutete auf die unauffällige Tür, durch die sie vorhin gekommen waren. »Wenn wir uns beeilen, können wir in der Garderobe auf sie warten. Ich wette, sie hat noch viele Vorhänge, bis die Leute sie von der Bühne gehen lassen.«

Im Eiltempo liefen sie die Treppen hinab, und Julen verstand es irgendwie, sie durch die zahlreichen Menschen zu navigieren, die in den vorhin noch viel ruhigeren Gängen vor den Garderoben warteten und dabei aufgeregt durcheinander sprachen.

Fast lautlos waren dagegen ihre Schritte, als sie durch eine unscheinbare Tür traten und sich in vollkommener Dunkelheit wiederfanden, bis er einen Vorhang beiseiteschob. Dann sah sie einen riesigen, mit zahllosen Lämpchen beleuchteten Schminktisch, davor eine Ablage, die mit Tiegeln und Töpfen vollgestellt war, eine offene Puderdose, Schwämmchen und ein Glas, in dem Pinsel in den verschiedensten Größen steckten.

»Was tun Sie hier?« Die Frau drehte sich um, und Alva konnte ihr nicht verdenken, dass sie verärgert wirkte. Sie hatte auf einen Schwarz-Weiß-Monitor gesehen, als sie hereingekommen waren, und sich nach einer Melodie gewiegt, die trotz der ziemlich schlechten Lautsprecher in Alvas Ohren wunderbar klang. Sie wollte sich bereits entschuldigen, weil Julen keinerlei Anstalten dazu machte, doch da änderte sich das Gesicht der Fremden dramatisch.

Sie hatte auf den ersten Blick unscheinbar und in der schwarzen Kleidung blass und müde gewirkt, aber ihr Lächeln, das nun erschien, lies das alles vergessen. Plötzlich stand eine sprungbereite Amazone vor ihnen, deren prüfender Blick eindeutig Julen galt. »Du schon wieder!«

Unwillkürlich rückte Alva ein bisschen näher an ihn heran, und ihr Herzschlag verlangsamte sich erst wieder, als er ihre Hand beruhigend drückte.

»Liliana, du hast mir auch gefehlt.« In seiner Stimme lag eine besondere Wärme, als wäre er mit ihrer Reaktion zufrieden. »Ich will etwas mit ihr besprechen.«

»Nur zu!« Liliana machte eine ironische Handbewegung. Es war klar, dass sich außer ihnen niemand in der kleinen Künstlergarderobe befand.

»Es muss sein.« Er setzte sich auf ein abgewetztes Sofa und zog Alva neben sich.

»Das geht nicht!« Liliana sah sie wütend an. »Himero… ich meine, Florentine duldet nach ihren Auftritten niemanden in der Garderobe, das weißt du ganz genau!«

»Ja, ja. Ich weiß. Es sei denn, sie hat denjenigen selbst eingeladen.«

Alva wunderte sich ein wenig über die Verachtung, die sie in Julens Worten zu hören glaubte. Aber wichtiger erschien ihr noch die Information, dass er die Sängerin kannte. Sie konnte nichts dagegen tun, dass sie schon wieder einen Anflug von Eifersucht bekam. Erst Tally und sogar Chris, von der sie das nicht erwartet hätte, und nun war hier schon die Nächste. Gegen eine solche Frau, die nicht nur wunderschön aussah, sondern auch über eine einzigartige Begabung verfügte, war sie selbst doch nicht mehr als ein kleines graues Entchen.

Als hätte er wieder einmal ihre Gedanken gelesen, strich ihr Julen beruhigend über den Rücken, während er erstaunlich arrogant behauptete: »Dieser Besuch wird Florentine gefallen!«

»Was wird mir gefallen?« Der dunkle Vorhang öffnete sich, und die Sängerin trat ein.

Julen stand auf, Alva folgte seinem Beispiel eilig und bemühte sich, nicht allzu sehr zu starren: Aus der Nähe betrachtet sah die Frau noch schöner aus und trotz der starken Schminke vielleicht sogar jünger als Alva selbst. Hätte sie nicht gewusst, dass dies unmöglich war, hätte sie diese Florentine für keinen Tag älter als siebzehn Jahre, eher sogar noch jünger, geschätzt. Ihr Auftreten und natürlich die einzigartige Gesangsstimme bewiesen, dass sich die Götter nicht nur bei der Vergabe von Talent, sondern auch beim Verteilen von Schönheit und Jugend besonders großzügig gezeigt hatten.

»Mit dir hätte ich so schnell nicht wieder gerechnet.« Sie wandte sich an ihre Garderobiere. »Bitte sorg dafür, dass wir ungestört bleiben.«

Liliana wollte etwas erwidern, doch ein Blick der Sängerin genügte, und sie senkte wortlos den Kopf. »Sehr wohl, Signora.«

Lautes Stimmengewirr bewies kurz darauf, dass die Tür geöffnet worden war. Ein nicht allzu subtiles Krachen wies darauf hin, dass sie den Raum nicht gut gelaunt verlassen hatte. Sofort wurde es still.

»Ist sie das?« Florentine streckte den Arm aus, als wolle sie ihre Hand unter Alvas Kinn legen, um sie besser betrachten zu können.

Bevor sie sich dagegen verwahren konnte, schob sich Julen vor Alva, als müsse er sie schützen, und antwortete in einer fremden Sprache, die sich wie Schwedisch oder Norwegisch anhörte, aber gleichzeitig einen merkwürdig altertümlichen Eindruck machte. Florentine antwortete hitzig, und es dauerte nicht lange, da klang die Unterhaltung, als stritten sie über irgendetwas.

Alva wandte sich ab. Nur um etwas zu tun, sah sie auf den Monitor, der eine menschenleere Bühne zeigte. Dunkel gekleidete Männer tauchten auf und verschoben lautlos Kulissenteile. Den Ton schien inzwischen jemand abgeschaltet zu haben, und kurz darauf verschwand auch das Bild. Sie fühlte sich ziemlich unwohl in ihrer Haut und so überflüssig wie ein kleines Kind, über dessen Kopf hinweg die Erwachsenen über Dinge sprachen, die es nicht verstand.

»Also gut. Alva, nicht wahr?« Florentine hatte ein dunkles Timbre in ihrer Stimme, das Alva sie wider Willen anblicken ließ.

Darf ich jetzt wieder mitspielen?, dachte sie ärgerlich.

Du willst doch Antworten. Stiehl mir nicht die Zeit!

Alva zuckte zusammen. »Entschuldigung. Ich weiß gar nicht, wer Sie sind und warum Julen mich hierher geschleppt hat.«

»Dann ist ja alles klar. Einen schönen Abend wünsche ich euch noch.« Die Sängerin ließ sich auf einen Stuhl vor dem Spiegel fallen und zog Haarnadeln aus ihrer Frisur. »Schick Liliana zu mir!«, sagte sie, ohne sich noch einmal umzudrehen.

Sie waren entlassen. Hätten Julens Hände nicht auf ihren Schultern gelegen, wäre Alva sofort verschwunden. Er verhinderte jedoch, dass sie sich ihm entwand, und schob sie vorwärts, bis Alva genau hinter dem Stuhl der Diva stand. »Erzähl ihr von deinem Auftritt.«

»Das hat doch keinen Sinn. Wir stören hier nur.«

»Erzähl es ihr!«

Der Druck auf ihren Schultern verstärkte sich. »Also gut …« Anfangs stockend, aber im Laufe der Erzählung immer flüssiger berichtete sie von ihren beängstigenden Erfahrungen auf der Bühne. »Aber warum erzähle ich Ihnen das überhaupt? Sie haben diese Probleme ja ganz offensichtlich nicht.«

Die Sängerin hatte sie nicht ein einziges Mal unterbrochen. Nun stand sie auf und reichte ihr die Hand. »Ich bin Florentine Cattaneo. Für dich Florentine. Ich denke, ich kann dir helfen. Aber erst einmal sag mir: Wer sind deine Eltern?«

Die Frage erschien ihr eigenartig. Doch Alva gab bereitwillig Auskunft.

»Dann kennst du also weder Vater noch Mutter.« Ein Flackern in Florentines Augen verriet, dass sie dies nicht kalt ließ.

»Biologisch gesehen mag das richtig sein, aber meine leiblichen Eltern interessieren mich nicht. Sie wollten mich nicht, jetzt will ich mit ihnen nichts zu tun haben!«

»Ich fürchte, das wird sich früher oder später nicht vermeiden lassen. Aber eins nach dem anderen.«

Diese Worte klangen wie eine Drohung, die ihr die Haare zu Berge stehen ließen. Doch das melodiöse Lachen aus Florentines Kehle beruhigte sie sofort wieder und nahm Alva auf eigentümliche Weise für sie ein. Verwirrt schwieg sie und fragte sich, was Julen dieser Frau wohl von ihr erzählt haben mochte.

Florentine sah auf die Uhr, die über dem großen Spiegel hing. »Um Himmels willen, schon so spät! Julen, hol Liliana.« Sie öffnete ein kleines Samttäschchen und nahm eine Visitenkarte heraus, die sie ihm in die Hand drückte. »Das ist mein Hotel, es wird euch gefallen. Ich muss noch zu einer wichtigen Verabredung.« Sie zwinkerte ihm zu. »Wir sehen uns später.«

»Danke.« Julen nahm Alva an der Hand, und gemeinsam verließen sie die Garderobe. Ungeduldig drängte sich Liliana vor der Tür an ihnen vorbei.

Vor dem Opernhaus standen die Besucher in eleganter Abendkleidung. Ein Hauch von Benzin und Asphalt, den die Sonne viele Stunden erwärmt hatte, lag in der Luft und vermischte sich mit teuren Parfums, Zigarettenrauch und dem schweren Duft der Blumenrabatten, die rings um das prachtvolle Gebäude angelegt waren. Niemand schien Lust zu haben, nach Hause zu gehen; es herrschte eine eigenartige Stimmung, die Alva an Urlaubsreisen in südliche Länder erinnerte, wo die Abende der Einheimischen oft erst nach Mitternacht begannen, wenn die Hitze des Tages erträglich geworden war. Die Herren in den Smokings standen am Straßenrand und versuchten Taxis anzuhalten. Doch fast alle Wagen waren besetzt und rasten mit ihren Passagieren achtlos vorbei. Es war ein geschäftiger Samstagabend.

Skeptisch beobachtete Alva, wie Julen ebenfalls den Arm hob, um eines der Taxis zum Anhalten zu bewegen. »Ist es sehr weit? Vielleicht sollten wir lieber zu Fuß gehen.« Ihre Füße meldeten allerdings andere Wünsche an. Die Schuhe mochten für einen Auftritt noch in Ordnung sein, für Spaziergänge über holpriges Kopfsteinpflaster waren sie ganz bestimmt nicht geeignet.

»Pass gut auf, es geht ganz einfach!« Er warf ihr einen dieser verschmitzten Blicke zu, die ihr Herz regelmäßig zum Schmelzen brachten, dann steckte er zwei Finger in den Mund und pfiff.

Sofort wechselte ein Taxi quer über alle Fahrspuren und hielt mit quietschenden Reifen genau vor ihnen an. Julen öffnete die Tür für sie und stieg gleich darauf von der anderen Seite ein.

Erboste Kommentare folgten ihnen, die jedoch in der Ferne verhallten, als der Fahrer losfuhr.

»Was bist du? Der Rattenfänger von Hameln?«

Julen lachte nur.

Wie sie befürchtet hatte, war das Hotel außerordentlich elegant und wahrscheinlich unglaublich teuer. Natürlich stieg eine Diva wie Florentine nur in den besten Häusern ab. Alva fühlte sich vollkommen fehl am Platz, und Julen, der heute ebenfalls von Kopf bis Fuß in Schwarz gekleidet war und obendrein noch diese abgetragene Lederhose trug, die sein Hinterteil aufs Beste zur Geltung brachte, sobald er den bodenlangen Staubmantel auszog, sah auch nicht gerade wie der typische Stammgast aus. Ihr mochte der Anblick weiche Knie bescheren, von einem Hotelportier war dies aber nicht zu erwarten. Sie rechnete es dem Mann deshalb doppelt an, dass er keine Miene verzog, als er ihnen die Eingangstür aufhielt.

Überrascht folgte sie Julen zur Rezeption; sie hatte geglaubt, sie würden in der Bar des Hotels auf Florentine warten. Leise Klaviermusik schwebte zu ihnen herüber, und Alva bekam eine unerklärliche Lust auf Erdnüsse und anderes Knabberzeug. Doch Julen schien andere Pläne zu haben. Zumindest vermutete sie dies, obwohl sie kein Wort von dem Gespräch verstehen konnte, das er leise mit einem der Rezeptionisten führte. Einmal sah der Mann sie prüfend an, und Alva hatte das Gefühl, von Kopf bis Fuß genauestens taxiert zu werden. Obwohl Julen ansonsten keinen Hehl daraus machte, jeden spüren zu lassen, dass allzu großes Interesse an seiner Begleiterin unerwünscht war, schien er das befremdliche Verhalten dieses Mannes vollkommen normal zu finden.

Alva dagegen fand hier überhaupt nichts normal. Schon gar nicht die tiefe Verbeugung des Hotelpagen, der sie mit höflicher Stimme aufforderte, ihm zu folgen. Julens plötzliche Rückkehr ließ sie zusammenzucken. Kaum spürte sie jedoch die federleichte Berührung an ihrer Taille, mit der er einen vermeintlichen Anspruch auf den Platz an ihrer Seite wenig subtil bekräftigte, da entspannte sie sich erstaunlicherweise. *Mit der Emanzipation*, dachte sie amüsiert, *ist es bei mir offensichtlich nicht weit her.* In diesem Augenblick trat eine elegant gekleidete Frau aus dem Aufzug und zwinkerte ihr aufmunternd zu, als wüsste sie genau, was Alva gerade gedacht hatte. Sie bemühte sich um Schadensbegrenzung, indem sie die Schultern schnell ein wenig zurücknahm und ihre Körperhaltung korrigierte. Sogar ein Lächeln gelang ihr, als die Frau an ihnen vorbeiging. Hinter sich hörte sie ein amüsiertes Lachen.

Julen schien von alldem nichts zu bemerken. Gemeinsam traten sie in den Aufzug, der merkwürdigerweise nach unten fuhr, nachdem sich die Türen geschlossen hatten. Da der Page aber direkt vor der Anzeigetafel stand, konnte sie die Zahlen nicht genau erkennen. Wahrscheinlich hatte sie sich geirrt. Offenbar reichte Julens Nähe inzwischen aus, um sie oben und unten verwechseln zu lassen.

Alva folgte dem livrierten Hotelangestellten aus dem Aufzug, Julen blieb dicht hinter ihr. Seitdem sie das Hotel betreten hatten, wirkte er wie ausgetauscht. Seine Miene war kühl, nahezu arrogant, und dazu strahlte er eine Energie aus, die Alva verunsicherte, die andere erstaunlicherweise jedoch dazu brachte, sie beide mit höchstem Respekt zu behandeln. Dabei hatten sie ja noch nicht einmal Gepäck dabei und sahen im besten Fall wie ein heruntergekommenes Rockstar-Pärchen aus.

Die ungewohnt hohen Absätze verhalfen ihr zu einem Gang, der die Blicke der Männer auf sich zog. Dafür nahm sie die schmerzenden Füße in Kauf. Ihre Frisur hatte weniger unter dem Auftritt gelitten, als sie befürchtet hatte. An den Armen trug sie silbernen Schmuck, der bei jeder Bewegung leise klirrte. Und das ärmellose Designerkleid, für das sie sich entschieden hatte, saß einwandfrei. *Vielleicht sehen wir doch nicht so heruntergekommen aus*, dachte sie. Alva hob ihr Kinn etwas höher, widerstand dem Impuls, sich wenigstens einmal kurz über den Nasenrücken zu streichen, und entschied sich dann dafür, die Annehmlichkeiten, die ein solches Hotel zweifellos zu bieten hatte, einfach zu genießen.

Mit einer weiteren Verbeugung öffnete der Hotelangestellte schließlich eine Zimmertür, knipste das Licht an und bat sie, ihm zu folgen. »Es tut uns sehr leid, dass wir kein besseres Zimmer haben.« Er klang ehrlich zerknirscht. »Aber wir sind fast vollständig ausgebucht.«

Julen nickte nur und entließ ihn mit einem Trinkgeld.

Nach dieser Entschuldigung hätte Alva ganz bestimmt nicht damit gerechnet, in einer Suite zu landen. Staunend sah sie sich um.

»Sollen wir etwa hierbleiben?«

»Gefällt es dir nicht?«

»Doch, schon.« Sie ließ sich in einen weich gepolsterten Sessel fallen und streifte ihre Schuhe ab. »Die anderen werden sich bestimmt Sorgen machen, und ich habe nicht einmal meine Handtasche bei mir.«

Es stellte sich hinter sie und massierte ihre Schultern. »Entspann dich einfach, Chris weiß Bescheid. Aber gut, dass du mich erinnerst.«

Seine Hände verschwanden von ihren Schultern, und unwillkürlich gab Alva einen enttäuschten Laut von sich. Julens Lachen klang, als gefiele es ihm, dass sie seine Berührungen so schnell vermisste. Als sie sich nach ihm umdrehte, hielt er bereits ein Handy in der Hand.

Sie war nicht wenig überrascht zu erfahren, dass sie ihre Freunde erst in der Stadt wiedersehen sollte, in der sie ihren nächsten Auftritt haben würden.

»Ich wäre ganz gern gefragt worden«, sagte sie, sobald er das Telefonat beendet und sein Handy wieder eingesteckt hatte.

Julen seufzte. »Du hast natürlich recht. Aber wenn die anderen dabei sind, können wir nicht in Ruhe miteinander reden, und wie du dir denken kannst, gibt es ein paar Dinge, die ich mit dir besprechen möchte.«

Besprechen? Ein gemeinsames Hotelzimmer klang aber nicht nach einem kurzen Meinungsaustausch! Bevor sie antworten konnte, öffnete sich die Tür zum Nebenzimmer, und ein Zimmermädchen trat ein. »Es ist gerichtet, Sir. Sollten Sie noch etwas benötigen, stehe ich Ihnen jederzeit zur Verfügung.« Sie wies auf das Telefon, das auf einem eleganten Schreibtisch stand.

»Das wird nicht notwendig sein.« Julen entließ auch sie mit einem Trinkgeld.

»Was war das jetzt?« Alva stand auf und ging auf bloßen Füßen in den Nebenraum, der sich wie vermutet als Schlafzimmer entpuppte. Außer einem außerordentlich großen Bett fiel ihr nichts Ungewöhnliches auf. Sie kicherte. »Sag mal, soll das eine romantische Entführung sein, oder gibt es hier noch ein zweites Schlafzimmer. Nicht, dass mich das wundern würde.«

»Möchtest du von mir entführt werden?«

Erneut hatte Julen sich ihr auf geheimnisvolle Weise genähert. Seine dunkle Stimme dicht an ihrem Ohr zu hören, ließ sie wohlig erschaudern. Sie lehnte sich zurück und ließ es zu, dass er ihr Haar beiseiteschob und die Fingerspitzen über ihren Hals gleiten ließ.

Leider blieb es dabei. Julen entließ sie aus seiner Umarmung, und Alva hatte ein bisschen Mühe, ihr Gleichgewicht wiederzuerlangen. Das äußere ebenso wie das innere. »Du bist mir wirklich eine Erklärung schuldig! Glaub ja nicht, dass du dich auf Dauer davor drücken kannst.« Die Enttäuschung machte sie kratzbürstig. »Aber wenn wir hier schon im absoluten Luxus sitzen, dann würde ich mich jetzt gern erst mal ein bisschen renovieren.« Sie wollte sich die Gelegenheit auf keinen Fall entgehen lassen, bei der zweiten Begegnung mit dieser Florentine besser auszusehen. Außerdem roch sie nach Rauch und ganz sicher auch sonst nicht besonders frisch.

Was hat er sich nur dabei gedacht, mich ohne Umweg von der Bühne in die Oper und dann auch noch hierher zu schleppen?, fragte sie sich und fand diesen Gedanken gleich darauf spießig. Julen hatte man schließlich ungewöhnlich großen Respekt entgegengebracht – und er sah auch nicht gerade wie ein typischer Gast aus. Vorhin war ihr der Vergleich mit einem Rockstar eingefallen, aber jetzt kam er ihr eher wie ein gefährlicher Romanheld vor, wie er sie unter dem blonden Haarschleier hervor musterte, als sei sie seine neueste Beute. Eine Beute, die sich bereitwillig von ihm hätte verführen lassen.

»Ah, dann muss die Entführung wohl noch warten.«

Wie sie den Klang seiner Stimme liebte! Der skandinavische Akzent tat ein Weiteres, ihre romantischen Gefühle zu inspirieren, und rasch schob sie das Bild eines Wikinger-Piraten beiseite, das ihre allzu lebhafte Vorstellungskraft ihr nun vorgaukelte.

Sie mochte sich lieber nicht vorstellen, wie er Dörfer plünderte und dabei alte Weiber und Jungfrauen schändete.

Ein Geräusch, das irgendwo zwischen Belustigung und Empörung lag, riss sie aus ihren gewalttätigen Fantasien. Und das gefährliche Glitzern in den Augen *ihres Helden* erinnerte sie daran, wie viel es noch zwischen ihnen zu klären gab. Schnell löste sie sich aus seiner Umarmung und ging zielstrebig auf die Badezimmertür zu.

Ganz oben auf ihrer Liste der zu klärenden Dinge stand inzwischen die Frage, wer Julen wirklich war. Doch um dies herauszufinden, würde sie möglicherweise großes Geschick zeigen und vielleicht sogar ein paar schmutzige Tricks anwenden müssen. Dafür fühlte sie sich noch nicht bereit. *Immer alles schön der Reihe nach*, war eine der Lebensweisheiten ihrer Großmutter gewesen. Derselben Großmutter allerdings, die sie immer wie eine Außenseiterin und niemals wie eine geliebte Enkelin behandelt hatte.

12

Das warme Wasser, das Alvas erschöpften Körper wie ein gleichmäßiger Urwaldregen massierte, brachte ihre Lebensgeister zurück. Mit zusammengekniffen Augen, weil darin etwas von dem wohlriechenden Hotelshampoo brannte, stieg sie aus der Dusche und tastete sich mit einem ausgestreckten Arm voran. *Ah!* Das Handtuch. Wunderbar vorgewärmt und flauschig.

Nachdem sie ihre Augen getrocknet hatte, wagte sie einen Blick. Das Brennen hatte nachgelassen, aber offenbar litt sie nun unter Halluzinationen. Dass da Jeans und ein Shirt hingen, die ihr sehr bekannt vorkamen, war schon beunruhigend genug, aber das Bild wurde noch von einem Höschen getoppt, das eindeutig aus ihrer Wäschekommode stammte. Sie wusste das genau, weil sie es beim Packen für die Reise schon in der Hand gehalten und dann wieder zurückgelegt hatte, nachdem sie in der schwarzen Spitze einen kleinen Riss entdeckt hatte. Schließlich hatte sie es aber doch wieder hervorgezogen, geflickt und eingepackt.

So schnell es ging, trocknete sie erst die Haut und anschließend ihre Haare, zog die auf magische Weise aufgetauchte Unterwäsche an und riss die Tür auf.

Im Wohnzimmer lief der Fernseher. Den Geräuschen nach zu urteilen vertrieb sich Julen die Wartezeit mit einem mitternächtlichen Horrorfilm. Genau in dem Moment, als sie den Wohnbereich betrat, erklang der gellende Schrei einer Frau. Alva gab einen erschrockenen Laut von sich. Gruselfilme waren noch nie etwas für sie gewesen.

Julen, der mit dem Rücken zu ihr vor dem riesigen Flachbildschirm gestanden hatte, fuhr herum. Und sein Anblick wäre Grund genug gewesen, in das nicht enden wollende Geschrei der Leinwandheldin einzustimmen. Sie sah Reißzähne, auf die gewiss jeder Tiger stolz gewesen wäre. Seine Lippen waren blutverschmiert.

Ich werd verrückt! Alva blinzelte heftig und lehnte sich erleichtert gegen die Wand, als auf den zweiten Blick schon nichts mehr auf ein blutrünstiges Monster hinwies. Ihre Fantasiereise durch die Welt der Romanhelden war augenscheinlich noch nicht beendet gewesen, und sie fragte sich, ob Tabletten gegen Seekrankheit als Spätfolge vielleicht Halluzinationen auslösten.

»Da bist du ja endlich!« Die dramatische Musik und das elende Geschrei aus dem Fernseher verstummten, und der Bildschirm wurde schwarz.

Er klang wie sonst auch: ein bisschen belustigt, als würde er das Leben und sich selbst nicht besonders ernst nehmen. In letzter Zeit war jedoch ein warmer, zuweilen zärtlicher Unterton hinzugekommen, sobald er mit ihr sprach. Doch daran wollte Alva jetzt lieber nicht denken, zumal eine ganz andere Sache geklärt werden musste. »Seit wann bist du mein Kammerdiener?«

»Ich dachte, du magst es vielleicht, wenn ich dir beim Auskleiden behilflich bin«, flüsterte er in ihr Ohr.

Als läge es in Julens Macht, die Dinge mithilfe seiner Gedanken zu beeinflussen, wollte sich der Knoten in Alvas Badehandtuch lösen. Schnell zog sie ihn wieder fest. »Lass das bitte. Du weißt genau, was ich meine.«

Daran, dass er sich selten an dem Ort befand, an dem man ihn vermutete, hatte sie sich schon fast gewöhnt. An die Reaktion ihres Körpers, wenn er – so wie jetzt – genau hinter ihr stand, wollte sie sich allerdings gar nicht gewöhnen. Es war zu aufregend. Sofort wurde ihr Hals trocken, und sie spürte das Flattern der Nerven an Stellen ihres Körpers, von denen sie vor der Begegnung mit Julen nicht einmal geahnt hatte, wie wunderbar sie sich unter der Berührung des richtigen Mannes anfühlten.

Und Julen war der *Richtige*, selbst wenn das laut ausgesprochen schrecklich schmalzig geklungen hätte – und vielleicht galt es auch nicht für immer, aber ganz sicher jetzt und hier.

Sie drehte sich um, legte die Hände in seinen Nacken und stellte sich auf die Zehenspitzen, weil sie geküsst werden wollte. Genau in diesem Augenblick hörte sie ein leises Brummen, das anstelle eines Klingelns ertönte, sobald Julen angerufen wurde. »Geh nicht dran!«

Natürlich löste er sich doch aus ihrer Umarmung, wenn auch mit deutlichem Bedauern.

Das Telefonat war kurz, und das Handy verschwand wieder in der Hosentasche.

Unwillkürlich folgte ihr Blick der Bewegung seiner Hand. Dabei war unübersehbar, dass sein Körper andere Pläne hatte und Julen dieser Anruf ganz und gar nicht passte. Ihr ging es ebenso, und sie sah ihn unter halb geschlossenen Lidern mit einem Blick an, von dem sie hoffte, dass er ihrem Vorhaben förderlich sein werde. Sie wollte endlich wissen, ob ihre erotischen Träume der Realität standhielten.

»Florentine hat jetzt Zeit für uns.«

Alva erstarrte. »Kann man das nicht auf später verschieben?« Sah sie da vielleicht ein Zögern? Hoffnungsvoll tat sie einen Schritt auf ihn zu. Aber nein, er mochte die Unterbrechung ebenso wenig willkommen heißen wie sie. Doch er war der Vernünftigere.

»Wir können froh sein, dass sie überhaupt mit uns spricht.« Sein unverschämtes Lächeln nahm dem Ton, in dem er das sagte, die Schärfe. Trotzdem fragte sich Alva, zu welchem Preis sie diese Audienz bei der Operndiva erhielten. Nienibit hatte ihr eingeschärft, dass es in der Feenwelt nichts umsonst gab und sie gut daran täte, dies nie zu vergessen. »Warum tut sie es dann?«

»Das lass meine Sorge sein!«

Seine Worte klangen fast wie ein Befehl, trotzdem wollte sie mehr wissen und hatte schon den Mund geöffnet, um nachzufragen, da kam er ihr bereits zuvor.

»Wir reden später darüber. Und jetzt beeil dich, bitte!«

Darauf konnte er sich verlassen, dass sie diese Frage nicht vergessen würde. Woher kannte er Florentine überhaupt? War sie vielleicht auch einmal seine Geliebte gewesen? Mit einem unguten Gefühl kam sie trotz dieser drängenden Fragen seiner Bitte nach und stand in Rekordgeschwindigkeit wieder vor ihm. Dieses Mal in Jeans und T-Shirt, was auch nicht eben passend für einen Auftritt in der Hotelbar war. »Die Schuhe hast du wohl vergessen?«

Sein Gesichtsausdruck ließ sie in lautes Gelächter ausbrechen. »Das nächste Mal fragst du lieber, bevor du meine Garderobe zusammenstellst.« Alva stieg in die hohen Schuhe und verzog den Mund. Ihre Füße brannten. »Ich bin so weit. Kommst du?«

Keine zehn Minuten später saßen sie mit Florentine an einem ruhigen Tisch in der Hotelbar. Der Pianist hatte längst Feierabend gemacht. Alva bemühte sich, ihre Aufregung zu verbergen. Würde ihr diese Frau tatsächlich wichtige Ratschläge geben können, wie sie mit der Magie ihrer Stimme besser umgehen konnte?

Florentine ließ sich ein Getränk servieren und musterte Julen eingehend, Alva dagegen schien für sie gar nicht zu existieren. »Ich hätte nicht gedacht, dass du in den wenigen Jahren eine derart beachtliche Karriere machen würdest«, sagte sie schließlich an ihn gewandt. »Dein Vater wäre stolz auf dich.«

»Wir reden hier nicht über mich.« Dann schien er sich eines

Besseren zu besinnen und sagte ruhiger: »Ich bin dir dankbar, dass du dich bereit erklärt hast, mit Alva zu sprechen.«

Sie lachte. »Über den Preis reden wir später, mein Lieber. Mir wird bestimmt was einfallen.« Den Kopf schräg gelegt, sah sie aus, als fiele es ihr nicht schwer, sich eine ganze Reihe von Belohnungen auszudenken.

Gefälligkeiten, von denen Alva, da war sie sich ganz sicher, nicht eine einzige mögen würde.

Mit einem theatralischen Seufzer verabschiedete sich Florentine von ihren Überlegungen. »Vielleicht ist es gar nicht verkehrt, einen Vengador in der Familie zu haben.« Dabei tätschelte sie Julens Wange, der diese fast mütterlich anmutende Geste mit ausdruckslosem Gesicht über sich ergehen ließ.

Rasch klemmte sich Alva die Finger zwischen die Knie, weil sie Angst davor bekam, gleich aufzuspringen und dieser Person die Augen auszukratzen, wenn sie sich nicht zusammenriss. Konzentriert betrachtete sie das kleine Loch in ihrer Jeans, das sie einem ungeschickten Manöver mit ihrem Fahrrad zu verdanken hatte. *Was ist ein Vengador?*, fragte sie sich und schrieb diesen Begriff in Gedanken auf die immer länger werdende Liste mit Fragen, die sie Julen zu stellen gedachte, sobald diese Audienz vorüber war.

Plötzlich aber spürte sie, wie sich Florentines Aufmerksamkeit ihr zuwandte, und zwang sich, mit ruhigem Gesicht aufzublicken. »Ich möchte nicht, dass Julen Ihnen etwas schuldig ist. Bisher habe ich all meine Rechnungen selbst beglichen, es gibt keinen Grund, das zu ändern.«

»Alva!« Julen hatte etwas von seiner Ruhe verloren.

»Lass nur.« Florentine hob die Hand, als er weitersprechen wollte. »Sie hat das Recht, ihre eigenen Geschäfte zu machen.«

»Sie hat überhaupt keine Erfahrungen damit.«

»Dann wird es Zeit, dass sie welche macht.«

»Ich würde es sehr begrüßen, wenn man nicht über mich spräche, als wäre ich überhaupt nicht da«, unterbrach Alva die beiden. Ihre Stimme war dunkler geworden und klang selbst in ihren eigenen Ohren fremd und beunruhigend.

»Na also, immerhin versteht sie es, ihre Interessen zu vertreten.«

Alva sprang auf. »Das reicht jetzt!« Auf diese Weise ließ sie sich von niemandem behandeln.

»Setz dich wieder hin!« Es war leicht zu vergessen, welch machtvolle Stimme Florentine besaß, bis sie diese gezielt einsetzte.

Mit aller Kraft kämpfte Alva gegen den Impuls an, dem Befehl der zierlichen Kindfrau zu gehorchen.

Bitte tu, was sie sagt. Wir brauchen ihre Hilfe.

Julen hatte natürlich recht, und mit ihrer Kraft war sie ohnehin fast am Ende. So ruhig wie möglich setzte sich Alva wieder hin. »Entschuldigung.« Konzentriert legte sie beide Hände auf ihre Knie, um zu verbergen, dass sie vor Erschöpfung zitterte.

»Wenn sie mich noch einmal unterbricht, ist die Lehrstunde sofort vorbei. Ist das klar?« Florentine hatte dabei Julen angesehen, der ausdruckslos zurückstarrte. Erstaunlicherweise war sie die Erste, die nachgab und stattdessen Alva schweigend ansah, bis diese ahnte, dass irgendeine Form der Zustimmung von ihr verlangt wurde.

Eilig nickte sie. Das musste reichen, schließlich hatte man ihr gerade den Mund verboten.

Offenbar hatte sie damit genau das Richtige getan, denn ihre unwillige Lehrerin sprach nun weiter. »Was weißt du über dich?«

Alva reckte stolz ihr Kinn. »Ich bin eine Fee.«

»Hat er dir das erzählt?« Florentine warf Julen einen ärgerlichen Blick zu. »Du bist keine Fee, du bist etwas Besseres als das, auch wenn dein Vater vermutlich irgendein unwürdiger Lichtelf ist, der inzwischen hoffentlich in der Hölle schmort.«

»Ich verstehe nicht …«, begann Alva.

Florentine ließ sie mit einer Handbewegung verstummen. »Du bist eine Sirene, und deine Vorfahren waren Götter. Vergiss das nie!«

Alva brachte nicht mehr als ein verschüchtertes Nicken zustande. Die griechischen Sagen fielen ihr ein, sie dachte an Odysseus und seine Seereisen. Dabei wurde ihr ganz flau im Magen.

Von all dem bemerkte Florentine nichts. »Ich hätte zwar nicht geglaubt, dass es möglich ist, aber vieles spricht dafür, dass wir miteinander verwandt sind. Du siehst meiner Schwester einfach zu ähnlich, als dass es ein Zufall sein könnte. Von deinen Problemen einmal ganz abgesehen.«

Das war nicht das, was Alva zu hören erwartet hatte. Sie wollte widersprechen, erinnerte sich zum Glück jedoch rechtzeitig an Florentines Warnung.

Deren harter Gesichtsausdruck wurde zum ersten Mal seit ihrer Wiederbegegnung in der Hotelbar weicher. »Aha, wie ich sehe, bist du lernfähig und kannst dich an Regeln halten. Sehr gut. Also pass auf, es ist eigentlich ganz einfach …« Und dann folgte eine detaillierte Erklärung, wie sich eine Sirene zu verhalten hatte, wenn sie ausnahmsweise einmal niemanden ins Unglück stürzen wollte. Wobei sie die Bezeichnung *Sirene* allerdings kein zweites Mal verwendete.

»Das war die Theorie. Mein lieber Julen, ich hoffe, du hast gut zugehört. Leider eigne ich mich überhaupt nicht zum Babysitter, also wirst du die ehrenvolle Aufgabe haben, deine Kleine zu unterstützen, wenn sie das nächste Mal ihre Stimme erklingen lässt.« Florentine erhob sich. »Oh, und noch etwas. Solltet ihr beide das nicht in den Griff bekommen, habt ihr binnen kürzester Zeit nicht nur den Rat, sondern ganz bestimmt auch die Hälfte der Feenwelt am Hals. Ich weiß nicht, wer ihr Vater ist. Aber Kassandra hat meine Schwester damals eindringlich vorm Kinderkriegen gewarnt.« Und mit diesen geradezu sibyllinischen Andeutungen verließ sie schnellen Schrittes die Bar in Richtung der Hotelhalle, wo ihr ein hochgewachsener Mann bereits mit ausgestreckten Armen entgegenging.

»Wenn Frauen *eigentlich* sagen, meinen sie immer etwas anderes«, sagte Julen mehr zu sich selbst, während er die Tür zur Suite öffnete. »Es klingt schlimmer, als es ist. Sorg dich nicht, wir schaffen das schon!«

»*Eigentlich* ist es doch ganz einfach. Ich brauche nur nicht mehr aufzutreten – und das Problem hat sich von selbst gelöst.« Sie lehnte sich an ihn, um seine Wärme und Energie zu spüren. Letzteres würde sie auch in Zukunft gebrauchen können.

»Weißt du, was ich besonders an dir mag?« Julen tippte ihr mit dem Zeigefinger auf die Nasenspitze.

»Meinen *Mut*?«, fragte sie ironisch zurück.

»Stell dein Licht nicht unter den Scheffel. Es braucht eine Menge Mut, um jemandem wie Florentine die Stirn zu bieten.« Er beugte sich zu ihr hinab. »Wo waren wir stehen geblieben?« Sein Mund verharrte wenige Millimeter vor ihren Lippen, als wolle er ihr die Entscheidung überlassen.

Es gab noch unendlich viele Dinge zu lernen, aber das konnte auch bis zum nächsten Morgen warten. Endlich würde niemand mehr im falschen Moment an ihrer Tür klopfen und ihm dadurch die Gelegenheit verschaffen, sich unauffällig zu verdrücken.

Alva hatte niemals vorgehabt, sich *aufzusparen*. Es hatte sich einfach nicht ergeben, oder sie war, wie letztes Jahr mit Tom, von irgendjemandem gestört worden.

Richtig Spaß macht Sex erst nach ein bisschen Übung, hatte einmal eine der älteren Schülerinnen in der Umkleidekabine ihrer Sporthalle behauptet. Die anderen Mädchen hatten beifällig gelacht, und als sie Alva entdeckt hatten, war die Hübscheste von ihnen auf sie zugekommen und hatte ihr den Arm um die Schultern gelegt. »Ich gebe dir einen guten Rat: Vergiss die Gleichaltrigen und such dir fürs erste Mal einen richtigen Mann.«

»Am besten einen alten, der braucht länger!« Alle hatten gekichert, und eine hatte hinzugefügt: »Aber auch nicht zu alt, sonst kriegt er keinen mehr hoch, und du hast die ganze Arbeit!«

Alva hatte ihr Gerede schrecklich peinlich gefunden und war so schnell wie möglich verschwunden. Vergessen hatte sie diese Ratschläge allerdings nie. Sie fand, dass es etwas Besonderes sein sollte, wenn man nicht nur einen *Entjungferungsdeal* eingehen wollte. Seit jener Episode in der Sporthalle träumte sie von einem erfahrenen Liebhaber, der sie auf Händen tragen und ihr jeden Wunsch von den Lippen ablesen würde. Natürlich war das romantischer Unsinn.

Seit sie Julen kennengelernt hatte, war ihre Hoffnung zurückgekehrt, dass sich ihr Traum doch noch erfüllen könnte, bevor sie alt und grau geworden war. Er wirkte selbstbewusst, und bestimmt hatte er viel Erfahrung. Zu alt fand sie ihn auch nicht, selbst wenn sich bereits kleine Fältchen um seine Augen gebildet hatten. Ihr war längst aufgefallen, dass er gern lachte, auch wenn er sich meistens bemühte, cool und unnahbar zu wirken, was ihm im Übrigen ausgezeichnet gelang. Und das lag bestimmt nicht nur an der Designer-Sonnenbrille, die er meistens trug.

In diesem Augenblick verbargen jedoch keine getönten Gläser seine Augen, und ihr verschlug es fast den Atem, als sie die Leidenschaft wie einen Wirbelsturm in der meerblauen Iris entdeckte.

Vernünftig wäre es natürlich gewesen, erst mehr über ihn herauszufinden. Aber sie hatte heute keinerlei Lust, vernünftig zu sein. *Ich habe Lust, geküsst zu werden.*

Die wenigen Millimeter bis zu seinem Mund waren schnell überwunden. *Himmlisch!* Er küsste besser als jeder andere. Aber erst als er sie hochhob und zum Schlafzimmer trug, ohne seine Lippen von den ihren zu lösen, wusste Alva ganz sicher, dass sie die richtige Entscheidung getroffen hatte.

Auf der Bettkante setzte er sie behutsam ab, als fürchte er, Alva könne zerbrechen. Sie hielt ganz still, während Julen ihr Haar beiseite streifte. Die federleichten Küsse, mit denen er erst ihren Hals und dann das Gesicht bedeckte, weckten ihre tiefsten Sehnsüchte nach Liebe und Geborgenheit, und bald gab sie dem sanften Druck nach, mit dem er sie in den Kissenberg drückte, der hinter ihr das Bett bedeckte. Mit angehaltenem Atem sah sie zu, wie er den obersten Knopf ihrer Jeans öffnete und das T-Shirt langsam hochschob. Nur kurz machte sie sich Gedanken darüber, ob sie ihren Bauch einziehen sollte, als ein Stöhnen über ihre Lippen trat, weil Julen einen besonders sensiblen Punkt genau unter Alvas linker Brust entdeckt hatte. Er sah auf, und sie hätte schwören können, ein hungriges Feuer in seinem Blick lodern zu sehen.

Als hätte er ihre Gedanken erraten, schlug er die Lider nieder. *Dieser Mann hat Wimpern, für die manch eine Frau töten würde.* Wie ein dunkler Fächer breiteten sie sich über die milchweiße Haut, was umso erstaunlicher war, da sie hätte schwören können, dass das strubbelige Blond seiner Haare noch nie von einer künstlichen Farbe entstellt worden war. »Hör nicht auf!«, flehte sie.

Mit einem wissenden Lächeln, das beinahe ebenso verführerisch war wie seine Berührungen, senkte er den Kopf und machte genau an der Stelle weiter, deren Berührung einen wohligen

Schauer nach dem anderen über ihren Körper jagte. Ihn schien es nicht zu stören, dass sie in letzter Zeit wenig für die Vervollkommnung ihrer Figur getan hatte. Und bevor sie eine endgültige Entscheidung getroffen hatte, ob sie nun schreien oder ihre Fingernägel tief in der Matratze vergraben sollte, hatte er endlich den letzten Knopf ihrer Jeans geöffnet und das hinderliche Kleidungsstück blitzschnell verschwinden lassen. Danach stand er über ihr und betrachtete sie wortlos staunend, wie man vielleicht ein einzigartiges Juwel oder ein kostbares Gemälde ansehen würde.

Aber doch nicht sie! »Das ist nicht fair!« Die Stimme schien nicht ihre eigene zu sein.

»Was meinst du?« Die Verwirrung stand ihm gut.

Mit einem Stirnrunzeln stützte sie sich auf die Ellenbogen. »Du ziehst nur mich aus!«

Die Kerbe in seinem Kinn vertiefte sich, dann warf er den Kopf in den Nacken und lachte laut. »Das kann man ändern.« Sein T-Shirt flog gleich darauf durch den Raum, die Hose folgte, und ehe sie genügend Zeit hatte, die ausgewogenen Proportionen zwischen breiter Brust und schmalen Hüften eingehend zu studieren, die jeden Bildhauer in Verzückung versetzt hätten, war er schon bei ihr. Seine spielerischen Liebkosungen wurden drängender, bewegten sich an der Grenze, die Alva zwischen Scham und Leidenschaft gezogen hatte, als wüsste er genau, wie weit er gehen konnte, ohne sie zu erschrecken.

Alva genoss jede seiner Berührungen. Sie kicherte, als er an ihren Zehen knabberte, und unterdrückte einen Schrei, als seine Zähne zärtlich über die zum Bersten gespannte Haut ihrer Brüste kratzten. Und als er ihre Schenkel auseinanderdrückte, um sich dazwischenzuknien, erschien ihr dies plötzlich als das Natürlichste von der Welt.

»Du bist wunderschön!«, sagte er und betrachtete sie voller

Ehrfurcht, bevor er sich herabbeugte, um die wenigen Zentimeter ihres Körpers zu liebkosen, die seine Lippen bisher noch nicht berührt hatten. Irgendwoher hatte er ein Kissen genommen und unter ihre Hüften geschoben. Sie öffnete sich ihm in fiebriger Erwartung, und Julen enttäuschte sie nicht. Seine Zunge erkundete sie dort, wo Alva bisher nur den Druck ihrer eigenen Finger gefühlt hatte. Sie spürte jede Berührung bis tief in ihren Bauch hinein, und allmählich baute sich ein Sehnen auf, für das es nur eine einzige Form der Linderung gab. »Ich will dich in mir spüren!« Lustvoll bog sie sich ihm entgegen. »Jetzt!«, sagte sie für den Fall, dass er nicht verstand.

Doch Julen verstand sehr gut, was sie wollte. »Ich möchte dir nicht wehtun.«

Die Wildheit, mit der er sie betrachtete, machte seine Worte noch kostbarer. Er war sehr viel mehr, als sie sich in ihren sehnsüchtigen Mädchenträumen vorgestellt hatte. Mehr Männlichkeit, mehr Leidenschaft. Der kaum noch unterdrückte Hunger erinnerte sie an ein Raubtier kurz vor dem tödlichen Biss. Alva ahnte, dass er ihr noch eine letzte Chance geben wollte, bevor er sich nahm, was irgendetwas Machtvolles und Unberechenbares in ihm für sein gutes Recht hielt.

»Das wirst du nicht.« Doch sie war sich nicht sicher, ob das auch stimmte.

Die Muskeln seiner Arme zitterten von der Anstrengung, sich zurückzuhalten, als er seinen Körper langsam auf sie herabsenkte. Bei der ersten Berührung kam sie ihm entgegen, schrie lustvoll auf und – Julen stieß zu.

Es tat weh! Tränen sprangen ihr in die Augen, und sein entsetztes Gesicht sprach Bände. Er erstarrte in der Bewegung, und während er ihrem Körper erlaubte, sich an ihn zu gewöhnen, küsste er ihre bebenden Lippen, bis der Schmerz allmählich nachließ. *Hab keine Angst, kleine Fee.* Behutsam bewegte er sich in ihr und flüsterte dabei geheimnisvolle Worte, die ihre Seele wie Schmetterlingsschwingen berührten.

Alva entspannte sich, und unter seiner erfahrenen Anleitung kehrte die Lust schnell zu ihr zurück. Ihre Hände in seinem seidigen Haar vergraben, stöhnte sie auf und hob ihre Hüften, um ihn noch tiefer in sich aufzunehmen. »Bitte!« Ohne zu wissen, was es war, das sie von ihm wollte, öffnete sie sich so vollständig, dass er in diesem Augenblick bis tief auf den Grund ihrer Seele blicken konnte. Und was auch immer er dort entdeckt haben mochte, es ließ Julen erbeben.

Der Orgasmus baute sich nicht langsam auf, er explodierte in einem gewaltigen Ausbruch nie zuvor gekannter Empfindungen. Welle um Welle schlug über ihr zusammen, Alva schrie und krallte sich an Julen fest – in dem verzweifelten Versuch, vor lauter Glück nicht das Bewusstsein zu verlieren. Gerade als sie dachte, es werde nie enden, bäumte sich Julen über ihr auf. »Alva!«

Ihre Muskeln zogen sich kräftiger zusammen, als wollten sie das, was sein Körper bereitwillig gab, bis zum letzten Tropfen auskosten.

Lange Zeit später lag sie in seinen Armen. »Wird es immer so sein?«

Genau wissend, was sie meinte, sah Julen sie in komischer Verzweiflung an. »Es tut mir leid. Nachdem du in der Traumreise zu mir gekommen bist; du warst so wild …«

»Welche Traumreise?« Doch bevor er ihr antworten konnte, erinnerte sie sich. »Oh Gott, sag nicht, dass du an die gleiche Begegnung denkst!«

Ein freches Lächeln stahl sich in seine Mundwinkel. »Nun ja, du bist zu mir gekommen …«

Entsetzt schlug sie die Hände vors Gesicht. »… und ich habe mich wie eine Schlampe aufgeführt!«

»Sag das niemals!« Behutsam nahm er ihre Hände und zog sie auseinander, sodass ihr keine Wahl blieb, als ihn anzusehen. »Du hättest es mir sagen müssen.«

Sie starrte auf seinen Mund. »Es hätte nichts geändert. Ich wollte, dass du der Erste bist.«

»Du bist einzigartig.« Stolz klang in seiner Stimme mit sowie ein neuer Ton, der bei jedem Wort zu versprechen schien: *Wir gehören zusammen!*

Sein Kuss bekräftigte dieses Versprechen, und als sie sich erneut liebten, hatte Alva längst ihr Herz an ihn verloren.

Der Duft von Kaffee und frischen Croissants stieg ihr in die Nase. »Ich bin im Himmel!«

»Guten Morgen, Engel. Ich muss dich leider enttäuschen, das hier ist immer noch die gute alte Erde. Und ehrlich gesagt, das ist für uns auch die gesündere Umgebung.«

»Wie ich solche romantischen Worte am Morgen liebe«, sagte Alva und setzte sich auf. Als sie das Frühstückstablett sah, das er neben ihr Bett gestellt hatte, tat ihr die ironische Bemerkung fast leid. Natürlich hatte irgendjemand in der Hotelküche das Frühstück zusammengestellt, aber derjenige konnte kaum wissen, dass sie vollkommen verrückt nach dieser ganz besonderen Orangenmarmelade war, die sie bisher nur in dem kleinen Feinkostgeschäft entdeckt hatte, das sich zwei Straßen von ihrer Wohnung entfernt befand. Und wahrscheinlich wäre ein Koch in Amsterdam auch nicht auf die Idee gekommen, ihr eine einzelne dunkelrote Akelei aufs Tablett zu stellen, die im August normalerweise längst verblüht war.

Dafür hätte sie Julen am liebsten sofort geküsst. Leider stand eine große Tasse Milchkaffee zwischen ihnen. *Nur eine?*, wunderte sie sich. »Hast du keinen Hunger?«

Seine Hand schlich sich unter die Bettdecke und berührte

federleicht ihren Schenkel. »Großen Hunger sogar. Aber ich dachte, du würdest dich gerne vorher stärken wollen.«

»Angeber!«

Seine Hand kroch unter der Decke höher. Ihr Körper reagierte sofort, doch tapfer widerstand sie der Versuchung. »Diesen Hunger meine ich nicht.«

Mit einem gespielten Seufzer zog er seine Hand zurück. »Ja, ich weiß. Ich bin dir eine Erklärung schuldig.«

»Allerdings.« Alva ließ sich Zeit. Sie tauchte das Croissant in den Kaffee und biss gerade noch rechtzeitig in die triefende Masse, bevor sie herabfallen konnte. An ein kontinentales Frühstück könnte sie sich gewöhnen. Seltsamerweise schmeckte es ihr aber überall auf der Welt besser als zu Hause. Dort trank sie lieber ihren gewohnten Tee zum Toast mit gesalzener Butter. Und neuerdings gehörte eben auch diese Orangenmarmelade dazu.

»Fangen wir damit an.« Sie hob das Glas hoch und hielt es ihm unter die Nase. »Woher kommt das?«

»Aus einem kleinen Feinkostgeschäft, das sich zwei Straßen von deiner Wohnung entfernt befindet?«

»Das ist nicht witzig. Und außerdem … hat dir schon mal jemand gesagt, dass es unhöflich ist, die Gedanken anderer zu lesen? Das tust du doch, nicht wahr?«

»Manchmal gefällt es dir aber doch ganz gut …« Das unverschämte Lächeln, mit dem er sie bisher immer um den Finger gewickelt hatte, schlich sich auch jetzt in seine Mundwinkel.

Natürlich dachte er an die vergangene Nacht. Es lag auf der Hand, dass er da ihre Gedanken gelesen hatte, denn wie hätte er sonst so genau wissen können, was sie sich gewünscht hatte und wie er sie am geschicktesten verwöhnen konnte? »Nimmst du überhaupt jemals irgendetwas ernst?«

Das Lächeln verschwand. »Du hast recht. Also gut, die Marmelade kommt doch nicht aus dem Geschäft. Nicht direkt jedenfalls. Ich habe sie gestern zusammen mit der frischen Kleidung für dich aus eurer Proviantkiste im Bus geholt, während du unter der Dusche standest.«

»Sehr witzig.« Allmählich wurde sie ärgerlich.

»Ich kann es dir erklären. Aber bitte hör mich erst bis zum Ende an, bevor du dich noch mehr aufregst. Versprichst du mir das?« Alva nickte zögernd. Das reichte ihm offenbar als Zustimmung, denn er sprach schnell weiter. »Es gibt eine Dimension, die wir Zwischenwelt nennen. Darin geschieht alles Mögliche, aber wir nutzen sie in erster Linie, um schnell und ungesehen große Entfernungen zurücklegen zu können.«

Wenn zutraf, was er sagte, dann würde dies vieles erklären. Es war ja keineswegs das erste Mal, dass er plötzlich von irgendwoher aufgetaucht war, ohne dass sie sich erklären konnte, wie dies unter den geltenden physikalischen Gesetzen möglich war. Und warum sollte Julen lügen? Er hatte ihr gesagt, dass sie eine Fee sei. Wenig später waren die Erinnerungen an geheimnisvolle Besuche, unglaubliche Geschichten – und vor allem ihre unsichtbare Begleiterin Nienibit – wieder aufgetaucht. Dass Florentine sie gestern als Sirene bezeichnet hatte, änderte nichts daran.

So zu reisen war unglaublich praktisch. Sofort fielen ihr zahllose Situationen ein, in denen sie davon Gebrauch machen wollte. Beispielsweise hätte sie sich das Kofferpacken sparen können und die schwierige Entscheidung, welche ihrer Kleider sie mitnehmen sollte und welche nicht. Man würde einfach durch die Zwischenwelt nach Hause gehen, sich dort umziehen, nebenbei noch den vergessenen Föhn einpacken und wäre trotzdem rechtzeitig vor dem Auftritt wieder zurück. »Mit *wir*, bin da auch ich gemeint?«

»So einfach ist es leider nicht. Und um ehrlich zu sein, ich weiß gar nicht, ob du Zugang hättest. Normalerweise dauert es sehr lange, bis man diese Fähigkeit erlangt. Vielen gelingt es niemals.«

»Aha. Schade, dann muss ich wohl noch ein paar Jahre damit warten.« Die Art, wie er auf ihre Bemerkung reagierte, gefiel ihr nicht. Doch vielleicht hatte er sich wirklich nur verschluckt. Dieser Gedanke erinnerte sie an die nächste Frage. »Und warum habe ich dich noch nie etwas essen sehen?«

Es war Julen anzusehen, dass er sich nicht wohl dabei fühlte, diese Frage zu beantworten. Schließlich sagte er: »Wir brauchen nicht zu essen.«

»Jetzt nimmst du mich aber wirklich auf den Arm. Also – *ich* muss definitiv essen.« Sie schob sich genüsslich einen weiteren Brocken des eingetunkten Croissants in den Mund und leckte danach jeden einzelnen Finger ihrer Hand ab. »Mhm! Du weißt ja gar nicht, was dir da entgeht.« Ein Blick in sein Gesicht genügte, und das Lachen verging ihr. »Du weißt es doch, weil du früher essen konntest! Oh Himmel, Julen! Das habe ich nicht gewusst, es tut mir leid! Aber warum …?«

Er nahm ihre Hand und küsste die Fingerspitzen, die von ihrer Zunge noch feucht waren. Ihr Blut kochte. »Es muss dir nicht leidtun. Und du brauchst auch keine Sorge zu haben, in absehbarer Zeit auf das Essen verzichten zu müssen, wenn es dir so viel Freude bereitet.« Seine Lippen liebkosten ihre Handinnenfläche. Doch gerade, als Alva glaubte, sie müsse vor Lust vergehen, ließ er sie los und stand auf.

Ihr kam es so vor, als hätte sie gerade etwas sehr Kostbares verloren.

Ihm schien es nicht anders zu ergehen. Er schlang die Arme um seinen Körper, als wolle er sich selbst Halt geben. »Ich bin nicht wie du. Wir sind das Dunkel – im Gegensatz zu eurem Licht, von den Göttern dazu verdammt, in ewiger Dunkelheit zu leben. Alva, ich bin ein Dunkelelf.«

Vergeblich wartete sie darauf, dass er sich wieder zu ihr umdrehte. Konnte es sein, dass er sie nicht anschauen wollte, weil er ihre Reaktion auf diese Eröffnung fürchtete? Sie schlug die Bettdecke beiseite, griff nach seinem Hemd, das noch vom Vorabend am Boden lag, und streifte es über. Während sie die Knöpfe hastig schloss, durchquerte sie auf leisen Sohlen den Raum.

»Es ist mir vollkommen gleichgültig, *was* du bist. Viel wichtiger ist es mir zu erfahren, wer der Mann ist, in den ich mich verliebt habe.« Weil er sich immer noch nicht umdrehte, ging sie schließlich um ihn herum, nahm seine Hand und führte ihn zum Bett zurück. »Du setzt dich jetzt da hin und sagst mir, ob deine Gefühle mir gegenüber aufrichtig sind.«

Mit einem Ausdruck komischer Verzweiflung gehorchte er ihrem Befehl. In einer anderen Situation hätte sie sicher lachen müssen, aber jetzt setzte sie sich einfach nur zu ihm und griff nach seinen Händen. »Julen, ich bin ja nicht blöd. Ich weiß schon, dass es nicht einfach gewesen sein kann – auch nicht einfach *ist* –, wenn man es mit einer Ignorantin wie mir zu tun hat. Meine Güte, hättest du mir bei unserer ersten Begegnung gesagt, dass ich von irgendwelchen Fabelwesen abstamme … ich hätte dich für vollkommen übergeschnappt gehalten. Mir ist schon klar, dass du anfangs die Wahrheit, nun sagen wir mal, ein bisschen zurechtbiegen musstest. Aber ich finde, dass nun der Zeitpunkt gekommen ist, ehrlich zu sein. Warum bist du wirklich hier?« Das war eine lange Rede gewesen, und Alva fragte sich plötzlich, ob sie seine Antwort überhaupt hören wollte.

Julen räusperte sich. Und dieses überaus menschliche Verhalten machte ihn ihr noch liebenswerter. »In der magischen Welt gibt es viele unterschiedliche Völker, und nicht alle haben die gleichen Vorstellungen, nur in einem sind wir uns praktisch einig: Niemand kann ein Interesse daran haben, dass die

Menschen von unserer Existenz erfahren. Deshalb gibt es den Magischen Rat.«

»Eine Art UNO, meinst du?«

»Das könnte man so sagen.«

»Okay, und du gehörst zu den Blauhelmen.«

Diese Vorstellung schien ihn zu amüsieren. »Das trifft es nicht ganz. Aber es stimmt schon, dass wir Vengadore immer dann eingesetzt werden, wenn jemand die Regeln des Rats bricht. In deinem Fall ist es jedoch anders. Zu dir zu kommen war kein offizieller Auftrag. Mein Chef unterhält gute Beziehungen zur Feenwelt, was nebenbei gesagt für einen Dunkelelf eher unüblich ist. Und irgendjemand hat ihn offenbar gebeten, ein Auge auf dich zu haben.«

»Dann stimmt es also, was du mir zu Anfang erzählt hast. Du sollst auf mich aufpassen.«

»So lautete mein Auftrag, aber seitdem ich dich kenne …«

»Ja?«, fragte sie, als er nicht weitersprach.

Er griff nach ihren Händen. »Mach es mir doch nicht so schwer! Du weißt längst, was ich für dich empfinde.«

»Tatsächlich? Und was ist mit Florentine?«

Ein Lächeln breitete sich auf seinem Gesicht aus. »Bist du etwa eifersüchtig?«

»Nein, ich …« Am liebsten hätte sie ihn geküsst und gleichzeitig gewürgt. »Also?«, sagte sie so kühl wie möglich.

»Sie ist meine Mutter.«

Mit allen möglichen Erklärungen hatte sie gerechnet, aber nicht damit. »Dann sind wir …«

»… womöglich verwandt, ja«, ergänzte er ihren Satz. »Glaub mir, für mich war das eine ebenso große Überraschung wie für dich. Aber erstens wissen wir ja gar nicht genau, wer deine Mutter ist, und zweitens … so eng werden wir auch wieder nicht miteinander verwandt sein. Und ehrlich gesagt bezweifle ich, dass es sich um eine echte Blutsverwandtschaft handelt. Die Quellen über Sirenen und ihre Abstammung sind ein bisschen vage, und Florentine spricht niemals über ihre Vergangenheit.«

»Das wäre also geklärt. Bleibt nur die Frage, warum du mich beschützen sollst. Ich meine, sind Feen denn dermaßen hilflos, dass sie nicht allein zurechtkommen?«

Julen hustete, bevor er ihre Frage mit einem verlegenen Gesichtsausdruck beantwortete. »Als hilflos würde ich sie nicht gerade bezeichnen. Doch sie leben in einer Feudalherrschaft, und am Hof ihrer Königin gibt es viele Intrigen. Deine Mutter könnte darin verstrickt sein und jemanden beauftragt haben, dich zu beschützen. Für den Fall, dass ihr etwas zustößt. Sie muss es auch gewesen sein, die dir eine Fairygodmother geschickt hat, damit sie dich in die Geheimnisse ihrer Welt einweist. Ehrlich gesagt, ich weiß es nicht. Dummerweise gibt es außer ihr niemanden, den man fragen könnte. Und wenn sie es wollte, hätte sie sich dir längst zu erkennen gegeben.«

Alva ahnte, dass sie eine Weile brauchen würde, um diese Informationen zu verarbeiten. Irgendetwas schien auch in ihrem Liebesleben nicht ganz in Ordnung zu sein: Erst hatte sie sich in einen Bruder verliebt, der gar keiner war, und nun in einen Cousin, der seine Abstammung für derartig fürchterlich zu halten schien, dass er nicht darüber sprechen wollte. Er war *das Dunkel zu ihrem Licht?* Na, prima! Etwas weniger Licht konnte sie in manchen Nächten ganz gut gebrauchen. Ihre *weißen Träume*, davon war sie inzwischen überzeugt, hatten etwas mit der Bedrohung zu tun, vor der Julen sie beschützen sollte. Doch als sie ihn danach fragte, reagierte er verschlossen. Vielleicht wollte er sie einfach nur nicht beunruhigen.

Eines aber musste sie unbedingt wissen. »Wenn die Gefahr irgendwann vorüber sein sollte, gehst du dann fort?«

»Möchtest du das?«

»Du weißt ganz genau, dass ich es nicht will. Bitte Julen, sag mir, dass du mich nicht verlässt.«

Der Satz war noch nicht ganz ausgesprochen, da hatte er sie schon in seine Arme gezogen. »Ich bleibe, solange du mich behalten willst. Das verspreche ich dir!«

Julen verriet ihr nichts von seiner größten Furcht. Sie war nicht einfach nur eine Feentochter, die es sich letzten Endes aussuchen konnte, in welcher Welt sie leben wollte. Wenn die Vermutung seiner Mutter stimmte – und alles lief bisher darauf hinaus –, dann war sie möglicherweise eine wichtige Figur im Intrigenspiel des Feenhofes und würde wenig Mitspracherecht haben, wenn es um ihre Zukunft ging. Der Gedanke daran, sie für immer zu verlieren, bohrte sich wie ein glühendes Messer in seine Brust. »Ich bleibe bei dir, was auch immer geschieht!«, flüsterte er und küsste sie mit einer Hingabe, als hielte er ihr Schicksal bereits für besiegelt.

13

Am Abend wartete eine neue Überraschung auf Alva. Julen hatte sie nach ihrem Lieblingsessen gefragt und sie dann in ein exzellentes indisches Restaurant geführt. Obwohl es gut besucht war, bekamen sie einen Tisch mit Blick auf eine der Hauptgrachten. Sie vermutete, dass dies Julens bemerkenswerter Fähigkeit zu verdanken war, seine Wünsche irgendwie immer erfüllt zu bekommen. *Attraktive Männer haben es eben leichter im Leben*, dachte sie und fand es müßig darüber nachzudenken, ob sich dies mit ihrem Gerechtigkeitssinn vereinbaren ließ oder nicht. Es gab eben Dinge, die konnte man nicht ändern, und immerhin profitierte sie in diesem Fall sogar davon.

Es schien ihn nicht zu betrüben, dass sie aß, während er sich mit einem Glas Wein begnügen musste. Im Gegenteil, er sah ihr interessiert zu.

»Ich hätte nicht gedacht, dass du ein Foodvoyeur bist«, neckte sie ihn.

»Stört es dich? Ich könnte auch aus dem Fenster sehen.« Er zeigte auf die Straße, wo in diesem Augenblick eine Gruppe junger Frauen vorbeischlenderte.

Alva verzog das Gesicht. »Nicht nötig. Ich stelle mir nur vor, dass es langweilig sein muss, dort nur mit einem Getränk zu sitzen, während ich diese Köstlichkeiten hier genieße.«

Er beugte sich über den Tisch und tupfte ihr mit seiner Serviette etwas Soße aus dem Mundwinkel. »Solange ich dir zusehen kann, wird mir nichts langweilig.«

»Kein Wunder, ich esse ja offenbar wie ein Schwein.«

»So habe ich das nicht gemeint …«

Lächelnd hielt sie die Hand fest, die er gerade zurückziehen wollte, nahm das gestärkte Tuch, legte es beiseite und küsste seine Fingerspitzen. »Ich finde, es ist an der Zeit, ein bisschen mehr über dich zu erzählen.«

Der plötzliche Themenwechsel brachte ihn leicht aus der Fassung, aber sie hatte ja recht: Seit Tagen stand die Frage im Raum, wer oder was er wirklich war. »Da gibt es nicht viel …«

»Ein Dunkelelf kann wirklich nicht ins Tageslicht gehen?«, unterbrach sie ihn.

»Wie kommst du darauf?« Er hatte gehofft, die Frage nach den Beschränkungen, die ihm seine wahre Natur auferlegte, würde nach all den anderen Offenbarungen nicht so schnell aufkommen. Aber sie besaß eine gute Beobachtungsgabe, und früher oder später war mit dieser Frage zu rechnen gewesen.

Seit die Menschen neuerdings wieder ganz verrückt nach Vampiren waren, zumindest nach den blassen Gestalten, die über ihre Kinoleinwände und durch zahllose Bücher geisterten, zeigten sie sich auch aufgeschlossener, wenn es darum ging, die Tatsache zu akzeptieren, dass sie vielleicht doch nicht die Krone der Schöpfung waren. Eine romantische Sehnsucht schien vor allem die sterblichen Frauen anzutreiben. Es machte sie zu willigen Opfern, und in letzter Zeit häuften sich Zwischenfälle, die unweigerlich dazu führten, dass Vengadore allzu leichtsinnige Vampire in ihre Schranken weisen mussten. Besonders die geschaffenen Vampire nahmen es mit den Regeln nicht allzu ernst, denn viele von ihnen hatten die erste Zeit ihres Daseins ohne die Betreuung eines Lehrmeisters verbracht. Und der Mangel an Wissen und Loyalität, der sich daraus ergab, schuf zunehmend Probleme. Julen war dafür, diese *Streuner* allesamt zum Teufel zu jagen, aber derzeit war darauf nicht zu hoffen.

Er war in einer Zeit aufgewachsen, in der es keinerlei Blutkonserven gegeben hatte, und wusste, wie man jagte, ohne Spuren zu hinterlassen. Der Rausch, der beim Trinken aus der Quelle entstand, war unvergleichlich. Manche behaupteten, es sei sogar besser als Sex. Julen war da zwar anderer Meinung, aber er hasste es in beiden Fällen, kurz vor dem ersehnten Höhepunkt aufhören zu müssen. Da trank er sogar lieber synthetisches Blut, das es neuerdings als preiswerten Ersatz für die teuren Blutkonserven gab. Eigentlich absurd: Es gab immer mehr Menschen, und trotzdem stiegen die Preise für einen guten Tropfen unaufhörlich.

Verboten war es nicht mehr, aus der Quelle zu trinken, solange ein Vampir sich dabei nur dezent verhielt und keinerlei unliebsame Aufmerksamkeit auf ihre Gemeinschaft lenkte. Doch besonders bei unerfahrenen Vampiren lief die Sache häufig aus dem Ruder, und die magischen Aufräumtruppen, die immer dann gerufen wurden, wenn es darum ging, ein Blutbad vor den Gesetzeshütern der Sterblichen zu verbergen, hatten bereits um Unterstützung nachgesucht.

All dies ging sie im Grunde nichts an. Trotzdem würde sie noch früh genug davon erfahren, also sagte er: »Ganz so schlimm ist es nicht. Die UV-Strahlen sind für mich einfach sehr viel schädlicher als für Normalsterbliche.«

Sie lachte. »Das heißt, du zerfällst im Sonnenlicht nicht gleich zu Staub, und offensichtlich lähmt dich tagsüber auch keine todesähnliche Starre. Das kann ich bezeugen«, fügte sie kichernd hinzu.

Er beugte sich über den Tisch und flüsterte: »Ich fühle mich sogar ausgesprochen lebendig.« Danach winkte er der Kellnerin, um sich die Rechnung bringen zu lassen.

Als sie aus dem Restaurant traten, hatte es zu regnen begonnen. Kein zarter Nieselregen, eher eine Sintflut rauschte vom Himmel. Julen hätte ihr gern die Stadt gezeigt, aber daran war nun nicht zu denken. Ein kalter Wind blies durch die Straßen und brachte salzige Meeresluft mit sich. Wieder einmal bemühte er sein Handy und fragte sich dabei, wie er früher ohne dieses praktische Ding hatte auskommen können. Kieran bestand zwar darauf, dass moderne Kommunikationstechnik nur im Notfall eingesetzt wurde, weil er ihrer Sicherheit misstraute, aber natürlich besaß und beherrschte auch er die neuesten Geräte. Julen war von Anfang an von der Computertechnik fasziniert gewesen und hatte damit besonders älteren Vampiren einiges voraus.

»Hast du Lust auf einen Ausflug?«

Wenn ich nicht zu weit laufen muss! Jeder Muskel in ihrem Körper schien während der vergangenen Stunden über Gebühr beansprucht worden zu sein. Dagegen war die schmerzende Blase nichts, die sie sich in ihren unmöglich hohen Schuhen geholt hatte. Aber Julen wirkte so begeistert, dass sie es nicht übers Herz brachte, Nein zu sagen. Tatsächlich war sie sogar gespannt darauf, was er plante.

Das Glänzen in ihren Augen war ihm Antwort genug. »Dann komm!«

Zwei Straßen weiter quälte sich der abendliche Verkehr durch die Stadt. Ein Taxi war auch heute schnell herbeigewunken, und er bemühte sich, Alva möglichst galant in den Fond zu helfen.

Mit der Anordnung: »Zum Flughafen, bitte!« stieg er auf der anderen Seite ein und gab dem Fahrer einen zusätzlichen Befehl: *Für Privatmaschinen, wir haben es eilig.*

»Der fährt wie der Teufel!«, flüsterte sie ihm wenig später ins Ohr.

»Dann sollten wir in Sicherheit sein. Der Teufel hat noch jeden Unfall überlebt.« Währenddessen genoss er es, wie sie sich ängstlich an ihn klammerte, und inhalierte ihren wunderbaren

Duft. »Vertrau mir!«, murmelte er und konnte nicht widerstehen, sich zumindest einen Kuss zu stehlen. In seiner Fantasie hatte er eine Menge Pläne, in denen die Worte Ruhe und Entspannung erst ganz am Ende vorkamen.

Am Flughafen *Schiphol* passierten sie die Kontrollen ohne Probleme. Julen ließ die Scheibe heruntergleiten und sah dem Zollbeamten kurz in die Augen, während der Taxifahrer eine Bescheinigung hervorzog, die ihn dazu berechtigte, über das Rollfeld bis an die Privatjets heranzufahren.

»Gute Reise, Sir!«

Er bedankte sich mit einem höflichen »Dank u wel!«, und weiter ging ihre Fahrt, bis sie die elegante Maschine erreicht hatten, die die Statthalterin Londons einstweilen zur Verfügung gestellt und ihm nach seinem plötzlichen Aufbruch nachgeschickt hatte.

Natürlich verlangte Alva eine Antwort darauf, wohin die Reise gehen sollte. Doch er entschied sich dafür, sie vorerst über seine Pläne im Dunkeln zu lassen, zu erregend fand er ihre Überredungsversuche.

Der Jet verfüge über einen äußerst komfortablen privaten Bereich, hatte ihm die Statthalterin mit einem Augenzwinkern versichert, und sobald das Flugzeug in der Luft war, löste er ihren Gurt und nahm sie bei der Hand. »Komm! Das hast du bestimmt noch nie gesehen!«

Die eine Hand auf ihrer Taille, schob er sie voran, mit der anderen verriegelte er die Tür.

»Ein fliegendes Bordell?«, fragte sie kichernd. »Das hab ich tatsächlich noch nie gesehen!«

»Die Farben sind zugegebenermaßen etwas gewöhnungsbedürftig.« Die Statthalterin hatte schon immer einen Hang zur opulenten Ausstattung, aber mit diesem Boudoir hatte sie tatsächlich ein bisschen zu viel des Guten getan. Über die Wände flogen kleine pausbäckige Engelchen, und eine mit kostbaren

Stickereien versehene Tagesdecke lag über dem riesigen Bett, deren Rottöne mit denen der zahllosen Kissen konkurrierten. Julen musste lachen. »Wir werden die Augen schließen müssen, um nicht zu erblinden.«

»Ich bin ein bisschen überfordert«, gab Alva zu und setzte sich vorsichtig auf die Bettkante. »Luxushotels, Privatflugzeuge … Julen, das ist nicht meine Welt.«

Erschrocken sah er auf. »Ich wollte dir doch nur eine Freude machen. Deine Freunde sitzen jetzt in dem klapprigen Bus …«

»Ich bin dir ja auch dankbar, dass du mir die Gelegenheit gegeben hast, mit Florentine zu sprechen. Aber ehrlich gesagt …«

»… wärst du jetzt lieber mit deinen Freunden zusammen.« Ihre Worte schmerzten mehr, als er es jemals für möglich gehalten hatte.

»Ja. Nein.« Sie sah ihn mit einem komisch verzweifelten Gesichtsausdruck an. »Nicht ohne dich. Aber ich hatte mir das so schön vorgestellt. Eine Band, die auf Tour geht und dabei endgültig zusammenwächst. Verstehst du, ich hatte es noch nie besonders leicht, Freunde zu finden, weil ich schon immer irgendwie anders war. Das haben die meisten gespürt, nehme ich an, und sich deshalb von mir ferngehalten. Jetzt wird mein Anderssein zum ersten Mal zu einem Vorteil, der zumindest meine Bandkollegen nicht abstößt. Und schon wieder steht ein Geheimnis zwischen uns.« Traurig sah sie auf ihre Hände. »Ich weiß einfach nicht mehr, wohin ich gehöre.«

Julen wusste nicht, wie er sie trösten sollte. Was sie in den letzten Tagen und Wochen über sich selbst erfahren hatte, war ganz sicher nicht leicht zu verarbeiten: Die Mutter eine Fee, der Vater unbekannt, magische Fähigkeiten, die sie trainieren sollte, aber nicht wusste, wie. Schließlich tat er das Einzige, was ihm in diesem Augenblick einfiel: Er zog sie an sich, um ihre Tränen zärtlich fortzuküssen.

Es war offensichtlich, dass Alva noch nie in Berlin gewesen war. Sonst hätte sie nicht so ratlos aus dem Fenster geschaut, als sie bald darauf erneut in einem Taxi saßen, das sie durch die nächtlichen Straßen fuhr.

Julen hatte dem Fahrer den Mund verboten, und als sie ausgestiegen waren, raste er, ohne sich für die Fahrt bezahlen zu lassen, in einem halsbrecherischen Tempo davon.

Überrascht sah Alva dem fliehenden Wagen hinterher. »Diese Taxifahrer machen mir allmählich Angst.« Dann blickte sie an den schlichten Hausfassaden hinauf. »Wo sind wir hier überhaupt?«

»In Berlin. Die Band ist zwar noch unterwegs, aber morgen bringe ich dich zu ihnen zurück. Und weil ich auch nicht so wahnsinnig auf Luxus stehe und es mir, nebenher gesagt, auch gar nicht ununterbrochen leisten kann, in teuren Hotels zu wohnen, habe ich uns hier eine Unterkunft bei Freunden organisiert.«

»Sind sie auch …« Alva zögerte, was ihm deutlich bewies, dass sie noch viel Zeit brauchen würde, um sich mit ihrer Herkunft anzufreunden. »Sind sie wie wir?«

Das wäre eine knifflige Frage, wenn er sie denn ehrlich hätte beantworten wollen. »Vivianne ist die Schwester meines Chefs. Aber du wirst ihr nicht begegnen, sie hat kürzlich ihren Seelenpartner gefunden und ist nun mit ihm auf Reisen.«

»Seelenpartner? Du meinst, sie hat geheiratet, und die beiden sind jetzt in den Flitterwochen.«

»Genau.« Erleichtert, dass sie nicht weiter nachfragte, legte er seine Hand auf das Eisentor, das den Innenhof zum Loft der beiden Vampire verschloss. Morgans Magie war sofort zu spüren. Er hatte Julen vor seiner Abreise angeboten, die Wohnung vorübergehend zu nutzen und ihm auch den magischen Schlüssel dazu anvertraut.

Lautlos öffnete sich das Tor, ließ sie ein und schloss sich hinter ihnen, während sie den Hof überquerten und über eine Rampe in das Gebäude traten.

»Ist das schön hier!« Alva hob die Arme in die Luft und drehte sich schnell um sich selbst, sodass er schon Sorge hatte, sie werde das Gleichgewicht verlieren. Voller Vertrauen ließ sie sich in seine Arme fallen, und wenn Julen nicht schon längst sein Herz an diese zauberhafte Sirene verloren hätte, wäre es spätestens jetzt geschehen. Zufrieden, dieses Mal die richtige Entscheidung mit der Auswahl ihrer Unterkunft getroffen zu haben, hob er sie hoch und küsste sie.

»Ein Klavier und … Bücher!«

Während Alva die dicht gefüllten Regale ansteuerte, machte Julen eine Runde, um sich zu vergewissern, dass die magischen Siegel noch unversehrt waren.

Sofort erkannte er die komplizierten Knoten und Schlingen, die an keltische Muster erinnerten und damit einen Hinweis auf Kierans Heimat gaben. Doch er spürte auch die Magie des älteren Bruders, die ihm allzu gut bekannt war. Viviannes Seelengefährte tat ihm beinahe leid, weil es die mächtigen Causantín-Brüder offenbar nicht lassen konnten, sich immer noch selbst um die Sicherheit ihrer kleinen Schwester zu kümmern.

Plötzlich war er froh, diesem Schicksal entronnen zu sein. Der Clan der Causantíns kontrollierte seine Mitglieder nach seinem Geschmack ein bisschen zu stark. Und die Frauen waren keinen Deut besser. Auch Vivianne konnte ihre Abstammung nicht verleugnen. Da war es nur gut, dass Morgan sehr viel älter war und ein paar Tricks mehr kannte als seine anspruchsvolle Partnerin.

Seit seinem Besuch hatte sich im Loft außer der gemütlichen Leseecke, die offenbar Vivianne eingerichtet hatte, nichts geändert. Wenn überhaupt, dann waren die magischen Siegel an Türen und Fenstern verstärkt worden.

Mit dem Ergebnis seiner Untersuchungen zufrieden, wollte er zu Alva gehen. Doch statt mit einem Buch in der Hand in einem Sessel, wo er sie zuletzt gesehen hatte, stand sie nun in der spartanischen Küche, die diesen Namen kaum verdiente.

»Frühstück bekommen wir hier jedenfalls nicht.«

Ehe er begriff, was ihre Bemerkung bedeutete, hatte sie schon den Kühlschrank geöffnet und etwas herausgenommen.

Zum Glück waren ihre Gastgeber klug genug gewesen, Blutkonserven nicht unverpackt aufzubewahren. Sie hatten gelegentlich auch sterbliche Besucher und waren darauf vorbereitet.

»Sieh mal, nur Saft.« Alva zog am Korken und sah sich nach einem Glas um.

»Alva, nein!« Im Nu war Julen bei ihr.

Erschrocken fuhr sie herum, stieß dabei an den Tisch – und schon war ihr die Flasche entglitten.

Vergeblich versuchte Julen, das Unglück noch zu verhindern. Er griff ins Leere, kostbares Blut spritzte auf Alvas Jeans, bevor die Flasche mit einem lauten Knall am Boden zerschellte.

»Das ist mir wahnsinnig peinlich!« Sie riss ein Küchenhandtuch vom Haken, ging in die Hocke und sammelte die größeren Scherben in das Tuch. »Igitt! Kannst du bitte irgendwo Eimer und Besen auftreiben?« Sie sah nicht auf, sondern fluchte stattdessen, als sie sich an einer Scherbe schnitt.

Wie gebannt blickte Julen auf den schnell größer werdenden Blutfleck am Boden. Seine Nasenwände blähten sich, und der Geruch, der ihm entgegenschlug, weckte zusammen mit diesem Bild Erinnerungen. Doch er war stark genug, um den Hunger in eisernem Griff zu halten … bis sich der Duft frischen Feenblutes mit dem Bouquet von AB-negativ vermengte.

Er muss einen gequälten Laut von sich gegeben haben, denn

Alva sah auf. Ihre Augen weiteten sich erschrocken, und sie schlug die blutige Hand vor den Mund, um einen zweiten Schrei zu unterdrücken.

»Lieber Himmel, was ist denn hier los?«

Julen fuhr mit einem wütenden Fauchen herum, doch zugleich stellte er sich dabei vor Alva, um sie vor den Blicken des Neuankömmlings so gut es ging zu verbergen. Ausgerechnet jetzt musste Kieran hier auftauchen. Er verfluchte seine Dummheit. Er hätte wissen müssen, dass sein Chef nach dem Rechten sehen würde, sobald ein anderer als seine Schwester und ihr Seelengefährte die Wohnung betrat.

Kieran beachtete ihn gar nicht, sondern befahl Alva mit eisiger Stimme: »Geh ins Bad und reinige dich!«

»Aber …«

Sofort!

Er drehte sich nicht um, als sie etwas Unverständliches murmelnd seinem Befehl folgte. Nur ein schneller Lidschlag verriet, dass Kieran ebenso erstaunt war wie er selbst, als sie die Tür mit einem lauten Knall hinter sich zuschlug.

»Das gibt Ärger!« Der Vengador lachte und wollte Julen begrüßen. »Wenn ich geahnt hätte, dass du es bist, hätte ich nicht zu kommen brauchen. Aber was tut *sie* hier?«

»Das geht dich nichts an!«

Kieran runzelte die Stirn. »Kannst du mir bitte verraten, was mit dir los ist?«

Julen atmete tief durch, obwohl er den Sauerstoff nicht gebraucht hätte. Und in diesem Fall war die alte Gewohnheit aus Jugendtagen sogar hinderlich, denn erneut weckte der Duft von Alvas Feenblut seine Blutlust. Etwas, das er in dieser Situation überhaupt nicht gebrauchen konnte. »Nichts«, log er.

»So ist das also.« Es war dem Vampir anzumerken, dass er ihm kein Wort glaubte. »Habe ich dich nicht gewarnt, deine unglückliche Vorliebe für Feentöchter endlich zu begraben. Rühr sie noch einmal an, und du bist Geschichte!«

»Was redet er da?« Alva stand in der Badezimmertür und ballte die Fäuste, als wolle sie jeden Augenblick über Kieran herfallen. »Pass mal auf, mein Freund, was wir tun oder nicht, das geht nur uns etwas an!«

Julen wäre stolz auf ihren Mut gewesen, hätte er es nicht vorgezogen, sie vor der Rache des Vengadors zu bewahren. Noch nie zuvor hatte er jemanden derart respektlos mit Kieran sprechen hören. Mit Ausnahme von Nuriya vielleicht, Kierans Seelengefährtin, die für eine spitze Zunge bekannt war. Sobald er an die streitbare Fee dachte, beruhigte er sich. Sein Chef war wildere Attacken gewohnt als diese.

Zum Glück war es Alva gelungen, neue Kleidung aufzutreiben. Es wäre ihm allerdings lieber gewesen, wenn sie anstelle des kurzen Rocks und eines viel zu kleinen Shirts etwas weniger Aufreizendes ausgewählt hätte.

Offensichtlich hatte sie es aus dem Schrank ihrer Gastgeberin genommen, die es bestens verstand, ihre ebenfalls zierliche Figur wie einen Leckerbissen zu präsentieren. Bisher hatte er sich darüber amüsiert, wie eifersüchtig sogar ihre Brüder über sie wachten. Doch nun verstand er, welche Selbstdisziplin sie aufwenden mussten, um ihre Schwester und auch ihre eigenen Partnerinnen nicht einfach vor der Welt wegzuschließen, damit niemand da draußen in Versuchung geriet.

Nicht, dass sich irgendeine dieser Frauen hätte einsperren lassen. Seine Alva ganz gewiss nicht. Unwillkürlich musste er lächeln. Eigensinn und Selbstständigkeit waren zweifellos anstrengend, aber sie machten auch einen wichtigen Teil ihrer Persönlichkeit und ihres Charmes aus.

Viviannes Parfum hatte sie auch benutzt, verriet ihm seine Nase, und er war dankbar, dass der frische Duft von Zitrus und versöhnlichem Neroliöl den Blutgeruch nahezu neutralisierte. Außerdem klebte ein breites Pflaster über dem Schnitt an ihrem Finger.

Bitte, bleib wo du bist! Ich erklär dir alles später!

Ohne seine lautlose Warnung zu beachten, ging sie geradewegs auf ihn zu und hakte sich bei ihm unter. »Hallo!«, begrüßte sie Kieran schnippisch. Immerhin war sie klug genug, ihm nicht die Hand zu reichen. »Geht es dir nicht gut?«

Ein überraschend besorgter Unterton klang da mit, deshalb riss sich Julen widerwillig von ihrem liebreizenden Anblick los, um sich wieder Kieran zuzuwenden. Er glaubte, seinen Augen nicht trauen zu können. Die Mundwinkel seines mächtigen Mentors bebten, die dunklen Pupillen weiteten sich unnatürlich, und plötzlich brach Kieran in ein schallendes Gelächter aus.

»Ist dein Freund vielleicht nicht ganz dicht im Oberstübchen?«

Normalerweise gefiel Julen ihr freches Mundwerk, aber in diesem Fall schien es ihm angeraten, Kieran nicht unnötig zu provozieren.

Plötzlich kam ihm ein Gedanke, und nun wurde ihm selbst flau in der Magengegend. »Bevor jetzt noch irgendjemand etwas sagt, schlage ich vor, dass wir uns ganz ruhig hier an den Tisch setzen und über alles reden.«

Kieran zeigte keinerlei Reaktion.

Allmählich machte sich Julen ernsthafte Sorgen. »Kieran, was ist?«

Sie ist eine Sirene, stimmt's?

Da Julen auf eine entsprechende Frage ohnehin keine Antwort erhalten hätte, verzichtete er darauf, sich zu erkundigen, woran Kieran dies bemerkt hatte, und bestätigte die Frage mit einem kurzen Nicken. *Und sie kommt verdammt schlecht damit zurecht.*

Hast du mit deiner Mutter gesprochen? Natürlich wusste er über Julens Herkunft Bescheid, und sicher war ihm auch bekannt, dass Florentine derzeit sehr erfolgreich und frei von Skandalen als Operndiva debütierte. Der Rat hatte immer ein Auge auf paranormale Aktivitäten und hätte den Chef der Vengadore informiert, wenn sie mit ihrem Gesang die magische Welt in Gefahr gebracht hätte. Es wurde immer wichtiger, sich unauffällig zu verhalten. Schon das kleinste Gerücht war in wenigen Minuten um den gesamten Erdball gereist.

Julen behielt Alva im Auge, die zwischen ihnen hin und her blickte, als wüsste sie, dass sie gerade Gegenstand dieser lautlosen Diskussion war. Mit ihrer Geduld würde sie allerdings bald am Ende sein, das war deutlich zu erkennen.

Lautlos informierte er Kieran: *Mutter hat uns einige Tipps gegeben. Immerhin. Den Rest hat sie natürlich mir überlassen, wie üblich.*

»Ihr könnt Unterstützung gebrauchen«, sagte Kieran – und war nun auch für Alva hörbar, da er offenbar gemerkt hatte, dass sie immer wütender wurde. Er lächelte ihr sogar zu, und Julen dachte: *Donnerwetter, er hat eine Menge hinzugelernt, die drei Feenschwestern tun ihm offenbar gut* – was ihm einen missmutigen Blick seines Mentors einbrachte, der natürlich wie immer ohne jegliche Skrupel seine Gedanken las.

Doch anstatt zu erklären, was er damit meinte, verschwand Kieran einfach. Kein Verschmelzen mit der Dunkelheit, keine schnellen Bewegungen, die das menschliche Auge nicht erfassen konnte … er war einfach weg.

»Huch! Was war denn das? Ein Dschinn oder so was? Hätten wir da nicht drei Wünsche frei gehabt?«

»Mein Chef«, sagte Julen tonlos. Er hätte jetzt gern einen großen Schluck aus einer der verbliebenen Flaschen getrunken. Gleichgültig, ob das Blut vorher angewärmt worden wäre oder nicht. Aber mit der ahnungslosen Alva neben sich war das keine gute Idee. Also riss er sich zusammen und sagte: »Kieran ist ein Vengador und einer der mächtigsten Vertreter des magischen Rats in der Welt der Sterblichen.«

»Sterbliche? Damit meinst du wahrscheinlich uns arme, zurückgebliebene Menschen, oder?«

»Du bist kein Mensch. Du bist eine Sirene. Würdest du das bitte zur Kenntnis nehmen?« Mit beiden Händen hielt er sie an den Schultern fest. »Alva, das ist kein Spiel. Mit deinen Fähigkeiten bist du eine Gefahr für die Menschheit, wenn du nicht schnellstens lernst, sie zu beherrschen. Außer meiner Mutter lebt keine andere Sirene mehr in dieser Welt. Was glaubst du, was passiert, wenn jemand versucht, sich deiner zu bedienen?«

Schlagartig verstummte ihr Lachen. »Du meinst, irgendjemand könnte versuchen, anderen Menschen mit meiner Hilfe Schaden zuzufügen?«

»Genau das meine ich. Und du kannst es glauben oder nicht, aber ich habe das unangenehme Gefühl, dass uns nicht mehr viel Zeit bleibt, dich auf das Schlimmste vorzubereiten.«

»Worauf wartest du dann noch?« Alva setzte sich rücklings auf den Tisch. »Lass uns mit dem Training anfangen.«

»Was tust du da?« Der Anblick ihrer unbestrumpften Beine brachte ihn sofort auf andere Gedanken, und sein Körper war schon für die Fantasien bereit, die sie großzügig mit ihm teilte. Wie von unsichtbaren Fäden gezogen trat er dichter an sie heran und drückte ihre glatten Schenkel auseinander. Die Wärme in ihrem Schritt brachte ihn an den Rand seiner Selbstbeherrschung, etwas, das ihm neuerdings ständig passierte.

Der Rock war weiter hochgerutscht, und zu seinem Entzücken trennte ihn nur noch der Stoff seiner eigenen Kleidung vom Paradies. »Willst du mich umbringen?« Julen genoss ihren Anblick wie einen kostbaren Tropfen besten Blutweins.

Ihr kehliges Lachen und die Art, wie sie sich nach hinten bog, legte den Verdacht jedenfalls nahe, und als sie nun auch noch mit ihren geschickten Händen über seinen Bauch strich … »Ich trage doch nicht die Wäsche fremder Frauen.« Sie öffnete seine Hose. »Komm!«

Ohne zu zögern folgte er ihrer Aufforderung. Sie war mehr als bereit und lehnte sich nun sogar noch ein bisschen weiter nach hinten, um ihn vollständig in ihre samtene Enge aufzunehmen. Als sie ihr Becken hob und seinen Stößen dabei mit einer Wildheit begegnete, die er ihrem zarten Körper niemals zugetraut hätte, wusste er, dass Paradies und Hölle dicht beieinanderliegen.

Julen betete zu allen Göttern um die Kraft, sich lange genug beherrschen zu können. Doch sie stöhnte lustvoll und forderte mehr. Gerade als er glaubte, es nicht mehr aushalten zu können, spürte er, wie ein Zittern über ihren Leib lief, das einen überwältigenden Klimax ankündigte. Muskeln umschlossen ihn, und mit einem Laut, so urtümlich und wild, wie er ihn noch niemals zuvor gehört hatte, gab er sich gemeinsam mit Alva der Lust hin. Sie klammerte sich an ihn, rief wieder und wieder seinen Namen, flüsterte ihn zum Schluss nur noch heiser, bis sie endlich weich in seinen Armen lag.

Doch die friedliche Stimmung hielt nicht lange an. Sie wand sich aus seiner Umarmung und sprang vom Tisch. »Das habe ich immer schon mal tun wollen, ohne dass der Tisch unter mir zusammenbricht!«

Sprachlos sah ihr Julen hinterher. Niemals hätte er erwartet, dass aus dem schüchternen Mädchen in wenigen Stunden eine so sinnliche Frau werden würde, deren erotischer Appetit den anderer Feen sogar noch zu übertreffen schien.

Sie verschwand ins Schlafzimmer. »Ich bin gleich wieder da!«

Julen nutzte die Gelegenheit, um sich mit einem großen

Schluck von dem übrig gebliebenen Blut zu stärken. Schnell schloss er den Kühlschrank wieder und versiegelte ihn mit einem hastigen Zauber, damit Alva nicht noch einmal die Gelegenheit bekam, sich dessen Inhalt genauer anzusehen. Später, wenn sie schlief, wollte er die Vorräte in den Keller bringen. Dort war es kühl genug, dass sie sich ein oder zwei Tage frisch halten würden.

»Worauf wartest du, sollten wir nicht mit irgendeiner Art Training beginnen?«

Schnell ging er ihr entgegen. Sie trug nun ein geblümtes Sommerkleid und sah darin zum Anbeißen aus. Als er seine Hand über ihren appetitlich gerundeten Hintern gleiten ließ, erfühlte er zu seinem großen Bedauern, dass sie nun doch Unterwäsche trug.

Alva beobachtete, wie ein Lächeln seine Mundwinkel eroberte, sich ausbreitete, bis die zarten Fältchen in seinen Augenwinkeln tiefer wurden. Ehe sie begriff, was er plante, hatte er sie hochgehoben und durch die Luft gewirbelt. »Du bist die wunderbarste Frau, die mir jemals begegnet ist.«

Ihr Herz öffnete sich noch weiter, als es das ohnehin schon getan hatte. *Wenn er doch bloß das Gleiche für mich empfinden würde wie ich für ihn!* Sie liebte ihn so sehr, dass es genügte, an ihn zu denken, um ihr die Tränen in die Augen zu treiben. Sobald sie allein war, griff eine kalte Hand nach Alvas liebesschwerem Herz. Die Vorstellung, ihn zu verlieren, war unerträglich.

Aber sie wusste von Nienibit, deren Geschichten in den letzten Tagen häufiger an die Oberfläche ihres Bewusstseins gespült worden waren, dass ein Elf andere Interessen hatte, als sich an seinesgleichen zu binden. Sie würde sich mit dem zufriedengeben müssen, was sie bekommen konnte. Jemand wie Julen würde wahrscheinlich ohnehin niemals nur einer Frau treu sein können. Sie hatte ja gesehen, wie sich ihm die Weiber regelrecht an den Hals warfen.

Immerhin schien Tally, die es in der kurzen Zeit geschafft hatte, Alvas Geduld bis aufs Äußerste zu strapazieren, bisher keinen Erfolg mit ihren Avancen gehabt zu haben.

Auch wenn etwas in ihr hoffnungsvoll wisperte, dass Julen tatsächlich der Mann ihrer Träume sei, als den sie ihn von Anfang an im Geheimen ja auch betrachtet hatte, wagte sie es nicht, an ein solches Wunder zu glauben. *Du bist unvernünftig!*, ermahnte sie ihre lästige innere Stimme.

Plötzlich erstarrte Julen und lauschte. »Wir bekommen Besuch.«

»Schon wieder? Was ist hier los?«

Zwinkern half nicht, stellte sie fest. Tatsächlich stand ein fremder Mann mitten im Raum. Egal, ob sie die Augen weit aufriss oder zukniff und dabei langsam bis zehn zählte. Der Typ wirkte erstaunlich entspannt und sah mindestens ebenso sexy aus wie ein junger Gott.

»Was ist mit dir?«, fragte Julen und klang so besorgt, dass sie überlegte, ob es vielleicht an ihr lag, dass sie plötzlich aus dem Nichts auftauchende Personen immer noch ungewöhnlich fand.

Dies war einer der Momente, in denen sie sich nicht vorstellen konnte, jemals wieder ohne Julen zu sein. Er hatte sie in eine Zauberwelt entführt, in der Alva noch die normalste Bewohnerin zu sein schien. »Nichts ist, alles in Ordnung.« Sie bemühte sich, den Fremden zu ignorieren, und ging zum Flügel hinüber, der vor den hohen Fenstern stand, die ausgezeichnet zu dem einstigen Fabrikgebäude passten, in dem sich das Loft seiner Freunde befand. »Ich dachte nur, dass es ein bisschen ungewöhnlich ist, auf welche Weise die Besucher hier ein und aus gehen. Wer ist das nun wieder?«

»Hallo Alva, ich bin Erik. Kieran schickt mich.«

»Warum?«

Er lachte und zeigte dabei eine Reihe strahlend weißer Zähne. »Vielleicht, weil ich mich ganz gut im Musikgeschäft auskenne. Aber wahrscheinlich eher, weil er es liebt, mich als Versuchskaninchen zu verwenden.«

Aus irgendeinem Grund fing Julen an zu lachen. »Kaninchen ist gut.«

Alva seufzte. Sie konnte sich nicht vorstellen, was Julen daran so lustig fand. »Da ihr euch schon einig seid, lasst uns anfangen.«

»Das Beste ist, du setzt dich dort in den Sessel.«

»Kein Problem.« Erik winkte ihr zu.

Julen reichte ihr eine Wasserflasche, drehte sie sanft um, so dass ihr Blick durch die Fenster hinaus auf die schmale Mondsichel fiel. Dann setzte er sich an den Flügel und spielte einen der Songs aus ihrem Repertoire.

»Ich wusste gar nicht …«

»Sing!«, unterbrach er sie und wiederholte die Passage, damit sie ihren Einsatz fand.

Es war eines der Lieder, die Stefan für sie umgeschrieben hatte, und es dauerte nicht lange, bis Alva alles um sich herum vergaß und vollkommen in der Musik aufging.

Bis sie plötzlich einen brennenden Schmerz spürte. Julen saß nicht mehr an der Tastatur, sondern stand vor ihr, seine Fingernägel bohrten sich wie Klauen in ihre Schulter. Er sah aus, als wolle er sie mit seinen eismeerblauen Augen hypnotisieren. Voller Furcht blickte sie beiseite und sah Erik vor sich am Boden liegen – mit einem Gesichtsausdruck, der ihr Angst machte. »Ich habe es wieder getan, oder?«

Julen ließ sie los und half seinem benommen blinzelnden Freund auf.

Der schüttelte sich wie ein Hund und sagte mit rauer Stimme: »Das habe ich noch nie erlebt! Was bist du?«

Noch bevor Alva antworten konnte, mischte sich Julen ein. Er legte dem Mann die Hand auf die Stirn und flüsterte ein paar unverständliche Worte.

Was da gerade zwischen den beiden geschehen war, wollte Alva überhaupt nicht wissen. Sie hatte ohnehin genug mit sich selbst zu tun, denn ihr Versuch zu singen, ohne anderen Schaden zuzufügen, war ziemlich danebengegangen.

Erik setzte sich aufs Sofa zurück. »Ich sage es ja: *Versuchskaninchen*. Lass es uns noch mal probieren.«

Während Julen zum Klavier zurückging, erinnerte er Alva an Florentines Ratschläge.

Stell dir eine Seifenblase vor, die dich umgibt, hatte sie gesagt und erklärt, dass sie auf diese Weise zwar für ihr Publikum sichtbar und natürlich auch hörbar war, dass sich aber tatsächlich der dünne Schleier einer vorübergehend geschaffenen Dimension zwischen ihnen befand. Alva hielt es für ausgeschlossen, dass ihr dieser Trick jemals gelingen konnte, aber einen Versuch war es wert.

»Ich probiere es.« Sie lauschte konzentriert seinem Spiel, fand ihren Einsatz und sang. Tatsächlich half ihr die Vorstellung einer schillernden Membran, die sie umgab, ihre Magie zu dämpfen. Doch Alva liebte dieses Lied, und ehe sie sich versah, verlor sie sich erneut im Zauber der Melodie. Dieses Mal bemerkte sie ihren Fehler allerdings schneller und schlug die Hand vor den Mund.

Erik blinzelte, als sei er unerwartet aus dem Dunkeln ins Helle getreten. »Du bist fantastisch!« Das warnende Grollen aus Julens Kehle stoppte ihn sofort, und er ließ sich wieder in die Polster zurückfallen. »Mann, er hat mir nicht gesagt, dass es derart schwierig werden würde!«, knurrte er.

Nachdem sie einen Schluck aus ihrer Wasserflasche genommen hatte, stellte sie sich wieder an den Flügel. »Noch mal!«

Und dieses Mal kam ihr ganz unerwartet eine Lektion von Nienibit zu Hilfe, an die sie sich plötzlich erinnerte. Damals hatte sie unter der strengen Anleitung ihrer geheimnisvollen Lehrerin ebenfalls trainieren müssen, wie man Gefühle ebenso wie die Magie kontrollierte. Plötzlich war alles ganz einfach. Das Lied behielt seinen Zauber, ihre Stimme war vollkommener als jemals zuvor – und trotzdem verriet ihr ein schneller Blick zu Erik, dass sie den Sirenenzauber dieses Mal unter Kontrolle hatte. Julens Freund wippte mit dem Fuß zur Melodie, aber das Lächeln in seinem Gesicht zeigte ehrliche Begeisterung und nicht diesen zwanghaften Wahn, den die Stimme einer Sirene auch auslösen konnte.

Die letzte Note verklang im Raum. Niemand sagte ein Wort, bis Julen schließlich aufstand, sie umarmte und küsste.

Alva erwiderte seine Zärtlichkeiten, bis ein Räuspern sie daran erinnerte, dass sie nicht allein waren.

»Vielleicht sollten wir es noch einmal probieren. Nur, um ganz sicher zu sein.«

»Ach, gib es zu, du willst doch nur ein Privatkonzert hören.« Lächelnd setzte sich Julen wieder an den Flügel.

»Stimmt genau. Zufällig bin ich ein Fan eurer Musik.«

Sofort erwärmten sich Alvas Wangen. »Wenn du das wirklich möchtest, gern. Ich wäre dir sehr dankbar.« Am liebsten hätte sie sich für diese leichtfertigen Worte auf die Zunge gebissen. Ganz bestimmt hatte dieser Kieran keinen gewöhnlichen Sterblichen zur Unterstützung geschickt. Und jetzt schuldete sie einem Fremden etwas, von dem sie nicht einmal wusste, wer oder was er war.

Als ahne er ihre Besorgnis, lachte Erik gutmütig. »Keine Panik, dich live hören zu können, ist mir Dank genug.«

Sie sang fast ihr gesamtes Repertoire durch. Bis auf einen kleinen Ausrutscher behielt sie die Kontrolle über ihre Magie und hatte dennoch ebenso viel Freude am Singen wie zuvor.

Zwischendurch hatte Julen sogar die zweite Stimme und damit Toms Part übernommen. Alva war überrascht, wie gut er sang. Fast wehmütig ließ sie die letzten Noten des Liedes verklingen, das sie und die Band als Zugabe ausgewählt hatten.

Erik stand auf und applaudierte. »Großartig, einfach großartig! Vielen Dank, dass ich dabei sein durfte!«

Dann aber warf er Julen einen besorgten Blick zu und zeigte zum Fenster.

Der Himmel über der Stadt wurde niemals vollkommen dunkel, aber nun war es das Licht der aufgehenden Sonne, das die Wolken zartrosa färbte.

»Ohne deine Hilfe hätten wir es nicht so schnell geschafft!« Julen schüttelte Eriks Hand. »Ich schätze, du wirst das Konzert heute Abend nicht verpassen wollen? Wenn du möchtest, kannst du gleich hierbleiben.« Ihn schien die Aussicht auf den anbrechenden Tag nicht sehr zu beunruhigen.

»Aber klar, wenn ihr eine Decke oder so was für mich habt ...« Erik musterte die Sitzecke vor den Bücherregalen genauer, und Alva konnte sich des Eindrucks nicht erwehren, dass er sich nach einem geeigneten Schlafplatz umsah.

Julen schien das Gleiche zu denken. »Es gibt ein Gästezimmer und reichlich frisches Wasser!«

Hat er etwa gerade gehechelt?, fragte sich Alva irritiert und schüttelte dann den Kopf. Mit jedem Schritt, den sie weiter in die magische Welt eintrat, wurde ihr neues Leben verwirrender.

Die beiden Männer sahen sich an und schienen über einen gemeinsamen Witz zu lachen, an dem Alva offenbar keinen Anteil haben sollte. Danach begleitete Julen seinen Freund, um ihm das Gästezimmer und alles Weitere zu zeigen.

Glücklich, dass es ihr mit der Unterstützung der beiden gelungen war, einen Weg zu finden, ihre Kräfte zu kontrollieren, nutzte sie seine Abwesenheit und ging in Gedanken noch einmal jeden Punkt der Übung durch.

Es dauerte eine Weile, bis Julen ohne Erik zurückkehrte. Er wirkte sehr zufrieden. »Ich habe dir eine Überraschung versprochen. Möchtest du sie jetzt gleich sehen oder lieber später?«

Wahrscheinlich war es das Glitzern in seinen Augen. Es verriet den kleinen, frechen Jungen in ihm, der er bestimmt einmal gewesen war. »Was ist es?« Alva schob ihre Sehnsucht nach dem Bett beiseite, ihr Herz schlug erwartungsvoll.

»Da geht es hinauf.« Über die Leiter, die mitten im Raum bis unter die Decke führte, hatte sie sich ohnehin schon gewundert. Schnell stieg er die Sprossen hoch und öffnete eine Bodenklappe, die ihr von unten gar nicht aufgefallen war. Blasses Morgenlicht fiel durch das Rechteck, während er weiter hinaufkletterte. »Komm, oder hast du Höhenangst?«

»Natürlich nicht!« Ein bisschen wackelig kam ihr der Aufstieg dann aber doch vor, und sie verzichtete darauf, nach unten zu sehen. Der ehemalige Fabrikraum war bestimmt fünf oder sechs Meter hoch, und die Leiter machte den Eindruck, als hätte sie schon beim Bau des Gebäudes vor mindestens hundert Jahren gute Dienste geleistet.

Julen reichte ihr von oben die Hand und half Alva beim Klettern durch die schmale Öffnung. Danach trat er beiseite, um den Blick auf einen wildromantischen Dachgarten freizugeben. Der Rasen unter ihren bloßen Füßen fühlte sich wunderbar an, Gräser, zarte Blüten und englische Rosen verströmten einen Duft, der sie an den Garten ihrer Mutter erinnerte. Erstaunlich hohe Bäume wuchsen aus großen Kübeln, um an heißen Sommertagen Schatten zu spenden. Mittendrin standen Tisch und

Stühle, die geradezu dazu einluden, sich hier niederzulassen und den Blick über die erwachende Stadt zu genießen.

»Das ist fantastisch! Hab ich schon gesagt, dass dies meine Traumwohnung sein könnte?« Dummerweise unterbrach ein Gähnen Alvas Begeisterung. Schnell hielt sie die Hand vor den Mund. »Tut mir leid, ich bin schrecklich müde!«

Lachend küsste Julen ihre Nasenspitze. »Ich freue mich, dass es dir gefällt. Wir können später noch einmal heraufkommen, aber jetzt solltest du tatsächlich erst einmal schlafen, um für das Konzert ausgeruht zu sein.«

Nacheinander stiegen sie die Leiter wieder hinab. Unten kamen erste Sonnenstrahlen durch die hohen Industriefenster und tauchten das Loft in ein warmes Licht. Julens Haar leuchtete wie gesponnenes Gold. In seinen Augen tanzten Emotionen, die sie nicht einordnen konnte. Obwohl die besondere Stimmung des Augenblicks sie in der Seele berührte, hatte Alva das Gefühl, dass ihr etwas Wichtiges entgangen war.

Zu müde, um überhaupt noch denken zu können, verschob sie die Suche nach einer Antwort aber auf später. Bald darauf war sie in dem komfortablen Bett ihrer Gastgeber eingeschlafen.

14

»Hoffentlich bekommt sie das heute Abend hin.« Erik hatte die langen Beine unter dem Tisch ausgestreckt und trank einen großen Schluck aus seiner Kaffeetasse.

»Selbstverständlich.«

Er hätte in diesem Augenblick ebenso gut auf Eriks wissendes Zwinkern verzichten können wie überhaupt auf dessen Anwesenheit. Julens Nasenflügel blähten sich, und für einen kurzen Augenblick wünschte er sich, selbst von dem Kaffee zu trinken und dazu eines der sehr appetitlich aussehenden Brötchen essen zu können, die man hier Schrippen nennt, wie Erik nach einem kurzen Ausflug zum Bäcker belustigt erklärt hatte.

»Wie bist du eigentlich durch die Zwischenwelt gekommen, hat Kieran dich huckepack genommen, oder was?« Diese Frage beschäftigte ihn schon seit einer ganzen Weile. Werwölfe, selbst wenn sie aus einem uralten Clan stammten wie Erik, konnten nicht in jener Dimension reisen, die für ihn so überaus praktisch war. Jedenfalls hatte Julen noch niemals zuvor davon gehört.

Erik schüttelte den Kopf. »Geschäftsgeheimnis! Tut mir leid.« Er sah nicht aus, als bedauere er sein Schweigen besonders.

Die Sonne versteckte sich hinter einer Wolke, und Julen atmete unwillkürlich auf, obwohl sie ihm hier nicht bedrohlich werden konnte. Es war merkwürdig, in der Gesellschaft eines Gestaltwandlers im Tageslicht bei einem zugegebenermaßen späten Frühstück zu sitzen.

»Gegenfrage: Hast du …«, hier zögerte Erik, bevor er weitersprach, »… da nicht dieses Sonnenlichtproblem?«

Die Frage war berechtigt, denn Julen trug zwar seine Sonnenbrille, aber er saß ihm immerhin im Licht eines sonnigen Tages gegenüber. Etwas, das ein geschaffener Vampir schon deshalb nicht hätte tun können, weil er tagsüber kalt und tot in seinem Versteck gelegen hätte. Geborene Vampire allerdings brauchten diesen Schlaf nicht und konnten sich, zumindest kurzzeitig, auch im Tageslicht aufhalten. Der Ausflug auf das Dach hatte Julen nicht mehr als einen großen Schluck aus den reichlich vorhandenen Blutkonserven gekostet. Je mehr Licht, desto mehr Blutverbrauch.

Allerdings hatte Julen keineswegs vor, diese Information zu teilen. Erik war ihm sympathisch, zudem arbeitete er ebenfalls für Kieran. Dennoch blieb er ein Außenseiter. Sein Clan verlangte die längst fällige Verkündigung, dass er bereit war, das Erbe seines kranken Vaters anzutreten, bevor es jemand anders tat, und seine Freundin wirkte in letzter Zeit ziemlich unglücklich, denn eine Fee war in der Welt der Werwölfe nicht mehr als ein Lämmchen zum Frühstück. Die Probleme des Paars hätten in der magischen Welt vermutlich niemanden besonders interessiert, wäre diese Fee nicht ausgerechnet eine der *Drei Feenschwestern* und damit Teil der Causantín-Familie gewesen.

»Geschäftsgeheimnis«, imitierte er Eriks Antwort.

Der Werwolf schmunzelte. Vermutlich hatte er nichts anderes erwartet.

»Es hat nichts mit Magie zu tun«, verriet Julen nun doch. Während er darüber nachdachte, wie weit er Erik vertrauen durfte, sah er zu, wie sich eine weitere Blutkonserve in der Mikrowelle auf exakt siebenunddreißig Grad erwärmte. Schließlich rang er sich dazu durch, wenigstens die halbe Wahrheit zu offenbaren. Ein Geheimnis war die Erfindung ohnehin nicht mehr.

In dieser Wohnung lebten moderne Vampire, die längst nicht mehr nur in den Schatten einer finsteren Existenz dahinvegetierten. Den beinahe historisch wirkenden Fensterscheiben sah man es zwar nicht an, aber sie filterten fast einhundert Prozent der gefährlichen UV-Strahlung. Die Beschichtung ließ die Scheiben zwar ein wenig trüb wirken oder schlecht geputzt, wenn man so wollte, doch Wissenschaftler arbeiteten längst an einer Lösung dafür, die verräterische Trübung zu verhindern.

»Eine Spezialfolie«, sagte Julen. »Leider haben sich die Hersteller bei der letzten Börsenkrise verspekuliert.«

»Tatsächlich?« Erstaunlicherweise wirkte Erik interessiert. »Wie heißt die Firma?«

Werwölfe investierten normalerweise in andere Industriezweige, aber Erik war weniger traditionell als der Rest seines Clans, zu dessen Kerngeschäften Bergbau, Ölförderung und die Chemische Industrie gehörten. Andere Clans waren im Holzhandel tätig oder in der Lebensmittelindustrie. Überall wo die Schätze dieser Erde ausgebeutet wurden, fand man früher oder später einen ihrer Clans, der die Finger im Spiel hatte. Kein Wunder, dass die Feen nicht gut auf sie zu sprechen waren. Die Gestaltwandler verdienten viel Geld damit, ihren Lebensraum zu zerstören. »Ich kenne nur einen der Händler. Wenn du willst, erkundige ich mich nach dem Namen des Herstellers.«

Kieran hatte eine gute Wahl getroffen, als er – wahrscheinlich spontan – entschieden hatte, Erik zu schicken, um Alvas Magie zu trainieren. Julen kannte den Werwolf als loyal und unkompliziert. Die vergangene Nacht hatte gezeigt, dass sie sich nicht getäuscht hatten.

Es wäre also schlechter Stil gewesen, den Mann gleich wieder vor die Tür zu setzen, und unklug obendrein, denn Erik war nicht ohne Einfluss in der magischen Welt. Als großes Glück hatte sich herausgestellt, dass er Alvas Band kannte und ihre Musik mochte, obwohl sie noch ein Insidertipp war, von dem bisher nur wenige wussten. Als Julen ihm das sagte, lachte Erik nur. »Du hast in den letzten Tagen offenbar nicht ins Internet geschaut. Seit wir die Mitschnitte aus Amsterdam online gestellt haben, ist uns fast der Server abgeschmiert.«

»Wir?«

Der Werwolf schmunzelte. »Das Business meiner Familie hat mir noch nie besonders gelegen. Meine Freundin ist im Buchgeschäft – und da dachte ich, die Musikindustrie wäre auch nicht übel.«

»Ich hab gehört, damit könne man kein Geld mehr verdienen.« Julen war überrascht. »Und was genau hast du mit Alvas Gruppe zu tun?«

Erik blinzelte. »Wir managen die *Midnight Fairytales*. Die Verbindung zu *One More Thing* … ist eher zufällig, aber natürlich sind wir sehr daran interessiert, die Band unter Vertrag zu nehmen. Ich gebe zu, das war einer der Gründe, warum ich sofort zugesagt habe, als Kieran mich gefragt hat. Nicht, dass man seine *Bitten* so ohne Weiteres abschlagen könnte.« Als er Julen nun doch ansah, räusperte er sich und hob beschwichtigend die Hände. »Ich bin in erster Linie Geschäftsmann.« Erneut senkte er den Blick und zeigte damit deutlich, dass er Julens Überlegenheit nicht infrage stellen wollte. Auch wenn Werwölfe ihren eigenen Gesetzen folgten, war er doch darauf bedacht, nicht unnötig zu provozieren.

Eine strategisch kluge Entscheidung, ebenso wie die Offenheit, mit der er über seine Beweggründe sprach. Der junge Werwolf war auf dem besten Weg, sich zu einem umsichtigen Familienoberhaupt zu entwickeln, das durchaus auch bereit war, neue Wege zu gehen, um den Wohlstand seines Clans zu erhalten. Dennoch bewegte Julen eine Frage: »Glaubst du, dass irgendetwas daran Zufall ist?«

Erik überlegte einen Augenblick, bevor er antwortete. »Wahrscheinlich nicht. Hast du ein persönliches Interesse an der Kleinen, oder ist sie einfach nur dein *Job*?« Rasch schob er nach: »Wenn ich das fragen darf.«

»Ich vertraue dir. Ansonsten hätte ich dich kaum mit Alva trainieren lassen, egal, was Kieran sagt.«

»Du meinst, ein anderes Versuchskaninchen hätte den Abend nicht überlebt!« Erik nahm die Füße vom Stuhl und setzte sich aufrecht hin.

Julen warf ihm einen kühlen Blick zu. »Ich bin Vengador. An erster Stelle steht immer die Sicherheit meines Schützlings. Natürlich würde ich jeden töten, der eine Gefahr für sie bedeutet.«

Anstelle einer Antwort hob Erik die Nase höher, als wolle er Witterung aufnehmen.

Julen wusste, was ihn beschäftigte. Alvas Erwachen hatte er schon vor einer ganzen Weile gefühlt. Ruhig spülte er sein Glas aus, nachdem er es leer getrunken hatte, und drehte sich nun langsam zur Schlafzimmertür um, in der sie lehnte. »Lerche oder Nachtigall?« Er breitete seine Arme aus.

»Trau mir, das Licht ist nicht des Tages Licht. Die Sonne haucht ihr Luftbild aus, dein Fackelträger diese Nacht zu sein, dir auf dem Weg zu leuchten, drum bleibe noch …« Leichtfüßig lief Alva über das Parkett und sprang in seine Arme.

Mit einem Blick auf die Uhr erhob sich Erik. »Ich werde mich noch ein bisschen in der Stadt umsehen.« Seine Stimme bebte bei dem Versuch, ein Lachen zu unterdrücken. »Bis später!« Er nahm seine Jacke von der Stuhllehne und ging zur Tür.

Mit großem Appetit fiel Alva über das Frühstück her. Julen schenkte ihr von dem noch heißen Kaffee ein und beobachtete, wie sie ein Croissant und eine große Schale Müsli verschlang. Als sie nach einem Brötchen griff, lachte er. »Glaubst du wirklich, dass ein voller Bauch besser klingt?«

Erschrocken hielt sie mitten in der Bewegung inne. »Oh verdammt, wie spät ist es eigentlich?«

Wie aufs Stichwort klingelte das Handy. *Chris!*, formten Julens Lippen lautlos. »Hallo, seid ihr gut angekommen?« Geduldig hörte er sich einen etwas wirren Reisebericht an und unterbrach ihren Redefluss schließlich. »Alva ist spätestens in einer halben Stunde bei euch.« Ohne ihre Antwort abzuwarten, legte er auf. »Ich fürchte, mit dem Brötchen wird es nichts mehr. Wenn du dich nicht beeilst, verpasst du den Soundcheck.«

»Kommst du nicht mit?«

Es war heller Tag. Er bemühte sich, gleichgültig zu klingen. »Ich habe noch was zu erledigen, ich komme lieber später nach.«

Der Bus war nicht zu übersehen, die riesige Beule in seinem Kotflügel auch nicht. »Was ist passiert?« Alva umarmte Chris flüchtig und begrüßte die anderen mit Handschlag.

»Das ist eine lange Geschichte.« Tom runzelte beim Anblick ihres kurzen Rocks die Stirn, machte aber keine Bemerkung. »Und wo warst du?«

»Eine lange Geschichte«, gab sie zurück. Alastair grinste hinter Toms Rücken, aber Stefan lachte laut. Nur Chris schien irgendetwas zu beunruhigen. Die sonst so fröhliche Bassistin hatte also auch ihre Launen.

Alva wollte sich erkundigen, was sie bedrückte, da streckte der Schlagzeuger der *Midnight Fairytales* den Kopf aus einer Tür und rief ihnen zu: »Ihr könnt jetzt reinkommen, wir sind fertig!«

Auf dem Weg in den Konzertsaal hielt sich Alva an Chris' Seite. »Wie hat er das gemeint, dürfen wir immer noch nicht bei den Proben der *Fairytales* dabei sein?«

»Tally meint, sie könne sich nicht konzentrieren, wenn Fremde im Raum sind. Die hat echt einen Schuss, und Mandy scharwenzelt die ganze Zeit um sie rum, als wäre sie eine Königin oder so was. Dabei ist sie in Wirklichkeit richtig sauer.«

»Wer könnte es ihr auch verdenken? Ihre Rolle beim Erfolg der *Fairytales* ist deutlich bescheidener ausgefallen, als sie sich das vorgestellt hatte.«

»Drei Songs sind nicht viel«, sagte Chris hämisch. »Aber du wirst doch nicht etwa Mitleid mit ihr haben?«

»Ganz bestimmt nicht.« Alva gab sich nicht die geringste Mühe, ihre Schadenfreude zu verbergen. Von Tom wusste sie, dass Mandy jedem, der es hören wollte, erzählte, sie hätte die Geschwister in flagranti erwischt. Natürlich erwähnte sie dabei nicht, dass Alva und Tom keine leiblichen Geschwister waren.

Chris legte ihr die Hand auf den Unterarm. »Warst du die ganze Zeit mit Julen zusammen?«

Warum sie dabei so besorgt klang, vermochte sich Alva nicht zu erklären. »Er hat mir …«, sie konnte unmöglich sagen, dass sie Julens Mutter kennengelernt hatte, die vermutlich Hunderte Jahre alt war, aber jünger aussah als Alva oder Chris. »Ich habe einen Vocal-Coach getroffen und ein paar Sachen geübt, mit denen ich nicht klargekommen bin.«

»Ach ja? Nimm dich vor ihm in Acht, er ist nicht, was er zu sein scheint!«

Versuchte Chris etwa, einen Keil zwischen sie zu treiben? Zum Glück musste sie nicht darauf antworten, weil Jon, der Tourmanager, gerade um die Ecke bog und Alva zu sich heranwinkte. »Ich komm gleich nach!«, rief sie ihr über die Schulter zu und eilte ihm wie einem lange vermissten Freund entgegen.

»Gott, Mädchen! Du hast mich mindestens ein Jahr meines Lebens gekostet.« Ehe sie etwas darauf antworten konnte, sprach er schon weiter: »Egal, jetzt bist du ja da. Hier ist dein Backstage-Pass. Dein Freund scheint ja keinen zu brauchen. Wenn er trotzdem einen will, sag ihm, dass ich einen All-Area-

Access-Ausweis an der Kasse hinterlegt habe. Möchtest du sonst noch jemanden auf die Gästeliste setzen?«

Beinahe hätte sie es vergessen. »Ja, da kommt nachher noch ein Freund …«

Er wackelte mit den Augenbrauen. »Noch einer, wie?« Er bemerkte jedoch schnell, dass Alva nicht zu Scherzen aufgelegt war. »Schon gut, wie heißt der Typ?«

»Erik.« Den Nachnamen von Julens Freund kannte sie nicht. Aber da er der Einzige auf ihrer Gästeliste war, würde es wohl nicht besonders schwierig für ihn werden reinzukommen.

»Und weiter?«

»Varg. Erik Varg.«

Alva zuckte beim Klang von Eriks Stimme zusammen. Aber sie protestierte nicht, als er ein bisschen zu besitzergreifend seine Hand an ihre Hüfte legte.

Der Manager blickte von Erik zu ihr und stammelte: »Natürlich, Herr Varg. Ich lasse Ihnen den Pass sofort bringen.« Mit einer hastigen Verbeugung verabschiedete er sich und verschwand im Laufschritt.

»Um Himmels willen, was ist denn mit dem los?«

Erik sah verlegen beiseite. »Ich bin sein Chef.«

»Im Ernst? Gehört dir dieser Club?«

Jetzt lachte er. »Nein, aber ich besitze eine Firma, die sich um das Management von bekannten Persönlichkeiten kümmert.«

»Weiß Julen davon?«

Erik zuckte mit der Schulter. »Natürlich, ich hab es ihm vorhin grad erzählt.« Dann zeigte er auf eine der Türen zum Konzertraum. »Ich glaube, man wartet auf dich.«

Und tatsächlich hörte sie in diesem Augenblick, wie Tom nach ihr rief. Alva lief hinein, und als sie sich noch einmal umdrehte, sah sie, wie Erik ihr langsam folgte. Seine Bewegungen hatten etwas Raubtierhaftes – und irgendetwas an ihm beunruhigte sie immer, sobald er sich in ihrer Nähe befand. Doch er war zweifellos ein interessanter Mann, auch wenn er natürlich nicht mit Julen konkurrieren konnte.

»Wir haben nicht viel Zeit!«, grollte Tom und reichte ihr die Hand, um ihr auf die Bühne zu helfen. Der Soundcheck war kompliziert. Erst stürzte der Computer ab, und dann dauerte es ewig, bis Alastair und sein Kollege die Sicherungskopien der Einstellungen wieder draufgespielt hatten. Als sie endlich weitermachen konnten, war es schon spät, und dann gab es plötzlich auch noch Rückkopplungen an einem der Mikrofone. Alastair kam nach vorn gelaufen, um sich die Sache anzusehen. Alva drehte sich zum Schlagzeugpodest um, auf dem ihre Wasserflasche stand. Sie war keine zwei Schritte gegangen, da krachte es hinter ihr. Noch ehe sie sich umdrehen konnte, wurde sie gepackt und von der Bühne getragen. Erschrocken schlug sie um sich. »Lass mich sofort los!«

»Bleib ganz ruhig!«, sagte ihr jemand mit dunkler Stimme ins Ohr.

Es hörte sich fast wie das Knurren eines Hundes an. Sie strampelte, bekam etwas Weiches zu fassen und kniff fest hinein.

»Au!« Der Griff um ihre Taille lockerte sich, und zu ihrer großen Erleichterung spürte sie wieder festen Boden unter den Füßen. »Himmel, Mädchen! Ich bin es. Erik!« Er rieb sich sein Ohr.

»Entschuldige!« Alva wollte den Schaden betrachten, aber er brummte nur: »Schon gut!« und ließ seine Hand wieder sinken.

»Was ist passiert?« Sie versuchte, sich an ihm vorbeizudrängeln, aber er hielt sie zurück.

»Ein Strahler ist herabgestürzt.«

»Ist jemand verletzt? Wie konntest du überhaupt so schnell …?« Sie sah ihn aus großen Augen an.

Ihre Frage ignorierte er, begleitete sie jedoch auf die Bühne zurück. Alastair war dabei, die Scherben zusammenzufegen, während ihre Freunde diskutierend am Bühnenrand standen. Tom zeigte nach oben, wo die Lampe gehangen hatte, und plötzlich wurde Alva klar, dass sie die ganze Zeit genau darunter gestanden hatte. Wäre sie nicht Sekunden vorher zum Schlagzeug gegangen … Halt suchend griff sie nach Eriks Hand und war plötzlich froh, ihn in ihrer Nähe zu wissen.

Chris sah sie als Erste. »Alles in Ordnung?« Sie wollte ihr entgegengehen, blieb aber plötzlich wie angewurzelt stehen. Mit weit aufgerissenen Augen starte sie an Alva vorbei, als sähe sie ein fürchterliches Ungeheuer. Und das Ungeheuer knurrte. Sie fuhr entsetzt herum, doch hinter ihr stand nur Erik. Zum ersten Mal fiel ihr auf, dass seine Augen unterschiedliche Farben hatten. *Wie bei einem Husky*, dachte sie überrascht.

Erst allmählich drang Toms wütende Stimme in ihr Bewusstsein. »Was? Wir hatten die ganze Zeit technische Probleme, und dann ist auch noch diese verdammte Lampe runtergekracht. Pass mal auf, mein Freund, ich gehe nicht von der Bühne, bis wir einen anständigen Soundcheck durchgezogen haben.« Es folgten ein paar heftige Flüche, weil der Mann, der offensichtlich soeben verkündet hatte, dass sie den Saal jetzt räumen sollten, kein Wort von dem verstand, was Tom brüllte.

Der Mann machte eine hilflose Geste und versuchte in holprigem Englisch noch einmal seinen Standpunkt klarzumachen. Schließlich erbarmte sich Stefan, sprang von der Bühne und nahm ihn beiseite. Nach einem kurzen Gespräch, bei dem viel gestikuliert worden war, kehrte er zurück. »Wir haben noch eine Viertelstunde, also los!«

»Ich wusste gar nicht, dass du Deutsch sprichst.« Alva sah ihn überrascht an.

»Süße, es gibt eine Menge Dinge, von denen du keine Ahnung hast, natürlich spricht er Deutsch, er ist ja selber einer von diesen Wurstessern«, sagte Tom abfällig.

Alva streckte ihm die Zunge raus. »Ah ja, was bist du wieder nett heute!«

»Das war übrigens Russisch«, sagte Stefan, setzte sich hinter sein Schlagzeug und zählte den nächsten Song an.

Der restliche Soundcheck ging glatt über die Bühne, und wenn sie auch gern etwas mehr Zeit gehabt hätten, räumten sie doch sofort ihre Plätze, als der Hallenmeister nach exakt fünfzehn Minuten zurückkehrte.

Das *Moshpit* war nach der tobenden Menge benannt worden, die sich bei manchen Bands vor der Bühne versammelte und springend und rempelnd zur Musik tanzte. Es sah etwas heruntergekommen aus, doch die Plakate, die in dicken Schichten übereinander an die Wände geklebt worden waren, bewiesen, dass hier seit Jahren bekannte und erfolgreiche Bands ihre ersten Konzerte gegeben hatten, bevor sie in größere Hallen oder Stadien umgezogen waren. Der Club galt als Sprungbrett in eine erfolgreiche Musikerkarriere und das Publikum als dementsprechend anspruchsvoll.

Alva fühlte sich wohl, die Räume wurden trotz ihres Zustands von positiven Schwingungen durchzogen. Zudem befand sich der Club praktischerweise mitten in einem belebten Kiez, weshalb sie beschlossen, einfach loszuziehen und nach einer netten Kneipe zu suchen, um die Zeit bis zum Abend zu überbrücken und etwas zu essen. Nur Alastair winkte ab, er wartete auf irgendein Ersatzteil, das ihm zu seinem Technikerglück noch fehlte.

Erik, dessen schnelles Eingreifen vorhin jeden, der dabei gewesen war, beeindruckt hatte, wurde eingeladen, sie zu begleiten. Alva freute sich über das freundliche Lächeln, das er ihr schenkte. Ganz sicher kein armer Mann und nicht ohne Einfluss, war er offensichtlich bescheiden und bodenständig geblieben.

Chris war dagegen weniger begeistert. Jedenfalls kam es Alva so vor, als würde ihre Freundin erleichtert aufatmen, als Erik ein Gespräch mit Stefan begann und die beiden Männer ein bisschen zurückblieben. »Wo hast du den denn aufgegabelt? Lass mich raten, er ist ein Freund von Julen.«

Mit einem Schulterzucken tat Alva den leicht aggressiven Unterton ihrer Freundin ab, den sie sich ohnehin nicht erklären konnte. »Ja, und außerdem ist er der Chef unseres Tourmanagers.«

»Oh, shit! Da bin ich wohl besser nett zu ihm. Kann mir schon vorstellen, wie Tally auf ihn reagieren wird.«

Die Sängerin der Fairytales *würde sich Erik ganz bestimmt sofort an den Hals werfen*, überlegte Alva. »Wegen seines Aussehens oder seines Jobs?«

»Ich glaube, jemanden mit Einfluss würde sie auch nehmen, wenn er wie Quasimodo aussähe. Da ist sie vollkommen schmerzfrei.« Unauffällig sah sich Chris um. »Ich muss zugeben, er sieht definitiv besser aus.«

Das war eine ziemliche Untertreibung, fand Alva.

Erik war groß und machte in den dunklen Jeans eine gute Figur. Der rotblonde Bartschatten ließ ihn männlicher wirken, was den Frauen, die ihnen unterwegs begegneten, offenbar gefiel. Das T-Shirt lag eng an und verbarg wenig von seinem sportlichen Oberkörper. Wirklich bemerkenswert waren seine Husky-Augen, die unter der dichten Mähne blonder Haare alles um ihn herum im Blick zu haben schienen. Leider hatte er sie nun hinter einer teuer wirkenden Sonnenbrille verborgen, die ebenso wie bei Julen seinen Coolness-Faktor eindeutig erhöhte. Man merkte ihnen an, dass sie irgendwie aus der gleichen Ecke stammten. Obwohl Erik – anders als Julen, den immer ein Hauch von Verwegenheit zu umwehen schien – wie ein sportlicher College-Student wirkte und eigentlich zu jung war, um schon ein erfolgreicher Geschäftsmann zu sein. Aber Julens Boss hätte ebenfalls in diese Clique gepasst. Er hatte überhaupt nicht ihren Vorstellungen entsprochen, und die Dunkelheit, die ihn zu umgeben schien, hatte sie auch in Julen gespürt. Erik war anders. In Ermangelung eines besseren Begriffs hätte sie ihn am ehesten als *sonniger* bezeichnet. *Natürlich!* Beinahe hätte sie sich mit der flachen Hand auf die Stirn geschlagen. Wenn Julen und Kieran Dunkelelfen waren, dann war Erik vielleicht ein Lichtwesen wie sie. Zufrieden mit dem Ergebnis ihrer Überlegungen hakte sich Alva bei Chris ein und hopste zweimal, bis sie im Gleichschritt gingen. »Das wird sicher ein fantastisches Konzert! Ich kann es in meinen Knochen spüren.«

Die Bassistin sah sie von der Seite an. »Wenn du das sagst.«

Doch Alva ließ sich ihre gute Laune nicht verderben. *Es wird ein guter Tag*, das hatte sie im Blut. Nachdem die Musiker und einige Crewmitglieder der *Fairytales* an mehreren Restaurants vorbeigegangen waren, fanden sie schließlich einen schönen Tisch auf der Terrasse eines italienischen Restaurants. Sie hatten sich nicht entscheiden können, ob sie nun türkisch essen sollten oder persisch – und als sie sich dann schließlich auf Sushi geeinigt hatten, war in dem Lokal nicht genügend Platz für eine größere Gruppe gewesen. Danach hatten sie einen bayerischen Biergarten entdeckt, aber Tom hatte sich geweigert, ihn zu betreten. »Wenn ich einen halben Ochsen mit einem Fass Bier runterspülen will, dann ganz bestimmt nicht vor einem Auftritt.«

Erik, dessen Augen bei der Erwähnung des Ochsen zu leuchten begonnen hatten, murmelte etwas, das wie *Wenn du in Rom bist, tu es den Römern gleich* klang, und Alva pflichtete ihm insgeheim bei, obwohl sich ihr Appetit auf Wurst und Braten, oder was die Leute in diesem Land sonst noch aßen, in Grenzen hielt. Vom späten Frühstück immer noch satt, würde sie sich im Restaurant höchstens einen kleinen Salat bestellen.

Erik zeigte sich weniger bescheiden, und als er schließlich sein Besteck beiseitelegte, hatte er tatsächlich ein komplettes Menü und sogar zweimal Nachtisch verdrückt. Ordentlich faltete er seine Serviette zusammen und legte sie auf den weiß gedeckten Tisch.

Es war ihr ein Rätsel, wo er all diese Kalorien ließ, falls er immer ähnlich viel aß. Seine Figur jedenfalls zeugte nicht davon, und obwohl er etwas schwerer wirkte als beispielsweise Julen, war sie ziemlich sicher, dass an seinem Körper ebenfalls kein Gramm Fett zu finden sein würde. Sie fühlte sich ein bisschen ertappt, als er ihren prüfenden Blick neugierig erwiderte.

Dann klingelte sein Telefon, und er stand auf, um das Telefonat irgendwo ungestört annehmen zu können. Nach ein paar Minuten kehrte er zurück. »Das war Jon, er bittet euch zurückzukommen, offenbar warten schon jetzt eine ganze Menge Fans.«

Tally nickte. »Natürlich … Erik.«

Stefan feixte, und Chris tippte sich an die Stirn. Alva unterdrückte ein Grinsen, sie hatte Tally noch nie so freundlich erlebt. Selbst wenn sie flirtete – wie jetzt –, gab es immer einen aggressiven Unterton, der sich in ihrer Körperhaltung noch deutlicher zeigte als in ihren Worten. *Bestimmt hat es mit dem bevorstehenden Auftritt der Band beim Avebury-Festival zu tun.*

Tally hatte die ganze Zeit von nichts anderem gesprochen und keinen Hehl daraus gemacht, dass sie es für ihren persönlichen Verdienst hielt, für dieses wichtige Konzert engagiert worden zu sein.

Als Stefan den Kellner rufen wollte, damit jeder seine Rechnung begleichen konnte, winkte Erik ab: »Das geht aufs Haus.«

Wahrscheinlich war es kein Zufall, dass er auf dem Rückweg neben Alva ging. Tally hatte sich zwar sofort zwischen sie drängen wollen und war nicht einmal davor zurückgeschreckt, Alva ihren Ellenbogen in die Seite zu drücken. Doch Erik hatte ihr tief in die Augen gesehen und mit leiser Stimme gesagt: »Du musst dich auf den Auftritt vorbereiten!« Sie hatte geblinzelt und genickt. »Ich muss mich auf meinen Auftritt vorbereiten.« Eilig war sie den anderen Bandmitgliedern gefolgt, die schon ein Stück vorausgegangen waren.

»Beeindruckend!« Alva wusste nicht, was sie sonst hätte sagen sollen. Sie fragte sich, ob sie eines Tages ähnliche Fähigkeiten entwickeln würde. Praktisch wäre es schon, besonders wenn man es mit Leuten wie Tally zu tun hatte.

»Ich wollte ungestört mit dir sprechen.«

»Ach ja?« Das Glitzern in seinen Augen irritierte sie.

»Du hast als Sängerin eine große Zukunft vor dir.«

»Und?«

»Das Musikgeschäft ist schwierig, also wirst du – werdet ihr«, korrigierte er sich, »früher oder später ein professionelles Management brauchen. Ich möchte dir meine Hilfe anbieten.«

»Das kommt ein bisschen überraschend. Ich weiß noch gar nicht …« Sie hatte sagen wollen: *Ob ich überhaupt weiter auftreten kann.* Doch er schien, ebenso wie Julen, überzeugt zu sein, dass sie schnell lernen würde, mit ihren Kräften umzugehen. Schließlich sagte sie: »Ohne die anderen kann ich dazu jetzt noch nichts sagen.«

»Natürlich. Du sollst nur wissen, dass du mich immer um Rat fragen kannst. Egal, was passiert.«

»Das ist nett von dir.« Sie wich seinem Blick aus, weil es ihr peinlich war, nicht mehr Enthusiasmus aufbringen zu können. Warum fühlte sie sich in Eriks Gegenwart so unsicher? Er war ja schließlich nicht der böse Wolf und sie auch ganz gewiss kein naives Rotkäppchen.

Der *Wolf* neben ihr wirkte in diesem Augenblick nicht so, als wollte er sie fressen. Er hatte sich verschluckt und hustete, bis ihm Tränen über das Gesicht liefen. »Danke!« Als er auf das Taschentuch sah, das sie ihm gegeben hatte, verharrte er für die Dauer eines Wimpernschlags mitten in der Bewegung. Schließlich fuhr er mit dem Daumen über die kunstvolle Stickerei in einer der vier Ecken. Julens Monogramm. Anstatt sich die Augen zu trocknen, gab er es ihr zurück und wischte sich stattdessen schnell mit seinem Ärmel übers Gesicht. »Wie hast du Julen eigentlich kennengelernt?« Erwartungsvoll sah er sie an.

Wollte Alva nicht lügen, war die Frage gar nicht leicht zu beantworten, und so entschied sie sich, ihm einfach die Wahrheit zu sagen. *Bevor er mir die ganze Geschichte mit irgendwelchen Tricks aus der Nase zieht.* »Ich glaube, alles fing damit an, dass er in dem Baum vor meinem Balkon saß.«

Erik hob die Hände. »Schon gut. Den Rest will ich gar nicht wissen!« Er lachte. »Aber du hast eine gute Entscheidung getroffen, er ist wahrscheinlich der Netteste von der ganzen Bande.«

»Wie meinst du das?«

Sofort wurde er ernst. »Vertrau ihm. Julen ist die beste Lebensversicherung, die du dir wünschen kannst.« Kaum hatte er den Satz beendet, blieb er plötzlich stehen und hob den Kopf. Dabei wirkte er beinahe wie ein Jagdhund, der Witterung aufgenommen hatte.

Seine Anspannung übertrug sich sofort auf Alva. »Was ist?«

Erik lauschte noch eine Weile, dann wandte er sich ihr zu. »Willst du lieber deine Ruhe vor dem Auftritt haben, oder möchtest du in einer Menschenmenge baden?«

»Wovon sprichst du?« Seine Gedankensprünge überforderten sie. *Hoffentlich ist Julen bald hier.* Doch plötzlich hörte sie Mädchen aufkreischen, viele Mädchen. Von den anderen Bandmitgliedern war nichts mehr zu sehen. »Ist es das, was ich denke?« Sie wartete seine Erwiederung gar nicht erst ab. »Die Antwort ist definitiv: *Ruhe*.«

»Dann komm …«

Er nahm sie an der Hand und zog sie in eine Sackgasse. »Hinter der Mauer steht euer Bus. Wenn du drüberkletterst, kann ich dich unauffällig hineinschleusen.«

Sofort stemmte sie ihre Beine in den Boden und weigerte sich, auch nur einen Schritt weiterzugehen. »Niemals!«

Seine Nasenflügel zitterten, als könne er ihre Angst riechen. Täuschte sie sich oder strahlten seine Husky-Augen jetzt intensiver? Alva blieb wenig Zeit, darüber nachzudenken, Erik warf sie sich einfach über die Schulter.

Na toll! Jetzt werde ich auch noch entführt, waren ihre letzten Gedanken, bevor sich der Boden rasend schnell entfernte. Ein kurzer Stopp. Dann ging es mit dem Gefühl, ihr Hinterkopf müsse jeden Augenblick an die Mauer schlagen, wieder abwärts. Der *Entführer* federte ihre gemeinsame Landung zum Glück gekonnt ab, und plötzlich stand sie wieder auf ihren eigenen Füßen. »Wow! Das war sportlich!« Sie rieb sich mit der Hand über ihren Nasenrücken, und bevor sie noch darüber nachdenken konnte, wie sie jetzt in den Bus kommen sollte, öffnete sich die Tür einen Spaltbreit, und Alastair zog sie hinein.

»Erik?« Ihr Begleiter winkte ihr nur zu und ging davon.

»Wie hat er es geschafft, dich ungesehen durch die Menge zu schmuggeln?«

Mit gerunzelter Stirn drehte sie sich noch einmal um. »Wir sind da über die Mauer ge… ähm …klettert.« Als sie auf die Wand hinter sich sah, glaubte sie selbst nicht, was sie dem armen Alastair weismachen wollte. Verlegen lächelnd lief sie die Treppe hinauf. »Besser, wenn ich meinen Zeitvorteil nutze, bevor die anderen kommen.«

Aus den oberen Fenstern konnte sie den Eingang des Clubs sehen. Mindestens hundert Fans drängten sich davor. Blitzlichter flammten auf, und mittendrin standen ihre Freunde zusammen mit den *Midnight Fairytales* und bemühten sich vergeblich, gute Miene zu dieser Überraschung zu machen. Zum Glück erschienen jetzt ein paar Männer, deren Kleidung sie als Sicherheitsleute auswies, und brachten recht erfolgreich Ordnung in das Chaos.

Froh darüber, dass die Scheiben von außen keinen Einblick gewährten, zog sich Alva rasch aus, wühlte in ihrer Tasche und zog eine neue Packung mit blickdichten schwarzen Strumpfhosen heraus. Als sie das empfindliche Material vorsichtig über ihre Beine rollte, wünschte sie sich in das luxuriöse Bad des Hotels zurück, in dem sogar ein Rasierer für die absoluten Notfälle einer Frau zu finden gewesen war, den sie selbstverständlich auch benutzt hatte. Dummerweise waren seither fast zwei Tage vergangen. Auch wenn sie nicht gerade unter der Beinbehaarung eines Werwolfs litt, sehnte sie sich doch nach Privatsphäre und einer ausgiebigen Pflegestunde.

Unten war das Zischen der Türen zu hören, und der Bus schwankte leicht, als ihre Freunde einstiegen. Schnell zog sie ein Kleid vom Bügel, das dem Kleid vom letzten Auftritt bis auf die Farbe glich. Sie streifte den dunkelroten Stoff gerade noch rechtzeitig über, bevor Tom die Treppe heraufgepoltert kam.

»Du bist schon hier?«

Anstelle einer Erklärung, die ihr ohnehin niemand abgenommen hätte, schnappte sie sich ihren Kosmetikbeutel und lief, die Schuhe in der anderen Hand, die Treppe wieder hinunter, um Platz für ihre Kollegen zu schaffen, die sich ebenfalls für den Auftritt umziehen wollten. Deren geordneter Rückzug hatte leider dazu geführt, dass die Meute nun den Bus belagerte.

Erfolg hatte sie sich weniger anstrengend vorgestellt. »Warum sind die Leute plötzlich dermaßen verrückt?«

Grinsend zog Alastair sein Smartphone aus der Tasche, strich mehrmals mit dem Zeigefinger darüber und hielt es ihr entgegen. »In den letzten drei Tagen hat sich viel getan. Sieh selbst!«

Staunend betrachtete sie die Sammlung der Clips ihres letzten Auftritts. Und als er weiterscrollte und die Downloadzahlen sichtbar wurden, stieß sie einen kleinen Schrei aus. »Ich fass es nicht!«

Alastair legte ihr die Hand auf die Schulter. »Ihr seid jetzt berühmt! Und das Beste weißt du ja noch gar nicht.« Er dämpfte seine Stimme. »Der Sänger von *After the Moonlight* sitzt im Knast!«

Von dieser Band hatte sie noch nie zuvor etwas gehört. Deshalb sagte sie vage: »Der Arme!«

»Er ist ein komplettes Arschloch und hat es verdient, aber begreifst du nicht? Dadurch ist beim Avebury-Festival eine Band ausgefallen!«

»Okay?! Und was haben wir damit zu tun?«

»Gott, Mädchen, du bist wirklich süß. *Lyco Management* organisiert das Festival!«

Mit offenem Mund starrte sie ihn an. »Eriks Firma. Du meinst, wir …?«

»Ich sehe, allmählich kapierst du!«, sagte er.

»Und was wird Tally dazu sagen?«

»Die schmeißt mit Bühnenlampen, mindestens. Sie denkt doch, dass nur ihre Band dort auftreten wird. Tu mir einen Gefallen und sprich nicht darüber, bevor wir ganz sicher sein können!«

Alva versprach zu schweigen. »Wie ein Grab!« Zur Bekräftigung hob sie zwei Finger der rechten Hand.

»Gut.« Alastair sah aus schmalen Augen zur Treppe hinüber. »Und noch etwas: Ich habe den anderen nichts davon gesagt, aber das Auto, das uns gerammt hat, hatte auch ein britisches Kennzeichen und sah genau so aus wie die Limousine, in der Tally reist.«

»Wieso kann sie sich eigentlich einen eigenen Wagen mit Chauffeur leisten, und ihre Band fährt im Bus?«

Er rieb die Finger aneinander. »Vati hat Geld!«

Chris hat etwas Ähnliches erwähnt, und Alva wollte nicht näher darauf eingehen. »Ihr Auto müsste dann doch auch mindestens eine Beule haben.«

»Ganz genau. Nur lässt sich das nicht nachweisen, denn es soll unterwegs angeblich einen Getriebeschaden gehabt haben. Hier ist sie mit einem neuen Wagen angekommen.«

Dass dies verdächtig klang, konnte sie nicht abstreiten. Trotzdem fand sie die Theorie recht unglaubwürdig, Tally könne versucht haben, den Bus von der Straße abzudrängen. Noch dazu mit einem Pkw. Während sie nach einer Antwort suchte, fiel ihr Blick auf die Uhr. In spätestens dreißig Minuten sollte sie auf der Bühne stehen, und bis dahin musste sie noch ihre Haare und das Make-up machen. Außerdem hätte Alva gern ein bisschen Zeit gehabt, um noch einmal in Gedanken die Ratschläge der Sirene durchzugehen.

»Ich muss jetzt los!«

»Soll ich jemanden von der Security schicken, der euch in den Backstagebereich begleitet?«

»Gute Idee!« Ohne Alastairs Umsicht wären sie vermutlich aufgeschmissen gewesen.

Mit einem Finger strich er ihr über die Wange. »Das ist erst der Anfang. Aber du schaffst das schon!« Damit stieg er aus und bemühte sich, die wartenden Fans zu beruhigen. »Entschuldigt, ich bin nur der Busfahrer, lasst mich mal bitte durch.«

Der Trick glückte. Alva sah ihm nach. Draußen zauberte die untergehende Sonne ein dramatisches Gemälde aus Feuerfarben an den blassblauen Himmel. *Julen?*

Gelächter erklang über ihr, offenbar unterhielten sich ihre Freunde damit, die Leute zu beobachten, die in der Hoffnung, ein Autogramm zu ergattern, auf dem kurzen Weg zwischen Bus und Künstlereingang warteten. Die drei klangen aufgeregter als eine Kindergruppe vor dem Eiswagen, und in Alva stieg das alte Gefühl auf, nicht dazuzugehören.

Doch dann war er plötzlich da.

»Alva!« Julen schloss sie in die Arme, und sie küssten sich, als hätten sie sich seit Tagen nicht mehr gesehen. Dabei waren nur wenige Stunden vergangen, seitdem sie sich zum letzten Mal berührt hatten.

Schließlich löste sie sich von ihm und zeigte aus dem Fenster. »Wie bist du überhaupt hereingekommen? Ohne Eriks Hilfe hätte ich das gar nicht geschafft.«

Er hielt ihre Hand fest, bevor sie wieder ihre Nasenwurzel massieren konnte. »Vielleicht bin ich ein Dschinn?«

»Lass mich raten, sie gehören auch zum Feenvolk?«

Er zwinkerte ihr nur zu und fragte: »Bist du vorbereitet?«

»Ehrlich gesagt könnte ich ein paar Minuten irgendwo in Ruhe ganz gut gebrauchen. Julen, ich habe Angst!«

»Du hast deine Magie ausgezeichnet im Griff. Und was die paar Minuten Ruhe betrifft, ich glaube, da kann ich dir helfen.«

Gegen eine zärtliche Umarmung hatte sie nichts einzuwenden, auch wenn es nicht ganz das war, was sie sich vorgestellt hatte. Die Wärme seines Körpers weckte Gefühle ganz anderer Art, und von Ruhe konnte dabei wirklich nicht die Rede sein, jedenfalls nicht, wenn sie ihre Pulsfrequenz zugrunde legte.

»Schließ die Augen«, flüsterte er in ihr Haar.

Sie gehorchte und wurde sofort von einer Leichtigkeit ergriffen, die, wie sie inzwischen wusste, Folge seiner Magie war. Das beunruhigende Nichts, das ihn umgab, hüllte sie ein, bis sie den Boden unter den Füßen verlor und zu fliegen glaubte.

»Lass die Augen zu!«, murmelte er.

Vertrauensvoll gab sie sich in seine Hände.

Der eigentümliche Schwindel ließ ebenso plötzlich nach, wie er sie befallen hatte. Julen drehte sie herum und zog sie auf seinen Schoß.

»Lehn dich zurück.« Mit leichten, kreisenden Bewegungen massierte er ihre Schultern, und allmählich fiel die Anspannung von ihr ab.

Alva spürte in sich hinein, wie Julen es sie gelehrt hatte. Es dauerte nicht lange, da hatte sie die Fundamente ihrer Schutzmauern gefunden und zog nun eine nach der anderen in die Höhe, bis nicht nur sie vor Fremden, sondern auch jedes lebende Wesen vor ihr selbst geschützt war. Sie stieg auf einen besonders hohen Turm und lauschte. Ohne die Augen öffnen zu müssen, wusste sie, dass sie sich in einem unbenutzten Büroraum befanden. Doch plötzlich glaubte sie zu schweben, obwohl sie weiterhin Julens Arm spürte, mit dem er sie festhielt. Das Haus summte von fröhlichen Erwartungen, die Türen zum Zuschauerraum wurden geöffnet, und beinahe hätte sie gelacht, als sie die Aufregung derjenigen spürte, die sofort ganz nach vorn zum Bühnenrand liefen, um sich ihren Platz in der ersten Reihe zu sichern.

Der Blick ihres inneren Auges glitt weiter, und sie fühlte den exakten Augenblick, in dem ihre Freunde, begleitet von Security-Leuten, das Gebäude ebenfalls betraten. Stefan wirkte glücklich und erstaunlich entspannt, wenn man bedachte, dass sie gleich auftreten würden. Tom war wie üblich nervös: Etwas Dunkles, fast wie der Schatten einer großen Last, begleitete ihn. Sie nahm sich vor, nach dem Konzert endlich herauszufinden, was ihn bedrückte. Und dieses Mal würde sie keinerlei Ausreden gelten lassen und so lange nachbohren, bis er ihr seine Sorgen endlich anvertraut hatte. Sie gab einen klagenden Laut von sich.

»Es kann am Anfang etwas überwältigend sein.« Julen strich ihr zärtlich über die Wange. Seine Augen leuchteten in diesem eigenartigen Meeresblau, das ihr jedes Mal fast den Atem verschlug. Er legte einen Finger unter ihr Kinn, und sie hoffte, dass er sie küssen werde. Stattdessen zwang er sie mit sanftem Druck, ihn anzusehen, und gewährte ihr einen kurzen Blick in sein Inneres. Was sie dort fand, traf sie genau ins Herz. Seine Seele sang die gleiche Melodie wie ihre eigene. Auf einmal glaubte sie zu wissen, wo der fehlende Teil ihres Ichs, den sie so schmerzlich vermisst hatte, zu finden war.

Es war nicht mehr wichtig, ob Julen ihr dort draußen, in der realen Welt, die drei Worte sagte, nach denen sie sich sehnte. Er liebte sie und wäre bereit gewesen, sein Leben zu geben, um sie zu schützen. Ohne zu zögern legte sie ihr eigenes Leben in seine Hand.

Ich bin bereit.

Die Fenster zu seiner Seele waren längst schon geschlossen. Er hatte Geheimnisse, doch das war nichts Neues für Alva. Die Zeit würde zeigen, wie weit auch Julen bereit wäre, ihr zu vertrauen. Sie lachte herausfordernd, und als sie die Augen öffnete, fand sie sich hinter der Bühne wieder.

»Du hast mich durch diese Reise-Dimension mitgenommen!« Voller Staunen sah sie sich um.

Er sagte nichts. Eine Sekunde später bog Chris um die Ecke.

»Da bist du ja!« Die Freundin berührte sie mit den Fingerspitzen, als wäre sie nicht ganz sicher, ob Alva wirklich real oder nur ein Produkt ihrer Fantasie war.

Sie erwiderte ihr Lächeln, und gemeinsam betraten sie die Bühne.

15

Drei Wochen später …

Erschöpft von der Anstrengung, ihre Magie kontrollieren zu müssen, verschwitzt, aber überglücklich fiel sie Julen um den Hals. Er hatte wie jeden Abend während ihres Auftritts am Bühnenzugang gestanden, wo sie ihn sehen konnte. Und beinahe hätte sie vorhin laut losgelacht, als er plötzlich mit einem Kinderspielzeug Seifenblasen in ihre Richtung pustete.

Alva nahm ihm das Röhrchen aus der Hand und blies einen Schwarm zarter Gebilde in allen Größen in seine Richtung. »Danke, das war eine süße Idee!«

Kaum war der Umbau beendet, da drängte sich Mandy an ihnen vorbei und fauchte dabei Obszönitäten. Und Tally gönnte ihnen keinen Blick. Der Keyboarder kam in letzter Sekunde um die Ecke gestürzt. Er zumindest klopfte Alva auf die Schulter und gratulierte ihr und dem Rest der Band zum Erfolg, bevor er hinausjoggte.

Sie hatten inzwischen weitere Konzerte gespielt, und nach jedem Auftritt war es das Gleiche. Auch heute fielen ihre Freunde wie ausgehungerte Barbaren über das Buffet her, das in einem Raum für sie vorbereitet worden war.

Eriks Anwesenheit hatte sich günstig auf die Qualität des Essens ausgewirkt, und Alva war überzeugt, dass er den Catering-Service für sie beauftragt und bezahlt hatte. Er selbst war zwar nicht bei jedem Konzert dabei gewesen, Julen aber schon.

Inzwischen hatten sich alle an seine Anwesenheit gewöhnt, und niemand fand es ungewöhnlich, dass er überall und zuweilen auch recht unerwartet auftauchte. Schließlich war er ein Journalist, und das Fragestellen und Beobachten gehörte zu seinem Job. Dass er tagsüber höchst selten und wenn, dann nur in geschlossenen Räumen zu sehen war, schien niemandem aufzufallen. Er arbeite, hatte Julen erklärt, als Chris ihn einmal darauf angesprochen hatte. Die Fee hatte bisher nicht herausgefunden, was er wirklich war, und so würde es auch bleiben, wenn es nach Julen ging. Selbstverständlich hätte auch Alva niemals verraten, was er offenbar als Schwäche empfand. Sie liebte es, in den Pausen bei schönem Wetter in der Sonne zu sitzen und bedauerte ihn für seine Lichtempfindlichkeit.

Die freien Abende verbrachten sie gemeinsam, manchmal gingen sie mit den anderen essen und anschließend in einen der Clubs, die man ihnen empfahl. Julen zeigte ihr die Städte, in denen sie auftraten, und allmählich gewann sie den Eindruck, dass er sich überall in Europa und in der Geschichte einzelner Länder gut auskannte. Nach Berlin hatten sie in Köln, Brüssel und vielen kleineren Städten gespielt und waren vorgestern erst in Hamburg angekommen, wo jeder von ihnen seine Freizeit genoss, während sie auf die Ankunft der *Midnight Fairytales* warteten, die unterdessen bei einer bekannten Fernsehproduktion auftraten.

Jon hatte sein Versprechen gehalten und ihnen in jeder Stadt Pensionszimmer gebucht, sodass sie nicht auf die Schlafmöglichkeiten im Bus zurückgreifen mussten. Alastair jedoch blieb meistens unter dem Vorwand zurück, er müsse auf ihre Sachen aufpassen. Er war eben ein Einzelgänger.

Was für die anderen gut war, das würde auch ihr gefallen, hatte Alva Julen unmissverständlich erklärt, bis er einlenkte und das Zimmer im *Vier Jahreszeiten* wieder absagte.

Das Bandhotel mitten in St. Pauli, zwischen Reeperbahn und Hafen, hatte ihm auch gut gefallen, obwohl er einen unerklärlichen Lachanfall bekommen hatte, als man ihnen den Zimmerschlüssel aushändigte. Besonders witzig fand sie den Namen *Bela Lugosi's dead* nämlich nicht.

War das nicht ein Schauspieler?, hatte sie Julen gefragt, der ein wenig nervös genickt und sich dann entschuldigt hatte. »Ich bin bald zurück.«

Kaum war sie in ihrer blutroten Bettwäsche eingeschlafen, da hatte ein heftiges Hämmern sie wieder geweckt – und dann stand plötzlich Julen vor ihr und rettete sie aus einem schnell wachsenden Feuer, das unerklärlicherweise ausgerechnet in dem altmodischen Kleiderschrank mit den aufgemalten Fledermausflügeln ausgebrochen war.

Zum Glück hatte sie nur Sachen eingepackt, die entweder ersetzbar waren oder auf die sie ohne Weiteres verzichten konnte. Julen schwor im neuen und nun doch luxuriösen Hotelzimmer, er werde der Sache auf den Grund gehen. Doch das war in dieser Nacht kein Trost für Alva. Der Verlust ihres Tagebuchs mit Tournotizen und neuen Texten schmerzte sie, und das Feuer beunruhigte sie obendrein.

Am nächsten Tag führte sich Julen auf, als hätte man einen Mordanschlag auf sie verübt, und ließ Alva keine Sekunde mehr aus den Augen. Und wenn er nicht selbst auf sie aufpasste, dann lungerten Erik oder Chris in ihrer Nähe herum, was ihr furchtbar auf die Nerven ging.

Aber sie war nicht so dumm, die Sache auf die leichte Schulter zu nehmen. Wie konnte ausgerechnet im Kleiderschrank ein Brand entstehen? Außer ihrer Tasche und einigen Bügeln hatte sich nichts weiter darin befunden, schon gar keine elektrischen Leitungen, das stand inzwischen fest. Ein Kurzschluss, wie es der freundliche Polizist vorgeschlagen hatte, war also äußerst unwahrscheinlich. Immerhin versprach er, sie über die Ermittlungen auf dem Laufenden zu halten.

Julen hatte ihr dann sogar geschworen, er werde herausfinden, wer dahinterstecke. Denn man konnte es drehen und wenden, wie man wollte, erst die sonderbare Vergiftung auf dem Schiff, dann die herabstürzende Lampe und nun sogar ein Kurzschluss im Kleiderschrank, das war mindestens ein Zufall zu viel.

Er tat alles, um sie auf andere Gedanken zu bringen. Kaum war die polizeiliche Befragung beendet und die Sonne endgültig untergegangen, da hatte er ein Segelboot *ausgeliehen.*

»Im Bootsclub war niemand mehr, was sollte ich machen?«

Vergeblich hatte sie ihm zu erklären versucht, dass man sich nicht einfach alles nehmen durfte, was einem gefiel. »Warum?«, hatte er mit diesem frechen Zwinkern gefragt, das sie so sehr liebte.

Sie waren auf den See hinausgesegelt, den es hier mitten in der Stadt gab. Unter einem wunderbaren Sternenhimmel hatte er sie mit Leckereien gefüttert. Einen kleinen Schluck Champagner hatte er dabei sogar selbst getrunken … aus ihrem Bauchnabel. Danach wären sie beide beinahe ins Wasser gefallen.

Alva kicherte leise. Die Gesichter der Ruderer, die währenddessen in einem Zehner an ihnen vorbeigeglitten waren, würde sie niemals vergessen. Da sie Julens Gedanken inzwischen recht gut zu lesen gelernt hatte, ahnte sie, dass auch er an ihr Abenteuer zurückdachte, während sie gemeinsam den Raum betraten, der für die Band vorgesehen war. *Warte nur, was ich mir für später ausgedacht habe*, hauchte seine Stimme verheißungsvoll in ihrem Kopf.

Vorerst meldete sich allerdings nicht ihre Libido, sondern ihr Magen. Vom Auftritt in einem zum Bersten gefüllten Club erschöpft, verlangte ihr Körper nach Ruhe, aber ihre Seele hätte vor Freude darüber, dass es ihr immer besser gelang, die gefährliche Sirenenmagie zu beherrschen, weiter singen und tanzen können. Es war interessant zu beobachten, wie unterschiedlich das Publikum reagierte. Tanzten und feierten die Menschen im Süden von Anfang an, brauchte es eine Weile, bis das Hamburger Publikum warm wurde. Doch dann gab es kein Halten mehr, und sie verlangten Zugabe auf Zugabe. Die Presse überschlug sich mit ihrem Lob, und immer häufiger wurde die Frage laut, warum *One more thing …* weiter als Support-Act auftrat, während doch fast jeder inzwischen vor allem kam, um sie zu hören.

Zwischendurch hatte es eine oder zwei brenzlige Situationen gegeben, aber jedes Mal war Julen in ihre Gedanken geschlüpft, als ahne er, dass sie die Kontrolle zu verlieren drohte. *Du willst die Zuhörer unterhalten, nicht versklaven!*, hatte er sie ermahnt, aber es waren nicht seine Worte gewesen, sondern seine Nähe, die ihr die Kraft gegeben hatte, ihren Instinkten zu widerstehen.

Auf einmal spürte sie, wie sich Julen neben ihr aufzulösen schien. Erschrocken griff sie nach seiner Hand. Da war er, warm und lebendig, und trotzdem hätte sie schwören können, dass niemand mehr neben ihr stand. *Wie macht er das nur?*

Ihr Blick folgte seinem, und sie sah ihren Tourmanager Jon aufgeregt in sein Smartphone flüstern. Hinter ihm lehnte Erik an der Wand, lässig, die Hände in den Hosentaschen vergraben, als ginge ihn das alles nichts an.

»Leute, essen könnt ihr später! Packt ein paar Sachen zusammen, wir fliegen nach London zurück.«

»Was sollen wir denn da?«

Jon fuchtelte mit seinem Handy in der Luft herum, und es hätte nicht viel gefehlt, und er wäre wie ein Gummiball herumgesprungen.

Erik verdrehte die Augen. »Nun sag es ihnen schon!«

»Haltet euch fest, das ist die Chance eures Lebens! Edward sitzt immer noch in Venezuela im Knast. Sie haben ein Pfund Kokain in seiner Villa gefunden.«

»Ja, und?« Chris nahm sich ein belegtes Brötchen und biss hinein, Tom neben ihr wurde allerdings sehr blass. Nur in Stefans Augen glänzte eine ungläubige Hoffnung. »Sollte er nicht morgen Abend in Avebury spielen?«

»So ist es, und ratet mal, wer stattdessen auftritt!«

Die *Fairytales* waren am folgenden Tag für das Avebury-Festival eingeplant, und es war kein Tag vergangen, an dem Tally ihnen dies nicht unter die Nase gerieben hatte. Seit es das Festival gab, hatte Stefan kein Jahr verpasst. Er wäre gern übers Wochenende zurückgeflogen, aber ihm fehlte das Geld. Alva hatte gedacht, dass es doch bestimmt eine Möglichkeit gäbe, ihn mitzunehmen, und hatte sich schon vorgenommen, Erik darauf anzusprechen. Aber dann war der Nachmittag ziemlich hektisch geworden, und sie war nicht dazu gekommen.

Nun waren in der Abend-Maschine nach Heathrow Plätze für die gesamte Band gebucht, und sie freute sich schon auf Tallys Gesicht, wenn sie die Neuigkeiten erfuhr. Doch vielleicht wusste sie es ja auch schon längst, wütend genug hatte sie jedenfalls ausgesehen, als sie vorhin an ihr vorbeigestürmt war.

Alle redeten durcheinander, nur Julen wirkte an ihrer Seite eigenartig besorgt. »Was ist?«, fragte sie ihn. »Traust du uns das nicht zu?«

Seine Hand, die auf ihrer Schulter lag, beschwichtigte sie. »Avebury ist ein uraltes magisches Zentrum.« Er schob Alva in den Flur hinaus.

»Tatsächlich?« Nienibit hatte, soweit sie sich erinnern konnte, niemals davon gesprochen.

»Freiwillig werde ich keinen Fuß in diesen verflixten Ort setzen.«

Empört sah sie ihn an. »Glaubst du etwa, ich lasse die anderen im Stich, nur weil dein unheimlicher Chef meint, mir könne etwas passieren?« Alva spürte, wie der Ärger in ihr aufstieg.

»Es geht nicht darum, was Kieran meint. Wir haben einen Auftrag.«

»Ach so! Dann bin ich also für dich nur ein Auftrag?« Ein Klumpen hatte sich in ihrem Hals gebildet, sie konnte nicht weitersprechen.

»Das ist doch Unsinn.«

Als Julen ihre Schulter berühren wollte, machte sie einen Schritt zurück. Sie wusste, dass sie ungerecht war. Er hatte viel mehr für sie getan, als nur seine Pflicht zu erfüllen. Trotzdem sprudelten die nächsten Worte einfach so aus ihr heraus, als hätten sie schon lange auf diese Gelegenheit gewartet. »Ich kann jetzt da rausgehen«, sie zeigte auf den Bühnenausgang, »und mir fällt ein Ziegelstein auf den Kopf. Weißt du was, ich bin es langsam leid, mich vor unheimlichen Träumen und einer Gefahr zu verstecken, von der ich überhaupt nichts wüsste, wenn du mir nichts davon erzählt hättest.«

»Und was ist mit den Unfällen?«

Sie zuckte mit der Schulter. »Ich hatte eben in letzter Zeit ein bisschen Pech, na und?« Beide wussten, dass sie selbst nicht glaubte, was sie da sagte. *Unser erster Streit*, dachte sie betrübt.

»Ach nee, die Turteltäubchen haben Krach!« Toms Miene verzog sich zu einem verächtlichen Grinsen. Er machte wirklich keinen Hehl daraus, dass er ihre Freundschaft missbilligte.

Julen, der ihm den Rücken zugewandt hatte, fuhr herum und gab einen Laut von sich, der sie an das Fauchen einer großen Raubkatze erinnerte. Tom wurde aschfahl, und Alva fragte sich, was er wohl in Julens Gesicht gesehen haben mochte, das ihn dazu bewog, abwehrend die Hände zu heben und auf dem Absatz kehrtzumachen.

»Unwissenheit schützt niemanden. Wenn ich es dir nicht erzählt hätte, wer weiß, ob du nicht längst arglos in eine Falle getappt wärst.« Julen wirkte bei diesen Worten ungewöhnlich ernst.

»Arglos?« Sie gab ein abfälliges Schnauben von sich. »Mag sein, aber es wäre die Folge meiner freien Entscheidung gewesen. Du verstehst das offenbar nicht: Ich bin alt genug, um meine eigenen Fehler zu machen! Du bist ja schlimmer als meine Eltern«, fügte sie noch hinzu, als sei dies die größte Beleidigung, die ihr für ihn einfiel. »Ich fliege auf jeden Fall mit den anderen. Wenn du mitkommst, freue ich mich. Wenn nicht, dann lässt du es eben sein.« Sie drehte sich um und stürmte auf den Vorplatz hinaus, wo Chris schon auf sie wartete. Dabei fühlte sie sich längst nicht so erwachsen, wie sie es ihm gerade vorzumachen versucht hatte.

Ihre Freundin legte ihr den Arm um die Schultern und tat, was Freundinnen in solchen Augenblicken am besten konnten. Trost geben, ohne viel zu sprechen.

Gemeinsam packten sie ihre Reisetaschen, und Alva war froh, dass sie letzten Endes anstelle einer Vielzahl von Klamotten einfach nur das gleiche Kleid mehrfach und dazu unterschiedliche Strumpfhosen, Strümpfe und andere Accessoires gekauft hatte. Zum Schluss packte sie noch eine Jeans dazu, zog sich ihre Jacke über und lief die steile Treppe des Busses hinunter. Draußen stand Alastair und rauchte. Er diskutierte mit dem Manager darüber, ob der Bus hier wirklich sicher war, und schien geneigt, auf den Ausflug zu verzichten.

Die Diskussion wurde schnell hitzig. Alva hatte wenig Lust auf noch mehr Zank. Sie legte eine Hand auf Alastairs Arm. »Wir brauchen dich doch!« Ihre Stimme hatte einen besonders warmen Ton.

Sofort unterbrachen die Männer ihren Streit und starrten

sie verwirrt an. Womöglich hatte sie ein bisschen zu viel des Sirenenzaubers verwendet, aber wenn es zum Guten war, warum nicht? Alva zuckte mit den Schultern. »Wir brauchen dich. Du und Stefan, ihr seid doch schließlich die Einzigen, die Erfahrung mit einem Festival haben.«

Offensichtlich hatte sie die richtigen Worte gefunden. Der Tontechniker scharrte verlegen mit dem Fuß und nickte dann. »Also gut, ich komme mit.« Dann drehte er sich zu Jon um, der zufrieden feixte. »Aber wenn nachher irgendwas mit meinem Bus ist, dann zahlst du mir den Schaden, ist das klar?«

Sanft sagte Alva: »Ich wäre auch nicht begeistert, wenn jemand in unserer Abwesenheit einbrechen und in unseren Sachen herumwühlen würde. Ich bin sicher, Erik hat nichts dagegen, wenn der Bus auf ein überwachtes Gelände gebracht wird.«

»Ja, ja! Als würde ich nicht sowieso schon alles für euch tun.« Der Manager verdrehte die Augen und eilte davon.

»Das habe ich genau gesehen!«, rief Alva lachend hinter ihm her. »Und, wie war ich?«

An Alastairs Stelle antwortete Chris: »So muss man mit den Kerlen umgehen!« Sie nahm Alastair die selbst gedrehte Zigarette aus der Hand, zog einmal daran und hustete. »Lass dich bloß nicht erwischen! Das Zeug zieht einem ja glatt die Schuhe aus.« Damit hakte sie sich bei Alva unter. »Da drüben habe ich vorhin ein nettes Café entdeckt. Die *Fairytales* sind noch nicht fertig. Kommst du mit?«

»Hast du Julen gesehen?« Alva sah sich suchend um.

»Ihr habt gestritten, was war los?«

Während sie die Straße entlanggingen, überlegte Alva, was sie antworten sollte. Schließlich entschied sie sich für eine Halbwahrheit. »Er scheint zu glauben, dass nur er wüsste, was gut für mich ist. Aus irgendeinem Grund gefällt es ihm nicht, dass wir nach Avebury fahren.«

»Es ist ein magischer Ort«, sagte Chris.

Überrascht fragte Alva nach, aber ihre Freundin flirtete anstelle einer Erklärung lieber mit dem Kellner des Cafés, der ihnen den bestellten Wein brachte und dazu eine Schale mit Knabbereien. Auch sonst machte er einen sehr aufmerksamen Eindruck.

Chris hatte im Kontakt mit Männern eine Art, um die Alva sie bewunderte. Es schien fast, als könne sie jeden um den Finger wickeln, wenn sie es darauf anlegte. Und das geschah ziemlich häufig. Ihr kam das Bild eines bunten Schmetterlings in den Sinn, der von Blüte zu Blüte flog, sich aber nie lange niederließ. Sie schnupperte, als ihr ein bekannter Duft in die Nase stieg, und plötzlich erkannte sie, dass es immer dann nach dieser einzigartigen Verbindung aus Honig und Jasmin roch, sobald Chris eine neue *Blüte* umflatterte.

Du kannst deinesgleichen am Geruch ihrer Magie erkennen, raunte Nienibits Stimme in ihrer Erinnerung, und Alva platzte heraus: »Du bist eine Fee!« Dem Kellner rutschte klappernd das Besteck vom Teller, und am Nachbartisch blieben zwei Frauen stehen, die eben im Begriff gewesen waren, sich zu setzen. Jetzt sahen sie neugierig herüber und kicherten.

»Still! Bist du verrückt geworden?« Chris hatte beide Hände auf die Tischkante gestemmt und sah sie vorwurfsvoll an. In ihren Augen glomm ein dermaßen andersweltliches Feuer, dass Alva sich fragte, ob sie eigentlich die ganze Zeit blind gewesen war.

Mit schriller Stimme, die viel von ihrer momentanen Verwirrung verriet, bemühte sie sich um Deeskalation: »Das war doch ein Witz!« Gläser klirrten, ein Kind weinte, und die Frauen vom Nachbartisch machten auf dem Absatz kehrt.

»Super! Bei Gelegenheit musst du mir mal erklären, wie du es schaffst, mit einem einzigen Satz ein ganzes Restaurant zu leeren.« Chris warf ein paar Geldscheine auf den Tisch und zerrte sie auf die Beine. »Komm schon!«

»Ich kann das in Ordnung bringen!« Alva schüttelte ihre Hand ab. Sie holte tief Luft und sagte vernehmlich: »Bitte entschuldigen Sie!« Konzentriert spürte sie ihrer Stimme nach, bis sie den richtigen Ton fand. Ein Lächeln erhellte ihr Gesicht.

Chris trat einen Schritt beiseite, als wolle sie Alva die Bühne überlassen. Vielleicht hatte sie aber auch einfach nur Angst vor dem, was nun kommen würde.

Alva erging es nicht anders, aber zum Glück fielen ihr einige Zeilen aus Shakespeares Sommernachtstraum ein:

Drum lass Geduld uns durch die Prüfung lernen,
Weil Leid der Liebe so geeignet ist
Wie Träume, Seufzer, stille Wünsche, Tränen,
Der armen kranken Leidenschaft Gefolge.
Die Wahrheit zu sagen, halten Vernunft und Liebe heutzutage nicht viel Gemeinschaft.
Schade, dass ehrliche Nachbarn sie nicht zu Freunden machen wollen!
Wie kann das Glück so wunderlich doch schalten?

Sie hätte beinahe laut gelacht, als sie merkte, dass ihr Trick funktionierte, und sprach weiter:

Ein jedes Ding muss Zeit zur Reife haben …

Sobald sie sicher war, dass selbst der Koch, der seinen Kopf samt Mütze durch die niedrige Durchreiche gesteckt hatte, um zu sehen, was da im Restaurant vor sich ging, ihr gebannt lauschte, verbeugte sie sich mit einer altmodischen Geste. »Ich hoffe, unser kleiner Ausflug in die Klassik hat Sie nicht gestört.« Mit dem leeren Brotkörbchen vom Nachbartisch in der Hand ging sie durch die Tischreihen: »Einen Penny für Ihre Gedanken, einen Sixpence für die Musen!« Die Gäste applaudierten und zeigten sich außerordentlich großzügig.

»Wenn es mit der Band mal nicht mehr funktioniert, dann kommen wir damit allemal durch!« Am Ende zählte sie ihre Einnahmen und drückte sie Chris in die Hand.

Die Fee sträubte sich und versuchte, das Geld zurückzugeben. »Du hast vielleicht Nerven!«

Alva wehrte den Versuch ab. Von ihrer guten Laune war nichts mehr zu spüren. »Habe ich das?« Fast hätte sie ausgespuckt. »Und was ist mit dir? Ich musste mühsam lernen, wer ich bin, und … was!« Ihre Stimme drohte zu brechen. »Erzähl mir nicht, dass du neu im *Geschäft* bist. Wahrscheinlich kennst du so wie Julen die Feenwelt seit Hunderten von Jahren. Aber im Gegensatz zu dir hat *er* mir von Anfang an die Wahrheit gesagt, und geholfen hat er mir auch!« Am liebsten hätte sie mit dem Fuß aufgestampft. Erst der Ärger mit Julen, und dann musste sie noch feststellen, dass Chris sie die ganze Zeit an der Nase herumgeführt hatte. Es war, als würde ihr das Schicksal die Freude an der einzigartigen Chance nicht gönnen, die es ihr mit dem Auftritt beim Open Air gegeben hatte.

Und nun tauchte auch noch Tom auf, der ihr mit seiner ewig schlechten Laune allmählich gewaltig auf die Nerven ging. »Wo bleibt ihr denn? Wir wollen zum Flughafen.«

»Wir sprechen uns noch!«, fauchte sie Chris an, bevor sie Tom fragte: »Und was ist mit den *Fairytales*?«

»Die kommen später nach. Los, Mädels. Beeilung!«, sagte er über die Schulter hinweg und ging mit langen Schritten voran.

Während der Fahrt zum Flughafen sprach Alva kein Wort. Sie hatte sich ganz hinten in den Kleinbus gesetzt, den Jon organisiert hatte. Die Arme vor der Brust verschränkt, die Ohrhörer eingestöpselt wollte sie nichts anderes als ihre Ruhe. Julen war nicht aufgetaucht, und sie musste sich auf die Lippen beißen, um die anderen nicht zu fragen, ob sie ihn irgendwo gesehen hätten. *Wenn er nicht mitkommen will, dann lässt er es eben bleiben!* Ganz glaubte sie sich ihre Gleichgültigkeit aber selbst nicht.

Schon der Gedanke, er könnte es ernst damit gemeint haben, *keinen Fuß* nach Avebury setzen zu wollen, trieb ihr Tränen in die Augen. Und wenn er doch recht hatte und es dort zu gefährlich für sie war? *Auch egal!* Sie konnte schließlich nicht immer weglaufen. Ihr fiel eine Geschichte ein, die sie kürzlich gelesen hatte. Da war einem Mann gewahrsagt worden, zu welcher Stunde und an welchem Ort er dem Tod begegnen werde. Der Mann packte seine Sachen und floh ans andere Ende der Welt. Als er dort aus dem Flugzeug stieg, wurde er auf dem Rollfeld von einem Gepäckwagen überfahren.

Vielleicht würde es ihr ähnlich ergehen, wenn sie sich ihrem Schicksal nicht stellte. Die Prophezeiung, die dem Mann in dieser Geschichte gemacht worden war, war nicht ganz genau gewesen. Wer konnte schon sagen, ob das Schicksal, das sich in ihrem Fall auch eher in Andeutungen erging, als dass es eine konkrete Warnung ausgesprochen hatte, sie nicht ebenfalls an der Nase herumführte?

Während des Check-ins sprach sie nicht mehr, als unbedingt notwendig gewesen war, und im Flugzeug schloss sie sofort die Augen und öffnete sie nicht einmal, als sich jemand auf den freien Platz neben sie setzte.

Doch auch ohne ihn anzusehen wusste sie, dass es Julen war, der sich offenbar in letzter Sekunde dazu entschlossen hatte, zumindest nach England zu reisen. Zufrieden lächelnd gab sie es auf, ihren finsteren Gedanken nachzuhängen, und schlief kurz nach dem Start ein.

»Willst du nicht aussteigen?«

Die Hand auf ihrem Arm elektrisierte Alva, sie öffnete die Augen und sah sich orientierungslos um. Das Flugzeug leerte sich allmählich, und es war Zeit aufzustehen. Wie immer, wenn Julen sie berührte, durchströmte sie eine Wärme, die ihr Heimat und Glück zugleich verhieß. Sie hätte stundenlang einfach nur hier sitzen können. Stattdessen ging sie nun vor ihm zum Ausgang, erwiderte höflich den Abschiedsgruß der Stewardessen, obwohl sie den lächelnden Hyänen am liebsten zugezischt hätte, dass Julen ihr gehöre und sie ihn gefälligst nicht so anstarren sollten.

Ihre Gedanken waren ebenso finster wie ihre Miene. Julen hatte keinerlei Schwierigkeiten, den Grund dafür zu erkennen. Er würde ihr erklären müssen, dass es nicht immer von Vorteil war, seinem Gegenüber mitzuteilen, dass man über dessen Herkunft Bescheid wusste. Es war ganz offensichtlich, dass ihr noch eine Menge Training bevorstand. Das Wissen mochte die Fee, die sie einst unterrichtet hatte, in ihr verankert haben. Doch wie man sich in der magischen Welt sicher bewegte, das konnte man nur durch Übung erfahren.

Er hatte nicht ernsthaft in Betracht gezogen, sie allein zu diesem Festival reisen zu lassen. Natürlich war ihm klar, dass sie ihre Freunde auch dann nicht im Stich gelassen hätte, wäre das Angebot weniger verlockend gewesen. Ihre Loyalität war ein liebenswerter Charakterzug, auch wenn sie ihm seine Arbeit nicht erleichterte. In Avebury schien alles möglich zu sein. Er hatte diesen Ort bisher stets gemieden und wusste deshalb nicht, wie ein Dunkelelf aufgenommen werden würde, der sich mitten in dieses Kraftzentrum der Lichtelfen begab.

Zum Glück hatte sich Erik bereit erklärt, zwei seiner Leute abzustellen, die ihn tagsüber dabei unterstützen würden, Alva im Auge zu behalten. Der Werwolf war vor nicht allzu langer

Zeit gemeinsam mit Kieran selbst in der Welt der Lichtelfen gewesen und sogar deren Königin begegnet. Seine Magie schien weniger stark von ihnen beeinflusst werden zu können, darum musste Julen darauf vertrauen, dass er Alva in seiner Abwesenheit beschützen würde.

Heute Nacht allerdings wollte er selbst diese Aufgabe übernehmen und sorgte deshalb dafür, dass beim Einchecken im Hotel nur noch ein Doppelzimmer verfügbar war. Sie war viel zu weichherzig, um es nicht mit ihm zu teilen, dessen war er sich sicher. Trotz ihrer immer noch spürbar finsteren Grundstimmung zwinkerte Alva ihm zu, und er konnte sich des Eindrucks nicht erwehren, dass sie seine kleine Manipulation durchschaut hatte. *Noch besser.*

Stolz, mit hoch erhobenem Kopf und geradem Rücken ging sie vor ihm zum Aufzug. Sie hatte ihre Haare zu einem Pferdeschwanz hochgebunden, und der Anblick des elegant geschwungenen Nackens weckte augenblicklich seinen Hunger. Wie so häufig versuchte die Blutlust die Oberhand zu gewinnen, und seine Reißzähne drückten schmerzhaft gegen den Kiefer. Etwas anderes drückte ebenfalls, und er verfluchte seinen Körper, der sich in der Rolle eines unzivilisierten Höhlenbewohners eingerichtet hatte. Als ihm das Bild eines blutrünstigen Ur-Vampirs in den Sinn kam, der mit einer Keule bewaffnet hinter seinem Weibchen herlief, hätte er beinahe laut gelacht. Der Wahnsinn lag offenbar näher, als er jemals vermutet hätte. Einen Vorteil hatte dieser Anfall von Selbstironie allerdings: Julen bekam seine mörderischen Instinkte sofort wieder in den Griff. *Thor sei Dank!*, schickte er ein Stoßgebet an die alten Götter seiner Heimat.

Kaum hatte er die Tür ihres Hotelzimmers geschlossen, fuhr Alva herum. Die Hände in die Taille gestemmt sah sie ihn mit funkelnden Augen an. »Bilde dir nur nicht ein, dass du heute Nacht in meinem Bett schlafen kannst!«

Er hätte sie gerne geküsst. Doch das erschien ihm im Augenblick nicht empfehlenswert, stattdessen bemühte er sich um eine neutrale Miene. Seine kleine Sirene war das Süßeste, was ihm in seinem bisherigen Leben begegnet war. Allerdings war Julen klug genug, dies nicht laut zu sagen. Alva hasste es, wenn jemand sie als *süß* oder *niedlich* bezeichnete, was in letzter Zeit häufiger geschah, denn die Medien übertrafen sich gegenseitig darin, die absurdesten Theorien zu den Hintergründen ihres kometenhaften Aufstiegs zu finden. Einfach nur *gut zu singen* reichte ihnen als Erklärung nicht.

Bemüht, das Lächeln auch weiterhin zu verbergen, das sich in seine Mundwinkel schleichen wollte, öffnete er die Tür zum Bad, sah hinein und drehte sich dann wieder zu ihr um. »Oh, verdammt! Es gibt keine Badewanne.«

Auf entzückende Weise zog sie ihre Augenbrauen zusammen, als wäre sie nicht sicher, wie seine Bemerkung gemeint war. Dann schien es ihr zu dämmern, und sie schlug sich mit der flachen Hand vor den Kopf. »Das hätte ich beinah vergessen. Du musst ja gar nicht schlafen.« Sie zeigte auf den nicht besonders bequem wirkenden Cocktailsessel. »Entweder das da oder eine einsame Nacht unter Säufern an der Bar.« Ein grausames Lächeln erschien auf ihren Lippen. »Ach nein, trinken tust du ja auch nicht.«

Er hätte ihr zeigen können, was sein Lieblingsdrink war. Doch Julen war klar, dass er vermutlich noch nie weiter von einer günstigen Gelegenheit entfernt gewesen war, sich ihr zu offenbaren. »Du bist wütend«, sagte er stattdessen kühl.

»Allerdings. Wusstest du, dass Chris eine Fee ist? Natürlich wusstest du das!« Sie gab einen Laut von sich, der nach einem abfälligen Schnauben klang. »Wann wolltet ihr mir sagen, dass ihr gemeinsame Sache macht? Ist sie meine Tagesmutter, und du übernimmst die … attraktivere Nachtschicht?«

War es Scham, die ihre Wangen glühen ließ, oder die Erinnerung an den einzigartigen Zauber eben jener Nächte? Julen hoffte auf Letzteres. Er setzte sich auf die Bettkante und bedeutete ihr, seinem Beispiel zu folgen. Als sie zögerte, sagte er dieses Wort, das ihr so wichtig zu sein schien: »Bitte!« Es wirkte – und er nahm sich vor, in Zukunft häufiger davon Gebrauch zu machen, wie Alva es immer wieder von ihm forderte.

Behutsam, als sei sie eine Kostbarkeit, nahm er ihre Hand und war erleichtert, dass sie ihm diese Berührung gestattete. »Es gibt keine Abmachungen zwischen Chris und mir. Ich gebe zu, ich habe vor einiger Zeit bemerkt, dass sie ebenfalls eine Fee ist. Wir arbeiten aber nicht zusammen.« Er hoffte, Alva werde ihm glauben. »Um ehrlich zu sein, konnte ich wenig über sie herausfinden.«

»Meinst du, dass Chris mir etwas antun will?« Prüfend musterte sie sein Gesicht, dabei hielt er ganz still.

»Ehrlich gesagt, nein«, sagte er schließlich und drückte ihr einen schnellen Kuss auf die Handfläche. »Und ich glaube ihr sogar, dass eure Begegnung zufällig war.« Zumindest was sie selbst betraf.

»Aber sie ist hinter dir her!«

Es gelang ihm gerade noch rechtzeitig, das Lachen zu unterdrücken. Alva hatte so eifersüchtig geklungen, dass sein Herz unwillkürlich einen freudigen Hopser tat. *Metaphorisch gesprochen*, dachte er und strich sich mit der freien Hand eine Haarsträhne aus dem Gesicht, bevor er ihr von dem Fluch erzählte, der über der Feenwelt lag. »In den letzten Jahrhunderten wurden fast ausschließlich weibliche Lichtelfen, also Feen, geboren. Und auch das war nur dann möglich, wenn sich die Feen einen Begatter unter den Sterblichen suchten.«

»Sehr romantisch, wie du das ausdrückst. Aber was hat das mit Chris zu tun?«

»Wie gesagt, es ist nicht viel, was ich über sie herausgefunden habe. Doch meine Quellen behaupten, dass sie Streit mit einer mächtigen Fee bekommen haben soll, die sie aus ihrer Welt verbannt und dazu noch verflucht hat.«

»Was war das für ein Fluch?« Alva lehnte sich weiter vor und sah ihn aufmerksam an.

»Angeblich ging es bei dem Streit darum, dass Chris es nicht guthieß, wie die Feen ihre Kinder in dieser Welt aufwachsen ließen, nämlich ohne sich weiter um sie zu kümmern.«

Ihre Sympathie für Chris' Standpunkt war nicht zu übersehen. Schließlich hatte Alva selbst mit den Folgen dieser Vernachlässigung zu kämpfen, die auch Julen nicht nachvollziehen konnte. Seine Mutter war anders gewesen. Wie andere Feen auch, die ihren Seelenpartner unter den Dunkelelfen gefunden hatten und nicht mehr zuließen, dass ihre Kinder so ungeschützt aufwuchsen, wie es früher bei geborenen Vampiren Brauch gewesen war. Er hatte noch nie darüber nachgedacht. Bedeutete dies, dass eine solche Verbindung sie besonders verantwortungsvoll machte, oder ging die Natur nach einem Plan vor, wenn es ihr gefiel, Seelenpartner zusammenzuführen? Auf Antworten würde er vorerst warten müssen.

»Der Fluch«, riss sie ihn aus den Gedanken.

»Es heißt, Chris könne nur dann empfangen, wenn sie sich mit Ihresgleichen paare.«

»Ich wünschte, du würdest eine nettere Umschreibung dafür finden.« Für einen Augenblick sah es so aus, als wollte sie mehr dazu sagen, dann überlegte sie es sich aber offenbar anders. »Du meinst also, dass sie nur gemeinsam mit einem Lichtelf Kinder bekommen könnte. Das mag eine Einschränkung sein, besonders grausam klingt es aber nicht.«

»Vielleicht doch. Nämlich dann, wenn man weiß, dass männliche Feen diese Welt meiden. Die Chancen, einen Elf zu treffen, sind also minimal.« Kaum hatte er die Worte ausgesprochen, wurde ihm klar, dass er sich damit auf sehr dünnes Eis begeben hatte. Immerhin hatte er nicht auch noch verraten, dass die männlichen Feen im Laufe der Jahrhunderte zeugungsunfähig geworden waren. Aus diesem Grund suchten sich ihre Frauen ja einen Vater für ihre Kinder unter den Menschen. Dummerweise hatte Alva genau zugehört.

»Dann bist du also eine Ausnahme. Oder …«

Bevor sie weitersprechen und ihren Zweifel an seiner Identität womöglich formulieren konnte, fiel er ihr ins Wort. »Genau. Sie scheint anzunehmen, dass ich ihr in der Sache weiterhelfen könnte.«

»Könntest du das denn?«

»Was denkst du?« Er lachte, wurde aber sofort wieder ernst. »Die Frage stellt sich mir überhaupt nicht. Ich will es nicht!«

Als zweifele sie seine Aufrichtigkeit an, gab Alva eine Art Schnauben von sich und hob die linke Augenbraue. »So?«

Jetzt erlaubte sich Julen etwas von seinen tiefen Emotionen zu zeigen. »Du weißt genau …« Dann stockte er.

»Was?« Erwartungsvoll biss sie sich auf die Lippen. Es konnte ihm unmöglich entgehen, welche Bedeutung seine nächsten Worte für Alva – aber auch für ihn selbst – haben würden.

»Ich liebe dich!«, sagte er heiser und sah beiseite.

Nach einer Stille, die selbst einem Vampir endlos erscheinen musste, rückte seine zauberhafte Sirene näher an ihn heran, bis sich ihre Körper berührten. »Warum sagst du das nicht gleich?« Sie legte ihm die Hand in den Nacken und hauchte ihm einen Kuss auf die Lippen.

Für die Dauer eines Wimpernschlags war er sich nicht sicher, ob das unausgesprochene Versprechen in ihrer Stimme Wirklichkeit war oder nur eine Illusion. *Sind wir denn Seelengefährten?* Wie üblich blieben ihm die Götter die Antwort schuldig.

16

Mit Julen war nicht zu rechnen. Jedenfalls so lange nicht, wie die Sonne vom Augusthimmel herunterbrannte. Er mochte ja erzählen, was er wollte, aber in all der Zeit, die sie nun bereits zusammen waren, hatte sie ihn nicht ein einziges Mal im Sonnenlicht gesehen.

Alva saß auf einem großen Stein und nagte an ihrer Unterlippe. Dabei hätte sie mit ihm unbedingt über den Traum sprechen müssen, doch als sie am Morgen erwacht war, hatte er das Zimmer bereits verlassen. Immerhin hatte er sich inzwischen angewöhnt, ihr kleine Nachrichten zu schreiben. Sie zog den Zettel, der auf ihrer Reisetasche gelegen hatte, aus der Tasche. *Guten Morgen!* stand darauf. Daneben hatte Julen ein Herz gemalt. Ihr teurer Lippenstift war zwar jetzt ruiniert, aber sie konnte ihm deswegen doch nicht böse sein.

Der Traum war höchst merkwürdig gewesen. Sie stand in einem Tempel. Frauen in drapierten Gewändern gingen lautlos auf und ab. Irgendwo wurde die Leier geschlagen. Eine weitere Frau erschien, ihr Gesicht war verschleiert, in der Hand trug sie eine mit kostbaren Juwelen besetzte Schale. Wie aus dem Nichts tauchte ein hochgewachsener Mann auf, nahm ihr die Schale ab und führte sie in einen fensterlosen Raum, der nur von einer Flamme in seiner Mitte beleuchtet wurde. Alva war sich nicht sicher, doch es kam ihr so vor, als lauerten in den Schatten unheimliche Wesen. Die Frau kniete nieder und senkte ihren Kopf.

»Zeig dein Gesicht!«, sagte eine körperlose Stimme, und sie gehorchte.

Als sie aufsah, hörte man empörtes Zischen aus allen Ecken des Raums. »Still!«, verlangte die Stimme, die so schneidend klang, dass Alva sich am liebsten die Ohren zugehalten hätte. Auch die kniende Frau war zusammengezuckt.

»Wir wissen, warum du hier bist. Du kannst das Kind nicht schützen, der Tag steht bereits im Buch des Schicksals.«

»Ich möchte nur wissen, was sie erwartet.« Etwas an der Art, wie die Frau sprach, berührte Alva – und am liebsten wäre sie zu ihr gegangen. Doch unsichtbare Fesseln hielten sie fest.

»Wenn ihre Magie erblüht und sie den Traum entdeckt, wird sie im Triumph dem Tod ins Auge blicken«, verkündete die Stimme, und die Flamme flackerte, als könne sie dem eisigen Hauch nicht widerstehen. Ein hässliches Lachen erklang, dann wurde es still. Die Temperatur im Raum stieg um einige Grade, und die Flamme beruhigte sich. Die Audienz war beendet.

Das schien auch die Fragestellerin zu begreifen – und erhob sich. Mit schleppenden Schritten durchquerte sie die Halle. Kurz bevor sie durch die Säulen hindurch ins Freie trat, rempelte sie eine verhüllte Gestalt an und raunte ihr etwas in einer Sprache zu, die Alva noch niemals zuvor gehört hatte. Dann war der Traum zu Ende, und zurück blieb vor allem das nagende Gefühl, etwas Wichtiges übersehen zu haben.

Zu gern hätte sie gewusst, ob dies jenes berüchtigte Feenorakel war, von dem ihr Nienibit erzählt hatte. Aber niemand war da, um die Frage zu beantworten. Sehnsüchtig sah sie zum Waldrand hinüber, der sich in der Ferne an die Felder anschloss. Vielleicht würde sie Nienibit dort treffen, aber der Weg war weit, und ihre letzten Versuche, Kontakt mit ihrer Lehrmeisterin aufzunehmen, waren gescheitert. Nur einmal, wenige Tage nach ihrem ersten Wiedersehen, hatte eine alte Frau im Park auf einer Bank gesessen und Alva zu sich gewunken. Als sie näher gekommen war, hatte sie Nienibit erkannt. »Wir werden uns nicht wiedersehen. Sei gesegnet, Kind.« Nach diesen Worten war sie zerfallen, wie ein sterbender Baum. Ein Windstoß hatte die Blätter erfasst, eine Weile vor sich hergetrieben und dann in alle Himmelsrichtungen verteilt. Alva ließ ihre Fingerspitzen über das einzige Blatt gleiten, das sie intuitiv gegriffen hatte und nun – in ein Notizbuch gepresst – bei sich trug. Ein kühler Windhauch umschmeichelte ihre Gestalt, als wollte er ihr Trost geben. Alva klappte das Buch zu und steckte es ein. Dabei hielt sie nach ihren Freunden Ausschau, mit denen sie sich hier verabredet hatte.

Die Festivalbesucher waren schon bei ihrer Ankunft am Vormittag mit aufgespannten Sonnenschirmen herumspaziert, und die Menschentrauben um die Getränkestände, die ausschließlich Alkoholfreies ausschenkten, waren ein weiteres Indiz für die an diesem Ort so ungewöhnlichen Temperaturen.

Erik war ihr nicht eine Minute von der Seite gewichen, bis es ihr gelang, ihn bei einer günstigen Gelegenheit abzuschütteln.

Eigentlich war nichts an ihm auszusetzen, er hatte dafür gesorgt, dass sie sich nicht um ihren Backstage-Pass kümmern musste. Und auch sonst hatte er alles dafür getan, dass sie freundlich aufgenommen wurden, obwohl manch einer nicht glücklich darüber war, dass ausgerechnet *One More Thing …* als Ersatz spielen sollten.

Es gab bekanntere Gruppen, die sich als Vorgruppe des Headliners *LycanTopia* sicher viel besser geeignet hätten. Dies fand auch Alva, obwohl sie die Band mit dem merkwürdigen Namen nicht einmal kannte. Bevor sie überraschend selbst zur Sängerin geworden war, hatte sie sich kaum für die einzelnen Szenen interessiert – was ein Fehler gewesen war, wie sie jetzt wusste, denn sie mochte die Musik, die Alastair im Tourbus laufen ließ, und sie bemühte sich, ihre Defizite schnell aufzuholen.

Was den Auftritt betraf … die Sache war entschieden, und sie konnte nur hoffen, dass die Zuschauer ihnen am Abend nicht ihre Bierbecher oder noch Schlimmeres an den Kopf warfen.

Nach einem hastigen Soundcheck war sie sich selbst überlassen gewesen. Weil sie keine Lust hatte, sich mit Chris zu versöhnen, verabredete sie sich mit Stefan und Alastair, um das Festivalgelände und vielleicht auch die Verkaufsstände des Mittelaltermarktes zu besichtigen, deren Fähnchen man auf der anderen Seite des Dorfes im Wind wehen sah.

»Da seid ihr ja endlich!« Sie ließ sich vom Stein gleiten und ging den beiden entgegen. Eine Erkundungstour würde sie auf andere Gedanken bringen, bis sie Gelegenheit fand, mit Julen über den Traum zu sprechen, der ihr von großer Wichtigkeit zu sein schien, auch wenn sie nicht dahinterkam, welche Botschaft darin versteckt sein mochte.

Eine große Wiese war abgesteckt worden, auf der Hunderte Zelte standen. Etwas näher an der Straße parkten zahllose Wohnwagen dicht nebeneinander. Einige Leute hatten Sonnensegel gespannt und saßen auf Campingstühlen vor ihrem mobilen Zuhause, tranken Bier oder Wasser. Eine Frau hatte sich eine bunte Schürze über ihr schwarzes Kleid gebunden und putzte Gemüse. Hinter ihr stand ein Mann mit feuerroten Haaren und formte mit geschickten Handbewegungen kleine Fleischbällchen, die ein anderer, der offensichtlich auch zu der Gruppe gehörte, in der Pfanne über einer Gasflamme briet. Es war eindeutig Mittagszeit, und der Duft von Gebratenem und dem Rauch unzähliger Feuerstellen lag in der Luft.

Alvas Magen knurrte, darum legte sie eine Hand auf den Bauch. »Ich könnte jetzt auch was essen.«

»Da vorn ist ein Pub!« Alastair sah sehnsüchtig zu einem frisch gestrichenen Gebäude hinüber, vor dem sich eine bunte Menge eingefunden hatte. Die Leute standen an den offenen Fenstern, saßen auf grob gezimmerten Bänken oder lagerten, weil sie keinen Platz gefunden hatten, auf der Rasenfläche neben dem Haus.

Lachend sagte Stefan: »*The Red Lion*. Den kenne ich noch vom letzten Jahr. Da kannst du an einem Tag wie heute ewig auf dein Bier warten. Dann lohnt es sich aber!«

Sie beschlossen, ihr Glück zu versuchen. Während Alastair die Drinks besorgte, gab Alva der Versuchung nach und kaufte sich an einer Bude neben dem Pub einen rot glänzenden kandierten Apfel, bevor sie sich zu Stefan auf eine kleine Mauer in die Sonne setzte. Er erzählte ihr, dass der Pub ungefähr dreihundert Jahre alt sei und zu den Orten gehöre, an denen regelmäßig Geister gesehen wurden. Einer war hier besonders berüchtigt, ein weiblicher. Ihr Name sei Florrie, und es hieß, sie sei von ihrem Ehemann in diesem Haus ermordet worden.

Alva lief es kalt über den Rücken, als sie sich umblickte und auf das hübsche weiß gestrichene Haus blickte. Sie war froh, hier nicht übernachten zu müssen.

Alastair kam mit ihren Getränken und mehreren kleinen Chipstüten dazu. Schließlich vergaß sie Florrie, als er sie mit Geschichten von seiner letzten Tour unterhielt. Offenbar gehörte die Band, mit der er unterwegs gewesen war, zu den wilderen Gruppen – so hatte er viel erlebt. Stefan steuerte weitere Anekdoten bei, und irgendwann wurde die Plauderei zum Fachgespräch über Instrumente, technische Anlagen und Clubs, in denen sie aufgetreten waren.

Alva beobachtete das Treiben rund um den Pub und die Festivalbesucher, die die Dorfstraße entlangflanierten. Einmal glaubte sie, auch Erik gesehen zu haben, aber wahrscheinlich hatte sie sich geirrt, denn sein blonder, kurz geschnittener Schopf verschwand ebenso schnell, wie er aufgetaucht war.

»Zum Glück hab ich heute frei!« Alastair trank von dem zweiten Bier, das von einer Kellnerin angeboten worden war, die immer mal wieder mit ihrem Tablett voller Getränke durch die Reihen ging. Auf dem Rückweg nahm sie die leeren Gläser mit, und Alva hatte ihr eine Weile dabei zugesehen, denn üblich war dieser Service für einen englischen Pub nicht.

Alva, die nicht gewusst hatte, dass er später nicht am Mischpult sitzen würde, sah ihn erschrocken an. »Im Ernst? Dann sind da nachher vollkommen fremde Leute in der Technik?«

»Die Jungs verstehen ihr Handwerk. Aber mach dir keine Gedanken, ich werde trotzdem dabei sein. Von der Technik aus hat man den besten Blick auf die Bühne, und außerdem werde ich doch meine Chart-Breaker nicht allein lassen.«

»Sehr witzig«, sagte Alva kauend. Sie biss noch einmal in den kandierten Apfel und wischte sich danach den süßen Saft vom Kinn.

Ihre beiden Freunde sahen sich an. »Hat dir das niemand gesagt?«, fragte Stefan. »Unser Song *One More Thing …* ist in dieser Woche auf Platz eins der UK-Charts eingestiegen.

»Das glaube ich nicht!« Alva warf ihre Serviette und den Rest des Apfels, der ihr viel zu süß war, in einen Mülleimer und hopste um die beiden herum. »Habe ich es nicht gesagt! Mit den Änderungen ist das unser bestes Lied.« Sie fiel Stefan um den Hals und küsste ihn auf die Wange. »Du bist genial!«

Bescheiden blickte er auf seine Schuhspitzen. »Ohne deine Stimme wäre das alles nicht möglich gewesen.« Trotzdem ließ er sich von ihrem Enthusiasmus mitreißen und hakte sich bei ihr unter. »Auf geht's. Ich bringe jetzt besser die Gläser zurück, sonst schickt Tom noch ein Suchkommando los.«

»Das glaube ich kaum«, warf Alastair ein. »Ich hab ihn vorhin mit ein paar Typen gesehen …« Er verstummte, weil Stefan ihm den Ellenbogen in die Seite rammte.

Doch es war zu spät, Alva hatte den besorgten Gesichtsausdruck der beiden schon gesehen. »Was sind das für Leute?« Als sie keine Antwort bekam, bohrte sie nach. »Ich weiß längst, dass er Drogen nimmt, er hat es ja selbst zugegeben. Außerdem war er seit Amsterdam nicht ein einziges Mal wirklich klar. Ich bin doch nicht blind.«

Alastair schüttelte den Kopf und sah Stefan an. »Sag es ihr!«

Die Hände in die Taille gestemmt blieb sie stehen. »In welche Schwierigkeiten ist er diesmal geraten?«

»Genau kann ich es dir nicht sagen. Er hat sich niemandem von uns anvertraut, aber ich fürchte, er hat sich mit den falschen Leuten eingelassen.« Und Alastair ergänzte: »Die Männer, mit denen ich ihn vorhin gesehen habe, kenne ich aus dem *Amnesia*. Ich kann mich zwar täuschen, aber ich glaube, der Chef des Clubs hat sie vor die Tür gesetzt, und das soll schon was heißen.«

Das fand sie auch, denn inzwischen wusste sie, dass der Clubchef eine Menge merkwürdiger Gestalten in seinem Geschäft duldete. »Wenn er einen Gast rauswirft, dann ist der entweder von der Heilsarmee oder … das Gegenteil.«

Alastair brummte seine Zustimmung.

Nun begriff Alva auch, warum sich Tom dermaßen aufgeregt hatte, als sie unbedingt in diesem Club hatte arbeiten wollen. Er hatte sich Sorgen um sie gemacht. Eine kleine Stimme aus ihrem Unterbewusstsein flüsterte ihr allerdings zu, dass er sie vielleicht aus ganz anderen Gründen dort nicht hatte sehen wollen. *Womöglich hat er sich auch einfach nur Sorgen um sich selbst gemacht und darum, dass ich unseren Eltern etwas erzählen könnte.*

»Und was mache ich nun?«

»Du kannst gar nichts tun«, sagte Stefan. »Glaub mir, ich habe auch versucht, mit ihm zu reden. Nicht nur einmal. Aber er hört ja gar nicht zu. Das Schlimme ist, das Haus, das dein Herr Bruder einfach mal eben gekauft haben will, gehörte vorher ziemlich zwielichtigen Leuten, von denen wenigstens einer jetzt im Knast sitzt.«

Alastair ergänzte: »Ich fürchte, er ist in üble Geschäfte verwickelt. Und wenn ihm jetzt die Schläger auf den Fersen sind, dann möchte ich wirklich nicht in seiner Haut stecken.«

Am liebsten hätte Alva sofort nach Tom gesucht und ihn zur Rede gestellt. Doch nach einigem Hin und Her ließ sie sich überzeugen, dass es klüger war, wenigstens bis zum nächsten Tag zu warten.

»Wenn du jetzt mit ihm sprichst, kannst du dich darauf verlassen, dass er ausflippt. Und ich habe keine Lust, unserem Gitarristen dabei zuzusehen, wie er mitten im Konzert vollkommen zugedröhnt von der Bühne kippt.«

»Oder gar nicht erst auftaucht.« Alastair war der gleichen Meinung. »Morgen fliegen wir wieder zurück, um die Tour fortzusetzen. Wenn wir alle ein bisschen auf ihn achten, haben sich die Probleme vielleicht am Ende von selbst gelöst.«

Alva beurteilte die Sache zwar weniger optimistisch, aber sie sah auch ein, dass Stefan recht hatte, und versprach, sich zu gedulden.

Nach dieser Enthüllung war ihr die Lust daran vergangen, sich den eindrucksvollen Steinkreis, der Avebury berühmt gemacht hatte, näher anzusehen. Dankenswerterweise hatten die Veranstalter darauf verzichtet, diesen Bereich ebenfalls zu nutzen. Von einem Wall, der das eigentliche Festivalgelände vom Rest des Dorfes trennte, konnte sie Menschen zwischen den hoch aufgerichteten Megalithen sehen, von denen einige die Steine ehrfurchtsvoll berührten oder zu beten schienen.

Sie erinnerte sich an das, was Chris gesagt hatte: *Es ist ein magischer Ort.* Und auf einmal hatte sie das Gefühl, es sei vielleicht besser für sie, überhaupt nicht dorthin zu gehen.

Inzwischen war es Nachmittag geworden, und auf drei Bühnen hatte das Programm begonnen. Ihre Begleiter verließen sie vor dem Eingang zum Backstagebereich, um sich die Bands anzuhören. Bald würden auch die *Midnight Fairytales* auftreten, aber Alva hatte keine Lust, Tally zuzuhören. Ruhe wäre eine feine Sache gewesen, doch damit durfte sie heute wohl nicht rechnen.

Inzwischen waren Wolken aufgezogen, die dem Sommertag etwas von der Hitze nahmen. »Ob es Regen geben wird?«, fragte sie mit einem besorgten Blick zum Himmel, als sie den Pass und das Armbändchen vorzeigte, die ihr Zugang zu allen Bereichen hinter der Hauptbühne gewährten.

Der Sicherheitsmann war so groß und schwer wie ein Grizzly und hätte gut einen Donnergott abgeben können. Um so verwunderlicher war es, dass er ihr mit heller Stimme versicherte, der Wetterbericht habe nichts dergleichen vorhergesagt.

Sie antwortete mit einem strahlenden Lächeln und war schon fast an ihm vorbei, als sie ein zaghaftes *Entschuldigung?* hörte.

»Ja?«

Da stand er mit einem doppelt gefalteten Blatt Papier und einem Stift in der Hand. »Könnte ich bitte ein Autogramm haben?«

Um sicherzugehen, dass er wirklich sie gemeint hatte, sah sie sich um. Doch außer ihr stand niemand in der Nähe. *Daran werde ich mich nie gewöhnen.* Natürlich nahm sie ihm Stift und Zettel aus der Hand, bemühte sich um ein herzliches Lächeln und schrieb schwungvoll ihren Namen auf das Papier. Am Ende schaffte sie es sogar, ihm zuzuzwinkern, bevor sie mit schnellen Schritten auf das nächste Zelt zuging. *Du lieber Himmel, der arme Kerl hat tatsächlich ein Foto aus dem Internet ausgedruckt, weil es von uns nichts Besseres gibt.* In der Kürze der Zeit hatte es der örtliche Veranstalter nicht einmal geschafft, alle Plakate auf dem Gelände mit einem Hinweis auf die Programmänderung zu überkleben. *Hoffentlich gibt das nachher keinen Ärger!*

Die Sorgen verschwanden sofort, als sie von irgendwoher die Klänge eines Cellos vernahm. Dieses Instrument hätte sie überall herausgehört. Die Melodie glitt durch die rhythmischen Bässe, die von der Bühne herübertönten, und Alva ging ihr neugierig nach, bis sie vor einem Zelt stehen blieb, das noch einmal von einem Extra-Sicherheitsmann bewacht wurde, der ihr unfreundlich erklärte, dass hier nur die Hauptband des Abends Zutritt habe. Dummerweise sprach er mit starkem Akzent, und Alva verstand den Namen nicht sofort. Das musste sich auf ihrem Gesicht abgezeichnet haben, denn nun verschränkte der Typ die Arme vor der Bodybuilder-Brust und starrte sie feindselig an.

Gerade als sie überlegte, eine Diskussion mit ihm zu beginnen, wurde der Vorhang beiseite geschoben, und jemand kam heraus. Er blieb wie angewurzelt stehen, während sich ein Grinsen über seinem Gesicht ausbreitete. »Bist du nicht die Pixie-Sängerin von *One More Time*?«

»*Thing*«, korrigierte sie ihn irritiert, »*One More Thing* …«, und überlegte dabei, was er wohl mit *Pixie* gemeint haben könnte. Ihre Größe vielleicht? Sicherlich sah sie doch nicht wie einer dieser Kobolde aus, die in Dartmoor ihr Unwesen trieben.

Der Mann hätte ohne Weiteres ein Vampir sein können. Sein schwarzes Haar reichte ihm fast bis zu den Ellenbogen, verdeckte aber nicht die Tätowierungen auf den muskulösen Armen und einem Teil des Halses. Als er sprach, hatte sie verdächtig lange Eckzähne gesehen. Verunsichert trat sie einen Schritt zurück. *Es ist heller Tag! Vampire zerfallen im Sonnenlicht zu Staub!*, erinnerte sie sich. *Anders als Julen,* ergänzte ihre innere Stimme, und Alva fragte sich, was das miteinander zu tun haben sollte. Unterschiedlicher hätten zwei Männer gar nicht sein können als ihr liebevoller Beschützer und dieser Kerl.

Der *Kerl* betrachtete sie erwartungsvoll, und Alva fasste sich ein Herz. »Höre ich da drinnen ein Cello?«

Eine Hand ans Ohr gelegt tat er so, als lausche er. »Nein.«

»Nein? Natürlich …«

Ehe sie weitersprechen konnte, lachte er erneut. »Es sind sogar vier, was nicht weiter verwunderlich ist, wenn man bedenkt, dass wir damit auftreten.« Er reichte ihr die Hand. »Komm, Prinzessin, ich zeige dir dein Cello.«

Definitiv Vampirzähne! Sie ignorierte seine Geste und steckte die Hände in die Hosentaschen. Als sie ihm in das geräumige Zelt hinein folgte, konnte sie es nicht lassen, dem Wachposten einen frechen Blick zuzuwerfen. Der hob nur eine Augenbraue, als wolle er sagen: *Sieh selbst, wie du da wieder rauskommst!*, und wandte sich gelangweilt ab. Am liebsten hätte sie ihm die Zunge rausgestreckt.

»Seht mal, was ich auf unserer Türschwelle gefunden habe!«

Drei Augenpaare musterten sie. Keiner der dazugehörigen Männer zeigte sich besonders beeindruckt. Alva dagegen *war* beeindruckt, denn einer wirkte unheimlicher als der andere. Sie alle trugen Schwarz mit einer Menge Leder, doch das war es nicht, was sie irritierte. Irgendetwas stimmte mit ihren Augen nicht! Gern hätte sie auf dem Absatz kehrtgemacht und wäre wieder hinausgerannt. Der Job des Türstehers müsste es sein, die Leute draußen vor den vier Männern im Zelt zu schützen und nicht umgekehrt. So unauffällig wie möglich machte sie einen Schritt zurück.

Ihr Begleiter ließ sich davon nicht beirren. »Darf ich vorstellen, das ist …«, er drehte sich zu ihr um, »… entschuldige, ich weiß deinen Namen gar nicht.«

Sie nannte ihn widerstrebend, und er antwortete mit einer leichten Verbeugung. »Das ist Alva von *One More Kiss*, unserer Ersatzvorgruppe.«

»*Thing*«, korrigierte sie ihn automatisch und sah sehnsüchtig zu den vier glänzenden Celli hinüber, die unerreichbar zu sein schienen. Es war schon Wochen her, dass sie zum letzten Mal gespielt hatte.

»Es geht doch nichts über ein kleines Mädchen, das gern was Großes zwischen den Beinen fühlt.« Der Mann, der dies gesagt hatte, stand auf, sein Instrument hielt er weiter in der Hand. Wenn der Erste schon gruselig ausgesehen hatte, dann war dieser hier kaum noch zu übertreffen. Seine Augen glitzerten, und jetzt sah sie auch, was damit nicht stimmte. Die Pupillen waren nicht rund, sondern schmale Schlitze, durch die er sie nun betrachtete. »Möchtest du mal anfassen? Such dir das schönste Stück aus.«

Von der Zweideutigkeit seiner Bemerkung ungerührt, ging sie wie in Trance an ihm vorbei auf das einzige freie Cello zu, nahm den Bogen vorsichtig auf, der über den Stuhl gelegt war, und setzte sich. *Wie gut sich das anfühlt!*

Sie zupfte die Saiten, um zu hören, ob es gestimmt war, und erschauderte. Noch niemals zuvor hatte sie ein ähnlich wertvolles Instrument gespielt. Wie ein Lehrling der geheimen Künste den Zauberstab hielt, so hielt sie nun den Bogen, setzte ihn an und zog ihn versuchsweise über die Saiten. Anfangs spielte sie so leise, dass die Männer kaum etwas hörten. Doch schnell wurde ihr Strich sicherer. Sie gewöhnte sich an die Schwingung des fremden Instruments und vergaß bald darauf alles um sich herum. Das war ihre Welt. Ihr Zuhause, ihr Anker im Chaos der neuen Realität.

17

Der hereinbrechende Abend wurde zu seinem Mantel, die Menge aus Sterblichen teilte sich und gab ihm Raum. Die Kinder der Ewigkeit, die sich unter die Besucher gemischt hatten, hielten respektvoll Abstand. Von all dem bemerkte Julen nichts.

Es war ihr Lied.

Die Melodie, die sich längst in seiner Seele niedergelassen hatte, schwebte über Avebury, dem magischen Ort, so unfassbar wie aufsteigender Nebel. Das war nicht gut!

Alva!

Die Hand gefror ihr in der Bewegung. Als wolle sie jeder einzeln davonschwebenden Note nachsehen, hob sie den Kopf. *Julen!*

Und dann war er bei ihr, ignorierte den Applaus der Musiker und zog sie in seine Arme. »Was tust du da, weißt du nicht, wie gefährlich das ist?«

Natürlich wusste sie es nicht. Woher auch? Ihr Gesicht verriet die Arglosigkeit, und Julen hätte sich dafür ohrfeigen können, dass er ihr Vorwürfe gemacht hatte, anstatt sie auf die Gefahren vorzubereiten.

»Teufel, wo kommt der auf einmal her?« Die dunkle Stimme in seinem Rücken ließ ihn herumfahren. In seiner Eile, zu ihr zu gelangen, hatte er die Gesellschaft ignoriert, in der sie sich befand.

Der Mann schrak zuerst zurück, dann aber fing er sich erstaunlich schnell und zeigte, wie um seine Friedfertigkeit zu demonstrieren, beide Handflächen. »Easy, Mann.«

Sterbliche, die mithilfe von Kontaktlinsen ihre Pupillen zu senkrechten Schlitzen werden ließen, waren offenbar nicht so leicht zu erschrecken. Ein kurzer Blick in die Gedanken der Männer zeigte ihm, dass zumindest seine Reißzähne unbemerkt geblieben waren.

Beinahe hätte Julen gelacht. Was wollten sie eigentlich darstellen, Werwölfe? Nicht unwahrscheinlich, denn sie würden später noch unter dem Namen *LycanTopia* auftreten. *Erik hätte seinen Spaß*, dachte er und sah sich nach ihm um. Wo war er überhaupt?

Acht oder zehn Sterbliche, von denen er einige als Musiker erkannte, standen im Halbkreis um Julen und Alva herum. Sie erholten sich erstaunlich schnell von ihrer Überraschung. Menschen neigten dazu, Dinge zu ignorieren, die sie nicht verstanden. Diese hier bildeten da keine Ausnahme.

»Geiles Styling!«, sagte einer, und die anderen nickten zustimmend. »Du solltest wirklich besser auf deine Frau aufpassen, mein Freund! Sie kommt hier einfach hereinspaziert und spielt uns glatt an die Wand.«

»Das Mädchen ist ein kostbares Kleinod«, ergänzte ein Dritter, in dem Julen nun den Sänger der Band erkannte.

Vor dem Zelt gab es einen kurzen Wortwechsel, dann kam Erik hereingestürmt. Seine Pupillen sahen im Dämmerlicht des Zeltes ebenfalls merkwürdig aus, aber bei ihm lag es ganz gewiss nicht daran, dass er irgendwelche optischen Hilfsmittel verwendete.

Abrupt blieb er stehen. »Du bist schon da …«

Wo zur Hölle warst du?

Ich bin so schnell gekommen, wie ich konnte. Ich hatte ja keine Ahnung …!, antwortete Erik.

»Später!« Julens Tonfall ließ keinen Zweifel daran, dass dies ein unangenehmes Gespräch für Erik werden würde.

Alva sagte nichts, sondern verbarg ihr Gesicht an seiner Schulter. Und es war offensichtlich, wie peinlich ihr diese Situation war.

»Danke, Jungs!« Er legte seinen Arm um ihre Taille und begleitete sie hinaus.

Zwischen den Zelten, im Licht der untergehenden Sonne sah seine Fee so bezaubernd zerbrechlich aus, als sei sie nicht von dieser Welt. Das war sie ja genau genommen auch nicht, selbst wenn sie unter Sterblichen aufgewachsen war. Ihre magischen Schutzschilde waren nach dem Schrecken praktisch nicht mehr vorhanden, und für ihn war nicht zu überhören, dass sie darauf brannte, ihm etwas Wichtiges zu erzählen: Das Feenorakel hatte sich ihr offenbart, zumindest teilweise.

Entgegen Alvas Annahme kannte er den Traum bereits. Sie hatten ihn gemeinsam geträumt. Wenn seine Version vermutlich auch etwas aufschlussreicher war. Warum, das blieb noch zu klären. Sie hatte gewiss nichts von dem verstanden, was der Frau am Ende von einem geheimnisvollen Boten zugeraunt worden war. *Auf magischem Boden unter den Augen des Lichtgottes und seiner roten Schwester soll es sich entscheiden.* Die Sprache war älter als die Zeit und selbst den meisten Dunkelelfen nicht bekannt. Anders Julen. Er hatte sie in jungen Jahren von seiner Mutter gelernt. Möglicherweise war dies ein wichtiger Hinweis darauf, dass er den Satz verstehen *sollte*.

Heute war Lúnasa, das Fest eben dieses Gottes, und der Mond hing wie ein orangefarbener Lampion tief über Avebury. Julen hatte kein gutes Gefühl. Seit der vergangenen Nacht versuchte er vergeblich, Kieran zu erreichen. Ein Orakel war zwar niemals zuverlässig, doch zumindest am Termin ließ es keinen Zweifel aufkommen. Heute würde irgendetwas geschehen, das spürte er mit jeder Faser seines Körpers. Er hatte überlegt, ob er Alva einfach schnappen und irgendwo in Sicherheit bringen sollte, aber am Ende würde das Schicksal sie doch einholen. Also blieb er lieber da und versuchte, aus den wenigen Hinweisen schlau zu werden.

Bevor er weiter darüber nachdenken konnte, verlangte Alva wieder seine volle Aufmerksamkeit.

»Schon so spät? Irgendwie habe ich die Zeit vergessen. Julen, es tut mir leid …«

Sie hatte recht. Inzwischen spielte eine Gruppe, die vor *One More Thing …* auf dem Plan stand. Allmählich wurde es Zeit, dass sie sich auf ihren Auftritt vorbereitete. Über den Leichtsinn, ausgerechnet in der Nähe eines magischen Kreises zu musizieren und sich dabei selbst zu vergessen, würde er später noch mit ihr reden können. Nun aber war es das Klügste, sie dabei zu unterstützen, ihr inneres Gleichgewicht schnell wiederzufinden, damit ihr nachher, wenn sie auf der Bühne stand, kein weiterer Fehler unterlief. Auch die Menschen waren in solchen Nächten anfällig für magische Kräfte, und er wollte lieber nicht wissen, was die Feen von Avebury davon hielten, wenn eine Fremde auf diesem geheiligten Boden Sterbliche in ihre Gewalt brachte.

Trotz ihres Leichtsinns konnte Julen ihr einfach nicht böse sein. Er küsste sie flüchtig, bevor er sie zum Zelt ihrer Band brachte, damit sie sich darin ungestört umziehen und vorbereiten konnte.

Mit lautlosen Schritten zog er sich schließlich in die Schatten zurück, um den einzigen Eingang im Auge zu behalten. Inzwischen hatte er alle Crewmitglieder überprüft, aber keinerlei Hinweise darauf gefunden, wer hinter den Attentaten stecken mochte. Es war wie verhext. Sogar Tally und ihr weiblicher Hofstaat, von dem besonders Mandy nicht gut auf Alva zu sprechen war, schienen nichts mit den Unglücken zu tun zu haben. Mandys Gehirn wirkte fabelhaft aufgeräumt. Was niemanden weiter verwunderte, der sie einmal hatte reden hören. *Das Mädchen ist vollkommen hohl*, dachte er verächtlich.

Stechende Kopfschmerzen quälten ihn. Eilig setzte er seine Sonnenbrille wieder auf, zog einen Flachmann aus der Tasche und trank. Sobald am Nachmittag die Bewölkung stärker geworden war, hatte er seinen Unterschlupf verlassen und sich stets in Alvas Nähe aufgehalten. Den durch das Licht verursachten erhöhten Blutbedarf hatte er zuerst an einigen Festivalbesuchern befriedigt, war dann aber auf das Sanitätszelt gestoßen, in dem sich erfreulicherweise auch Blutkonserven befanden. In einem unbemerkten Moment hatte er zwei Beutel gestohlen und in einer ruhigen Ecke ausgetrunken. Schlechtes Gewissen plagte ihn dabei nicht. Wichtig war nur, dass er Alva im Auge behalten konnte und dabei nicht unnötig seine Kräfte aufs Spiel setzte. Geschwächt wäre er niemandem eine Hilfe.

Der Energieverlust war geringer, als er erwartet hatte. Kieran war der festen Überzeugung, dass es Julens besondere Abstammung sein musste, die es ihm ermöglichte, Dinge zu tun, die für die meisten geborenen Vampire selbst nach vielen Hundert Jahren nicht vorstellbar gewesen wären. Nach den heutigen Erfahrungen war er geneigt, ihm zuzustimmen. Doch um kein Risiko einzugehen, war Julen später ein zweites Mal ins Sanitätszelt eingedrungen. Dort hatte er einen Helfer vorgefunden und ihn um einen guten Schluck seines warmen Blutes erleichtert, als Alvas Cellospiel plötzlich erklungen war.

Julen trank einen weiteren Schluck aus seiner Flasche. Geschwächt fühlte er sich zwar nicht, dennoch hätte er im Augenblick ein ganzes Fass mit Blut leeren können, und etwas Ähnliches plante er auch, sobald Alva auf der Bühne stand. Dort konnte er sie sehen und sich gleichzeitig an einem der Zuschauer laben. Den geeigneten Platz dafür hatte er bereits gefunden.

Nun allerdings musste Julen tun, wozu Erik nicht in der Lage zu sein schien: das Zelt bewachen. Es war unvermeidbar, dass er dabei hörte, was im Inneren gesprochen wurde.

»Alva, kann ich mit dir reden?« Chris war kurz nach ihr ins Zelt gegangen, ohne ihn zu bemerken.

»Jetzt nicht!« Alva klang unwirsch. Offenbar war sie immer noch wütend darüber, dass ihre Freundin sie hintergangen hatte, was wenig erfreulich für Julen war, denn er dachte an seine eigenen Geheimnisse, die er ihr irgendwann einmal würde anvertrauen müssen, wenn ihm an einer gemeinsamen Zukunft gelegen war. Und daran bestand für ihn inzwischen kein Zweifel mehr. Sie waren füreinander bestimmt.

Chris ließ sich nicht abweisen. Er konnte sich bestens vorstellen, wie Alva auf dem mit Holzplanken ausgelegten Boden von einer Ecke des Zeltes in die andere lief. Und Chris' Stimme nach zu urteilen, blieb sie ihr dabei auf den Fersen, um immer wieder zu beteuern, dass sie keinerlei romantisches Interesse für Julen hege.

Alva war jetzt stehen geblieben. »Aber er soll dich schwängern!«

»Schrei es doch noch lauter hinaus.« Die Stimme der Fee klang nun ärgerlich. »Wenn er dir das erzählt hat, dann kennst du sicher auch den Rest der Geschichte.« Sie wurde leiser. »Es hätte wahrscheinlich ohnehin nicht geklappt, er ist gar nicht mein Typ!«

Julen verdrehte die Augen. Das hatte er nun davon, die Mädels zu belauschen.

»Gut! Dann lass gefälligst auch die Finger von ihm. Er gehört mir, damit das klar ist!«

Jetzt hätte er sich beinahe verschluckt. *Sieh mal an. Das Lauschen hat sich also doch gelohnt.*

Der Auftritt wurde ein überwältigender Erfolg, und die Zuschauer waren auch ohne Alvas gefährlichen Sirenenzauber dermaßen begeistert, dass sie nach einer Zugabe riefen. Am Ende des Konzerts erwartete Julen sie wie immer am Bühnenzugang.

Eine Zeit lang hörten sie Seite an Seite den vier Cellisten und ihrer Band zu, doch Alva war unruhig. Vielleicht lag es daran, dass das Adrenalin des Auftritts ihren Körper noch nicht ganz verlassen hatte, vielleicht war es aber auch einfach nur diese außergewöhnliche Nacht.

Bisher war keine Katastrophe über sie hereingebrochen, nichts Fürchterliches war geschehen, und niemand war, soweit sie es beurteilen konnte, während ihres Auftritts zu Schaden gekommen. Alva neigte inzwischen dazu, Julens Sorge seinem ausgeprägten Beschützerinstinkt zuzuschreiben. Vielleicht war der Traum auch nichts weiter gewesen als – ein Traum. Trotzdem wollte sie ihm davon erzählen. Gleich morgen. Dieser Abend war jedoch zu schön, um ihn mit finsteren Orakelgeschichten zu verderben. Vor vielen Hundert begeisterten Menschen zu singen und dabei ihren Zauber einzusetzen, ohne dessen zerstörerische Kraft zuzulassen, das fühlte sich einfach fantastisch an. Vielleicht lag es an der Magie dieses Ortes, dass sie sich hier so glücklich fühlte.

Einem Impuls folgend fragte sie: »Können wir nicht doch zu den Steinen gehen?« Von der erhöhten Bühne aus war der beeindruckende Kreis wunderbar zu sehen gewesen. Nach Einbruch der Dunkelheit hatten Menschen, die den alten Religionen folgten, zahllose Fackeln entzündet und sie auf den Wällen rund um den Kreis in den Boden gesteckt, um den Festtag des Lichtgottes zu begehen. Vor den beiden Steinen in der Mitte war eine riesige Strohfigur aufgebaut worden, die genau in dem Augenblick, als sie hinübersah, angezündet wurde und im Nu in Flammen stand.

Obwohl sie mit Wicca und anderen heidnischen Kulten wenig vertraut war, zog es sie nun selbst dorthin. Das Bild war so wunderschön, dass es sie danach drängte, zwischen den uralten Symbolen der Macht der Magie zu spazieren und die ewige Energie zu spüren.

Julen war anzusehen, dass er zwischen seinem Auftrag, sie zu beschützen, und dem Wunsch, sie glücklich zu sehen, hin- und hergerissen war. *Später!*, versprach er und legte die Hand auf ihren Bauch. *Aber wenn ich mich nicht täusche, dann habe ich da drinnen gerade ein Knurren gehört.*

Sie fragte gar nicht erst, warum sie sich trotz der lauten Musik unterhalten konnten. Julen besaß ein exzellentes Gehör, das war ihr bereits bei verschiedenen Gelegenheiten aufgefallen. Und seine Stimme war in ihrem Kopf klar und deutlich zu vernehmen. Wie zum Beweis fuhr seine freie Hand zum Ohr – und an der Art, wie seine Augen für den Bruchteil einer Sekunde schmal wurden, schloss Alva, dass ihm die Lautstärke unangenehm sein musste.

Nun, da er es erwähnt hatte, spürte sie ihren leeren Magen sehr deutlich. Der kandierte Apfel am Nachmittag war alles, was sie bisher gegessen hatte, weil sie viel zu aufgeregt gewesen war, um einen Bissen herunterzubringen. Sie lächelte und deutete mit einer Kopfbewegung an, dass sie bereit war, ihren guten Platz nahe der Bühne aufzugeben.

Es dauerte nicht lange, und Julen hatte sie aus der tanzenden Menge geführt. Sie war sich sicher, dass sie allein eine Ewigkeit gebraucht hätte, um gegen den Strom der Menschen, die alle zur Bühne drängten, in die Freiheit zu gelangen. Er hatte etwas an sich, das die Leute dazu brachte, genau das zu tun, was er von ihnen wollte. Anfangs hatte sie es noch auf sein gutes Aussehen und den Charme, die er gnadenlos zu seinem Vorteil einsetzte, geschoben. Aber manchmal spürte sie die Furcht oder zumindest den Respekt, den andere in seiner Gegenwart zeigten, und sie war sich inzwischen sicher, dass es ein Teil seiner Magie war.

Obwohl sie keinerlei Anzeichen dafür erkennen konnte und sie ihm ohne mit der Wimper zu zucken jederzeit ihr Leben anvertrauen würde, meldete sich doch ein kleiner, hässlicher Zweifel, ob er nicht auch sie manipulierte, so wie er es mit den Sterblichen tat.

Sterbliche. Himmel, jetzt rede ich schon wie er!

Der Gedanke war kaum in ihrem Kopf formuliert, als Julen stehen blieb und sich zu ihr umdrehte. »Es ist richtig, dass du auf deine Instinkte hörst und immer auf der Hut bleibst. Aber ich schwöre dir, nichts könnte mich dazu bringen, dir Schaden zuzufügen. Und was du für mich fühlst, entspringt ganz allein deiner Seele.«

Das strahlende Blau seiner Augen wirkte im Zwielicht der schwachen Straßenbeleuchtung geradezu unheimlich – und dennoch glaubte Alva ihm. Sie ahnte, dass dieser Mann es sich nicht zur Gewohnheit machte, anderen einen Blick in sein Inneres zu gewähren.

Ihre Gedanken zu lesen gehörte allerdings zu seinen eher unwillkommeneren Talenten. Und das sagte sie ihm auch.

»Welche meiner *Talente* gefallen dir denn besser?«, fragte er, lehnte sich vor und blickte mit einem Zwinkern in ihr tief ausgeschnittenes Kleid.

Es war eindeutig, was er hören wollte. Doch so leicht würde sie es ihm heute nicht machen. Alva legte ihre Hand auf seine Brust und schob ihn ein Stückchen von sich. »Momentan hielte ich deine Fähigkeit, gutes Essen für mich zu finden, für sehr sexy!«

Er lachte so laut auf, dass sich einige Leute nach ihnen umdrehten. »Zu Befehl, meine Herrin.« Damit zog er sie weiter, an dem Pub vorbei, das sie schon vom Nachmittag kannte. Ihr blieb kaum Zeit, die hübschen Häuser zu betrachten, deren Mauern sehr wohl aus Teilen der Monolithen bestehen konnten, die im Laufe der Jahrhunderte von den Menschen von den geheiligten Stätten entfernt und zu Baumaterial verarbeitet worden waren. In einigen hatten die Geschäfte ungeachtet der Uhrzeit noch geöffnet, überall leuchteten Lichter und gaben der einfachen Dorfstraße einen festlichen Anstrich.

Und dann hatten sie den Markt erreicht.

»Ich liebe Mittelaltermärkte.« Alva war entzückt. Am Nachmittag war sie nicht bis hierher gekommen und hatte das sehr bedauert. Manchmal war es eben doch auch nett, wenn ein liebevoller Begleiter Gedanken lesen konnte.

Sofort entdeckte sie Stände mit ungewöhnlichen Leckereien, die von Menschen in mehr oder minder historischen Kostümen frisch zubereitet und angeboten wurden. An einem kaufte sie sich einen gefüllten Fladen und schloss gleich darauf die Augen vor Entzücken, als eine wunderbare Gewürzkomposition ihre Geschmacksnerven in Euphorie versetzte.

Julen beobachtete sie dabei mit einem Gesichtsausdruck, den sie nicht entschlüsseln konnte. Nachdem sie die Köstlichkeit unter seinen immer heißer werdenden Blicken genüsslich verspeist hatte, ließ sie es zu, dass er ihren Mund mit einer Serviette abtupfte. Als er sie danach küsste, vergaß sie für einen Augenblick alles um sich herum.

Zu schnell brach er den Kuss ab und fragte mit einem ironischen Unterton: »Immer noch hungrig, Mylady?«

Wie seine Stimme dabei noch dunkler und schmeichelnder wurde, das ließ keinen Zweifel an seinen Absichten aufkommen. Und sofort nahmen andere Gefühle Besitz von ihr. Alvas Knie wurden weich, aber sie riss sich zusammen und flüsterte heiser: »Später!«

»Sehr wohl!« Das Glitzern in seinen Augen versprach, er werde sich dafür revanchieren, dass sie ihn hinhielt. Sie konnte es kaum erwarten und hätte dem Drängen ihrer Gefühle vielleicht nachgegeben, wenn sie nicht plötzlich Tom entdeckt hätte. Er stand vor einem Zelt, in dem hochprozentige Obstbrände angeboten wurden, und sprach gerade mit zwei Fremden. Er gestikulierte und ging dabei auf und ab. Einer der Männer sah sich mehrfach prüfend um. Der andere stand da, die Arme vor der Brust verschränkt und leicht zurückgelehnt, und hörte Tom zu. Ein oder zwei Mal schüttelte er den Kopf. Die Anzüge der beiden wirkten in dieser Umgebung unpassend, und Alva war davon überzeugt, dass es sich um die gleichen Männer handeln musste, die Stefan und Alastair am Nachmittag beschrieben hatten.

Julen hatte ihren Stimmungswechsel bemerkt und folgte ihrem Blick. »Was ist da los?«

Beruhigend legte Alva eine Hand auf seinen Arm, bevor er hinübergehen und sich einmischen konnte. Julen mochte ihren Bruder zwar nicht besonders, das war nicht zu übersehen, aber Alva zuliebe, da war sie sich sicher, würde er Tom nicht im Stich lassen, sollte er in Schwierigkeiten geraten. »Lass nur, mir ist gleichgültig, was er denkt, und seine Probleme muss er allein lösen.« Ärgerlich dachte sie an all die Gelegenheiten, bei denen ihr Adoptivvater versucht hatte, ihm zu helfen. Brigitta allerdings verschloss die Augen vor den Fehlern ihres Sohnes, was man ihr vielleicht nicht einmal verdenken konnte.

Am Nachmittag hätte Alva nicht gezögert, ihn sofort zur Rede zu stellen. Doch dazu hatte sie jetzt keine Lust mehr. Seine Freunde hatten doch schon mehrmals mit ihm gesprochen – und auf Alva hatte Tom ohnehin noch nie gehört. Sie war ja *nur* seine kleine Schwester. Wenn er sein Leben nicht endlich selbst in die Hand nahm, dann konnte man ihnen jedenfalls keinen

Vorwurf machen. Warum er allerdings seit einiger Zeit eine regelrechte Wut auf sie zu haben schien, obwohl sie doch alles getan hätte, ihm zu helfen, wenn er sie nur ließe, das verstand sie nicht. Und vor allem verletzte es sie. Wehmütig sah sie noch einmal zu ihm hinüber. Doch die Stelle, an der die drei eben noch gestanden hatten, war nun leer.

Julen legte einen Arm um ihre Schulter. »Mach dir keine Sorgen. Wir finden schon heraus, was da los ist.«

Gemeinsam schlenderten sie weiter über den Markt. Und während Alva den Gauklern zusah, die ihre Kapriolen auf einem Hochseil vorführten, hatte sie den Zwischenfall tatsächlich bald vergessen. Die heitere Atmosphäre und Julen an ihrer Seite – heute wollte sie den Sorgen keinen Raum in ihrem Herzen zugestehen.

»Sieh mal!« Julen blieb mit ihr stehen, um zuzuschauen, wie ein Bäcker ungeachtet der späten Stunde heiße Brote aus dem Ofen holte. Kunden warteten bereits darauf. Daneben hatte eine Gewandschneiderin ihr Zelt aufgebaut.

Während Alva die Kleider betrachtete, sah sie aus dem Augenwinkel, dass Julen sich für den Schmied interessierte, der ein paar Meter weiter den Stahl einer Schwertklinge bearbeitete. Es hätte sie nicht überrascht zu erfahren, dass er mit einer scharfen Klinge umzugehen verstand.

Begeistert probierte sie ein nachtblaues Kleid an und setzte dazu eine passende Haube auf, die sie wie die tugendhafte Begleiterin ihres blonden Ritters aussehen ließ. Als sie zu Julen hinübersah, trafen sich ihre Blicke. *Gefällt es dir?*

Lächelnd hob er eine Augenbraue. *Du gefällst mir immer!* Seine Stimme klang in ihren Gedanken amüsiert. *Aber diese Haube …*

Mit höflichem Dank gab Alva das handgenähte Leinen wieder zurück. Wann sollte sie so etwas auch tragen?

Auf dem Weg zum Schmied kam sie an einem weiteren Zelt vorbei und blieb stehen, um sich die Auslagen einer selbst ernannten *Hexe* anzusehen, die Kräuter und Zauberamulette feilbot. Doch als die Frau sie kommen sah, verzog sich ihr Gesicht zu einer wütenden Fratze. Sie murmelte in einer merkwürdigen Sprache etwas, das sich gefährlich nach einem Fluch anhörte.

Erschrocken wich Alva zurück und stolperte. Dabei stieß sie mit jemandem zusammen. Ohne sich umdrehen zu müssen, wusste sie sofort, wer sie an den Schultern gefasst und ihren Sturz verhindert hatte.

Julen war wie aus dem Nichts erschienen. »Halt den Mund, Weib!« Seine Stimme klang ungewohnt scharf.

Die Wut der *Hexe* verwandelte sich in Angst. Für eine so alte Frau sprang sie erstaunlich schnell auf, fauchte etwas Unverständliches, das wie *djow-agn* klang, und verschwand im hinteren Teil ihres Zeltes.

Widerstandslos ließ sich Alva von Julen fortziehen.

»Was war das denn?« Sie konnte nicht verhindern, dass ihre Stimme leicht zitterte.

»Mach dir nichts draus, in dieser Umgebung findet man immer ein paar Irre wie diese.« Wie um seine Worte zu bekräftigen, humpelte ihnen ein in Lumpen gehüllter Bettler entgegen, der furchtbar stank, die Leute anrempelte und Geld verlangte. Die meisten lachten und erkannten ihn zweifellos als einen der Darsteller der Gauklertruppe, die etwas entfernt ein Theaterstück aufführte. Alva lief es trotzdem kalt den Rücken herunter. Die Schwären auf der Haut des Alten sahen erschreckend echt aus. Sie rückte dichter an Julen heran, bis ein prächtiges Zelt ihr Interesse weckte. Auf den Tischen glitzerten und glänzten Schmuckstücke verschiedenster Art. Wie eine Elster fühlte sie sich besonders vom sanften Glanz des Silbers angezogen und probierte begeistert handgearbeitete Armreifen und Ringe.

Julen stand währenddessen so dicht hinter ihr, dass sie seine Wärme spüren konnte.

Als sie sich umsah, hatte er die Hände in den Taschen vergraben und beobachtete jede ihrer Bewegungen. Offensichtlich amüsierte er sich über ihre Begeisterung. Aber immer schien er auch einen Blick für seine Umgebung zu haben. *Der perfekte Bodyguard.*

Sie betrachtete den Ring, den ihr der Silberschmied aus einer verschließbaren Vitrine herausgeholt hatte. »Ein Unikat«, erklärte der Mann freundlich. »Ich stelle nie ein zweites Stück her.«

Der breite Reif war ein wunderbares Beispiel höchster keltischer Handwerkskunst und sicherlich unbezahlbar. Dennoch gab sie ihrem Verlangen nach. »Darf ich ihn anprobieren?« Sie musste ihn einfach tragen, wenigstens kurz. Es war fast wie ein Zwang.

Er sah Alva zum ersten Mal wirklich an. »Bist du sicher?« Seine Augen waren wie aus geschmolzenem Silber, und sie spürte, wie er versuchte, sie in seinen Bann zu ziehen.

»Es ist genug!«

Der Kopf des Verkäufers flog hoch und er starrte Julen an, als wäre dieser aus dem Nichts aufgetaucht. Nach dem ersten Schrecken breitete sich ein Lächeln auf seinem Gesicht aus, in seiner Haltung glaubte Alva jedoch auch eine gewisse Wachsamkeit lesen zu können. Sie hatte keine Ahnung warum, wusste einfach, dass er sich niemals auf einen Streit mit Julen eingelassen hätte. Und sie genoss es, einen allseits respektierten, wenn nicht gar gefürchteten Beschützer an ihrer Seite zu haben.

Gespannt beobachtete sie ihn nun dabei, wie er den Ring mit ausdrucksloser Miene aus der Hand des Händlers nahm, der sich dies auch widerstandslos gefallen ließ. Genau in diesem Moment ertönte hinter ihr ein Schrei. Erschrocken sah sie sich um. Zwei Männer waren in Streit geraten und traktierten sich mit Faustschlägen. Rasch bildete sich eine Zuschauermenge, die die Kampfhähne anfeuerte.

»Komm, lass uns von hier verschwinden!«, raunte ihr Julen ins Ohr, und in seiner Stimme lag ein Versprechen, das sie alles andere vergessen ließ.

»Gute Idee.« *Darauf habe ich den ganzen Abend gewartet.* Mit einem koketten Zwinkern folgte sie Julen, der versuchte, sie so schnell wie möglich aus dem größten Gedränge herauszuführen.

Dann knallte ein Schuss. Alvas Ohren schmerzten. Sie reagierte äußerst empfindlich auf laute Geräusche. Undeutlich hörte sie ein wildes Tier fauchen. Leicht benommen sah sie sich um. Vergeblich. Wenn der Schuss einem entflohenen Raubtier gegolten hatte – was zwar absurd klang, dieses unheilvolle Fauchen jedoch erklären würde –, dann war das Biest jedenfalls vertrieben worden. Julen, der eben noch neben ihr gestanden hatte, war allerdings ebenfalls verschwunden. Ein zweiter Schuss, etwas weiter entfernt, ließ sie erstarren. Doch nicht lange, denn jetzt brach eine Panik aus. Die Menschen schrien durcheinander, drängten sie voran, eine Frau stürzte, andere fielen über sie, Hände reckten sich, um ihnen aufzuhelfen. Jemand griff nach Alvas Arm und zerrte sie aus dem Chaos heraus, bis sie hinter einem Mauervorsprung Schutz gefunden hatten.

Sie wollte um sich schlagen, erkannte aber in letzter Sekunde ihren Retter. »Erik! Du schon wieder?« Sie hätte ihn gern noch gefragt, seit wann er ihr Schutzengel war, aber sie musste erst nach Julen suchen. Was, wenn er angeschossen war und irgendwo blutend lag. Womöglich hatte sie ihn in dem Durcheinander nur nicht gesehen!

»Julen!« Sie riss sich los und drängte sich zwischen den Leuten hindurch.

»Bleib stehen, hörst du mich?« Erik war ihr dicht auf den Fersen.

Um ihn abzuschütteln, riss sie den nächstbesten Gegenstand um, der sich als Stützpfosten einer gewagten Konstruktion entpuppte, die krachend hinter ihr zusammenstürzte. Erik fluchte, während er versuchte, sich aus dem Durcheinander zu befreien. Sie schlug einen Haken und zwängte sich zwischen zwei Holzbuden hindurch, bis sie hinter den Zelten und Ständen war, wo sie mehr Platz hatte und schneller vorankam. *Julen!* Er musste ganz in der Nähe sein, sie konnte ihn deutlich spüren. Plötzlich hörte sie ein Geräusch in der Dunkelheit, lief ein paar Schritte in die Richtung und blieb dann wie angewurzelt stehen. Das Mondlicht beleuchtete die bizarre Szene. Zwei Männer standen dort in einer Umarmung, die auf den ersten Blick wenig Zweifel daran ließ, was sie taten.

Alva hätte schwören können, dass ihr Herzschlag kurz aussetzte, denn einer davon war Julen. Sie erkannte ihn sofort, obwohl sein Gesicht am Hals des anderen vergraben war. *Was tust du da?*

Sie musste laut gesprochen haben, denn er hob ruckartig den Kopf und sah sie direkt an.

Hätte er es doch nicht getan. Sein Anblick ließ den Schrei in ihrer Kehle ersterben … es gab keine Worte mehr. Die Szene wirkte wie eingefroren. Vergeblich suchte sie im eisigen Blau seiner ausdruckslosen Augen nach einer Erklärung. Als die Worte zurückkehrten, weigerte sich Alva, sie auszusprechen. *Unmöglich!* Die Reißzähne konnten nichts anderes als eine kranke Ausgeburt ihrer Fantasie sein.

Ein rotes Rinnsal lief über Julens Kinn. Mit einer ungeduldigen Geste wischte er es fort. *Alva, geh!*

»Ich habe dich gewarnt!« Sie begriff nicht, woher Tom auf einmal kam und ob er mit ihr oder mit dem Mann sprach, der wie leblos in Julens Armen hing.

Irgendjemand sagte leise: »Verdammt!« Sie hätte ihm wahrscheinlich zugestimmt, hätte sie in diesem Augenblick nicht das Bewusstsein verloren.

»Sie kommt zu sich!«

Chris' Stimme. Das Erste, was Alva einfiel, war, wie unfreundlich sie vor dem Auftritt zu ihr gewesen war. »Es tut mir leid«, sagte sie leise.

»Papperlapapp!«

Alva stützte sich auf den Ellenbogen und sah sich um. Sie lag auf einem harten Sofa, das in der Mitte eines holzvertäfelten Raums stand, den nur zwei flackernde Kerzen beleuchteten. Sie ahnte mehr, als sie sehen konnte, dass außer Chris, die neben ihr auf einem Schemel saß, noch andere Personen im Raum waren.

Eine Gestalt trat jetzt aus den Schatten hervor, nahm ihre Hand und verbeugte sich elegant. »Lord Stawell of Somerton, zu Ihren Diensten. Oder einfach – für zarte Feendamen und den Rest meiner Freunde – Ralph.« Es war niemand anders als der Silberschmied.

Hastig entzog sie ihm ihre Hand. »Wie bin ich hierher gekommen?«

»Du bist sehr ladylike in Ohnmacht gefallen, und Ralph war so freundlich, uns seine Unterkunft anzubieten, bis du wieder zu dir kommst.« Erik trat ebenfalls näher heran, bis sie sein Gesicht im Schein der Kerzen sehen konnte. Er wirkte besorgt. »Alva, was du da gesehen hast …«

Sie hob die Hand, um ihn zu unterbrechen. »Ich möchte jetzt wirklich nicht darüber sprechen.«

»Es ist nicht so, wie du denkst«, beendete er leise seinen Satz.

Sie stand auf und war immer noch ein bisschen wackelig auf den Beinen. Ralf griff nach ihrem Arm, um sie zu stützen.

»Lass sie los!« Die Tür flog auf, und Julen kam herein. Der Auftritt hätte jedem Racheengel zur Ehre gereicht.

Ängstlich sah Alva in sein Gesicht. Von den gefährlichen Reißzähnen war nichts mehr zu sehen, ebenso wenig wie von dem Blut, das über seine Lippen gelaufen war.

War sie tatsächlich das Opfer ihrer kranken Fantasie geworden? Hoffnung glomm in ihr auf. Lieber würde sie es auf sich nehmen, ein bisschen verrückt zu sein, als einen Blut trinkenden Geliebten zu haben. *Wer bist du wirklich?*

Der, der ich immer für dich war. Laut sagte Julen: »Ich wäre für ein bisschen mehr Privatsphäre dankbar.« Ralph und Erik gingen sofort zur Tür – sie wirkten erleichtert. Chris erhob sich allerdings nur zögerlich und sah Alva dabei fragend an.

Dankbar lächelte sie ihr zu. »Ist in Ordnung, wir müssen das unter uns klären.« Sollte Julen ihr tatsächlich gefährlich werden, das wusste sie plötzlich mit tödlicher Sicherheit, dann würde ihr niemand in diesem Raum helfen können. Das war aber ganz gleich. Was wäre ein Leben ohne ihn schon wert? Die Erkenntnis ließ sie erbeben: *Ich liebe ihn mehr als alles andere auf der Welt!*

Da war es nur fair, ihm zumindest eine Chance zu geben, sich zu erklären.

Vielleicht konnte Chris ja ebenfalls Gedanken lesen, denn sie nickte zustimmend und folgte den anderen. Bevor Erik die Tür hinter ihr schloss, steckte er noch einmal den Kopf herein. »Du hättest es ihr schon längst sagen müssen! Mach jetzt bloß keinen Fehler!«

Julen sah aus, als wolle er ihm am liebsten den Hals umdrehen. »Deine Ratschläge sind nicht gerade hilfreich!«, sagte er drohend.

Doch Erik schüttelte nur den Kopf und wandte sich Alva zu. »Ganz gleich, was er dir erzählt, Julen ist einer von den Guten, das musst du mir glauben.« Er zwinkerte ihr zu und schloss eilig die Tür, bevor Julen ihm damit vor den Kopf schlagen konnte.

»Ich warte im Garten. Du brauchst nur zu rufen, dann retten wir dich vor dem Unhold!«, rief er noch, danach waren eilige Schritte auf der Treppe zu hören, als fürchte er, Julen könne ihm folgen.

»Dein Freund hat wirklich ein sonniges Gemüt«, sagte sie, und ihre Laune hatte sich deutlich verbessert. Sie kannte Erik noch weniger als Julen, aber mit seiner freundlichen Art und dem verschmitzten Lächeln hatte er in den letzten Wochen ihr Vertrauen gewonnen. Und wenn er die Angelegenheit auf die leichte Schulter nahm, dann war es vielleicht wirklich nicht so schlimm, wie sie zuerst geglaubt hatte. Das hoffte sie zumindest. Rasch massierte sie mit Daumen und Zeigefinger ihren Nasenrücken, um sich gegen das, was nun kommen sollte, zu wappnen. Sie setzte sich wieder und klopfte auf die Polster neben sich. »Also?«

Julen war anzusehen, dass er am liebsten stehen geblieben wäre. Die Iris seiner Augen, deren arktisches Blau ihr vorhin so seelenlos erschienen war, schimmerte nun blaugrün wie das Wasser einer sonnigen Meeresbucht.

Alva war sicher, niemals zuvor etwas ähnlich Bezauberndes gesehen zu haben, und konnte ihren Blick nicht davon lösen.

»Du bist nicht verrückt.« Julen zog einen Sessel heran und setzte sich.

Eine erfreuliche Nachricht, die allerdings auch ihre Schattenseiten hatte. Wenn sie nicht verrückt war, was genau hatte sie dann gesehen?

Bevor sie darüber spekulieren konnte, fuhr er bereits mit seiner Erklärung fort. »Ich habe dir immer die Wahrheit gesagt.« Julen strich sich das blonde Haar aus dem Gesicht, doch es fiel in einem seidigen Schleier sofort wieder zurück. Die eine Bewegung verriet mehr über seine Gefühle, als noch so viele

Worte es getan hätten. Vielleicht war es sogar eines der wenigen Dinge, die er nicht vollständig kontrollieren konnte, was ihr die Geste noch teurer machte.

Alva beobachtete ihn genau. Wahrscheinlich lag es an der Art, wie er seinen Kopf hielt, wenn er über irgendetwas lieber geschwiegen hätte, als darüber zu sprechen. *Genauso wie ich meine Nase bearbeite*, dachte sie und legte ihre Hände rasch in den Schoß. »Offenbar hast du aber ein paar wichtige Details ausgelassen«, sagte sie schließlich, und noch während sie sprach, fanden plötzlich die Teile des Puzzles wie von selbst zueinander. »Du magst das Sonnenlicht nicht, ich habe dich noch nie etwas essen sehen, du verfügst über ein paar ganz außergewöhnliche Fähigkeiten und hast dich selbst einmal als die Dunkelheit bezeichnet – im Gegensatz zu meinem Licht.« Alva holte tief Luft und blickte auf ihre ineinander verschränkten Finger, bevor sie weitersprach. »Kann es sein, dass *Dunkelelf* die beschönigende Bezeichnung für *Vampir* ist?« Bei den letzten Worten drohte ihr, die Stimme zu versagen.

Weil er sie nur schweigend ansah, nahm sie schließlich all ihren Mut zusammen.

»Sag mir die Wahrheit. Bitte!«

Seine Antwort kam nach sehr langer Zeit und war kaum hörbar. »Ja.«

Die Qual, die sie aus diesem einzigen Wort heraushörte, war so groß, dass sie ihr Entsetzen darüber beinahe vergaß und ohne zu überlegen seine Hand mit den Fingerspitzen berührte. Wie schon so oft zuvor staunte sie über die vollendet geformten Hände. *Pianistenhände*. Konnten dies die Hände eines gewissenlosen Mörders sein?

Als hätte er auf dieses Signal gewartet, öffnete er ihr seine Seele. Neben einer überwältigenden Zuneigung für sie, las Alva erstaunlicherweise auch Stolz auf seine Herkunft darin.

Julen strich sich abermals das Haar aus dem Gesicht. »Erik hat recht. Ich hätte es dir von Anfang an sagen müssen. Aber für meinen Auftrag war das nicht notwendig. Du wusstest fast nichts über unsere Welt. Ich dachte, du würdest die Nerven verlieren, wenn ich dir noch mehr Informationen zumute. Und später …« Ein Lächeln stahl sich in seine Augenwinkel und ließ die harten Züge, die das Kerzenlicht zeichnete, weicher erscheinen.

Alva sah auf seine küssenswerten Lippen, und unwillkürlich beugte sie sich nach vorn, um nichts von dem zu verpassen, was er sagte. Ein Windzug ließ die Kerzen flackern, und ein grausames Spiel des Lichts erweckte den Eindruck, sie könnte die blutigen Reißzähne wieder sehen. Erschrocken wich sie zurück.

Julen sah auf, als wäre er geschlagen worden. Nichts in seinem Gesicht erinnerte dabei an das Raubtier, das sie zu sehen geglaubt hatte. Im Gegenteil, er wirkte erschöpft und resigniert. Nicht einmal in ihren intimsten Momenten hatte er ihr bisher einen tieferen Einblick gewährt.

»Es ist unentschuldbar, dass ich die Nerven verloren habe. Aber ich war dermaßen wütend darüber, dass dieser Kerl auf dich geschossen hat …« Er zuckte mit den Schultern. »Dafür werde ich mich auch vor dem Rat rechtfertigen müssen.«

»Du darfst also niemanden beißen?« Um ganz verstehen zu können, was geschehen war, musste sie mehr über ihn und seine dunkle Natur wissen.

Womöglich las er ihre Gedanken, vielleicht waren sie ihr aber auch nur wieder einmal so ins Gesicht geschrieben, dass jeder andere ebenso gut gewusst hätte, was sie dachte. Jedenfalls blickte Julen weniger finster, als ihm klar wurde, dass sie seine Erklärung tatsächlich anhören wollte.

»Es ist eine Erfindung der Menschen, dass wir mordend

durch die Nächte ziehen und dabei ein Opfer nach dem anderen bis zum letzten Blutstropfen aussaugen. Außer in Ausnahmesituationen reichen uns wenige Schlucke. Wir sind keine Mörder!« Er wirkte müde, als er hinzufügte: »Zu meinen Aufgaben als Vengador gehört es, im Namen des Magischen Rats diejenigen zu bestrafen, die gegen diese Vorschriften verstoßen.«

»Oh!«, sagte sie in sein Schweigen hinein, um Zeit zu gewinnen. Das klang nicht gerade nach einer Justiz, wie man sie in demokratischen Gesellschaften anzutreffen hoffte. Doch das überraschte sie nicht. Der Rat, von dem ihr Nienibit bereits erzählt hatte, stand in dem Ruf, gnadenlos zu sein und schnell zu handeln. Aber sie verstand, dass man den Vampiren nicht erlauben durfte, reihenweise Menschen leer zu trinken. Und dies nicht nur aus moralischen Gründen. Fielen diese Morde nämlich erst einmal auf, würde es nicht lange dauern, bis jemand die Existenz von Vampiren – *oder Dunkelelfen* – aufdeckte. Und dann war es kein weiter Weg mehr, bis auch die Lichtelfen nicht mehr im Geheimen leben konnten. Keine verlockende Aussicht.

Diese Überlegungen halfen ihr leider wenig dabei, eine Entscheidung zu treffen, wie mit der neuen Situation umzugehen war. Zeit würde sie brauchen, so viel war sicher, und die wollte sie sich auch nehmen, um auf die vielen Fragen, die sich ihr stellten, eine Antwort zu bekommen. Eine davon wollte sie jedoch sofort geklärt haben: »Hast du ihn umgebracht?« Von seiner Antwort hing viel ab. Hätte er den Mann getötet, würde dies womöglich auch Julens Todesurteil bedeuten – oder zumindest eine sehr harte Strafe.

»Er wird es überleben.«

Mitgefühl war da nicht herauszuhören. *Aber das hat er eigentlich auch nicht verdient.*

»Bestimmt nicht! Er wird seine Strafe bekommen, verlass

dich drauf. Aber darum geht es nicht. Ohne dich … ich bin nicht sicher, ob ich rechtzeitig aufgehört hätte.«

»Das ist ja reizend. Da schießt jemand auf mich und verdankt mir in der Folge, gewissermaßen als Belohnung, sein Leben? Ich hätte nicht übel Lust, ihn selbst umzubringen.«

Julen beugte sich vor und griff nach ihrer Hand. Dabei betrachtete er ihr Gesicht ganz genau. Als sie den sanften Druck seiner Finger erwiderte, anstatt sie ihm zu entziehen, lächelte er schwach. »Wir werden sehen, ob ich dir deinen Wunsch erfüllen kann.«

Überrascht begriff Alva, dass er keinerlei moralische Bedenken hatte, den Attentäter zu töten. Im Gegenteil, er schien es für sein gutes Recht zu halten. Allein der Kontrollverlust, den er in seiner Rage erlitten hatte, machte ihm zu schaffen. Beängstigender war jedoch die Erkenntnis, dass sie seine Kaltblütigkeit teilte.

Vergebung ist nur etwas für Menschen, hörte sie Nienibits Stimme aus der Ferne ihrer Erinnerung. *Wir leben nach anderen Gesetzen.*

Dies war allerdings ein Thema, über das sie im Augenblick nicht nachdenken mochte. Blieb die Frage, warum ein vollkommen Fremder versucht hatte, sie zu töten. *Warum hat er das getan?* Alva fiel keine vernünftige Erklärung ein, aus welchem Grund ein wildfremder Mensch auf sie schießen sollte. Er musste sie verwechselt haben. Das war die einzige Erklärung, die ihr einfiel.

»Es ging überhaupt nicht um dich. Das ist es, was mich am meisten ärgert. Er wollte dich nur verletzen, um ein Zeichen zu setzen«, fügte er hinzu.

»Ein Zeichen?«

»Um Tom zu erschrecken. Dein *Bruder* steckt in ernsthaften Schwierigkeiten. Er hat Schulden – und auch noch bei den falschen Leuten. Ihn zu töten, hätte ihnen das Geld nicht zurückgebracht, aber dich zu bedrohen, sollte Tom dazu zwingen, zu kooperieren. Schließlich gab es diese Gerüchte von eurem vermeintlichen *Verhältnis*.«

»Dann steckten sie also auch hinter meinen *Unfällen*? Und ich hatte die ganze Zeit Mandy im Verdacht.« Alva war aufgesprungen und ging im Raum nun auf und ab.

»Keine Sorge, die Dame ist auch nicht ganz unschuldig. Sie macht gemeinsame Sache mit ihnen, wenn auch nicht freiwillig, fürchte ich.«

»Wie meinst du das?«

»Hast du den zweiten Mann gesehen?« Als sie nickte, fuhr er fort: »Er hat sie kontrolliert und war sehr gut darin. So gut sogar, dass ich es nicht bemerkt habe.« Es war nicht zu überhören, dass ihn dies ärgerte. »Er ist wahrscheinlich ein Streuner, ein Vampir, der unsere Gesetze nicht akzeptiert.«

»Einer von denen, die du jagst!« Alva lief es eiskalt über den Rücken. »Und wo ist er jetzt?« Noch nie hatte sie Julen grimmiger gesehen.

Er stand ebenfalls auf und gab mit zusammengebissenen Zähnen zu: »Er ist mir entwischt.« Der Aufenthalt im Tageslicht habe ihn geschwächt, erklärte Julen weiter, und für die Verlockungen des Blutes anfällig gemacht. »Das hätte einfach nicht passieren dürfen!«

Ihm fiel es sichtlich schwer, über all diese Dinge zu sprechen. Es war, als fürchte er, Alva würde jeden Augenblick aufspringen und schreiend hinauslaufen.

Es war an der Zeit, ihm begreiflich zu machen, dass diese Phase des Entsetzens längst hinter ihr lag. Sanft strich sie über seine Wange. Dass er bei dieser schlichten Geste zusammenzuckte, tat ihr weh. »Aber dann ist es doch kein Wunder, dass du die Kontrolle verloren hast. Es ist nicht deine Schuld. Wenn überhaupt, dann ist es meine.« Schnell wischte sie sich eine Träne fort. »Ich hätte niemals nach Avebury kommen sollen.«

Müde lächelte er sie an und reichte ihr sein Taschentuch. »Natürlich musstest du das tun. Du hättest deine Freunde doch nicht im Stich lassen dürfen.«

Apropos Freunde. Chris hatte ihr erzählt, dass sie Mandy mit einem Mann gesehen hatte, der wie ein Mafioso aussah. Als sie die beiden Attentäter vorhin im Streit mit Tom gesehen hatte, war es ihr wieder eingefallen, und sie hatte sogar kurz überlegt, ob es vielleicht einen Zusammenhang geben könnte. Doch weil er sich ohnehin schon mehr Sorgen um sie machte, als ihr recht war, hatte sie Julen nichts von ihrer Beobachtung erzählt. Einen solchen Fehler würde sie hoffentlich nie wieder machen. »Und Chris?«

Er lachte. »Deine Feenfreundin hat sich nur einer Sache schuldig gemacht: Sie wollte sich deinen Freund ausleihen.«

»Ist es ihr gelungen?«

»Machst du Witze? Nein.«

Erleichtert blies sie die Luft aus, die sie in ihrer Anspannung angehalten hatte. »Und was machen wir jetzt?«

»Jemand muss sich um die beiden Angreifer kümmern.«

»Und Tom?«

»Ich werde sehen, was ich für ihn tun kann. Aber dafür musst du mir etwas versprechen.«

»Ich verstehe, *kein Gefallen ohne einen Gegengefallen*«, zitierte Alva ihre einstige Feenlehrerin Nienibit.

»Nein. Das gilt nicht zwischen uns.« Mit wenigen Schritten war er bei ihr. »Ich habe das schon einmal gesagt, und mir ist es wirklich ernst damit: Ich tue alles für dich, Alva. Und ich werde niemals eine Gegenleistung verlangen!«

Jedes seiner Worte war aufrichtig gemeint. Julen würde sein Leben für sie geben. Um das zu wissen, brauchte sie nicht noch einmal in sein Inneres zu sehen. »Das weiß ich.« Und dann murmelte sie: »Ich muss verrückt sein!«, stellte sich auf die Zehenspitzen und berührte zärtlich seine Lippen.

Julen rührte sich nicht. Versteinert wie eine Statue stand er da und ließ sie gewähren.

»Es ist mir ganz gleich, zu welcher merkwürdigen Diät das Schicksal dich verdammt hat. Ich liebe dich jedenfalls!«

Als wäre dies die magische Formel gewesen, die seine Erstarrung auflöste, erwiderte er ihren Kuss. Doch viel zu schnell schob er sie wieder von sich. »Geh mit Erik, er kümmert sich um deine Sicherheit.«

»Das wird nicht notwendig sein«, erklang eine dunkle Stimme, und die Respekt einflößendste Gestalt, der Alva jemals begegnet war, löste sich aus den Schatten.

18

»Asher, was hast du hier zu suchen?« Sofort hatte Julen Alva hinter sich geschoben.

Und dieses eine Mal war sie auch froh über seinen ausgeprägten Beschützerinstinkt. Der Mann war ihr unheimlich, obwohl er auf den zweiten Blick, zumindest oberflächlich betrachtet, recht normal, beinahe nett aussah. Ein weiterer Mann materialisierte sich aus dem Nichts, und der wirkte alles andere als nett. Eher wie ein dunkelhaariger Pirat, mit einem Hang zur Gewalttätigkeit. Sie hatte ihn bereits kennengelernt. Es war Kieran, Julens Chef und, wie sie vermutete, nicht ganz richtig im Kopf. Gleich nach ihm erschien eine kurvige Rothaarige, die ziemlich zerzaust und mit einem Rußfleck auf der Nase aus dem Kamin stieg, wobei sie tat, als mache sie so etwas täglich. Ganz überzeugend gelang ihr dies allerdings nicht.

Womöglich hatten die beiden Männer auch die Weihnachtsmannroute genommen, dank ihrer schwarzen Kleidung blieb dies jedoch ein Geheimnis.

»Diese verfluchte Zwischenwelt hat was gegen mich, seht euch nur an, wie meine Haare schon wieder abstehen!« Sie sah tatsächlich wie eine Windsbraut aus, und ihre sinnliche Stimme verlieh ihr zusätzlich etwas Verruchtes.

Alva hatte schon immer eine wohlklingende Stimme zu schätzen gewusst, inzwischen war ja auch geklärt, woher diese Vorliebe kam. Die Frau jedenfalls war ihr sympathisch, und sie wünschte sich, sie möge eine Fee sein und kein Blut trinkender Nachtmahr oder noch etwas Fürchterlicheres. Unauffällig versuchte sie, Julens Arm beiseitezuschieben, um die Neuankömmlinge besser sehen zu können, aber er hielt sie mit eisernem Griff hinter sich.

Bleib, wo du bist! Bitte.

Warum hatte sie ihm auch das *Zauberwort Bitte* beigebracht. Nun musste sie sich an die Regeln halten, die von ihr selbst aufgestellt worden waren, und die besagten, dass sie ihm eine Bitte nicht ohne Weiteres abschlagen durfte. Es war klar, dass er die Ankömmlinge kannte, also fügte sie sich … vorerst.

»Hallo Nuriya. War es das, oder kommt der Rest der Familie auch noch?« Julens Stimme klang nun eher belustigt als drohend, und der Griff, mit dem er Alva festhielt, lockerte sich etwas.

Kieran beachtete ihn gar nicht. Er sah diese Nuriya an und bemerkte trocken: »Tatsächlich. Du siehst etwas mitgenommen aus. Vielleicht hättest du nicht auf dem Kamin landen sollen.«

»Ach, und du glaubst, das ist meine Schuld? Wer hat mich denn unterwegs einfach losgelassen.« Die Hände in die Taille gestemmt, funkelte sie ihn angriffslustig an.

»Auf deinen ausdrücklichen Wunsch hin, wenn ich das anmerken darf.«

Asher verdrehte die Augen. »Können wir bitte zur Sache kommen, ich habe noch andere Dinge zu tun.«

Die kleine Frau lachte anzüglich. »Weil du mit meiner Schwester …« Unausgesprochen schwebte der Rest des Satzes durch den Raum. Nuriya machte aus ihren interessanten Fantasien keinen Hehl, und Asher schnalzte missbilligend mit der Zunge. »Mein Privatleben geht dich überhaupt nichts an.«

Alva hatte sofort eine ziemlich genaue Vorstellung davon, was Nuriya da andeuten wollte, und spürte, wie ihr die Röte ins Gesicht stieg. Erstaunt sah sie, wie Kierans Mundwinkel zuckte, als wollte er lachen. Was kannte Julen nur für Leute?

Kieran war sein Chef, und deshalb sehr wahrscheinlich auch ein Dunkelelf wie er selbst. *Also noch ein Vampir.* Nuriya allerdings wirkte tatsächlich eher wie eine Fee. Julen hatte irgendwann einmal etwas in der Richtung erwähnt, war aber sehr vage geblieben. Natürlich, das Wichtigste hatte er ihr ja ebenfalls verschwiegen. Weniger zurückhaltend hatte er sich über den Bruder seines Chefs, diesen Asher, geäußert. Er hielt ihn für einen ausgemachten Langweiler. Die Bilder aus Ashers Privatleben, die Nuriya soeben bereitwillig mit ihnen geteilt hatte, bewiesen allerdings etwas anderes. Alva konnte sich des Eindrucks nicht erwehren, dass er und Julen aus irgendeinem Grund Konkurrenten waren.

»Schluss jetzt!« In Kierans Stimme lag genügend Autorität, um seine Begleiter zur Ordnung zu rufen. Alva war zusammengezuckt und stellte sich nun ein wenig aufrechter hin, um einen verbindlichen Gesichtsausdruck bemüht. Er beachtete sie nicht, ging zum Fenster und öffnete es. »Erik!«

Keine Minute später trat Julens Freund durch die Tür, gefolgt von Ralph, dem Silberschmied. Chris drängte sich hinter ihnen ebenfalls herein, verlor dabei das Gleichgewicht und stützte sich auf Eriks Arm. »Was ist denn hier los?«

Kieran sah sie von oben herab an. »Und *wer* bist du?«

Die Frage klang eher wie ein Grollen und nicht besonders höflich. Aus irgendeinem Grund gefiel es diesem Kieran nicht, dass Erik in weiblicher Begleitung erschienen war. Alva, die in der Dunkelheit und noch dazu hinter Julens Rücken kaum etwas sehen konnte, hatte allmählich genug von dem Hörspiel und drängte sich an ihm vorbei. »Das ist meine Freundin Chris.«

Erik hob beschwichtigend die Hände. »Genau!« Er sah Hilfe suchend zu Julen hinüber.

»Das kann ich bestätigen, Chris spielt Bass in Alvas Band.« Mehr sagte er allerdings nicht, um seinen Freund zu entlasten.

»Schade, dabei dachte ich, sie wäre auch eine Sirene.« Nuriya stand auf einmal hinter der Fee, die vor Schreck einen Satz nach vorn machte. »Hui, du lebst aber schon lange unter den Sterblichen.«

Nun war es an Chris, überrascht auszusehen. »Sirenen sind Sagengestalten, und wie lange ich wo lebe, geht niemanden etwas an.«

Bevor die beiden in Streit geraten konnten, stellte Ralph sich vor und beschloss die Erklärung für seine Anwesenheit mit den Worten: »Dieses Haus gehört mir.«

Asher setzte sich auf einen Stuhl, schlug das linke Bein über und zog ein Buch aus der Jackentasche. »Sagt mir Bescheid, wenn ihr mit der Vorstellungsrunde fertig seid.« Dann klappte er es an einer markierten Stelle auf und nahm den Zettel heraus, der zwischen den Seiten gelegen hatte. Seinem Gesichtsausdruck nach zu urteilen versank er sofort in der Lektüre.

Julen stöhnte. Er hob die Hand, um sich erneut das Haar aus dem Gesicht zu streichen, unterdrückte diesen Impuls jedoch hastig, als er zufällig Alva ansah, deren Mundwinkel bereits zuckten.

Eine schöne Marotte ist das, die du dir da zugelegt hast. In ihr wuchs ein Kichern heran, drängte nach oben und entwickelte sich im Handumdrehen zu einem ausgewachsenen Lachkrampf.

»Hau ihr eine runter, dann hört sie auf!«, riet Asher, ohne aufzusehen. Hätte er das getan, wäre ihm das mörderische Glitzern in Julens Augen nicht entgangen.

Nuriya fauchte etwas in einer Sprache, die Alva nicht verstand. Kieran ignorierte die beiden – darum hielt sie ihn nicht mehr für brutal oder verrückt, sondern für sehr klug. Leicht konnte er es in seinem Job nicht haben.

Er dankte es ihr mit einem freundlicheren Ton, als er nun das Wort an sie richtete. »Du bist also Aglaophemes Tochter.«

»Bin ich das?« Sie sah verunsichert zu Julen hinüber, der kaum merklich nickte. »Ich kenne nur meine sterblichen Eltern …«, hob sie zu einer Erklärung an, doch Kieran unterbrach sie.

»Das wissen wir alles.«

»Du hast die ganze Zeit über gewusst, dass sie eine Sirene ist?« Julen ballte die Fäuste.

»Beruhige dich!« Kierans Ton wurde wieder scharf. »Ich habe es nicht *die ganze Zeit über* gewusst, sonst hätte ich es dir erzählt.« Es war ihm anzuhören, dass es ihm nicht gefiel, das zugeben zu müssen. »Es war ganz so, wie ich es gesagt habe. Es gab eine Anfrage. Das Mädchen sollte beschützt werden.«

Alva, der es nicht gefiel, als *das Mädchen* bezeichnet zu werden, öffnete den Mund, um sich nach dem geheimnisvollen Auftraggeber – oder der Auftraggeberin – zu erkundigen. Wenn es jemand wissen konnte, dann doch dieser Obervengador. Der aber hob seine Hand, und sie klappte den Mund wieder zu. Er war niemand, der sich gern unterbrechen ließ.

»Richtig erkannt«, sagte er in ihre Richtung.

Hier liest offenbar jeder meine Gedanken! Allmählich ging ihr das zu weit, und sie bemühte sich, ihre innere Schutzmauer aufzubauen, wie Julen es ihr gezeigt hatte.

»Schon besser«, war Kierans Kommentar, und ehe sie begriffen hatte, dass er ihr damit vermutlich ein Kompliment machen wollte, sprach er weiter: »Ich wusste auch nichts von diesem kriminellen Bruder. Noch was?«, fragte er, als Nuriya ihn am Ärmel zupfte. »Ach ja. Die Vorhersage des Orakels hat sich erfüllt. Oder ist hier jemand anderer Meinung?«

Niemand widersprach, was auch daran liegen konnte, dass vermutlich kaum jemand im Raum von einem Orakel wusste, geschweige denn dessen Bedeutung kannte. Alva wagte es, dies einzuwenden, und anstelle von Kieran antwortete Nuriya. »Sie hat recht. Wie kannst du da so sicher sein?«

Asher sah von seinem Büchlein auf. »Ist doch ganz klar: *Wenn ihre Magie erblüht und sie den Traum entdeckt, wird sie im Triumph dem Tod ins Auge blicken.* An deiner Magie ist nichts auszusetzen, du musst sie nur noch besser in den Griff bekommen, und dem Tod bist du heute dank unseres genialen Vengadors Julen mindestens einmal von der Schippe gesprungen.«

»So ist das also!« Der abfällige Tonfall, mit dem er über Julen gesprochen hatte, gefiel ihr überhaupt nicht. »Und woher, bitteschön, weißt du von dem Traum?«

»Julen hat uns natürlich davon berichtet. Willst du auch den Rest hören?«

Das war wirklich der unfreundlichste Mensch … Dunkelelf … was auch immer, den Alva sich vorstellen konnte. »Wieso *natürlich*?«, sagte sie schneidend und wollte sich schon Julen zuwenden, um eine Erklärung einzufordern, da sickerten Ashers andere Worte ein. »Welchen Rest?« War Julen womöglich der zweite Beobachter bei dem Orakel gewesen, den sie mehr geahnt als gesehen hatte? Immerhin hatten sie bereits ganz zu Anfang erotische Träume geteilt, warum also sollte es nicht auch einen schlafwandlerischen Besuch bei einem *Feenorakel* gegeben haben? Inzwischen hielt sie alles für möglich.

»Die Koordinaten.« Als Asher sah, dass sie ihn nicht verstand, fügte er gelangweilt hinzu: »Ich meine Zeit und Ort des Ereignisses. Das Orakel hält sich mit genauen Angaben üblicherweise zurück, ohne geheimnisvolle Andeutungen wäre es ja auch kein Orakel.« Überraschend lachte er auf, was eher wie ein Bellen klang. »Aber irgendjemand redet immer: *Auf magischem Boden unter den Augen des Lichtgottes und seiner roten Schwester soll es sich entscheiden.* Das ist heute. Deshalb ist es mir auch unbegreiflich, dass er keine besseren Vorkehrungen getroffen hat, um deine Sicherheit zu gewährleisten.«

Der ist nicht nur arrogant, sondern auch noch pompös. Alva hasste ihn und machte aus ihren Gedanken kein Geheimnis. Sollten es nur alle *hören*.

Nuriya zwinkerte ihr zu.

Von alldem vollkommen unbeeindruckt musterte er Julen, und es war offensichtlich, dass ihn die Nachlässigkeit des jungen Vengadors auf eine hässliche Art befriedigte. Als wollte er sagen: *Hab ich es doch gleich gewusst, dass du versagst!*

Julen presste seine Kiefer aufeinander und sagte nichts. Sein Blick allerdings sprach Bände. Er hätte Asher am liebsten den Hals umgedreht.

Bevor die Situation weiter eskalierte, griff Kieran ein. Er legte Julen eine Hand auf die Schulter. »Dein Job ist erledigt, mach Urlaub oder sonst irgendwas.«

»Und was ist mit dem … *Zwischenfall*?« Fassungslos schüttelte er Kierans Hand ab.

»Davon weiß ich nichts, der Auftrag war inoffiziell. Das geht niemanden etwas an.«

Julen wirkte im ersten Augenblick erleichtert, doch dann sah er besorgt in die Runde. Es gab eine Menge Zeugen für Kierans Worte.

Der lachte nur kurz auf. »Du glaubst doch nicht, dass sie uns hören können?« Wahrscheinlich hätte er noch viel mehr gesagt, aber sein Blick fiel auf Alva, als erinnere er sich plötzlich wieder an ihre Gegenwart. »Den Rest besprechen wir später, privat!« Dann wandte er sich unmittelbar an sie. »An dich hätte ich allerdings noch ein paar Fragen. Und ich kann mir vorstellen, dass es auch einige Dinge gibt, die du von uns wissen möchtest. Wenn es dir recht ist, verbringst du die nächsten Tage bei Nuriya und mir. Danach kannst du entscheiden, wie dein Leben weitergehen soll.«

Wer hätte gedacht, dass er auch höflich sein kann? Ehe sie es sich versah, war ihr dieser Gedanke unkontrolliert entschlüpft.

Kieran lachte laut auf. Zum ersten Mal sah sie, dass sich hinter der Fassade von Unnahbarkeit und Strenge ein außerordentlich attraktiver Mann verbarg. Neben sich hörte sie Julens Grollen. *Die Götter mögen mich vor eifersüchtigen Vampiren schützen*, sandte sie als Stoßgebet gen Himmel und sagte dann lächelnd: »Ich komme mit … unter einer Bedingung.«

»Und welcher?«

»Julen wird nicht in den Urlaub *verbannt*, und ich darf ihn sehen, wann immer ich möchte. Außerdem habe ich einen Job und muss in drei Tagen wieder auf der Bühne stehen.«

Sie hätte schwören können, dass dieser unmögliche Kieran Julen zuzwinkerte, bevor er ihr die Hand reichte.

»Das waren zwei Bedingungen.« Sein Tonfall veränderte sich leicht, und die anderen sahen neugierig zu ihr hinüber. »Einverstanden!«

Asher klappte das Buch zu und erhob sich. »Endlich. Erik, an die Arbeit. Es gibt einiges aufzuräumen. Julen, du wirst mir zeigen, wo du dein unfreiwilliges Abendessen aufbewahrt hast. Und wo ich diesen unwürdigen Bruder finde«, fügte er mit einem strengen Blick in Alvas Richtung hinzu.

»Tut ihm nichts, er ist krank.«

»Ja, ja! Und nun los!« Asher behandelte Erik und Julen, als seien sie noch grün hinter den Ohren. Das Erstaunliche daran war allerdings, dass sie es sich widerspruchslos gefallen ließen. Ralph und Chris folgten ihnen.

»Oh, dein Julen lässt sich nichts gefallen, das kannst du mir glauben!«, versicherte ihr Nuriya ungefragt.

Alva nahm sich vor, intensiver an ihren Schutzmechanismen zu arbeiten.

»Gute Idee! Du sendest wie das BBC Headquarter, wenn ich das sagen darf. Wollen wir?« Einladend streckte sie die Hand aus und zwinkerte ihr fröhlich zu.

»Du gehst allein, *ich* nehme sie mit!« Kieran klang, nun wieder wie jemand, der keinen Widerspruch duldete.

Nach einem hitzigen Wortwechsel, der wieder in dieser fremden Sprache stattfand, lenkte seine Gefährtin ein und winkte Alva zu. »Bis gleich!« Im Nu war sie verschwunden.

»Ich habe gehört, du neigst zur Seekrankheit?« Ehe Alva protestieren konnte, hatte Kieran sie über die Schulter geworfen. »Dann mach besser die Augen zu, der Mantel ist neu!«

Er setzte sie in einem hübschen Zimmer ab. Noch etwas benommen von dem Flug durch die Schwerelosigkeit ließ sie sich auf einen breiten Sessel fallen. Mit Julen reiste es sich angenehmer. Zum Glück war ihr dennoch unterwegs nur ein wenig übel geworden, deshalb fand sie es etwas übertrieben, als der Vengador nun seinen Mantel inspizierte, während er wortlos den Raum verließ.

Nuriya kam mit einem Getränk in der Hand durch die geöffnete Tür. »Hier, trink das. Es ist schon spät, und du hattest einen anstrengenden Tag.«

Irgendetwas in ihren Augen erlaubte keinen Widerspruch, und Alva leerte folgsam das Glas. Zu ihrer großen Erleichterung schmeckte sie nur warme Milch und Honig. Etwas, das nach Kirschsaft oder Rotwein ausgesehen hätte, hätte sie heute gewiss nicht angerührt, ganz gleich welche magischen Tricks ihre Gastgeberin auch angewandt hätte.

Die lachte nur. »Wir sehen uns morgen. Zur Küche geht es immer der Nase nach, unsere Haushälterin macht die leckersten Pfannkuchen der Welt.« Sie winkte ihr zu und war verschwunden.

Nuriya aß Pfannkuchen? *Endlich mal eine gute Nachricht*, dachte Alva, bevor sie die Augen schloss und einschlief.

Anstelle der Morgensonne war es ein violetter Abendhimmel, der Alva weckte. Sie hatte den ganzen Tag verschlafen. Offenbar war dies aber auch notwendig gewesen, denn nun fühlte sie sich ausgeruht und erstaunlich entspannt. Über die frische Wäsche, die auf einer Kommode lag und ordentlicher gefaltet aussah, als sie es vermutlich in ihrer Reisetasche gewesen war, wunderte sie sich nicht mehr. *Eine Haushälterin. Nicht schlecht*, dachte sie. Dabei fiel ihr Nuriyas Bemerkung über die Pfannkuchen ein. Ihr Magen reagierte sofort mit einem leisen Grollen.

Geduscht und mit handtuchfeuchten Haaren ging sie wenig später dem köstlichen Duft nach, der ihr den Weg in eine geräumige Küche wies.

»Gut geschlafen?« Eine freundliche Frau lächelte sie an und zeigte auf einen Stuhl. »Das Frühstück ist gleich fertig. Nuriya sagt, Sie sollen sich so viel Zeit nehmen, wie Sie möchten, und anschließend zu ihr ins Wohnzimmer kommen.« Den Daumen streckte sie über ihrer Schulter aus und deutete damit die Richtung an.

Das Haus, vermutlich eher eine Villa, war ziemlich verwinkelt, das hatte Alva schon auf dem Weg in die Küche festgestellt.

»Hoffentlich haben Sie Hunger, ich komme selten in die Verlegenheit, für Gäste zu kochen.«

»Dann wissen Sie …?« Alva wagte es trotzdem nicht, das Geheimnis ihres Gastgebers auszuplaudern.

»Aber natürlich! Meine Familie arbeitet schon seit Jahrhunderten für die Causantíns.«

Mit Schwung landete ein Pfannkuchen auf ihrem Teller, da stellte sie keine weiteren Fragen mehr. Schließlich hatte ihre Adoptivmutter Brigitta den Kindern beigebracht, dass man mit vollem Mund nicht sprach.

Sehr viel später lehnte sie sich auf ihrem Stuhl zurück und

hielt sich den Bauch. »Ich bin sehr satt. Wenn ich noch einen Krümel esse, dann platze ich! Es war köstlich, vielen Dank!«

»Dann ab zu Nuriya, sicher wartet sie schon!«

Alva fand Kierans Gefährtin in einem riesigen Wohnraum. Hinter der verglasten Fensterfront breitete der Abend seine dunklen Schwingen aus. Einige Laternen verteilten ihr weiches Licht und verrieten, dass der Garten bei Tageslicht herrlich aussehen musste. Sie bekam Mitleid mit den Vampiren, die diese Blütenpracht niemals im Sonnenschein sehen konnten.

Nuriya saß auf dem Sofa und winkte sie zu sich heran. »Möchtest du etwas trinken?«

»Nein, danke. Ich hatte gerade das köstlichste Frühstück meines Lebens.« Dabei entdeckte sie Kieran in einer anderen Ecke des Raumes und begrüßte ihn mit einem schüchternen »Hallo!«

Der Vengador murmelte etwas Unverständliches und verschwand einfach.

»Wie erträgst du es nur mit ihm?«, platzte es aus ihr heraus, und erschrocken hielt sie sich die Hand vor den Mund. »Entschuldige, das war nicht so gemeint. Aber Julen ist …«

Nuriya fiel ihr ins Wort. »Julen ist noch jung. Du wirst sehen: Sobald er Verantwortung übernimmt, wird er nicht anders sein.« Sie beugte sich vor. »Dominanz liegt ihnen im Blut. Wenn du verstehst, was ich meine.«

Alva verstand es zwar nicht, aber sie schwieg vorsichtshalber. Ihre Unwissenheit musste sie ja nicht allen offenbaren. Die Art, wie dieser Asher sie behandelt hatte, war demütigend genug gewesen.

»Siehst du, Asher ist noch schlimmer. Es gibt immer eine Steigerung. Meine arme Schwester … sie ist seine Seelengefährtin«, erklärte sie ungefragt.

»Seelengefährtin?« Davon hatte Julen auch schon gesprochen. Damals hatte sie geglaubt, es sei nur ein Begriff für Eheleute in seiner Muttersprache gewesen. Wahrscheinlich steckte mehr dahinter.

»Geborene Vampire, wir nennen sie Dunkelelfen, dürfen sich nur einmal in ihrem Dasein binden. Wenn sie es tun, dann für die Ewigkeit. Der Grund liegt in ihrer gemeinsamen Geschichte mit den Lichtelfen – oder Feen – verborgen.« Sie unterbrach sich. »Das führt jetzt zu weit, diese Geschichten kann Julen dir an langen Sommertagen selbst erzählen. Wenn ein Dunkelelf seine Seelengefährtin gefunden hat, dann tut er alles für sie. So wie Julen für dich.«

Alva überlegte noch, was mit *langen Sommertagen* gemeint gewesen sein könnte, bis ihr ein Licht aufging. Klar, Vampire saßen bei Sonnenschein in der Wohnung fest wie normale Leute bei einem winterlichen Schneegestöber. Erst danach sanken Nuriyas abschließende Worte in ihr Bewusstsein ein.

»Meinst du damit, wir wären füreinander *bestimmt*?« Das klang in Alvas Ohren viel zu märchenhaft, um wahr zu sein.

Nuriya lachte laut auf. »Hat er dir nichts gesagt?«

Julen hatte ihr offenbar mehr verschwiegen, als sie gedacht hatte. Nuriya dagegen zeigte sich ausgesprochen auskunftsfreudig, deshalb nutzte Alva ohne zu zögern die Gelegenheit, sich in die Geheimnisse einer glücklichen Beziehung zwischen einem Dunkelelf und einer Fee einweihen zu lassen.

»Leider gibt es dabei einen Haken, du musst zum Vampir werden.«

Beinahe hätte sie das Wasser über den Tisch gespuckt, das die Haushälterin zwischendurch zusammen mit einem Becher für Nuriya hereingebracht und ihnen serviert hatte.

»Das werde ich auf keinen Fall!«

Nuriya beugte sich vor und wollte nach ihrer Hand greifen, aber Alva zog sie schnell zurück. »Ich dachte, du wärst eine Fee.

Also bist du auch ein Vampir?« Das Wort kam ihr kaum über die Lippen, als das Bild von Julens blutverschmiertem Gesicht erneut vor ihrem inneren Auge auftauchte. »Wie konntest du das zulassen?«

Nuriya stand auf, trat zu den großen Scheiben hinüber und sah hinaus. »Bei mir war es anders. Kieran hat mein Leben gerettet und seines dafür riskiert, als er mich transformierte.«

»Das tut mir leid«, sagte Alva leise.

»Muss es nicht.« Nuriyas melancholische Stimmung hielt nicht lange an. »Anfangs war ich natürlich furchtbar wütend, aber inzwischen habe ich mich daran gewöhnt. Es gibt eine Menge Vorteile, weißt du?« Sie setzte sich wieder.

»Das könnte ich nicht. Ich liebe meine Musik, den Garten … und ich sitze für mein Leben gern in der Sonne.«

»Mhm, das könnte wirklich ein Problem sein. Was meinst du, Kieran?«, wandte sie sich an ihren Gefährten, der von Alva unbemerkt zurückgekehrt war.

Er hatte jemanden mitgebracht: Neben ihm stand eine schlanke Gestalt, eingehüllt in einen seegrünen Umhang. Ihr Gesicht hatte sie unter einer viel zu großen Kapuze verborgen.

Die Frau aus meinem Traum! Ohne ein Wort herauszubringen, beobachtete Alva, wie sie die Kapuze langsam nach hinten schob. Ein ungläubiger Laut löste sich schließlich aus ihrer Kehle. Sie blickte in ihr eigenes Gesicht, nur die Form der Augen unterschied sich, nicht aber die Farbe. Sie verstand nun, warum Florentine sie immer wieder angesehen hatte. Aglaopheme war etwas größer als Alva, und natürlich hatte sie auch kein schwarz gefärbtes, sondern kastanienbraunes Haar. Doch sonst war ihre Ähnlichkeit selbst für Mutter und Tochter verblüffend.

Alva!

Dieses eine Wort genügte, und sie flog in die Arme ihrer Mutter.

»Kieran, das schreit nach Champagner!« Nuriya lief hinaus, vermutlich um eine Flasche zu holen. »Pass auf sie auf!«

Nachdem die erste Freude verklungen war, runzelte Alva allerdings die Stirn. »Warum hast du mich fortgegeben?«, fragte sie wenig feinfühlig. Es war vielleicht ein Glück, dass Nuriya in diesem Augenblick mit vier Gläsern und dem Champagner zurückkehrte und alle aufforderte, sich an den Tisch zu setzen. Nur Kieran blieb mit verschränkten Armen stehen, was Alva vermuten ließ, dass er aus irgendeinem Grund ebenfalls an der Antwort ihrer Mutter interessiert war.

Anstatt laut zu sprechen, antwortete sie in ihrem Kopf. *Ich hatte keine Wahl.*

»Warum sagst du das nicht so, dass die anderen es auch hören können?« Alva war in ihrer Aufregung laut geworden.

Kieran mischte sich ein. »Du musst nicht schreien. Nur weil sie stumm ist, heißt das noch nicht, dass sie auch taub sein muss.«

Ihre Mutter zuckte zusammen und sah Kieran mit großen Augen an.

»Stumm?« Verwirrt suchte Alva nach den passenden Worten. »Wie kann das sein, du bist doch eine Sirene!«

»Das wüsste ich auch sehr gern, Aglaopheme.« Er setzte sich.

Agla, sagte die Fee. *Alles andere ist zu kompliziert.* Sie lächelte schwach und sah aus, als müsse sie sich für das, was nun käme, stärken.

Kieran reichte ihr ein Glas. Sie trank einen Schluck und verzog das Gesicht. Danach erzählte sie von ihrem Schicksal. Die samtweiche Stimme füllte den Raum, ohne dass sich ihre Lippen bewegten. »Ich bin nicht freiwillig ins Feenreich gegangen. Sirenen sind anders als andere Feen. Wir hatten unterschiedliche Vorväter, deshalb könnten die Licht- und Dunkelelfen unserem Zauber nicht widerstehen, wenn wir es darauf anlegten.

Das gefällt ihnen natürlich nicht. Besonders die Lichtwesen fürchteten schon immer die Macht, die wir über sie besitzen, und haben uns das Leben schwer gemacht, wo es nur ging.«

Alva kannte das: Außenseiter hatten es nirgendwo leicht. »Florentine hat etwas von einer Entführung erwähnt«, warf sie ein.

»Meine Schwester, die Gute.« Traurig sah Agla in die Ferne. »Ganz so war es nicht. Ich habe mich verliebt. Oyt ist ein Lichtelf, aber er war anders … jedenfalls dachte ich das am Anfang.« Sie trank einen Schluck und befeuchtete ihre Lippen, obwohl die sich auch nicht bewegten, als sie weitersprach. »Irgendwann hatte er mich überredet, ihm in sein Zuhause zu folgen, ins Reich der Feen. Und dort zeigte er sein wahres Gesicht. Er hat gesagt, dass mich ohnehin niemand vermissen werde. Dann hat er mich eingesperrt und …« Sie legte ihre zitternden Hände auf die zusammengepressten Knie und schluckte. »Oyt wollte, dass ich ihm einen Sohn gebäre, weil ihm das Orakel Macht und Anerkennung versprochen hatte, sofern er dieses Kind den Göttern opfere.«

»Und da musste es natürlich ausgerechnet ein Sohn sein!« Alva fand, dass dies der Geschichte noch die Krone aufsetzte.

»Die Feen bringen keine männlichen Nachfolger mehr zur Welt. Ein Neugeborener wäre das Kostbarste, was ein Elf opfern könnte. Nicht, dass er es nicht auch mit seinen Töchtern probiert hat«, fügte sie bitter hinzu.

Kieran sprach sehr leise, als wolle er sie nicht erschrecken. »Wie viele Kinder hast du verloren?«

»Zwei. Als ich wieder schwanger war, habe ich alles auf eine Karte gesetzt. In seiner Abwesenheit ist mir die Flucht gelungen, und ich hatte großes Glück, denn eine Fee vom Hofstaat hat mich gefunden und in Sicherheit gebracht.«

»Was ist mit meinem …« Alva brachte es nicht fertig, den

Mann, der ihrer Mutter das angetan hatte, als *Vater* zu bezeichnen. »Was ist mit Oyt, ist er tot?«

»Er wurde gefangen und ins ewige Eis verbannt. Aber er ist immer noch gefährlich. Du musst dich vor ihm in Acht nehmen, er kann zwar nicht aus seinem Gefängnis entkommen, aber seine Vorfahren waren als Traumfänger bekannt.«

»Die *weißen Träume*!« Alva sprang auf. »Das war er! Er hat versucht, mit mir Kontakt aufzunehmen.« Sie erzählte in wenigen Sätzen von ihren Träumen und wie Julen sie einmal sogar aus einem hatte retten müssen. »Er hat gesagt, dass eine gefährliche Macht zu spüren war.«

»Florentines Sohn?«

»Ja.« Die Wärme in Alvas Stimme war nicht zu überhören, als sie diese Frage bejahte. Er fehlte ihr bereits nach dieser kurzen Zeit.

»Ist er dein Seelengefährte?«

Alva und Nuriya sahen sich an, bis Nuriya schließlich für sie antwortete. »Er könnte es sein, aber sie kann kein Blut sehen.«

»Eine nette Umschreibung«, sagte Alva. »Die Wahrheit ist, dass ich kein Vampir werden will.«

Aglaopheme lächelte zum ersten Mal beinahe fröhlich, während die Ähnlichkeit zu ihrer Tochter noch deutlicher wurde. »Das musst du auch nicht. Ihr seid beide zur Hälfte Sirenen, hast du von seinem Talent nichts bemerkt?«

Alva hatte eine ganze Menge bemerkt, aber nichts, worüber sie hier sprechen würde. »Er singt nicht. Oder halt … doch, er hat einmal gesungen!« Sie erinnerte sich an die Nacht in Berlin, als er sie am Klavier begleitet hatte, damit sie üben konnte, ihre Magie zu beherrschen. »Aber mir ist nichts aufgefallen.«

»Eben! Weil ihr euch gegenseitig nicht versklaven könnt. Dann seid ihr auf jeden Fall Seelenpartner.«

»Na ja, ich weiß nicht. Julen behauptet, sobald ich singe,

würde er mich am liebsten sofort …« Als ihr klar wurde, dass sie gerade dabei war, Intimitäten auszuplaudern, hielt sie sich die Hand vor den Mund.

Die drei anderen lachten, doch Kieran wurde schnell wieder ernst. »Wir werden uns um diesen Oyt kümmern, das verspreche ich dir.« Mit einer fließenden Bewegung stand er auf. »Ich glaube, es wird Zeit, dass wir Julen hinzubitten.«

»Warte!« Aglaopheme stand auf. »Komm zu mir, Kind!«

Alva gehorchte wortlos.

Ihre Mutter legte ihr die linke Hand auf die Stirn und murmelte einige Worte.

Die Berührung war nicht unangenehm, aber Alva zitterte, denn sie ahnte, dass etwas sehr Wichtiges mit ihr geschah, als das Licht aus Aglas Hand in ihren Körper eindrang und sich wie die wohlige Wärme eines feurigen Getränks nach einem langen Spaziergang in der Winterkälte in ihrem Körper ausbreitete.

»Nimmst du dein Erbe an?«

Die leise gesprochenen Worte holten Alva in die Gegenwart zurück. »Ja!«, sagte sie, bevor sie sich der Konsequenzen ihrer Antwort bewusst werden konnte. Das weiche Licht, das sie beide umgab, leuchtete noch einmal auf, danach verschwand es allmählich. Geblendet blinzelte Alva. *Was war das?*

Aglaopheme machte einen Schritt zurück und schwankte leicht. Ihre Hand flog zum Ohr. Sofort war Kieran bei ihr und stützte sie. Alva trat an die andere Seite ihrer Mutter. »Was hast du?«

Der sonst eher unhöfliche Kieran legte Agla den Umhang um die Schultern, der während der magischen Prozedur zu Boden geglitten war. »Ich bringe dich zurück.« Damit verschwanden beide, als hätte es sie niemals gegeben.

»Herzlichen Glückwunsch!« Nuriya strahlte. »Das war die richtige Entscheidung.«

»Oh, ja? Gut!« Erschöpft und verwirrt ließ sich Alva auf das Sofa fallen. »Was habe ich da eigentlich eben entschieden?« Sie nahm ihr das Champagner-Glas aus der Hand und leerte es in einem Zug.

»Du weißt es wirklich nicht, oder?« Nuriya schenkte so schwungvoll nach, dass der Champagner über den Rand des Glases perlte. »Oh, verdammt!« Schnell sprang sie auf und holte eine Serviette, mit der sie die kleine Lache vorsichtig auftupfte. »Sagen wir mal so, deine wahrscheinliche Lebensspanne hat sich deutlich vergrößert«, erklärte sie nebenbei.

»Du meinst aber doch nicht, dass ich unsterblich bin?« Alva war nicht sicher, ob sie richtig gehört hatte.

»Das würde ich nicht sagen.« Nuriya setzte sich wieder. »Jeder von uns kann getötet werden, aber wenn du ordentlich auf dich aufpasst, musst du dir keine Gedanken darüber machen, eines Tages alt und schrumpelig in den Armen deines Seelengefährten zu liegen. Es ist ein großes Geschenk, das die Feenkönigin selten jemandem außerhalb ihrer Welt gewährt.« Sie drückte Alva das feuchte Glas in die Hand. »Trink ruhig, das kannst du nach dem Schock sicher gebrauchen – und dein Blut wird dadurch auch gleich leckerer.« Sie fuhr sich mit der Zungenspitze über die Lippen, als freue sie sich bereits darauf, von ihr zu kosten.

Alva rutschte vorsichtshalber möglichst unauffällig bis an die äußerste Kante des Sofas zurück.

»Das war ein Scherz!« Nuriya lachte vergnügt.

An die Späße von Vampiren werde ich mich in Zukunft vermutlich gewöhnen müssen.

»Besser ist es. Aber du hast ja jetzt eine Ewigkeit lang Zeit dafür.«

Kieran tauchte fast im selben Moment wieder auf. Er wirkte eindeutig wütend.

»Was fehlt ihr?«, fragten sie ihn gleichzeitig. Von Nuriyas spielerischer Laune war jetzt nichts mehr zu spüren.

»Oyt hat behauptet, es wäre Aglas Schuld gewesen, dass sie nur Mädchen bekam. Für die erste Tochter hat er die Zunge herausgeschnitten. Als dann wieder ein Mädchen geboren wurde, hat er ihr zur Strafe glühende Eisen in die Ohren gesteckt. Seither hat sie Probleme mit dem Gleichgewichtssinn.«

»Wie konnte sie uns dann hören?« Fassungslos stellte Alva ihr Glas ab.

»Deine Mutter besitzt eine außergewöhnliche magische Begabung.«

»Gott, was sie ertragen musste! Und für mich hätte er sie mit Blindheit geschlagen.« Sie ballte die Fäuste. »Ich bringe ihn um!«

»Ich helfe dir!«

»Julen!« Ohne zu zögern warf sie sich in seine Arme.

Er küsste sie zärtlich und stellte sie wieder auf die Füße. »Mhm. Du schmeckst nach Pfannkuchen.« Dabei hielt er die Hand fest, mit der sie schon wieder ihren Nasenrücken bearbeiten wollte, küsste ihre Fingerspitzen und sah ihr dabei tief in die Augen. Ineinander versunken standen sie regungslos da, bis Kierans Stimme den Zauber löste, der sie miteinander verband.

»Ich bin sicher, ihr werdet eine Menge zu besprechen haben. Julen kann hier bleiben, wenn er will. Ich habe Anordnungen getroffen, dass ihr rechtzeitig zum nächsten Auftritt zurück sein werdet.«

Als Alva sich bedanken wollte, sah sie gerade noch, wie Nuriya Kieran aus dem Zimmer schob.

»Sah das in deinen Augen etwa danach aus, als wollten sie *reden*?« Ihr überlautes Flüstern war nicht zu überhören.

Die tiefe Stimme des Vengadors erklang, und Nuriyas gurrendes Lachen antwortete ihm.

Julen sah den beiden kopfschüttelnd hinterher. »Sie hat ihn verhext!« Dann ergriff er ihre Hand, und bereitwillig ließ sie sich in den Garten hinausziehen und erneut küssen. Sie konnten nicht voneinander lassen, weshalb es lange dauerte, bis sie das Seeufer erreicht hatten, wo sie sich schließlich auf eine Bank am Ende des breiten Bootsstegs setzten.

»Himmel, das ist ja ein riesiges Grundstück.« Alva knöpfte ihre Bluse wieder zu und kuschelte sich in seine Umarmung. »Ich schätze, dein Chef hatte genügend Zeit, Geld beiseitezulegen.«

»Ein bisschen, ja.« Julen zeigte ihr sein ironisches Lächeln, und sie drückte ihm einen schnellen Kuss auf die Lippen. Gemeinsam sahen sie auf den See hinaus, in dessen winzigen Wellen sich das silberne Mondlicht spiegelte, obwohl der Erdtrabant gerade erst über die Baumwipfel am Horizont schaute. Vergessen war das blutrote Erntemond-Spektakel von Avebury, nur der samtblaue Himmel spannte sich auch hier über die Landschaft und glänzte mit der überwältigenden Pracht von Millionen winziger Lichter.

Alva bemerkte Julens Zurückhaltung und war ihm dankbar, dass er auf ihre natürlichen Ängste Rücksicht zu nehmen versuchte. Die Art, in der er sich äußerst gerade und sprungbereit hielt, und das Glitzern seiner Augen verrieten Alva jedoch seine Anspannung. Es war an der Zeit, ihm ihre Entscheidung mitzuteilen, befand sie und legte sich gerade die ersten Sätze zurecht, als er zu sprechen begann.

»Deinem Bruder geht es gut.«

Nichts interessierte Alva weniger als Toms Wohlbefinden, und sie schämte sich nicht einmal dafür. Weil Julen aber eine Antwort zu erwarten schien, fragte sie, was denn geschehen war.

»Um ehrlich zu sein, ich hätte ihn am liebsten auf kalten Entzug gesetzt und dafür windelweich geprügelt, dass er dir das angetan hat.« Julen lachte bitter. »Aber Asher hat ihn einer Blitz-Therapie unterzogen. Nun kann er sich nicht mehr daran erinnern, jemals Drogen genommen oder mit ihnen gehandelt zu haben.«

»Hat er wirklich auch gedealt?« Sie war entsetzt.

»Es hat den Anschein, dass er eine größere Lieferung unterschlagen hat.«

»Kein Wunder, dass sie ihn unter Druck setzen wollten, das Geld zurückzugeben.« Kopfschüttelnd blickte Alva über den See. »Ein Neustart also.« Es gelang ihr nicht, ihre Erleichterung zu verbergen. »Und was ist mit seinen Gläubigern?«

»Um die kümmert sich Richard.«

»Der Chef vom *Amnesia*? Was hat der damit zu tun?« Sie setzte sich auf, doch Julen legte ihr beide Hände auf die Schultern.

»Keine Sorge, du warst dort zu keinem Zeitpunkt in Gefahr. Richard kennt seine Verantwortung, aber er hat diesen Verbrechern zu lange freie Hand gelassen. Und nun ist ein kompliziertes Geflecht zwischen seinen Leuten und den Sterblichen entstanden. Das wird er aber wieder in Ordnung bringen.« Es klang, als hätte Julen bereits einen neuen Auftrag erhalten. Als sie danach fragte, bestätigte er ihre Vermutung zwar nicht, widersprach aber auch nicht.

»Und der andere, der … Vampir?«

»Um den sorge dich nicht.«

Sie ahnte, dass er nicht mehr verraten würde, und wenn sie ehrlich war, wollte sie auch gar nicht wissen, welche Strafe den Kerl ereilt hatte. Würden die Verbrecher sie nun in Ruhe lassen?

Mit dem Daumen fuhr Julen sanft über ihre Wangen. »Deinen Bruder und dich haben sie längst vergessen.«

»Wie praktisch!« Plötzlich überkam Alva eine große Furcht. »Ich will aber nichts vergessen!«

»Wirklich?«

»Natürlich nicht! Glaubst du etwa, ich wollte auch nur eine Sekunde von dem vergessen, was zwischen uns …« Sie verstummte.

Julen sank vor ihr auf die Knie und hielt nun ihre linke Hand, während er den Ring des Silberschmieds aus der Tasche zog. »Alva, Geliebte, möchtest du meine Gefährtin sein?«

Vor Überraschung fiel ihr im ersten Augenblick nichts Besseres ein, als zu nicken. »Aber Ralph … also der Schmied … hat mich vor dem Ring gewarnt«, sagte sie schließlich stockend. Zu viele Gedanken flogen gleichzeitig durch ihren Kopf. »Ich … ich möchte nie mehr ohne dich sein. Das weißt du.«

Er stand auf und setzte sich wieder neben sie. Ihre Hand ließ er dabei nicht los. »Du willst kein Vampir werden.« Den Ring hielt er noch in der Hand.

»Auf keinen Fall!« Erschrocken sah sie ihn an, doch sein Gesicht zeigte keinerlei Regung. Aus Angst, er könne sie falsch verstanden haben, sprach sie hastig weiter. »Ich meine, ich will dich nicht verletzen oder so. Jeder hat seinen eigenen Lebensstil …« *Ich rede dummes Zeug*, ermahnte sie sich, holte tief Luft und warf einen Blick in Julens Augen. »Aglaopheme sagt, es ist auch nicht notwendig, weil wir beide von einer Sirene abstammen und deshalb ebenso nach Art unserer Mütter zusammenleben können.« *Verflixt*! An diese neue Verwandtschaft musste sie sich erst gewöhnen. Der Hoffnungsschimmer, der sein Gesicht zum Strahlen brachte, gab ihr schon einmal Mut. Sie wünschte sich nichts mehr, als dass er sie so annehmen würde, wie sie war. »Ich habe mich früher nach der Dunkelheit gesehnt.« Sie dachte an das düstere Zimmer in ihrem Elternhaus und wäre bei der Erinnerung an ihre eigenwillige Dekoration am liebsten im Erdboden versunken. »Mit dir ist sie auf eine Weise in mein Leben eingezogen, wie ich es mir niemals hätte träumen lassen.«

Liebevoll schmiegte sie sich an ihn. »Du weißt, ich wünsche mir nichts mehr, als den Rest meines Lebens glücklich mit dir zu verbringen …«

»Aber?« Nur ein kaum sichtbares Beben seiner Hände verriet, wie angespannt Julen auf ihre Antwort wartete.

Es war nicht mehr als ein Flüstern, als sie endlich weitersprach. »Aber ich möchte kein Vampir sein.«

Behutsam steckte er ihr den Ring an den Finger. *Ich liebe dich, wie du bist!*